btb

FEMI KAYODE

GASLIGHT

THRILLER

*Aus dem Englischen
von Andreas Jäger*

btb

Die Originalausgabe erschien 2023 unter dem Titel
»Gaslight« bei Raven Books/Bloomsbury Publishing PLC, London

Der Verlag behält sich die Verwertung der urheberrechtlich
geschützten Inhalte dieses Werkes für Zwecke des Text- und
Data-Minings nach § 44 b UrhG ausdrücklich vor.
Jegliche unbefugte Nutzung ist hiermit ausgeschlossen.

Penguin Random House Verlagsgruppe FSC® N001967

1. Auflage
Deutsche Erstausgabe November 2024
Copyright der Originalausgabe © 2023 by Femi Kayode
Copyright © der deutschsprachigen Ausgabe 2024 by btb Verlag
in der Penguin Random House Verlagsgruppe GmbH
Neumarkter Straße 28, 81673 München
Covergestaltung: semper smile, München
Covermotiv: ©Shutterstock / DC Studio
Druck und Einband: Nørhaven A/S, Viborg
Redaktion: Eva Wagner
MK · Herstellung: KH
Printed in Denmark
ISBN 978-3-442-77010-6

www.btb-verlag.de
www.facebook.com/penguinbuecher

Für Nneka.
Für den Raum
und alles darin.
Für die Liebe
und alles, was sie möglich gemacht hat.
Für immer.

URSPRUNG

Sie sollen ihn während des Sonntagsgottesdienstes holen.

Lass sie noch warten, während er an den Altar tritt. Während er sich vergewissert, dass die Kameras so platziert sind, wie er es während der Proben angeordnet hat. Lass ihm Zeit, ein paar unverständliche »Gebete« zu brabbeln. Ein paar Gemeindemitglieder werden in Ohnmacht fallen, und die Kirchendiener werden aufspringen, um sie aufzufangen. Das ist nicht der richtige Zeitpunkt.

Es steht eine Menge auf dem Spiel. Bischof Jeremiah Dawodu während seiner im Fernsehen übertragenen Predigt zu verhaften, ist kein Scherz. Das Timing und die Abfolge der Schritte sind von entscheidender Wichtigkeit, also halte dich bitte an den vereinbarten Plan.

Fang an mit meinem Verschwinden. Er dürfte allen erzählt haben, ich sei verreist, weil ich allein sein möchte. Lass die Polizei wissen, dass dies eine Lüge ist, die erklären soll, warum Anrufe an mein Handy auf die Mailbox geleitet werden. Wenn sie das als irrelevant abtun, dann mach sie darauf aufmerksam, dass der Fahrer mich nie abgeholt hat und mein Wagen noch in der Garage steht. Sie werden vielleicht behaupten, es sei noch nicht genug Zeit vergangen, um von einem Verbrechen auszugehen. Das ist in Ordnung. Sorg nur dafür, dass sie ins Haus kommen. Überlass den Rest mir.

Warte beim Sonntagsgottesdienst, bis er die Gemeinde aufgefordert hat, Platz zu nehmen. Warte, bis er die Zuschauer zu Hause an den Fernsehgeräten begrüßt und alle aufgefordert hat, ihre Bibeln an der Stelle aufzuschlagen, die er an diesem Tag zu missdeuten gedenkt. Je sicherer er sich ist, dass er im Mittelpunkt der Aufmerksamkeit steht – der Gesalbte des Herrn –, desto besser.

Er wird seine Empörung verbergen, wenn sie kommen. Seine Leibwächter werden herbeieilen, um ihren Mann Gottes zu verteidigen. Die Ältesten werden protestieren. Der eine oder andere wird die Polizisten beiseitenehmen und ihnen etwas anbieten. Lass sie gewähren. Das Ziel ist dann schon erreicht. Die unheilvolle Hand des Verdachts schwebt über dem Bischof.

Wenn sie ihn abführen, dann hoffentlich in Handschellen. Das sollte ihn Demut lehren. Es wird ihn daran hindern, in gespielter Gelassenheit zu winken und seine Kirche zu bitten, für ihn zu beten. Die Faust zu recken und zu erklären, dass der Teufel ein Lügner ist. Und wenn du das nicht erreichen kannst, macht es auch nichts. Von diesem Punkt an wirst du vieles nicht mehr in der Hand haben.

Die kommenden Wochen durchzustehen, wird nicht leicht sein, aber sorge dich nicht. Ich werde bei jedem Schritt an deiner Seite sein. Vertrau mir. Alles ist vorbereitet. Es ist an der Zeit.

Machen wir uns ans Werk.

BUCH I

*Der Gesamtdruck einer Mischung idealer Gase
ist gleich der Summe ihrer Partialdrücke.*

DALTONSCHES GESETZ

*Und das Licht scheint in der Finsternis,
und die Finsternis hat's nicht ergriffen.*

JOHANNES 1,5

BRÜDER UND SCHWESTERN

Ich kann den Blick nicht von der Gegenfahrbahn wenden. Von dem Stau, in dem wir nachher selbst feststecken werden. Mir graut jetzt schon davor.

»Kannst du wenigstens ein bisschen Interesse *heucheln*?«, sagt Kenny gereizt.

Ich wende mich vom Anblick des stehenden Verkehrs in Richtung Lagos ab. »Sehe ich etwa gelangweilt aus?«

Kenny beäugt mich von der Seite und zischt: »Wir sitzen jetzt schon fast anderthalb Stunden im Auto, und ...«

»Zweiundachtzig Minuten, um genau zu sein. Aber ich kann mich nicht beklagen, da du ja Folake benutzt hast, um ...«

»Ich habe niemanden benutzt!«

Ich bin immer noch beleidigt, weil sie sich an meine Frau gewandt hat, um meine Hilfe zu erbitten. »Und warum bist du dann nicht gleich zu mir gekommen?«

»Weil du mir jedes Mal, wenn es um die Kirche geht, das Gefühl gibst ...«

»... eine verschrobene Eskapistin zu sein?« Ich hebe eine Augenbraue.

»Siehst du?« Sie funkelt mich an. »Deswegen habe ich mich zuerst an Folake gewandt.«

»Nein, Kenny Girl.« Sie hasst Dads Spitznamen für sie, sogar noch mehr, als ich es hasse, wenn er mich »Kenny Boy« nennt.

»Du bist zu Folake gegangen, weil du weißt, dass ein Mord mir eine Steilvorlage liefert, um sagen zu können: ›Ich hab's doch gleich gesagt‹.«

»Er hat seine Frau nicht ermordet«, flüstert Kenny und deutet mit einem Nicken auf den kahl geschorenen Kopf ihres Fahrers.

Ich schnaube verächtlich, senke aber dennoch die Stimme. »Das weiß doch jeder.«

»Aber nicht von mir.«

Ich atme ein – einundzwanzig, zweiundzwanzig, dreiundzwanzig – und wieder aus. »Er ist in diesem Moment so was wie der berühmteste Mordverdächtige der Welt.«

»Wobei die Betonung auf *verdächtig* liegt«, kontert Kenny.

»Dass du es nicht verstörend findest, wenn ein Pastor des Mordes verdächtigt wird, gibt mir schwer zu denken.«

»Da ist der Teufel am Werk. Warum sollte Bishop seine Frau umbringen? Nichts, aber auch gar nichts deutet darauf hin, dass sie tot ist. Es ist eine Verschwörung.« Sie schnalzt vernehmlich mit den Lippen. »Es gibt so viele Hater da draußen.«

Ich blinzle verwirrt. Es fällt mir schwer, diese kultivierte Karrierefrau von Ende vierzig mit einer Ausdrucksweise zusammenzubringen, wie ich sie von meiner fünfzehnjährigen Tochter erwarten würde. Der religiöse Eifer meiner jüngeren Schwester irritiert mich zutiefst. Wie konnte es so weit kommen?

»Du kennst die Welt nicht, Philip«, fährt Kenny fort in dem mitleidigen Ton, in dem man mit besonders naiven Zeitgenossen spricht. »Sie ist fest in der Hand des Teufels.«

»Und diese Welt hat die Frau eures Pastors irgendwo versteckt?«

»Er ist *Bischof*«, korrigiert sie mich. Mein Sarkasmus stört sie weniger als der falsche Titel.

»Wie auch immer. Seine Frau wird vermisst, und auch wenn er Gottes persönlicher Assistent ist – der Hauptverdächtige ist immer der Ehegatte.«

»Deswegen brauchen wir ja deine...« Kennys Handy klingelt. »Wir stecken immer noch im Verkehr fest, Sir«, sagt sie mit ehrerbietiger Stimme ins Telefon. »Es ist nicht allzu schlimm, aber wir kommen trotzdem nur langsam voran.«

Es *ist* schlimm. Auf der Straße, der ich den Spitznamen »Highway der Evangelikalen Kirchen Nigerias« verpasst habe, herrscht das reinste Chaos. Der Verkehr stockt schon kurz vor dem Schild »Auf Wiedersehen in Lagos« und kommt fast völlig zum Stillstand, als eine weitere Plakatwand uns im Bundesstaat Ogun willkommen heißt.

»Es geht schon wieder weiter«, fährt Kenny fort. »Der Verkehr lichtet sich ein wenig. Wir dürften in etwa einer halben Stunde da sein ...«

Ich pruste sarkastisch, während ich mich resigniert umsehe. Wenn wir nicht von einem Hubschrauber abgeholt werden, dürfte ihr Optimismus verfehlt sein. Die Megachurches, die die Straße zu beiden Seiten säumen, sind das Einzige, was einen Eindruck von Ordnung vermittelt. Ein Stadtplaner würde einen Anfall bekommen angesichts des wilden Wirrwarrs von Tankstellen, Läden, Marktständen und Bushaltestellen, die ein Kirchengrundstück mit dem nächsten verbinden. Es liegt keine Methode in dem Wahnsinn, der bis auf die Straße überschwappt und ihre auf drei Autos ausgelegte Breite auf bestenfalls zwei verengt.

»Ah, er fühlt sich geehrt, *oo*. Es macht überhaupt keine Umstände.«

Mein Seitenblick sagt mehr als tausend Worte. Kenny ignoriert mich, und ich wende meine Aufmerksamkeit wieder der

Straße zu. Neben den Anwesen der Megachurches zeichnet sich die Straße auch durch eine außergewöhnliche Dichte von Bildungseinrichtungen aus. Von Kindergärten über Highschools mit angeschlossenen Internaten bis hin zu Universitäten – hier ist alles versammelt. Die Schul- und Studiengebühren prangen auf großen, knallig bunten Schildern, und riesige Plakatwände listen die jeweiligen Einrichtungen und Angebote auf. Die beeindruckenden Eingangstore der Schulen sollen den angehenden Schülern anscheinend den Eindruck vermitteln, dass sie vor dem Tohuwabohu auf der Straße geschützt sein werden. Ob mit Erfolg, das wage ich zu bezweifeln.

Kenny beendet das Gespräch. »Die Ältesten warten schon.«
»Sie können die Zeit nutzen, indem sie für ein Wunder beten.«
»Lass das.«
Ich halte den Blick auf die Straße gerichtet, damit sie mein Grinsen nicht sehen kann.

Zwei Stunden und dreiundzwanzig Minuten später, in einem luxuriösen Besprechungsraum, der besser zu einem Großkonzern als zu einer Kirche passt, starren uns neun Männer und vier Frauen an, als ob wir gerade eine hitzige Debatte über fallende Aktienkurse unterbrochen hätten. Die Anspannung im Raum ist höher als im Situation Room des Weißen Hauses während der Tötung von Osama bin Laden.

»Guten Tag, Sir«, sagt Kenny, während sie knicksend um den breiten, langen Konferenztisch herumgeht. Ich versuche den Rang der Ältesten daran abzulesen, wie tief sie vor jedem in die Knie geht.

Die Begrüßungen setzen sich fort, bis Kenny den Mann erreicht, der am nächsten zu dem leeren Ledersessel am Kopfende des Tischs sitzt. Anfang bis Mitte fünfzig. Man könnte ihn gutaussehend nennen, wenn er nicht so finster dreinschauen würde. Dunkelhäutig, glatt rasiert. Sein graumeliertes Haar und die Art, wie er die Hände verschränkt, verleihen ihm die Aura eines strengen Schuldirektors. Kennys Knie berühren den Boden. Der Vize-Jesus, jede Wette.

»Ist er das?« Das dröhnende Organ eines Mannes, der es gewohnt ist, zu großen Menschenmengen zu sprechen. »Der Psychologe?«

»Ja, Sir.« Kenny sieht mich an, und die tiefe Zuneigung, die von ihr ausstrahlt, wärmt mir das Herz. »Das ist mein Bruder, Dr. Philip Kehinde Taiwo. Er ist investigativer Psychologe«, erklärt sie.

Ich hebe die Hand zum Gruß, unangenehm berührt vom Stolz in ihrer Stimme wie auch von der Nennung meines vollen Namens und meines Berufs. Kenny geht weiter zu der Frau neben dem Vize-Jesus. Sie macht Anstalten, niederzuknien, doch die ältere Frau hält sie zurück und schließt sie stattdessen in die Arme.

»Ich habe den anderen gerade gesagt, sie hätten dich nicht behelligen sollen«, sagt die Frau, den Blick auf mich gerichtet.

»Ach, Auntie, mich nicht behelligen, *ke?* Wie kann ich ruhig sein, wenn der Teufel keine Ruhe gibt?« Kenny sieht mich an, während sie der Frau die Arme um die Schultern legt. »Phil, das ist Bishops Schwiegermutter, Mrs Kikelomo Bucknor.«

Ich versuche meine Überraschung zu verbergen. Dass die Mutter des potenziellen Opfers anwesend ist, bringt mich aus dem Konzept. Ich werde mit größerer Behutsamkeit vorgehen müssen und nicht wie geplant mit uneingeschränkter Offenheit.

Mrs Bucknor mustert mich kritisch. Außer dass sie erschöpft wirkt, kann ich aus ihrer Miene nichts lesen. Ihr Gesicht ist frei von erkennbarem Make-up, und abgesehen von der Abgespanntheit um die Augen glänzt ihre helle Haut vor Gesundheit. Ihr traditionelles Kostüm aus Iro und Buba würde protzig wirken, wäre da nicht der schlichte Knoten des dazu passenden Gele auf ihrem Kopf. Kein Schmuck. Kein Ehering. Der Wohlstand, den sie aus jeder Pore ausströmt, scheint die einzige Zierde zu sein, die sie braucht.

»Dann sind Sie also auch ein Zwilling«, bemerkt eine der Ältesten, als ob sie Kennys Behauptung anzweifeln würde.

»Ja, Ma«, erwidere ich steif. Es ist nicht leicht, die Regeln der Höflichkeit zu wahren, wenn dreizehn Augenpaare auf einen gerichtet sind.

Mrs Bucknor wendet sich Kenny zu. »Zwei Zwillingspaare in einer Familie. Was für ein Segen!«

Während ich bezweifle, dass meine Mutter dem beipflichten würde, finde ich die Art, wie Mrs Bucknor gesprochen hat, bemerkenswert. Ihr Tonfall war ausdruckslos, ohne das Erstaunen, das ich fast schon erwarte, wenn mein Stammbaum zur Sprache kommt. Aber schließlich wird der Schwiegersohn dieser Frau beschuldigt, ihre Tochter ermordet zu haben. Nicht gerade ein Hurra-Moment.

»Bitte, nehmen Sie doch Platz«, fordert der Vize-Jesus mich auf.

Ich komme der Bitte nach und finde mich ihm gegenüber.

»Mein Name ist Pastor Abayomi George. Ich bin der stellvertretende Superintendent der Grace Church.«

Ich habe richtiggelegen. Die Nummer zwei in der Hierarchie.

»Darf ich Ihnen die Ältesten vorstellen?« Er deutet auf Mrs Bucknor. »Das ist Mrs Bucknor, wie Sister Kenny bereits sagte, die Mutter unserer First Lady ...«

Jahrzehnte der nonverbalen Kommunikation zwischen Geschwistern fließen in den Blick ein, den ich Kenny quer durch den Raum zuwerfe: *Du gehst in eine Kirche, in der die Frau des Pastors »First Lady« genannt wird?* Sie kneift die Augen zusammen – eine tadelnde Geste, die mich auf merkwürdige Weise an unsere Mutter erinnert. Ich wende mich wieder Pastor George zu.

»Neben ihr sitzt Pastor Richard Nwoko. Er leitet unsere Finanzabteilung ...«

Im Interesse meiner geistigen Gesundheit beschließe ich, mir die Namen und Titel erst später einzuprägen, wenn – *falls* – ich den Fall übernehme. Ich blicke mich im Raum um, während Pastor George die Vorstellungen herunterrattert. Alle im mittleren Alter oder darüber. Die weiblichen Ältesten tragen traditionelle Waxprint-Kostüme, die guten Geschmack und hochwertige Schneiderarbeit widerspiegeln. Die Männer sehen adrett aus in ihren Dreiteilern und Krawatten. Es ist mir unbegreiflich, wie sie sich darin wohlfühlen können. Trotz der kühlenden Wirkung der Klimaanlage löst die angespannte Atmosphäre im Raum in mir den Wunsch aus, mein Hemd aufzuknöpfen.

»Zu unserer Kirchenleitung gehören noch viele weitere Personen, darunter etliche Abteilungsleiter in aller Welt. Aber wegen des heiklen Charakters dieses Auftrags hielten wir es für klug, die Angelegenheit fürs Erste ... ähm ... diskret zu behandeln.« Pastor George blickt in die Runde, wie um sich zu vergewissern, dass er seine Rede wie vereinbart vorgetragen hat.

Alle nicken, bis auf Mrs Bucknor. Die anderen wirken wie Kinder, die nachsitzen müssen – man sieht ihnen an, dass sie es kaum erwarten können, von hier zu entfliehen.

Um die Spannung zu lösen, setze ich mein gewinnendstes Lächeln auf und lüge: »Es ist mir eine Ehre, hier zu sein. Wie kann ich Ihnen behilflich sein?«

FIRST LADY

»Dr. Taiwo, Sie sind sicherlich im Bilde über unsere aktuelle Lage«, beginnt Pastor George. »Unser Superintendent wurde gestern wegen des Verdachts, in das Verschwinden seiner Ehefrau verwickelt zu sein, verhaftet.« Er hält inne und blickt sich wieder in der Runde um, als suche er Bestätigung. Allgemeines Nicken, begleitet von unterschiedlich tiefen Seufzern. »Das ist für uns als Kirchenleitung eine Angelegenheit von großer Tragweite. Bei aller Sorge um unsere First Lady ...«

Mrs Bucknor hebt eine Hand. »Ich halte diese Sorgen nach wie vor für unbegründet.« Sie wendet sich nach links zu Kenny. »Sie wird sicher bald wieder auftauchen, und dann wird es der Polizei noch sehr leidtun.«

Bevor Kenny etwas erwidern kann, berührt Pastor George leicht Mrs Bucknors rechte Schulter. »Wir haben doch darüber gesprochen, und Sie waren einverstanden.«

Mrs Bucknor sieht Pastor George nicht an, stattdessen geht ihr Blick von Kenny zu mir. Lese ich da eine Bitte in ihren Augen? Oder eine Herausforderung?

»Es scheint mir nur Zeitverschwendung zu sein, da wir doch alle die Wahrheit kennen.« Mrs Bucknor neigt sich näher zu Kenny, als wollte sie sich dafür entschuldigen, dass man sie mit der Bitte, mich hinzuzuziehen, behelligt hat. Wieso beschleicht mich das Gefühl, dass sie mich hier nicht haben will?

»Und die Wahrheit ist …?«, frage ich, an Pastor George gewandt.

»Uns allen ist klar, dass der Druck, der auf der Gattin eines Superintendenten lastet, seinen Tribut fordern kann«, sagt er. »Unsere First Lady nimmt sich mehrmals im Jahr eine Auszeit, um ein wenig für sich zu sein. Wir haben uns deswegen noch nie Gedanken gemacht. Wir gewähren ihr einfach den Freiraum.«

»Sie meinen, es ist möglich, dass sie sich an einem Ort aufhält, wo es weder Fernsehen noch Mobilfunk noch Internet gibt, keinerlei Zugang zu irgendwelchen Medien, die über die Verhaftung ihres Ehemanns berichtet haben?« Ich gebe mir Mühe, nicht sarkastisch zu klingen, doch die Art, wie Pastor Georges finstere Miene sich noch weiter verfinstert, zeigt, dass es mir nicht gelungen ist.

»Wir wissen, wie sich das für einen Außenstehenden anhören muss, aber es ist allseits bekannt, dass First Lady sich öfter zur Einkehr zurückzieht. Da können Sie alle hier fragen.« Pastor George blickt erneut in die Runde. Das allgemeine Kopfnicken ermuntert ihn, fortzufahren. »Wir alle gehen davon aus, dass sie ihre Reisepläne vor ihrem Aufbruch mit Bishop bespricht, aber niemand hat jemals ihre Entscheidung infrage gestellt, sich auf diese Weise zurückzuziehen, wann immer ihr danach ist.« Die Runzeln in seiner Stirn glätten sich, während er spricht, und seine Miene wird so neutral wie sein Tonfall. Ich glaube, er mag die First Lady nicht besonders.

»Sind Sie davon ausgegangen, dass sie ihrem Mann Bescheid gesagt hätte – aber sie hat es nicht getan? Er weiß also auch nicht, wohin sie gegangen ist?« Ich blicke in die Runde.

»Nein«, antwortet Pastor Nwoko lauter als notwendig. Die Ältesten murmeln zustimmend. »Die Polizei ist in unsere Kirche eingefallen und hat diese gotteslästerliche Tat begangen, und wir haben keine Möglichkeit, zu beweisen, dass First Lady lediglich an einem unbekannten Ort Erholung sucht und bald wieder nach Hause zurückkehren wird.«

»Der Pastor gibt also zu, dass er nicht weiß, wo seine Frau ist?«, frage ich nochmals und fixiere dabei Pastor George.

»Der Bischof«, korrigiert er mich und fährt nahtlos fort: »Und nein, er weiß es nicht. Er sagte, sie sei abgereist, während er sich hier im Kirchenkomplex aufhielt, aber sie hätten nicht über ihre bevorstehende Abreise gesprochen.«

»Wie viele Tage war der Bischof von zu Hause weg?«

»Wir hatten ein spezielles Programm. Sieben Tage Fasten und Gebete«, antwortet Pastor Nwoko. Sein Ton ist abwehrend, als ob meine Frage einen Vorwurf implizierte. »Es ist bekannt, dass Bishop manchmal tagelang die Kathedrale nicht verlässt, wenn er auf ein prophetisches Wort des Herrn wartet…«

»Und Sie können alle bezeugen, dass der Bischof in den Tagen vor seiner Verhaftung« – ich halte inne und blicke in die Runde – »durchgehend nicht zu Hause war?«

»Allerdings«, sagte Pastor Nwoko so laut, dass er die allgemeinen Bekundungen der Zustimmung übertönt.

»Zweifellos«, fügt Mrs Bucknor mit nicht ganz so viel Nachdruck hinzu.

»Es ist wahr«, sagt Kenny. »Wann immer meine Arbeit es zuließ, habe auch ich an dem Programm teilgenommen. Bishop hat Graceland in diesem Zeitraum nie verlassen.«

»Ihre First Lady war bei einer so wichtigen Veranstaltung nicht anwesend?«, frage ich in die Runde. »Und das fand niemand seltsam?«

Die Ältesten sehen einander an wie Schauspieler, die herauszufinden versuchen, wer gerade an der Reihe ist.

Schließlich schüttelt Pastor Nwoko den Kopf wie der unwillige Überbringer einer unangenehmen Nachricht. »Unsere First Lady ist jung und recht impulsiv.«

Mrs Bucknor wirft ihm einen Blick zu, der kochendes Wasser zum Gefrieren bringen könnte.

»Es tut mir leid«, sagt er, doch es klingt wenig glaubwürdig. »Aber wenn wir wollen, dass Dr. Taiwo uns hilft, müssen wir die Dinge so darstellen, wie sie sind, und nicht so, wie wir sie gerne hätten.« Er wendet sich mir zu. »Unsere First Lady ist eine wunderbare Frau, aber in letzter Zeit neigt sie zu jugendlichem Überschwang und unberechenbaren Launen. Was wir ihr wegen ihres Alters verzeihen.«

Ich sehe verstohlen zu Mrs Bucknor, doch ihre Miene verrät keinerlei Regung.

»Wie alt ist die First Lady?«, frage ich.

»Sie wird in zwei Monaten dreißig«, antwortete eine der Ältesten im Bemühen, die Peinlichkeit der Situation zu zerstreuen. »Ich bin diejenige, die die Frauenkonferenz zur Feier ihres Geburtstags organisiert.«

Dreißig ist nicht besonders jung, aber für die »First Lady« einer Megachurch vielleicht schon, wie ich zugeben muss. Es fällt schwer, sich vorzustellen, dass diese Ältesten vor einer Frau kuschen, die mindestens zwei Jahrzehnte jünger ist als das Durchschnittsalter in diesem Raum.

»Und der Bischof?« Ich bringe es nicht fertig, den Artikel vor dem Titel des Mannes wegzulassen, so wenig, wie die Ältesten aufhören können, den Titel *Bishop* wie einen Vornamen zu verwenden. Ihre Verehrung für ihn ist offensichtlich, auch in der Art, wie sie mich jetzt anstarren. Als wären sie nie auf die Idee gekommen, dass ihr Anführer etwas so Menschliches wie ein Geburtsdatum haben könnte.

»Zweiundfünfzig«, kommt Kennys Stimme vom anderen Ende des Raums. Sie hat die Hand wieder auf Mrs Bucknors Schulter gelegt und tätschelt sie tröstend.

»Ist das seine erste Ehe?«

»Selbstverständlich«, antwortet Pastor Nwoko hörbar verärgert. »Er war ganz auf seine priesterlichen Pflichten konzentriert, während er darauf wartete, dass der Herr ihm die passende Gefährtin zuführte.«

Der blinde Eifer des Mannes ist ermüdend. Ich mache mir rasch ein paar Notizen, um meine Ungeduld zu kaschieren. »Kinder?«

Keine Reaktion. Ich blicke von meinem Notizbuch auf.

»Bishop und seine Frau warten noch darauf, dass der Herr ihnen eine Leibesfrucht schenkt«, antwortet Pastor George mit ernster Stimme.

»Und wie lange sind sie verheiratet?«

»Fünf Jahre und zwei Monate«, antwortet Kenny leise, da aller Blicke auf Mrs Bucknors ausdrucksloses Gesicht gerichtet sind.

Ich konsultiere meine Notizen. »Also, die Frau des Bischofs wird vermisst…«

»Ihr Name ist Sade. *Fo-la-sa-de*«, wirft Mrs Bucknor in scharfem Ton ein.

»Und sie wird nicht vermisst«, fügt Pastor Nwoko hinzu.

»In Ermangelung eines besseren Ausdrucks«, erkläre ich an ihn gewandt, während ich Mrs Bucknor einen entschuldigenden Blick zuwerfe. Ich würde auch nicht wollen, dass die Existenz meiner Tochter auf ihren Familienstand reduziert wird. Um von meiner Verlegenheit abzulenken, konzentriere ich mich auf Pastor Nwoko. »Wir kennen ihren Aufenthaltsort nicht, was strenggenommen bedeutet, dass sie als vermisst gilt.«

Ich lese weiter von meinen Notizen ab. »Die First Lady wird seit drei Tagen vermisst, und ihr Ehemann, der in dieser Zeit nicht zu Hause war, kann nicht sagen, wo sie ist. Sie alle erklären, das sei normal, und doch hat gestern – also insgesamt fünf Tage nachdem sie das letzte Mal gesehen wurde – die Polizei den Bischof unter Mordverdacht verhaftet?«

Nun herrscht Schweigen, bis Pastor Nwoko mit ungewohnt ernster Stimme sagt: »Das dürfte eine angemessene Zusammenfassung der gegenwärtigen Situation sein.«

»Könnte sie entführt worden sein?«, mutmaße ich vorsichtig. »Vielleicht…«

Pastor George schüttelt den Kopf. »Wir haben diese Möglichkeit in Betracht gezogen. Aber bis jetzt ist keine Lösegeldforderung eingegangen.«

»Und wieso können Sie dann nicht entweder warten, bis Ihre First Lady wieder auftaucht und die ganze Sache sich von selbst klärt, oder aber einen Suchtrupp aussenden, während Sie zugleich die Polizei davon zu überzeugen versuchen, dass keine Straftat begangen wurde? Der zweite Weg wäre mit einem guten Anwalt sicherlich leichter.«

Mrs Bucknor entspannt sich ein wenig und schenkt mir einen dankbaren Blick. »Habe ich das nicht die ganze Zeit gesagt?«

Ich habe richtig vermutet: Sie will mich hier nicht haben.

»So einfach ist es nicht, Dr. Taiwo«, sagt Pastor Nwoko. »Angesichts des öffentlichen Charakters von Bishops Verhaftung müssen wir der Gemeinde beweisen, dass wir mit der gebotenen Sorgfalt vorgehen. Wir brauchen Antworten. Wir müssen wissen, wer hinter der Behauptung steckt, First Lady werde vermisst oder, schlimmer noch, sie sei ermordet worden. Die Polizei behauptet, es sei ein anonymer Hinweis eingegangen.« Sein verächtliches Schnauben und seine abschätzige Miene lassen keinen Zweifel daran, was er von dem unchristlichen Gebaren der Gesetzeshüter und des unbekannten Hinweisgebers hält.

Ich runzle die Stirn. »Glauben Sie nicht, dass es ein anonymer Hinweis war?«

»Nein, das glauben wir nicht«, sagt Kenny und schenkt Mrs Bucknor ein beruhigendes Lächeln. Es ist merkwürdig, dass sie die zwiespältige Einstellung der Frau bezüglich meiner Anwesenheit nicht wahrnimmt. Aber so ist meine Schwester nun mal. Bedingungslose Loyalität. Uneingeschränkte Hilfsbereitschaft.

»Es sind Feinde am Werk«, fügt Pastor Nwoko hinzu, doch er blickt sich dabei um, als ob der Schuldige anwesend wäre. »Leute, die alles tun würden, um den Mann Gottes zu Fall zu bringen. Wir wollen wissen, wer diese Leute sind und was sie der Polizei erzählt haben. Unser Gott wird sie strafen.«

Ein Gemurmel geht durch den Saal, ich höre immer wieder »Amen« und »in Jesu Namen«. Die Ironie des Ganzen – jemanden für die Suche nach Schuldigen zu engagieren, um diese dann einem gütigen Gott zur Bestrafung zu überantworten – scheint ihnen entgangen zu sein. Ich schreibe etwas in mein Notizbuch, hauptsächlich um der dramatischen Wirkung willen, während ich darauf warte, dass ihre lautstarken Glaubensbekundungen abebben.

Als wieder Ruhe einkehrt, sehe ich Mrs Bucknor an. »Verzeihen Sie, Ma, aber ich muss Sie das fragen: Was ist, wenn die Polizei recht hat?«

»Phil!«, ruft Kenny, während die Ältestenrunde kollektiv nach Luft schnappt.

Ich halte den Blick auf Mrs Bucknor gerichtet und fahre mit ruhiger Stimme fort: »Um der Sache auf den Grund gehen zu können, muss ich in Betracht ziehen, was die Polizei weiß und warum sie ihn verhaftet hat. Und ob sie glaubt, dass die First Lady ... ähm ... wohlauf ist...«

»Meiner Tochter ist nichts zugestoßen.« Mrs Bucknors Blick ist unverwandt, ihr Tonfall scharf.

Die Ältesten pflichten ihr mit wiederholten »Amen«-Rufen bei, hier und da wird ein »Der Teufel ist ein Lügner« eingestreut. Ihre Mienen sagen: Wage nicht, uns zu widersprechen.

Ich kann nicht nachgeben. »Die Polizei muss doch irgendetwas in der Hand haben, was auf ein Verbrechen hindeutet. Wenn das der Fall ist...«

»Aber wer sollte First Lady nach dem Leben trachten?«, wirft Pastor Nwoko mit lauter Stimme ein. Mrs Bucknor zuckt zusammen, und Kenny zieht sie näher an sich heran. Die Ältesten richten tadelnde Blicke auf Pastor Nwoko, der nun hilfesuchend Pastor George ansieht.

»Wenn wir diese Möglichkeit in Betracht ziehen«, sagt Pastor George, »dann fürchte ich, dass wir auch die Frage stellen müssen, wer Bishop ein solches Verbrechen anhängen will.«

Wenn ihm etwas angehängt wird, was er nicht getan hat. Ich spreche das nicht laut aus, doch die Art, wie mich der Vize-Jesus ansieht, lässt mich vermuten, dass er das Gleiche denkt.

ÄRGER ZU HAUSE

Es ist fast neun Uhr abends, als wir zum Tor des Graceland-Kirchenkomplexes hinausfahren und uns in das Verkehrschaos stürzen, um zurück nach Lagos zu gelangen. Es ist nicht schlimmer, als ich befürchtet habe, aber jetzt beschäftigt mich etwas anderes. Ich frage Kenny über die Ältesten aus, und die Zeit vergeht wie im Flug, während sie mir die Hierarchie und die Dynamik der Führungsstrukturen der Grace Church erläutert. Ihre Ausführungen bestätigen meinen Verdacht: Es wird alles andere als einfach sein, herauszufinden, wie und warum Bischof Dawodu in das Verschwinden seiner Frau verwickelt sein könnte.

»Sister Kikelomo betrachtet sich als Mutter der Kirche«, sagt Kenny, als ich sie nach Mrs Bucknor frage.

»Sie gehört nicht zu den Ältesten?«

Kenny schüttelt den Kopf. »Nein, jedenfalls nicht offiziell. Ich habe sie kennengelernt, als ich anfing, den Gottesdienst in der Grace Church zu besuchen. Wir waren beide in der Aktionsgruppe der berufstätigen Frauen.«

Kikelomo Bucknor wirkte auf mich nicht wie eine Karrierefrau, aber die Menschen sind in den seltensten Fällen das, was ihr Aussehen, ihre Redeweise oder ihre Kleidung vermuten lassen. Oder das, als was sie sich selbst bezeichnen. Das musste ich erst mühsam lernen. »Was ist sie denn von Beruf?«

»Sie hat als Ingenieurin im Bauministerium gearbeitet. Aber inzwischen ist sie im Ruhestand.«

Ah! Ich habe also nicht ganz so weit danebengelegen. »Seit wann?«

Kenny runzelt die Stirn. »Ich glaube, es war, nachdem Sade Bishop geheiratet hat.«

»Dann ist ihr Status in der Kirche also nach der Heirat ihrer Tochter gestiegen.«

Kenny wirft mir einen strengen Blick zu. »Sag das nicht so. Ja, sie hat in der Kirche mehr Verantwortung übernommen, als Sade First Lady wurde, aber sie wäre ohnehin um diese Zeit in Rente gegangen.«

»Kein Ehemann?«

Kenny schüttelt den Kopf. »Er ist verstorben. Schon vor längerer Zeit, soviel ich weiß.«

Eine Witwe, die nicht wieder geheiratet hat und keinen Ehering trägt. Das wird ja immer interessanter. »Wie ist ihr Verhältnis zum Bischof?«

»Sehr eng«, antwortet Kenny, ohne zu zögern. »Bishop nennt sie seine Mutter, und er ermuntert auch alle anderen, sie so zu sehen. Das ist der Grund, weshalb sie den ganzen Unsinn nicht glauben kann, den die Polizei erzählt.«

Und das könnte vielleicht ihre Zurückhaltung erklären, was meine Anwesenheit betrifft. Ihr Glaube an die Unschuld ihres Schwiegersohns ist eng verknüpft mit ihrer Loyalität ihm gegenüber als ihrem Seelsorger. Aber sollte beides ihre Sorge um den Verbleib ihrer Tochter überlagern?

»Pastor George«, sage ich und rufe mir in Erinnerung, wie nüchtern und emotionslos er über Sade Dawodu gesprochen hat. »Wie kommt er mit der Frau des Bischofs aus?«

Kenny zuckt mit den Schultern. »Da knirscht es schon manchmal, aber nicht so, dass es ein Störfaktor wäre. Es ist zum einen der Altersunterschied. Sade ist jung und dynamisch. Sie hat spannende Ideen für Jugendprogramme, sie will Sexualaufklärungs-Workshops für alleinstehende Frauen und dergleichen mehr. Pastor George ist da eher traditionell, aber er ist gezwungen, den Respekt zu wahren, weil sie die First Lady ist. Da sind schon Spannungen spürbar, wenn sie im selben Raum sind. Wir machen uns aber nicht allzu viele Gedanken deswegen, weil uns klar ist, dass es hauptsächlich ein ideologischer Konflikt ist.«

»Und du?«

Wir haben gerade die Stadtgrenze von Lagos erreicht, und die Verkehrslage hat sich ein wenig entspannt. Es ist immer noch chaotisch, aber es geht voran.

»Was soll mit mir sein?« Kenny zieht argwöhnisch eine Augenbraue hoch.

Die Unbefangenheit, mit der sie den Vornamen der First Lady benutzt, wenn sie über sie spricht, ist mir nicht entgangen. »Wie ist dein Verhältnis zu ihr?«

Kenny holt tief Luft und wendet sich ab. Ich lasse ihr Zeit, ihre Gedanken zu ordnen. Wenn sie nicht gerade vom Feuer des Heiligen Geists beseelt ist, kann meine Schwester ausgesprochen scharfsinnig sein. Als Wirtschaftsprüferin – und zwar eine sehr erfolgreiche in einer männlich dominierten Branche – verfügt sie über analytische Fähigkeiten, wie sie nur wenigen gegeben sind. Fähigkeiten, die sie einzubüßen scheint, sobald es um Kirchenangelegenheiten geht.

»Sie ist nicht glücklich«, sagt Kenny nach einer langen Pause.

»Das hat sie dir gesagt?«

Kenny wendet sich mir zu, und selbst im Halbdunkel des Wageninneren sehe ich, wie sehr es ihr widerstrebt, darüber zu sprechen. Da kann ich ihr leider nicht helfen.

»Woher weißt du, dass sie unglücklich ist?«, hake ich nach.

»Weil ich es ganz einfach weiß«, erwidert sie gereizt. Sie seufzt, als mein Schweigen ihr klarmacht, dass ich nicht lockerlassen werde. »Verstehst du, sie ist so etwas wie meine Freundin, obwohl sie Bishops Frau ist. Sie betrachtet mich als eine Art Tante …«

»Hat sie keine Freundinnen in ihrem Alter?«

Kenny wirft mir einen mahnenden Seitenblick zu und fährt fort: »Bestimmt hatte sie welche, bevor sie Bishop geheiratet hat. Aber danach ist es den meisten Leuten wohl schwergefallen, die Beziehung zu ihr aufrechtzuerhalten. Besonders im vergangenen Jahr hatte ich den Eindruck, dass sie sich mehr und mehr zurückzieht. Wir haben immer viel Zeit miteinander verbracht, vor allem im Anschluss an die Gebetstreffen, nachdem alle anderen gegangen waren. Mit alldem war vor einigen Monaten plötzlich Schluss, und wenn ich sie fragte, sagte sie immer, es sei alles in Ordnung und sie habe einfach nur viel zu tun. Auch wenn ich ahnte, dass sie nicht die Wahrheit sagte, wollte ich ihr den Freiraum lassen. Aber ich habe gespürt, dass sie einsam ist.«

»Und sie zieht sich regelmäßig zur Einkehr zurück?«

Kenny sucht in meiner Miene nach Anzeichen von Ironie. Als sie keine findet, zieht sie die Stirn in Falten und beißt sich auf die Unterlippe, wie sie es immer tut, wenn sie ihre Worte mit Bedacht wählt. »Die Kirche kann ein sehr belastendes Umfeld sein, Phil. Du hast diese Ältesten kennengelernt. Die ständigen Streitereien, die politischen Manöver. Bishop kann das aushalten. Er ist älter, erfahrener und reifer. Außerdem geht er in seinem Priesteramt auf. Dem Ruf Gottes zu folgen, ist sein Leben. Sade hat um all das nicht gebeten. Sie will nur ihr Leben leben. Das kann nicht leicht sein für so einen jungen Menschen.«

»Du magst sie«, stelle ich mit einem Lächeln fest. Meine Schwester sieht das Gute in jedem Menschen – eine ungewöhnliche Eigenschaft bei einer Frau, die darin geschult ist, die Schwachstellen in Trends und Zahlen zu erkennen.

»Dann übernimmst du den Fall?«, fragt Kenny hoffnungsvoll.

Ich lasse mich nicht gerne nötigen. »Ich denke darüber nach.«

»Dann denk schnell«, gibt sie gereizt zurück und lässt damit die Atmosphäre geschwisterlicher Verbundenheit gleich wieder verpuffen. »Bishop siecht im Gefängnis dahin.«

»Ach, ich bitte dich! Es ist gerade mal ein Tag.«

»Eine Nacht in einem Gefängnis in Lagos kann einem vorkommen wie zehn Jahre. Vor allem, wenn man unschuldig ist!«

»Er kommt sicher auf Kaution frei«, sage ich zuversichtlich.

Kenny schüttelt den Kopf. »Er sagt: Keine Kaution. Bishop will, dass das Recht seinen Lauf nimmt.«

Welcher Mensch, der nicht sträflich leichtsinnig oder naiv ist, würde einen solchen Standpunkt einnehmen? »Aber er hat doch zumindest Anspruch auf eine Anhörung.«

»Seine Wege sind nicht unsere Wege«, verkündet Kenny so kryptisch, dass ich nicht weiß, ob sie von Gott oder dem Bischof spricht. »Ich bin sicher, dass er dir seine Gründe nennt, wenn du mit ihm sprichst.«

»*Falls* ich mit ihm spreche.«

»Ach, komm schon, Philip. Du weißt, wie viel mir das bedeutet.«

Meinen Bedenken zum Trotz ist meine professionelle Neugier geweckt. Es langweilt mich zunehmend, an der Polizeiakademie Vorlesungen zu halten, während ich auf das Ende von Folakes Sabbatical warte. Außerdem ist seit der Nahtoderfahrung bei meinem letzten Fall fast ein Jahr vergangen. Es wird Zeit, meinen Lebenslauf in Vorbereitung auf unsere Rückkehr in die Staaten ein wenig anzureichern. Manche meiner ehemaligen Kollegen bei den Strafverfolgungsbehörden würden ihre eigene Großmutter verkaufen, um einen Fall wie diesen bearbeiten zu dürfen.

»Ich werde Pastor George morgen meine Entscheidung mitteilen.« Ich versuche, unverbindlich zu klingen, als wir die Mitarbeitersiedlung auf dem Campus der University of Lagos erreichen.

»Es ist zu spät, um noch mit reinzukommen«, sagt Kenny, als der Fahrer vor meinem Haus hält.

Ich stecke mein Notizbuch und den Stift ins Seitenfach meiner Laptoptasche. »Ich grüße alle von dir. Und grüß du mir Dele und die Kinder.«

»Ich richte es dem *keferi* aus.«

Ich lache, weil Kenny ihren Mann mit dem Yoruba-Ausdruck für »Ungläubige« belegt. Dele Bhadmus ist ein Atheist, wie er im Buche steht. Der Erfolg ihrer Ehe sollte als das achte Weltwunder gelten. Aus ihr sind vier Kinder hervorgegangen, die zu ungewöhnlich ausgeglichenen Teenagern herangewachsen sind, und sie sorgt bei Familientreffen immer noch für Staunen und Erheiterung.

»Das ist, als ob Hillary Clinton und Ronald Reagan ein Paar wären«, hat Folake einmal über die Ehe meiner Schwester bemerkt. »So undenkbar, wie es faszinierend wäre.«

Ich bedanke mich beim Fahrer mit einem 1000-Naira-Schein. Er protestiert, nimmt das Geld aber an, als ich darauf beharre, dass es für seine Kinder ist, als kleine Entschädigung dafür, dass wir ihren Vater so lange mit Beschlag belegt haben. Kenny bringt ihre Dankbarkeit im Namen ihres Fahrers mit einer Flut von Gebeten auf Yoruba zum Ausdruck, die ich mit einer Handbewegung abwehre, während ich auf meine Veranda zueile.

»Wenn du meinst, dass das hier eine von deinen Disney-Familienserien ist, liegst du aber gewaltig schief, junge Dame!« Folakes Zorn ist laut und unverkennbar. Meine Hand verharrt am Türknauf. »Wir knallen in diesem Haus keine Türen zu, bloß weil etwas nicht so läuft, wie wir wollen!«

Lara. Wieder mal. Was würde ich nicht darum geben, die Zeit bis vor ihren fünfzehnten Geburtstag zurückdrehen zu können. Nach diesem anstrengenden Tag habe ich wirklich keine Lust, mich mit der mürrischen Fremden herumzuschlagen, in die sich meine fröhliche Tochter verwandelt hat. Ich hole tief Luft, zähle bis zehn und drehe den Türknauf.

»Außer wenn ich jemals so mit meiner eigenen Mutter geredet hätte, hast du kein Recht, mich auch nur so anzuschauen.«

Wenn Folake in die Rolle der nigerianischen Mutter zurückfällt und in ihrem Akzent und Satzbau nichts mehr daran erinnert, dass sie über zwei Jahrzehnte in den USA gelebt hat, dann ist Ärger angesagt.

»Sprich du mit deiner Tochter – ich bin mit meinem Latein am Ende!«, sagt Folake, kaum dass sie mich erblickt.

»Was ist passiert?«, frage ich Lara, die trotzig mitten im Wohnzimmer steht.

»Sie hat angefangen, Dad, ich habe bloß…«

»Wer hat was angefangen? Bin ich vielleicht eine von deinen Schulfreundinnen?«, donnert Folake.

Lara ist klug genug, nicht zu antworten.

Ich werfe Folake unseren »Ich regle das«-Blick zu. Sie stürmt an mir vorbei und geht nach oben.

»Was wolltest du sagen?«, frage ich, sobald ich höre, wie unsere Schlafzimmertür ins Schloss fällt.

»Nichts.« Lara ist wie eine Miniversion ihrer Mutter, wie sie da mit verschränkten Armen steht und den unsicheren Teenager hinter der trotzigen Fassade versteckt.

»Du wolltest es mir doch gerade eben erklären.«

»Und ich hab Redeverbot gekriegt, oder nicht? Also, es ist nichts passiert.«

Wo ist mein kleines Mädchen, das mir um den Hals gefallen wäre, sobald sie mich erblickt? Wo ist unsere geniale Bastlerin, die jedes elektronische Gerät in kürzerer Zeit zusammenbauen konnte, als sie gebraucht hat, um es auseinanderzunehmen? Unser Bücherwurm, der Tolkien zitierte, während sie ihre Brüder bei Minecraft vernichtend schlug? Obwohl ich gesagt habe, dass ich die Sache regeln würde, weiß ich jetzt nicht, was ich zu dieser Fremden sagen soll.

»Omolara«, beginne ich behutsam. »Sprich mit mir. Warum bist du so wütend?«

Die Art, wie Lara die plötzlich hervorquellenden Tränen wegwischt, bricht mir das Herz. Ich trete näher, um sie in den Arm zu nehmen und zu trösten. Doch sie weicht zurück und entzieht sich mir. Das trifft mich tief.

»Du hast versprochen, dass wir nach Hause kommen würden!«, wirft Lara mir vor, und ihre Augen schleudern wütende Blitze.

»Nach Hause? Wie meinst du …«

»Als wir die Staaten verlassen haben, habt ihr beide gesagt, dass wir nach Hause kommen würden.«

»Aber es stimmt doch«, sage ich ein wenig erleichtert. Meine Tochter vermisst ihr Leben in den USA. Das kann ich nachvollziehen.

»Nein, es stimmt nicht. Das hier ist nicht unser Zuhause. Die Leute sind gar nicht nett. Es ist heiß und laut. Alle reden immer gleichzeitig. Alles ist voller Staub. Die Straßen sind ein Albtraum. Das Internet ist sogar noch langsamer als der Verkehr, was bedeutet, dass man nirgendwo hinkommt. Ist doch so! Und das Essen wird überschätzt. Wer braucht denn so viele Gewürze, tagaus, tagein?«

»Aber in der ersten Zeit hier hast du das doch nicht so gesehen?«, frage ich, als ihr die Puste auszugehen scheint.

»Tja, aber jetzt seh ich es so. Ich vermisse meine Freunde. Meine Schule. Unser Viertel. Ich will nach Hause.«

»Nigeria ist dein Zuhause«, sage ich und komme mir vor wie ein Schwindler.

»Nein. Ihr wollt das irgendwie erzwingen, aber das ist es nicht!«

Ich habe schon öfter über diese Sache nachgedacht, als gut für mich ist, also setze ich zu meiner Verteidigungsrede an. »Erstens: Egal wie verärgert du bist, schrei mich nicht an. Zweitens: Niemand erzwingt irgendetwas. Mums Sabbatical ist bald um, und wir…«

»Ich will *jetzt* zurück«, bettelt sie unter Tränen.

»Warum?« Keine Antwort. »Warum jetzt, Lara?«

So stehen wir uns gegenüber – weniger als eine Minute, aber es fühlt sich viel länger an. Lara sagt nichts, doch ihr Blick warnt mich davor, weiter in sie zu dringen. Ich bin müde.

»Vielleicht solltest du jetzt auf dein Zimmer gehen. Wir können morgen reden, wenn du dazu bereit bist.«

Lara zuckt mit den Schultern – *von mir aus* –, und ich habe nicht die Kraft, sie zu warnen. Ich befürchte, dass sie etwas tun wird, womit sie ihre Mutter noch wütender macht. Wenn das passiert, kann niemand – weder ihre Brüder, die sich jetzt in ihren Zimmern verstecken, noch ich selbst – sie vor Folakes Zorn retten.

»Omolara«, rufe ich, als sie schon mitten auf der Treppe ist.

Sie bleibt stehen und funkelt mich an, als ob ich der Grinch wäre, der Weihnachten gestohlen hat.

»Was immer du tust, knall deine Tür nicht zu.«

WAHRHEIT ODER PFLICHT

Der Duft von Räucherstäbchen dringt aus dem Badezimmer. Folake nimmt ein ausgiebiges Bad – ihr bevorzugtes Ritual, um runterzukommen. Vielleicht ist es besser so. Ich bin mir nicht sicher, ob sie schon bereit ist, von Laras Sinneswandel hinsichtlich unserer Rückkehr nach Nigeria zu hören. Außerdem hat mich die Erfahrung gelehrt, zu warten, bis ihr juristisch geschulter Verstand ein Problem verarbeitet hat. Andernfalls wird es mit ziemlicher Sicherheit zu einem Streit kommen, aus dem sie als Siegerin hervorgeht. Wer sich mit Professorin Afolake Taiwo anlegt, tut gut daran, sich sorgfältig vorzubereiten. Wenn sie in die Enge getrieben wird, kann meine Frau gnadenlos sein. Gibt man ihr jedoch Zeit, die Dinge zu durchdenken, dann ist sie vielleicht gnädig und lässt einen nur den Streit und nicht auch noch das Gesicht verlieren.

Ich setze mich aufs Bett und lasse den Kopf in die Hände sinken. Laras Wutanfall hat mich stärker getroffen, als ich mir eingestehen mag. Mehr noch – ihre Worte geben wieder, was ich über unser »nigerianisches Experiment«, wie ich es insgeheim nenne, tatsächlich denke.

Sind wir hier zu Hause? Und *wollen* wir dies unser Zuhause nennen, zumal wir doch die Wahl haben?

Ich blicke mich im Schlafzimmer um. Wir haben uns große Mühe gegeben, den Raum wohnlicher zu gestalten, als er es mit der Standardmöblierung der Universität war, aber es ist immer noch ein himmelweiter Unterschied zu unserer Wohnung in San Francisco. Direkt neben dem Einbauschrank ist ein Riss in der Wand, so tief, dass ich schon des Öfteren von Albträumen geplagt wurde, in denen ich das Haus in zwei Teile zerbrechen sah. Und wir können die Decke noch so oft überstreichen, nichts kann kaschieren, wie die Balken sich absenken, aufgequollen von Alter und Fäulnis. Unsere Eingabe an die Instandhaltungsabteilung der Universität liegt dort schon, seit wir vor siebzehn Monaten eingezogen sind.

Das hier ist nicht unser Zuhause. Ich weiß das. Aber jetzt, da es nur noch fünf Monate bis zum Ende von Folakes Sabbatical sind, beschleicht mich das Gefühl, dass sie mir in diesem Punkt nicht zustimmen wird. Ihr Schweigen zu unserer Zukunft macht mir Sorgen, und genau deshalb spreche ich das Thema nicht an. Es erscheint mir klüger, die Zeit über unsere nächsten Schritte entscheiden zu lassen, zumal der Grund, weshalb wir die Staaten verlassen haben, immer noch zwischen uns steht. Eine unüberwindbare Kluft, die jeden Einfluss, den ich vielleicht haben könnte, schwächt, während sie Folakes Entschlossenheit stärkt.

Der Schlaf will sich nicht einstellen, also schlüpfe ich in mein altes USC-T-Shirt und eine Jogginghose und begebe mich in den Vorratsraum, den wir, so gut es eben ging, in ein Arbeitszimmer umgewandelt haben.

Ich google »Sade Dawodu«.

Es nervt, dass fast alle Erwähnungen der vermissten Frau im Zusammenhang mit ihrem superberühmten Ehemann stehen. Ich scrolle durch die Social-Media-Websites und finde zahlreiche Artikel über die Grace Church, in denen die First Lady nur am Rande erwähnt wird. Auf den Fotos steht sie fast immer neben dem Bischof – er lächelt mit leutseligem Charme in die Kameras, während sie fast schüchtern wirkt, als ob sie sich scheut, ihm etwas vom Rampenlicht zu stehlen.

Und das könnte sie, wenn sie wollte, denn Folasade Dawodu sieht umwerfend aus. Sie ist schlank und steht fast Schulter an Schulter mit dem Bischof, der selbst kein kleiner Mann ist. Ihre hellbraune Haut strahlt vor Gesundheit, und selbst mit ihrem perfekten Make-up ist die Ähnlichkeit mit ihrer Mutter so frappierend, dass sie als Schwestern durchgehen könnten.

Ich hätte die Dokumentation fast übersehen, wäre da nicht das Hashtag #PrayforFirstLady gewesen, das vom Tag der Verhaftung des Bischofs an viral ging, zusammen mit #IstandwithBishop. Es handelt sich um ein altes Zwölf-Minuten-Video, in dem die Arbeit einer Nichtregierungsorganisation namens »Girls in Control« vorgestellt wird. Eine jugendfrische Sade Dawodu erscheint. Laut der Einblendung ist sie eine der Kuratorinnen der NGO.

»*Girls in Control* will jungen Mädchen helfen, Handlungskompetenz zu erwerben und sie aktiv zu nutzen«, sagt Sade Dawodu in die Kamera. Sie glüht vor Eifer, gekleidet in ein weißes T-Shirt mit der Aufschrift »#CONTROL« und Bluejeans. Meilenweit entfernt von der ultraglamourösen Gattin von Bischof Dawodu. Ihre Stimme ist wohlklingend, mit einem singenden Tonfall und gepflegter Aussprache, die auf eine Privatschulerziehung schließen lässt. »Wir leben in einer Welt, in der Traditionen, die Kultur und die Eltern einen entscheidenden Einfluss darauf haben, wie junge Menschen die Welt sehen und welchen Weg sie einschlagen. Auf Mädchen lastet dabei ein viel größerer Druck, und es fällt ihnen schwer, den Erwartungen gerecht zu werden, die oft im Konflikt mit ihren Bedürfnissen oder ihren selbst gesteckten Zielen stehen.«

Ich spule vor, als ein anderes Kuratoriumsmitglied erscheint und die verschiedenen Aktivitäten vorstellt, mit denen *Girls in Control* Mädchen zwischen acht und achtzehn in ihrer Selbstwirksamkeit unterstützen will. Ich bin beeindruckt. Die Programme sind praxisorientiert: Beratungsangebote, Peer-Review-Modelle und sogar Familientherapie zur Unterstützung von Teenagern, die Probleme bei der Kommunikation mit ihren Eltern haben. Ich sollte das Folake zeigen. So, wie sich die Dinge mit Lara entwickeln, hätte ich nichts dagegen, Hilfe von außen in Anspruch zu nehmen.

»Ich engagiere mich mit Begeisterung für *Girls in Control*, denn als junges Mädchen wollte ich Ärztin werden, weil es das war, was meine Eltern für mich wollten. Ich habe nie überlegt, was ich selbst wollte, und ich habe dafür mit vielen unglücklichen Jahren bezahlt.« Sade Dawodus Stimme wird mit Bildern von jungen Mädchen bei verschiedenen Aktivitäten unterlegt. »Deswegen liebe ich die Arbeit, die wir bei *Girls in Control* machen. Denn wenn es so etwas gegeben hätte, als ich so jung war, hätte mich das sicher in die Lage versetzt, eigenständig zu denken und für meine eigenen Interessen einzustehen, und vielleicht hätte ich dann meine Vorstellungen davon, was die Gesellschaft von mir erwartet, hinterfragen können.«

Ich sehe mir das Datum an. Hochgeladen vor zwei Jahren, aber ich kann nicht feststellen, wann es produziert wurde. Weitere Kuratorinnen und Freiwillige kommen zu Wort, und das Video endet damit, dass Sade Dawodu, die Mitarbeiterinnen und mehrere junge Mädchen in die Kamera winken und rufen: »*I am in control!*«

Die Sade Dawodu in diesem Video passt nicht zu meinem Bild der »First Lady« einer Megachurch. Nicht ein einziges Mal hat sie aus der Bibel zitiert oder ist irgendwie belehrend rübergekommen. Ich kann verstehen, dass Kenny sie mag. Ich mag sie auch, jedenfalls diese Version von ihr. Ich hoffe, dass die Polizei falschliegt und die Ältesten zu Recht davon ausgehen, dass sie wohlauf ist.

Ich tippe »Bischof J. Dawodu« in das Suchfeld. Die ersten Treffer beziehen sich alle auf die Verhaftung. Offenbar haben etliche Teilnehmer des mittlerweile zu zweifelhaftem Ruhm gelangten Gottesdienstes Videos hochgeladen. Manche haben die Aufnahme gestartet, als die Polizei daran gehindert wurde, an die Kanzel heranzutreten. Andere haben auf den Bischof gehalten, als er seine Predigt unterbrach und die Polizisten aufforderte, näher zu kommen. Viele Videoclips mit dem Tag #IstandwithBishop zeigen ihn, wie er hoheitsvoll die Hände ausstreckt, um sich die Handschellen anlegen zu lassen.

»Gott ist gut!«, brüllt der Bischof, während die Kameras entweder zu den geschockten Gesichtern der Ältesten oder zu der laut klagenden Kirchengemeinde schwenken.

Ich klicke einige der Predigten des Bischofs an. Es ist viel die Rede von einem gütigen Gott, der allein den Gläubigen und denjenigen, die brav ihren Zehnten entrichten, Wohlstand verheißt. Dazu Motivationsreden zum Thema »Wie komme ich zu Erfolg und Reichtum?«. Nichts Neues. Und doch zieht mich das Charisma des Mannes in seinen Bann. Er redet schlicht, aber mit einer Souveränität, die mich an Barack Obama erinnert, bis hin zum Akzent. Sein Ansatz bei der Auslegung der Schrift ist verständlich, seine Ratschläge sind praktisch. Meiner kritischen Haltung gegenüber modernen pfingstkirchlichen Pastoren zum Trotz höre ich Bischof Dawodu schließlich länger zu, als ich eigentlich vorhatte. Um das zu erklären, ist keine tiefschürfende Selbstanalyse nötig – es genügt ein Name:

Reverend August Freeman.

Es ist Jahre her, seit ich zuletzt an den Pastor der First Baptist Assembly in Downtown Los Angeles gedacht habe. Aber beim Anschauen von Bishop Dawodus Predigten werden Erinnerungen an den Mann wach, den mein Zwillingsbruder für unser ambivalentes Verhältnis zur organisierten Religion verantwortlich macht. Der gleiche singende Tonfall in ihren Predigten. Eine Überzeugungskraft in der Stimme, die an Martin Luther Kings Reden erinnert. Ein Charme, der alle einlädt, ohne Vorbehalt. Esprit, verbunden mit einer pragmatischen, zeitgemäßen Herangehensweise an die Evangelien. Es war schwer, Reverend Freeman nicht zu mögen, und genauso schwer ist es, gegen die Ausstrahlung von Bishop Dawodu immun zu bleiben.

Nein. Lass das. Wenn du an Reverend Freeman denkst, wirst du Kenny und den Ältesten ganz sicher eine Absage erteilen. Lass es sein. Es ist die Vergangenheit. Es ist Jahrzehnte her. Ich bin heute älter. Und klüger, hoffe ich. Weniger leicht zu beeindrucken.

Bist du das wirklich?, flüstert eine kleine warnende Stimme in meinem Kopf.

Ich gebe vor, sie nicht zu hören. Außerdem wird es allmählich spät, und ich muss morgen früh die Kinder in die Schule bringen. Ich will mich gerade ausloggen, als der Bischof den Chor auffordert, mit ihm ein Loblied anzustimmen. Der Gesang setzt ein, bevor die Kamera zu dem Mammut-Chor schwenkt. Die Sänger tragen alle Gewänder aus afrikanischen Waxprint-Stoffen. Der Vorsänger kommt mir bekannt vor, ein gutaussehender Mann in einem enganliegenden grauen Anzug. Der Sound ist von professioneller Qualität, und ich bin ebenso fasziniert von der Musik wie von der Stimmung, die sie in der Gemeinde hervorgerufen hat. Gerade noch hat Bischof Dawodu sie mit seiner dynamischen, eindrucksvollen Präsenz in seinen Bann gezogen, und im nächsten Moment kniet er in Anbetung nieder.

Der plötzliche Stimmungsumschwung von der One-Man-Show des Bischofs zu einer die ganze Gemeinde einbeziehenden Ensembleveranstaltung spiegelt sich im Regiestil des Videos. Schnelle, abrupte Schnitte, kaum eine Einstellung länger als eine Sekunde. Ich klicke auf Pause, ziehe den Cursor ein kleines Stück zurück, regle die Wiedergabegeschwindigkeit herunter und starte erneut.

Da ist es.

Sade Dawodu steht, aber sie hat die Hände nicht erhoben und die Augen nicht in Verzückung geschlossen. Ihr Gesichtsausdruck erinnert mich an den Blick, den ihre Mutter Pastor Nwoko zuwarf, als er sich in der Wortwahl vergriffen hatte. Geringschätzung, vermischt mit etwas, das ich nicht genau benennen kann. Ich lasse die Szene noch einmal ablaufen. Pause, Play. Pause, Play. Der Blick der Frau ist auf ihren knienden Ehemann gerichtet.

Interessant. Ich schaue mir das Upload-Datum an: vor knapp elf Monaten. Ich mache einen Screenshot der Szene und zoome die First Lady heran. Ohne die ablenkende Umgebung ist die Verachtung in ihren Augen unverkennbar. Jetzt scheint sie auf mich gerichtet zu sein. Ich starre das Bild an, als wollte ich es zum Leben erwecken, die Augen zum Blinzeln und die Lippen zum Sprechen bringen.

»*Wo bist du?*«

Ich klappe schnell den Laptop zu, als ich merke, dass ich die Worte laut ausgesprochen habe.

Erst als ich im Bett liege und mich an Folake gekuschelt habe, gelingt es mir, meine Unruhe abzuschütteln. Aber noch als der Schlaf meinen müden Körper übermannt, verfolgt mich der verächtliche Blick aus Sade Dawodus Augen, in der Zeit erstarrt und nicht bereit, preiszugeben, was zuvor geschah.

Oder was noch bevorsteht.

EIN NEUER FALL

Die Spannungen des gestrigen Abends hängen noch in der Luft, auch nachdem Folake zu ihrer ersten Vorlesung des Tages aufgebrochen ist. Die Erleichterung von Tai und Kay angesichts der Tatsache, dass ich heute Schulfahrdienst habe, wäre amüsant, wenn ich nicht so mit der Frage beschäftigt wäre, wie sich meine Entscheidung, den Fall Sade Dawodu zu übernehmen, auf meine Tagesplanung auswirken würde.

Lara kommt die Treppe heruntergestampft, worauf ihre Brüder augenblicklich verstummen. Sie geht zu Kay und legt meine alte Nikon 300 auf den Esstisch.

»Du darfst die Linse nicht mit irgendwelchen alten Lumpen reinigen. Ich habe sie neu eingestellt. Die Fehlermeldung dürfte jetzt nicht mehr erscheinen.«

»Danke!«, sagt Kay und kaut an einem Bissen von dem, was eigentlich sein Pausenbrot sein sollte.

»Sechshundert Naira. Ich will es in bar. Sieh zu, dass du das Geld bis heute Abend beisammenhast.«

Allen am Tisch bleibt der Mund offen stehen. In der ganzen Zeit, die Lara schon unsere hauseigene Reparaturwerkstatt ist, hat sie noch nie verlangt, dafür bezahlt zu werden.

»Aber...«, setzt Kay zum Protest an.

»Kein Aber. Ich habe sämtliche Daten in meine Cloud übertragen und gesperrt. Sobald du zahlst, geb ich sie wieder frei.«

Bevor ich intervenieren kann, wirft mir Lara ein kaum hörbares »Morgen, Dad. Ich warte im Auto« zu und geht hinaus.

»Was ist denn in die gefahren?«, wundert sich Kay und wischt sich Brotkrümel vom Mund, während er sich den Rucksack auf die Schulter hievt. Er geht jetzt vorsichtiger mit der Kamera um. Bevor er sie anfasst, wischt er sich sorgfältig die Hände ab und überprüft alle Einzelteile, ehe er sie in ihrer Spezialtasche verstaut.

»Du musst zugeben, dass sie billiger ist als ein Profi«, meint Tai, während er seine Bücher einpackt, sein Sandwich in Klarsichtfolie einschlägt und es in die Seitentasche seines Ranzens steckt.

Meine Zwillinge sind jetzt siebzehn, äußerlich kaum zu unterscheiden, aber vom Wesen her völlig verschieden. Tai isst zu genau festgelegten Zeiten, Kay, wann immer ihm danach ist – sein Pausenbrot ist gerade zu seinem Frühstück geworden, und ich wette, dass sein Rucksack voll mit Resten ist, die er sich aus dem Kühlschrank geholt hat. Tai hat mehr von mir – er geht Konflikten nach Möglichkeit aus dem Weg. Es stresst ihn schon, wenn er nur Zeuge einer Auseinandersetzung wird. Kay, der nach seiner Mutter kommt, ist der geborene Kämpfer.

»Dad, ich bitte dich!«, fleht Kay. »Sechshundert? Ernsthaft? Wo soll ich das denn …«

»Du hast Ersparnisse, die kannst du dafür nehmen«, erwidere ich mit unnötiger Schärfe. Während ein Teil von mir beeindruckt ist, dass unsere technisch beschlagene Tochter für eine Dienstleistung entschädigt werden will, die wir alle als selbstverständlich betrachtet haben, findet ein anderer Teil die Abruptheit der Forderung besorgniserregend. Ganz zu schweigen von der Erpressung, mit der sie sicherstellt, dass ihr Bruder auch zahlt.

Die Fahrt über den Campus zur Mitarbeiterschule verläuft schweigend. Lara steigt als Letzte aus. Sie blickt starr vor sich hin, sieht nicht zum Schultor. Mein Herz macht einen Sprung. Vielleicht will sie ja reden. Gerade als ich sie dazu ermutigen will, strafft sie die Schultern, murmelt einen Abschiedsgruß und steigt aus.

Ich muss mich sehr beherrschen, um ihr nicht nachzulaufen. Ich schwöre, wenn sie sich auch nur eine Sekunde lang umblickt, werde ich alle meine Pläne für den Tag über Bord werfen und sie irgendwohin mitnehmen, wo wir ein ausgiebiges Vater-Tochter-Gespräch führen können. So wie früher.

Ich halte den Atem an und warte. Aber Lara schaut sich nicht um.

»Das ist gut«, sagt Abubakar Tukur, während er den Kopf wegdreht, um mir seinen Zigarettenrauch nicht ins Gesicht zu blasen. Wir stehen vor seinem Büro, neben einem überquellenden Aschenbecher. »Um nicht zu sagen *herporragend*.«

Ich arbeite nun schon mehr als ein Jahr mit dem Kommandanten der Polizeiakademie zusammen, aber ich finde es immer noch gewöhnungsbedürftig, wie er des Öfteren ein »p« statt eines »f« oder »v« spricht und umgekehrt, und mich so zwingt, besonders aufmerksam zuzuhören. Mir ist aufgefallen, dass er das öfter macht, wenn er verärgert oder freudig erregt ist.

»Nach der *p*antastischen Arbeit, die Sie im Fall der Okriki Three geleistet haben, konnten wir zusätzliche Mittel an Land ziehen, die es uns ermöglichten, Ihnen einen Vertrag zu geben …«

»Einen befristeten Vertrag«, korrigiere ich ihn. Es amüsiert mich immer noch, wie die Sympathie, die der Mann für mich hegt, ihn dazu bringt, meinen Status über die Gehaltsklasse eines Teilzeitdozenten zu erheben. Da das Gefühl auf Gegenseitigkeit beruht, klammere ich das Thema meiner unbezahlten Beförderung im Allgemeinen aus. Ich gebe zu, dass ein solides Sparkonto in US-Dollar mir das leichter macht.

Abubakar bückt sich, um seine Zigarette auszudrücken. Als er sich wieder aufrichtet, strahlt sein breites, dunkles Gesicht vor Begeisterung. Seine Polizeiuniform verleiht ihm ein stattliches Aussehen, und er wirkt darin noch größer und breitschultriger als ich mit meinen eins achtundachtzig.

»Wortklauberei. Tatsache ist, dass Sie hier sind. Wenn Sie diesen Fall knacken, sind wir vielleicht auf dem besten Weg, unsere eigene *poll*wertige Kriminologieabteilung zu bekommen.«

»Zunächst mal: Ich *knacke* keine Fälle.«

Diesmal ist ein abschätziges Schnauben die Reaktion. »Sie wissen, was ich meine. Obwohl Sie nach dem Okriki-Three-Fall die *Publicity* gescheut haben, haben wir doch von denjenigen, die wissen, was Sie geleistet haben, viel Wohlwollen erfahren. Aber bei dieser Geschichte können Sie den Medien nicht entkommen.«

»Malen Sie den Teufel nicht an die Wand!« Ich hebe die Hände, als wollte ich die Vorstellung abwehren, wie die Paparazzi mein Haus und mein Büro belagern. »Außerdem könnte es sein, dass diese Frau morgen schon wieder auftaucht.«

»Morgen ist morgen. *Heute* sind Sie von einer der größten Kirchen im Land engagiert worden, um sie zu finden.«

»Es geht nicht darum, sie zu finden. Ich sagte Ihnen doch ...«

Abubakar macht eine ungeduldige Handbewegung. »Ich weiß, ich weiß. Der Ehemann wird zu Unrecht beschuldigt, Sie sollen rausfinden, von wem und warum. Alles schön und gut, aber wie wollen Sie das machen, ohne dass Sie sie zunächst mal finden?«

Mein Gesichtsausdruck muss wohl verraten haben, dass mir das selbst noch nicht ganz klar ist, denn Abubakar reibt sich in diebischer Freude die Hände und bricht in einen Schwall von Hausa aus.

»*Babu wata jayayya daga gareni!* Ich bin dabei.«

»Wobei?«

»Bei allem, was Sie von mir wünschen. Deswegen sind Sie doch zu mir gekommen, nicht wahr? Und deswegen lassen Sie sich meine Qualmerei gefallen, obwohl Sie Zigarettenrauch hassen.«

Ich muss laut lachen. Der Kommandant war immer schon schnell von Begriff.

»Das Ermittlerteam. Ich muss wissen, wer ihnen den Hinweis gegeben hat.«

»Sie brauchen die Fallakte?«

Ich nicke. »Die Akte und Kontakt zu den ermittelnden Beamten.«

»Wo ist der *Pall* angesiedelt? Beim Präsidium oder beim örtlichen Revier?«

Ich schüttle den Kopf. »Keine Ahnung. Ich weiß nur, wo der Bischof festgehalten wird.«

»Das ist doch ein Anfang. Wo?«

Ich konsultiere die Notizen, die ich auf mein Handy übertragen habe. »Im Ikoyi Model Prison.«

Abubakar runzelt die Stirn. »Er wohnt nicht in seinem Kirchenkomplex?«

Ich zucke mit den Schultern und spare mir eine kritische Bemerkung zu der Vorstellung, dass eine Kirche einem einzelnen Menschen gehören könnte. »Er besitzt dort ein Gästehaus. Die Kirche mit dem zugehörigen Anwesen ist als seine Geschäftsadresse registriert, aber wohnhaft gemeldet ist er in Ikoyi.«

Abubakar nickt erneut, und die Falten in seiner Stirn werden tiefer. Ich weiß, dass er gerade im Geist sein beachtliches Netzwerk nach der schnellsten und zuverlässigsten Quelle für die Information durchforstet, die ich benötige. Während er die nächste Zigarette hervorholt, ergreife ich rasch das Wort, bevor er sie anstecken kann.

»Kennen Sie zufällig jemanden in dem Gefängnis?«

Wenige Minuten nachdem ich Abubakars Büro verlassen habe, schickt er mir bereits die Kontaktdaten des Direktors des Ikoyo Model Prison und teilt mir in einer Textnachricht mit, dass er für morgen einen Termin bei Bischof Dawodu für mich vereinbart hat.

Infolgedessen bin ich bei meinem anschließenden Seminar über Befragungstechniken nicht so ganz bei der Sache. Zum Glück stehen heute Rollenspiele und nicht theoretische Grundlagen auf dem Programm, und ich kann mich darauf beschränken, zuzuhören, Ratschläge zu erteilen und die Diskussionen zu moderieren, während ich hoffe, dass es bald vorbei ist und ich mich wieder der Suche nach der vermissten First Lady widmen kann.

In meinem Büro wartet eine E-Mail von Pastor George auf mich. Ein sehr nüchternes Schreiben mit dem Briefkopf der Grace Church, in dem er seine »große Freude« über meine Entscheidung, den Fall zu übernehmen, zum Ausdruck bringt und mich bittet, die angehängte Geheimhaltungsvereinbarung zu unterzeichnen und baldmöglichst zurückzuschicken. Wie fortschrittlich – eine Kirche, die eine NDA verlangt. Ich bin überrascht, dass die Erklärung nicht einmal drei Seiten lang ist, anders als die ellenlange Erklärung, durch die ich mich durcharbeiten müsste, wenn ich einen ähnlichen Fall in den Staaten übernehmen würde. Ich hänge meine elektronische Signatur an und klicke auf »Senden«.

Da ich keine weiteren Veranstaltungen habe und Folake die Kinder abholt, bleiben mir noch ein paar Stunden, ehe ich mich durch den Verkehr nach Hause quälen muss. Ich hole meinen Stapel verschiedenfarbiger Haftnotizen hervor und fange an zu schreiben.

Blau: *Fakten*. Alles, was bekannt ist und in öffentlich zugänglichen Medien beziehungsweise durch Dritte überprüft werden kann.

Rot: *Auffällige Unstimmigkeiten*. Antworten, die zu noch mehr Fragen führen und neue Hinweise ergeben, denen nachgegangen werden muss.

Grün: *Ermittlungsansätze*. Ich stelle ein paar Fragen zusammen und lege eine Liste von Personen an, mit denen ich sprechen muss. Zunächst einmal alle Ältesten. Wer noch? Ausgewählte Kirchenmitarbeiter? Was ist mit dem Wohnhaus des Bischofs? Wer arbeitet dort? Was ist mit Sade Dawodus Freundeskreis? Ihren Angehörigen? Auf jeden Fall muss ich mit Mrs Bucknor sprechen. Aber zuerst rufe ich Kenny an.

»Du hast mir gar nicht gesagt, dass du den Auftrag angenommen hast«, sagt sie, nachdem ich meine Bitte vorgebracht habe.

Herrgott noch mal! »Hätte ich dir eigens ein Memo schicken sollen?«

»*Ehen*, redest du so mit deiner Schwester, die dir einen lukrativen Vertrag verschafft hat?«

»Hättest du gern einen Finderlohn?«, entgegne ich gereizt und warte die Antwort, die zweifellos noch schärfer ausfallen würde, gar nicht erst ab. »Kannst du mir eine Liste machen oder nicht?«

»Von First Ladys Freunden? Ich bin mir gar nicht sicher, ob sie so viele hat. Das hab ich dir doch gestern Abend schon gesagt.«

»Ja, aber sie muss doch enge Beziehungen gehabt haben, bevor sie First Lady wurde.«

»Lass mich nachdenken. Ich weiß von der Leiterin einer Wohltätigkeitsorganisation, für die sie ehrenamtlich arbeitet, und dann ist da noch Margie, eine Ärztin in Kanada. Sie haben zusammen studiert, und einmal, als ich nach Toronto geflogen bin, hat sie mir ein paar Sachen mitgegeben, die...«

»Eine *schriftliche* Liste, Kenny. Bitte. Ich kann mir das doch nicht alles merken.«

»Schon mal von Facebook gehört?«, fragt sie sarkastisch.

»Da muss ich dich leider enttäuschen. Die Social-Media-Präsenz deiner First Lady ist gleich null.« Es ist so lange still, dass ich schon fürchte, die Verbindung sei unterbrochen. »Kenny?«

»Das ist seltsam. Sie war immer so aktiv dort. Ich bin auf keiner dieser Plattformen außer LinkedIn, aber ich weiß von einigen Leuten, die ihr auf Twitter und Facebook folgen.«

»Also, was ist da passiert? Denn weder in Zuckerbergville noch in der Twittersphere findet sich eine Spur von Sade Dawodu.«

»Lass mich nachdenken.« Kenny klingt so, als ob sie mir gar nicht mehr zuhört. »Wirklich seltsam.«

Ich habe keine Zeit für so was. »Dann denk mal nach. Muss jetzt Schluss machen.«

Ich lege auf. Ich muss der Frage nachgehen, warum Sade Dawodus Internetpräsenz sich auf Erwähnungen im Zusammenhang mit ihrem Ehemann reduziert hat. Und ermitteln, seit wann sie nicht mehr in den Social Media aktiv ist.

Ich reiße ein lila Post-it ab. *Recherche.*

Orange: *Zeitleisten*. Die Abfolge der Ereignisse bis zum heutigen Tag. Es gilt, Verbindungen zu finden, Zusammenhänge aufzudecken.

Abubakar hatte recht. Der Weg des geringsten Aufwands wäre, zunächst einmal Sade Dawodu zu finden. Immer vorausgesetzt, dass die Version der Ereignisse, die die Ältesten vertreten, korrekt ist, und die Polizei mit ihrer überhasteten Verhaftung des Bischofs einen gravierenden Fehler begangen hat. Die ersten achtundvierzig Stunden sind bei der Suche nach einer vermissten Person entscheidend, und dabei tickt die Uhr ab dem Zeitpunkt des Verschwindens der Person – und nicht erst von dem Moment an, wo jemandem auffällt, dass sie verschwunden ist. Nach zweiundsiebzig Stunden geht die Polizei in der Regel vom Schlimmsten aus. Ich weiß zu wenig, um einschätzen zu können, was das Zeitfenster für einen positiven Ausgang in Nigeria ist. Aber da es hier weder eine brauchbare Datenbank noch ein funktionierendes nationales Ausweissystem gibt, vermute ich, dass man sich bei der Suche nach einer vermissten Person auf eine Kombination aus Glück und Gebeten verlassen muss.

In der Theorie gilt eine Person als vermisst, wenn ihr Aufenthaltsort nicht festgestellt werden kann und die Umstände ihres Verschwindens auffallend untypisch sind. Wenn man den Ältesten Glauben schenken kann, trifft diese Definition auf Sade Dawodu nicht zu. So wie sie darauf beharren, dass die First Lady lediglich *abwesend* ist, wäre es für die Polizei das Klügste gewesen, einfach abzuwarten, ob sie wieder auftaucht. Da sie das nicht getan haben, muss man sich fragen, was sie sonst noch wissen.

So schnell wie möglich die Akte besorgen. In einer idealen Welt wäre das mein Ausgangspunkt. Ich hätte Zugriff auf die Akte und Zugang zu allen, die mit dem Fall befasst sind. Es wäre allen klar, dass ich allein im Interesse der Sache arbeite, um das bestmögliche Ergebnis zu garantieren. Falls ein Verbrechen vorliegt, wäre es meine Aufgabe, dafür zu sorgen, dass die Staatsanwaltschaft hieb- und stichfeste Beweise hat. Falls jedoch keine Straftat begangen wurde, hätte ich Millionen an Steuergeldern eingespart. Aber nicht hier in Nigeria und ganz bestimmt nicht bei diesem Fall. Die Polizei wird von meiner Einmischung nicht begeistert sein. Vor allem, wenn sie erfahren, wer mich bezahlt. Ich brauche diese Akte von Abubakar, aber ich kann es mir nicht leisten, auf ihn zu warten.

Ich reiße einen lila Haftzettel ab und schreibe: *Bischof Dawodu.*

Wer ist dieser Mann, dem ein Verbrechen zur Last gelegt wird, das vielleicht gar nicht begangen wurde?

VERY IMPORTANT PRISONER

Bischof Jeremiah Dawodu tritt ein, und das Zimmer schrumpft noch weiter zusammen. Seine imposante Gestalt wird von dem marineblauen Blazer noch betont, der so eng anliegt, dass man glauben könnte, jeder einzelne Zoll seines Körpers wäre vermessen worden, ehe auch nur ein einziger Stich genäht wurde. Der sorgfältig gestutzte ergraute Schnurrbart und das kurz geschorene Haar vermitteln den Eindruck, dass er gerade frisch vom Herrensalon kommt.

»Dr. Taiwo?«

Sein Händedruck ist fest, und er tätschelt meinen Handrücken wie ein Politiker, der einen glühenden Fan begrüßt. Ich verdränge Erinnerungen an Reverend Freeman. Dieses ansteckende Lächeln ... Die unkomplizierte, kumpelhafte Art, die einem das Gefühl gibt, einen Verbündeten fürs Leben gefunden zu haben ...

Konzentrier dich, Philip, mahnt die kleine Stimme.

»Wunderbar«, sagt Bischof Dawodu, während er einen Plastikstuhl herauszieht und auf den anderen deutet, von dem ich mich gerade erhoben habe. »Gott segne Sie. Bitte, lassen Sie uns doch Platz nehmen.«

Schauplatz unseres Treffens ist der winzige Vernehmungsraum, den der Gefängnisdirektor für uns organisiert hat. Die Wände sind von einem tristen Grau, mit dunklen Flecken von zweifelhafter Herkunft, über die ich lieber nicht so genau nachdenke. Das eine kleine Fenster geht auf den Platz hinter dem Gebäude, wo rostige Autoteile herumliegen und braune Khaki-Uniformen zum Trocknen an einfachen Wäscheleinen hängen. Aber all das scheint in den Hintergrund zu treten, sobald der Bischof sich gesetzt hat und mir noch einmal freundlich zulächelt. Seine Energie ist positiv, seine Aura so entspannt, dass man meinen könnte, er sei der Geschäftsführer eines Fünf-Sterne-Restaurants und nicht ein Gast des nigerianischen Strafvollzugssystems.

Ich bin ebenso überrascht von seiner Liebenswürdigkeit wie von seiner äußeren Erscheinung, mit dem gestärkten Baumwollhemd, der gebügelten Hose mit einem braunen Ledergürtel im gleichen Farbton wie die spitzen Schuhe. Sein Rasierwasser erfüllt den Raum – ein holziger Duft mit einem gewissen Unterton. Bergamotte vielleicht?

»Sie sind also Sister Kennys Bruder?«, fragt er.

Der Austausch von Nettigkeiten gibt mir die Gelegenheit, ihn zu studieren. Er fragt, wo ich in den USA gelebt habe, erkundigt sich nach meinen Kindern und will wissen, wie sie sich einleben. Meine Antworten sind knapp. Als er fragt, wo ich zum Gottesdienst gehe, greife ich zu meinem Handy.

»Haben Sie etwas dagegen, wenn ich unser Gespräch aufzeichne?«

Er dreht die Handflächen nach außen, wobei eine Patek Philippe unter der Manschette hervorschaut. Ich drücke auf *Aufnahme*.

»Was sagen Sie zu den Anschuldigungen gegen Sie?« Ich bemühe mich um einen beiläufigen Ton, eine nicht aggressive Körpersprache.

Perfekt manikürte Fingernägel kreisen in einer wegwerfenden Geste durch die Luft. »Lachhaft! Meiner Frau fehlt überhaupt nichts, und sie dürfte bald wieder zu Hause sein.«

Damit habe ich gerechnet, nicht aber mit dem geradezu verzückten Gesichtsausdruck. »Dann liegt die Polizei also völlig daneben?«

»Natürlich, so ist es. Aber wer will ihnen das zum Vorwurf machen? Irgendein boshafter Mensch hat beschlossen, die einzigartige Dynamik meiner Ehe zu benutzen, um mich in Verruf zu bringen. Die Polizei macht nur ihren Job. Ich bin ihnen nicht gram.«

»Haben Sie irgendeine Ahnung, wer dieser boshafte Mensch oder diese boshaften Menschen sein könnten?«

Er zuckt mit den Schultern. »Ich bin ein Diener des Allerhöchsten, und das macht mich zur Zielscheibe des Teufels. Es könnte jeder sein.«

»Sie haben gar keine Vermutung? Nichts, womit ich arbeiten könnte?«

»Um ehrlich zu sein: Es ist mir eigentlich gleich. Wenn es nach mir ginge, wären Sie gar nicht hier. Ich habe den Ältesten gesagt, dass das alles nicht nötig ist, aber sie haben darauf bestanden. Und verstehen Sie mich nicht falsch – mir ist klar, warum sie glauben, aktiv werden zu müssen, da sie sich nicht darauf verlassen können, dass die Polizei das Richtige tut. Ich wandle im Glauben. Meine Frau wird bald wieder zu Hause sein, und dann ist das alles vorbei. Doch um auf Ihre Frage zurückzukommen: Nein, ich weiß nicht, wer die bösartigen Lügen verbreitet haben könnte, die zu meiner Verhaftung geführt haben. Aber es muss jemand sein, der weiß, dass Sade sich regelmäßig zur persönlichen und spirituellen Einkehr zurückzieht.«

Ich habe schon genug Verdächtige befragt, um zu wissen, dass dies nicht die typische Reaktion auf einen Mordvorwurf ist, geschweige denn auf eine Verhaftung. Die Augen des Bischofs sind klar, seine Pupillen nicht geweitet, seine Gesten sind ausdrucksvoll, nicht manisch. Es ist das Gebaren eines Mannes, der mit sich selbst im Reinen ist und seinen Frieden mit der Situation gemacht hat. Sonderbar.

Ich versuche es mit einem anderen Ansatz. »Wie ist das Verhältnis zwischen Ihnen und Ihrer Frau?«

»Gesegnet. Wir hatten natürlich unsere Prüfungen, aber Gott hat uns geholfen, sie zu bestehen.« Er hält inne, doch das Lächeln gerät nicht ins Wanken, während er seine Worte sorgfältig wählt. »Es ist Ihnen sicher bekannt, dass unsere Verbindung nicht mit einem Kind gesegnet ist. Das verursacht große Spannungen innerhalb der Kirche.« Jetzt verschwimmt sein Lächeln, und seinen Augen bekommen einen traurigen Ausdruck. »Ich verstehe die Sorgen der Leute. Wenn der Superintendent einer Kirche in einer solchen Situation ist, ist das nicht gut für die Außenwirkung. Aber wer kann den Willen Gottes anzweifeln?«

»Sind die Spannungen nur innerhalb der Kirche?«, frage ich behutsam.

Das Auftreten des Bischofs hat etwas, was mich gegen meinen Willen zu ihm hinzieht. Er spricht ruhig, unvoreingenommen und auf dem Boden der Realität. Ich hatte Plattitüden erwartet, Bibelzitate, »das Werk des Teufels« und ähnlichen Unsinn. Dieser Mann jedoch scheint sich im Klaren darüber zu sein, dass seine Beziehung zu seiner Frau fehlinterpretiert und gegen ihn verwendet werden könnte. Ich nehme weder Aggressivität noch eine Abwehrhaltung an ihm wahr. Nur Resignation.

Er atmet tief aus. Sein Lächeln verschwindet ganz, er wendet den Blick ab und wirkt auf einmal verlegen. »Wir sind geistige Wesen, meine Frau und ich, aber dennoch Menschen aus Fleisch und Blut, Dr. Taiwo. Es gibt Zeiten, da bereitet es uns Kummer, weil es scheint, als ob unsere Gebete auf taube Ohren treffen. Oder dass Gott unseren Glauben und unser Vertrauen auf eine zu harte Probe stellt. Ich muss zugeben, dass es sie stärker belastet als mich. Ich habe die Kirche, die mich ganz in Anspruch nimmt, und sie – nun ja, sie hat ein bisschen mehr Zeit für sich, in der sie den Willen Gottes anzweifeln kann. Und deshalb: Ja, die Spannungen schwappen auch über auf unser Privatleben, und wenn das passiert, weiß ich, dass sie eine Auszeit braucht, also gebe ich ihr meinen Segen und lasse sie gehen.«

Ich nicke. »Liegt es an ihr oder an Ihnen? Das Problem, meine ich.« Es ist ein schmaler Grat zwischen berechtigtem Nachhaken und Übergriffigkeit, deswegen ist mein Ton so zurückhaltend, dass er sich nicht gezwungen fühlen muss zu antworten.

Er lacht leise, mein Unbehagen scheint ihn zu amüsieren. »Dr. Taiwo, Sie können mir glauben, dass unsere Situation schon öfter zu unangenehmen Fragen geführt hat. Ich könnte ein Buch schreiben über all die Untersuchungen und Fragebögen, die wir in den vergangenen Jahren über uns ergehen lassen mussten. Sie können sich entspannen. Aber zu Ihrer Frage: Wir haben viele Ärzte konsultiert, und alle kommen zum gleichen Ergebnis. Wir sind beide gesund, und es gibt keinen medizinischen Grund, weshalb meine Frau kein Kind austragen könnte.«

Ich runzle die Stirn. »Austragen? Sie meinen …?«

»Ich meine, dass meine Frau schon einmal schwanger war, wir aber das Kind im ersten Trimenon verloren haben«, sagt er ruhig und mit festem Blick.

»Wann war das?« Ich halte meine Stimme neutral. Das ist eine Information, über die die Ältesten entweder nicht verfügen oder die sie für sich behalten haben. Wie relevant sie für den Fall ist, muss sich noch herausstellen.

»Etwa dreieinhalb Jahre nach unserer Heirat. Wir waren überglücklich, beschlossen aber, es für uns zu behalten, bis wir sicher sein konnten. Rückblickend war das vielleicht ein Fehler. Vielleicht hätten wir den Beweis für Gottes Gnade verkünden und sein Versprechen nicht anzweifeln sollen. Dann würden die Leute meine Frau jetzt vielleicht nicht als unfruchtbar ansehen, als ob sie irgendwie ihrer Rolle als First Lady der Grace Church nicht würdig wäre. Ich bedaure das.«

»Es war Ihre Entscheidung, die Schwangerschaft geheim zu halten?«

Er nickt, immer noch, ohne mich anzusehen. »Sie müssen verstehen, Dr. Taiwo – wir hatten schon so lange gewartet. So viel gebetet. Und als es dann so weit war, war ich, wie ich beschämt eingestehen muss, überrascht. Ich konnte das Geschenk nicht annehmen, als ob es ein erwartetes Wunder wäre. Ich wollte, dass wir diese wunderbare Neuigkeit nur noch für eine kurze Weile für uns behielten, auch um uns selbst daran zu gewöhnen, ehe wir es publik machten.«

Sind das Tränen in den Augen des Bischofs? Ich sehe auf mein Aufnahmegerät hinunter und verfluche mich für den Entschluss, mein Notizbuch nicht mitzunehmen, sodass ich jetzt nicht vorgeben kann, mir Notizen zu machen. Ich bin auf diesen Grad von Verletzlichkeit bei einem Mann, der einer Kirchengemeinde von Millionen Gläubigen vorsteht, nicht vorbereitet. Es ist erschütternd, das mit anzusehen.

Die verlegene Pause gibt dem Bischof Zeit, sich zu sammeln. Als ich aufblicke, ist das Lächeln wieder da.

»Aber wir haben nach vorne geschaut. Der Herr hat es schon einmal getan, und Sade und ich wissen, dass er es wieder tun wird. Wir müssen nur Geduld haben und beten.«

Der Bischof spricht von seiner Frau, als ob er von den Anschuldigungen gegen ihn nichts wüsste. Wann immer er ihren Namen erwähnt, ist sein Tonfall warm und von einer beinahe väterlichen Nachsicht erfüllt. Ich muss an das Hochladedatum des YouTube-Videos denken, das ich vor zwei Tagen gesehen habe. Wenn Sade nur Monate zuvor eine Fehlgeburt erlitten hatte, würde das vielleicht die Verbitterung erklären, die ich in ihrer Miene gelesen habe. Vielleicht war sie wütend über eine Situation, in der ihr Mann ihre Bedürfnisse seinen Verpflichtungen gegenüber der Kirche untergeordnet hatte.

»Erzählen Sie mir von Ihrer letzten Begegnung mit ihr«, fordere ich ihn auf.

Er antwortet ohne Zögern – vielleicht, weil er wusste, dass ich die Frage stellen würde, oder weil die Polizei ihn bereits danach gefragt hat, und es ist keine Leichtigkeit in seinem Ton. »Ich hatte eine Vorstandssitzung in Graceland. Sade sollte dabei sein, aber an diesem Morgen war sie niedergeschlagen, und ich hatte den Eindruck, dass die Belastung zu viel für sie wäre. Also bat ich sie, zu Hause zu bleiben und sich auszuruhen. Als ich am Abend nach Hause kam, hatte sie dem Personal für den Tag frei gegeben und mir ein sehr feines Abendessen gekocht. Das tut sie immer, wenn sie vorhat zu verreisen. Aber diesmal, ich weiß auch nicht, warum, ging es mir gegen den Strich. Ich bin nicht stolz darauf, aber wir hatten einen Streit.«

Eine wohlüberlegte Antwort. Er erwartet sicher, dass ich ihn frage, wie der Streit ablief, deshalb tue ich es nicht.

Der Bischof sieht aus wie jemand, der im Begriff ist, eine schwerwiegende Verfehlung zu beichten. »Ich übernehme die volle Verantwortung. Ich habe nicht damit gerechnet, dass sie am nächsten Tag abreisen würde. Ich hatte mich auf einen romantischen Abend mit meiner Frau eingestellt, aber stattdessen sagte sie mir, dass sie Abstand braucht.«

Er atmet hörbar ein, dann schüttelt er wieder bedauernd den Kopf. Er wirkt so gebrochen, dass ich ihm am liebsten tröstend auf die Schulter klopfen würde. Ich widerstehe dem Impuls.

»Sie hat schreckliche Dinge gesagt. Dass es mir egal wäre, was sie durchmacht, dass mir die Kirche wichtiger wäre als unsere Ehe. Dass sie sich wie eine Versagerin vorkäme und ich nichts tun würde, um ihr zu helfen.«

»Vielleicht wollte sie, dass Sie sie diesmal begleiten«, mutmaße ich, um Verständnis für seine missliche Lage zu bekunden und eine andere Perspektive einzunehmen. Empathie und Verzicht auf Bewertung können den Befragten dazu bringen, sich mehr zu öffnen.

Es funktioniert. Bischof Dawodu sieht mich an, als ob ihm dieser Gedanke noch gar nicht gekommen wäre. Er runzelt die Stirn, dann nickt er bedächtig, als ob ihm gerade eine Erkenntnis aufginge. Das Schweigen setzt sich fort, als er aufsteht und an das kleine Fenster tritt. Ich beobachte ihn, als er auf die Autowracks hinausblickt, die in der Landschaft verstreut sind.

Als ich schon zu überlegen beginne, ob ich nicht meine Fragerichtung ändern sollte, wendet er sich mit einem gequälten Lächeln zu mir um. »Wenn es das ist, was sie wollte, hatte sie eine seltsame Art, es zu zeigen. Ja, es gab sogar einen Moment ...« Er schaut weg, als ob er sich fragt, ob es klug wäre, mehr zu sagen, und fügt dann hinzu: »Ich hatte Sorge, dass ihre Krankheit wieder ausbrechen könnte.«

»Ihre Krankheit?«

»Das ist etwas, was ich noch nie irgendjemandem anvertraut habe, aber da Sie ja hier sind, um zu helfen, ist es wohl in Ordnung.« Jetzt sieht er mir fest in die Augen. »Sade hat in der Vergangenheit unter einer psychischen Erkrankung gelitten.«

»Haben Sie das vor oder nach der Heirat erfahren?« Ich versuche neutral zu klingen. Es gibt eine ausgeprägte Korrelation zwischen psychischen Erkrankungen und dem unfreiwilligen Verschwinden einer Person. Aber das ist eine Information, die ich gegenüber einem Mordverdächtigen nicht preisgeben werde.

»Erst danach. Als wir geheiratet haben, hatte sie ihre Therapie schon hinter sich und nahm keine Medikamente mehr, also habe ich von der Krankheit erst erfahren, als sie nach ihrer Fehlgeburt wieder aufflammte.«

»Hat sie nach der Fehlgeburt Hilfe bekommen? Eine Therapie oder eine medikamentöse Behandlung?«

»Das wäre angebracht gewesen, aber wir haben es nicht getan. Sie bestand darauf, dass es ihr gut gehe, und ich dachte, was sie durchmachte, sei normal. Wenn eine Frau drei Jahre darauf wartet, schwanger zu werden, und dann das Kind verliert, kann das nicht ohne gesundheitliche Folgen bleiben, seien sie seelischer oder körperlicher Art. Also war ich mit ihr der Meinung, dass sie außer Gebeten und moralischer Unterstützung nichts brauchte. So dachte ich bis zu jenem Abend.«

»Hatte sie ähnliche Symptome wie nach der Fehlgeburt?«

Er nickt. »Schlimmer noch. Viel schlimmer. Die Dinge, die sie sagte. Und die Gewalttätigkeit.« Er runzelt wieder die Stirn, als ob er über ein kniffliges Problem nachdächte. »Es passte so gar nicht zu ihr. Ich konnte es mir nicht erklären.«

»Gewalttätigkeit? Von ihr?« Er wirkt auf mich nicht wie jemand, der bei einem häuslichen Streit die Opferrolle für sich beanspruchen würde.

Er zieht seinen Hemdkragen herunter. Lange Striemen und verschorfte Kratzer ziehen sich über seinen Hals bis zu den Schlüsselbeinen. »Es hat mich meine ganze Willenskraft gekostet, friedlich zu bleiben. Sie hat mich sogar mit einem Messer bedroht. Es war der Wachmann, der mir half, sie zurückzuhalten und dazu zu bringen, es fallen zu lassen.«

Ich versuche nicht so genau darüber nachzudenken, wie zwei Männer eine Frau dazu »gebracht« haben, irgendetwas zu tun, also frage ich stattdessen: »Was haben Sie dann getan?«

»Ich habe das Haus verlassen. Ich bin nach Graceland zurückgefahren und habe die Nacht in unserem Haus dort verbracht. Am nächsten Tag begann unser siebentägiges Spezialprogramm. Ich nahm an, dass sie zu ihrer Auszeit aufgebrochen sei und nicht anrief, weil sie immer noch wütend war – und ich war es auch, wenn ich ehrlich bin.«

»Sie haben sich also danach gar nicht mehr bei ihr gemeldet?«

Er wirkt reumütig. Wieder schimmern Tränen in seinen Augen. »Ich hätte es tun sollen. Das weiß ich jetzt. Aber ich war wütend. Verletzt.«

»Sie haben niemandem davon erzählt?«

Er schüttelt den Kopf und weicht meinem Blick aus, und dann wischt er sich die Augen mit dem Ärmel seines frisch gebügelten Hemds – eine überraschend unelegante Geste. »Das konnte ich nicht. Ich habe mich zu sehr geschämt.«

»Und dann tauchte die Polizei auf.« Ich sage das, um ihm vielleicht irgendwelche Informationen zu entlocken über das hinaus, was er und die Ältesten über die Ereignisse, die zu seiner Verhaftung führten, erzählt haben.

Er deutete mit einer Handbewegung auf den Raum, in dem wir sitzen. »Und da sind wir nun.«

Nichts Neues also. Ich kenne den Bischof nicht gut genug, um zu entscheiden, ob er zu einem Mord fähig wäre, aber ich habe schon genug Mörder befragt und kann daher eines mit ziemlicher Sicherheit sagen: Sollte Sade Dawodu tatsächlich Opfer eines Verbrechens geworden sein, dann ist die Wahrscheinlichkeit, dass ihr Ehemann der Täter ist, geringer, als es die Statistik nahelegt. Die Offenheit, mit der er über den Vorfall am Vorabend von Sades Abreise berichtet hat, sein Eingeständnis, dass er die Dinge falsch eingeschätzt hat, und sein schlechtes Gewissen – all das sind Aussagen, von denen ein halbwegs intelligenter Mensch wissen muss, dass sie seiner Sache nicht dienlich sein können. Es sei denn, sie sind wahr.

Ich wechsle das Thema. »Wie ich höre, haben Sie eine Kaution abgelehnt?«

Er kommt zum Tisch zurück und setzt sich wieder mir gegenüber. Das Lächeln ist zurück. Er schlägt die Beine übereinander und breitet die Hände aus. »Wo wäre mein Glaube, wenn ich nicht darauf vertrauen könnte, dass mich die Wahrheit rehabilitiert?«

»Aber hier eingesperrt zu sein?« Ich blicke mich im Raum um. »Das kann doch nicht einfach sein.«

Sein Lächeln wird breiter, und er wedelt tadelnd mit dem Zeigefinger. »Der Apostel Paulus hat einige seiner großartigsten Briefe an die Kirche aus dem Gefängnis geschrieben.«

Ich sehe ihn unverwandt an. »Die Bedingungen sind ja wohl kaum vergleichbar.«

Er verzieht das Gesicht. »Touché, Dr. Taiwo. Was kann ich sagen? Einige der Aufseher hier sind Kirchenmitglieder. Außerdem kann ich für 125 000 Naira die Nacht im VIP-Quartier wohnen. Ich habe mein eigenes Zimmer und kann Mahlzeiten von jedem beliebigen Restaurant bestellen. Aber täuschen Sie sich nicht – es ist immer noch ein Gefängnis.«

»Jedenfalls besser, als mit dem gemeinen Volk untergebracht zu sein«, witzele ich.

»Aber nicht besser, als von dem Verdacht frei zu sein, ich hätte meine Frau ermordet«, sagt er, ohne zu lächeln. »Das ist eine Last, die keine Vorzugsbehandlung von mir nehmen kann.«

Wir schweigen beide. Der unausgesprochene Gedanke, dass er sich irren könnte, was das Verschwinden seiner Frau betrifft, hängt in der Luft.

Er lehnt sich auf dem Plastikstuhl zurück und sieht mich mit hochgezogenen Brauen an. »Vielleicht glauben Sie, dass ich den Märtyrer spiele. Denn warum sollte ich sonst darauf verzichten, auf Kaution freizukommen, bis meine Frau wieder auftaucht?«

Unter den gegebenen Umständen scheint mir Offenheit die beste Taktik zu sein. »Bischof Dawodu, ich kenne Sie nicht gut genug, um zu wissen, ob Sie den Märtyrer spielen. Wenn es so ist, ist es ein hoher Preis angesichts dessen, was man Ihnen vorwirft.« Er lässt fast unmerklich die Schultern sinken, und Unsicherheit schleicht sich in seinen Blick. Ich füge rasch hinzu: »Aber ich neige auch zu der Ansicht, dass das nur eines bedeuten kann.«

»Und was wäre das?« In seinem Ton schwingt Hoffnung.

Mein Mitgefühl mit ihm lässt mich ehrlicher antworten, als ich sollte. »Sie sind der festen Überzeugung, dass Ihre Frau am Leben ist und bald wieder zu Hause sein wird.«

SEI VORBEREITET

Bleib wachsam. Immer. Die Leute um ihn herum werden alles tun, um den Schein seiner Macht und seiner Salbung zu wahren. Lass sie ihren Job machen. Lass die Anwälte beratschlagen, die Polizei Fragen stellen, die Medien spekulieren. Lass die ganze Kirchengemeinde munkeln, murren und flüstern. Vergiss nicht, wir wollen eine genaue Untersuchung erzwingen. Ihm die Maske der Rechtschaffenheit vom Gesicht reißen. Ihn den prüfenden Blicken der Öffentlichkeit aussetzen.

Rechne mit dem Schlimmsten. Ich konnte nicht alles berücksichtigen, was er und seine Leute sich werden einfallen lassen, um meinen Plan zu durchkreuzen. Überlass nichts dem Zufall. Vernichte das Dossier, das ich dir gegeben habe. Nichts darf auf dich zurückführbar sein. Widersteh der Versuchung, irgendetwas zu behalten. Es sind Kopien in den Händen von Leuten, die nur darauf warten, im richtigen Moment aktiv zu werden. Auf dein Wort hin.

Es war alles andere als leicht, an die Patientenakte zu kommen, aber ich hielt es für nötig, dir einige Hintergrundinformationen zu liefern, vor allem über jene Tage an der Universität. Du kannst daraus ersehen, wie der Arzt mir gezeigt hat, dass ich nicht »verrückt« oder »labil« war. Wie er mir geholfen hat, mit meiner Trauer fertigzuwerden, nachdem Daddy gestorben und ich im Medizinstudium durchgefallen war. Diese Akte ist nur für deine

Augen bestimmt. Sorg dafür, dass es so bleibt. Wir wollen nicht, dass er sie benutzt, um zu erklären, was ich getan habe. Verbrenn sie, wenn du sie gelesen hast.

Bleib auf der Hut. Lass dich nicht vom Zorn zu überstürzten Handlungen treiben. Ich habe einkalkuliert, dass er sich nicht kampflos geschlagen geben wird, also vertrau mir. Auch wenn es so aussieht, als würde er gewinnen, verzage nicht. Denk daran: Je größer der Sieg, den er sich erträumt, desto süßer der Sturz.

Vor allem: Sei stark.

WAS DAS BLUT ERZÄHLT

»Du glaubst ihm?«, fragt Chika, kaum dass wir uns zum Essen hingesetzt haben. Wir haben uns die ruhigste Ecke ausgesucht, möglichst weit weg von den Fernsehbildschirmen, auf denen Musikvideos laufen, und den Gästen, die lautstark Bestellungen rufen.

»Es ist ein Bauchgefühl«, sage ich, während ich mich über mein Essen hermache. »Ich bin mir nicht ganz sicher, was ich von dem Mann halten soll. Irgendwas passt da nicht zusammen.«

»Und doch sagt dir dein Bauch, dass er seine Frau nicht umgebracht hat? Ich bin verwirrt«, entgegnet Chika skeptisch.

»Es ist seine Persönlichkeit, die mich verwirrt. Ich meine, dieser Typ ist das Oberhaupt einer Kirche mit Millionen von Mitgliedern weltweit. Forbes zählt ihn zu den zwanzig reichsten evangelischen Geistlichen der Welt. Ich hatte etwas mehr Arroganz erwartet, eine gewisse Anspruchshaltung. Aber er wirkt eigentlich ganz ruhig und gelassen, er ist vernünftig und umgänglich und sogar selbstkritisch genug, um zuzugeben, dass er sich in dem Streit mit seiner Frau nicht gerade vorbildlich verhalten hat.«

»Ah, jetzt verstehe ich. Weil der Verdächtige nicht in dein vorgefasstes Bild von einem Pastor einer Megachurch passt, sagt dir dein Bauch, dass er unschuldig ist?«

Wenn irgendjemand sich das Recht verdient hat, mich zu verspotten, dann ist es Chika Makuochi. Ich hebe mahnend den Zeigefinger. »Er hat ein solides Alibi. Er war in der betreffenden Nacht in der Kirche.«

Chika spießt ein Stück Fleisch auf und beäugt es kritisch. Kuh-Innereien sind ihm ein Gräuel. »Er könnte sie umgebracht haben, *bevor* er in die Kirche ging, um sich sein Alibi zu verschaffen.«

Ohne die Akte, die mir einen Zeitrahmen liefert, kann ich dieser Logik nichts entgegensetzen. Ich bete zum x-ten Mal, dass Abubakar sein Versprechen hält.

»Da ist was dran«, gebe ich widerwillig zu, während ich meine Gabel hinlege und dem gebratenen Fisch mit den Fingern zu Leibe rücke. Köstlich! »Übrigens«, fahre ich fort, »ich hoffe, du erwartest nicht, dass ich für dieses Essen bezahle, denn das Ghana High ist kein neues Lokal, das du entdeckt hast. Ich bin hier um die Ecke aufgewachsen.«

Chika rollt mit den Augen. »Das habe ich schon daran gemerkt, wie sie dich begrüßt haben.«

Er hat unseren laufenden Wettbewerb um die Entdeckung der besten Bukas in Lagos schon dreimal in Folge gewonnen. Aber diesmal nicht. Als ich vor Monaten mit meinem Vater hierherkam – seine Arztpraxis ist ganz in der Nähe –, war es wie eine Heimkehr. Die Garküche hat sich von ihren Anfängen in einer behelfsmäßigen Hütte zu einem vollwertigen Restaurant gemausert, aber das Essen ist das gleiche geblieben. Sie machen immer noch den besten Jollof-Reis in dieser Ecke von Lagos.

Chika trinkt sein Wasser aus. »Aber das hier geht jedenfalls auf mich. Es gibt schließlich was zu feiern.«

»Was denn?«, frage ich mit vollem Mund.

»Heute ist es genau ein Jahr her, dass wir uns in Port Harcourt getroffen haben.«

Schon ein merkwürdiger Zufall, dass ich meinen zweiten Fall genau ein Jahr nach dem ersten übernehme. »Ist 'ne Menge passiert seitdem, was?«

»Adaora wird nächsten Monat ein Jahr alt.«

Obwohl mir klar ist, dass ich Chika unter anderen Umständen nie kennengelernt hätte, versuche ich die turbulenten Ereignisse meines letzten Falls nicht mit der Geburt meines Patenkinds in Verbindung zu bringen. Die Gefahren, denen Chika und ich ausgesetzt waren, als wir im Fall des Mordes an drei Studenten durch einen aufgebrachten Mob in Port Harcourt ermittelten, waren nichts im Vergleich zu den Problemen mit unseren Familien zu Hause in Lagos. Chika sorgte sich um seine hochschwangere Frau, während mich eine Ehekrise quälte, die ich durch meine Paranoia selbst ausgelöst hatte.

»Wahnsinn, wie die Zeit vergeht, hm? Und es hat sich nichts verändert. Ich benutze dich immer noch als Resonanzboden für meine Ideen.«

Chika hebt eine Augenbraue, während er einer Kellnerin winkt, die gerade vorbeikommt. »So, ich bin jetzt also ein Resonanzboden. Mehr nicht?«

»Na ja, du könntest mehr sein, wenn du deine Kontakte benutzen würdest, um an die Verbindungsdaten des Handys der First Lady heranzukommen. Kannst du das?«

»Vielleicht.« Chika hält seine leere Wasserflasche hoch und deutet auf den Kühlschrank hinter der Kellnerin. »Wieso denkst du, dass die Polizei diese Daten nicht längst hat?«

»Ich fürchte, dass ich die Akte nicht rechtzeitig bekomme, um die entscheidenden Schlüsse daraus ziehen zu können. Außerdem kann es nicht schaden, Beweismittel zu beschaffen, die bestätigen, was die Polizei bereits weiß.«

»Und du nennst mich einen Kontrollfreak«, höhnt Chika.

»Es geht nicht ums Kontrollieren«, protestiere ich. »Ich will nur an Informationen herankommen, die nicht handverlesen sind.«

»Was ist das anderes als Kontrollzwang?«, entgegnet Chika, während die Kellnerin uns zwei Flaschen Wasser an den Tisch bringt.

Ich warte, bis sie wieder gegangen ist, dann beuge ich mich vor. »Ich weiß, wie schwer es ist, an Telefonverbindungsdaten zu kommen, aber wenn jemand das schafft, dann bist du es. Bitte.«

»Es ist an der Grenze zur Illegalität.«

»Deshalb frage ich dich ja.«

»Danke«, erwidert Chika, scheinbar unbeeindruckt von meinem zweideutigen Kompliment. »Also, kann sein, dass ich da jemanden kenne, aber es wird etwas kosten. Hast du ihre Nummer?«

Ich hole mein Handy hervor, um die Frage an Kenny weiterzuleiten, da taucht im gleichen Augenblick Abubakars Nachricht auf.

Der LE wird Sie durch den TO führen. Seien Sie um 1500h dort.

Eine Tatortführung durch den leitenden Ermittler? Ich sehe auf die Uhr am Handy. Siebzehn Minuten nach zwei.

Ich lecke mir die Finger ab und bin froh, dass ich ohnehin fast fertig bin. »Wie würdest du es finden, mehr als nur Resonanzboden und Telefonhacker zu sein?«

Eine Stunde später lenkt Chika seinen Pajero in ein abgeschiedenes Viertel von Ikoyi.

Er pfeift anerkennend. »Das Geschäft mit Gott ist offenbar sehr einträglich.«

Dem kann ich nicht widersprechen. Bischof Dawodu wohnt in einer Straße, in der sich altes und neues Geld die Hand geben. Protzige Villen verbergen sich hinter hohen Mauern und massiven Toren. Der Abstand zwischen einer Einfahrt und der nächsten beträgt fast einen halben Kilometer.

Sie haben Ihr Ziel erreicht, meldet das Navi.

»Das da ist es, glaube ich«, sage ich und deute auf einen ramponierten Peugeot mit dem Emblem der nigerianischen Polizei.

Chika hält hinter dem Streifenwagen.

»Das macht Spaß«, sagt er, als wir aussteigen.

»Hör auf. Es ist vielleicht jemand gestorben.«

Er grinst. »Mein Humor ist nicht jedermanns Sache.«

Ich werfe ihm einen strengen Blick zu, den er ignoriert, indem er noch breiter grinst. Chikas Art von Humor ist in der Tat gewöhnungsbedürftig, zumal wenn man vergisst, dass er in seinem früheren Leben Söldner war.

Wir treten durch das offene Tor, und ein Wachmann mit beeindruckenden Muskelpaketen kommt mit großen Schritten auf uns zu. Wir wollen uns gerade vorstellen, da ruft eine laute Stimme: »Die wollen zu mir!«

Der Wachmann zieht sich auf seinen Posten zurück, und der Besitzer der Stimme tritt seinen Zigarettenstummel auf dem Betonpflaster aus. Er ist beinahe erschreckend dürr, mit nikotingelben Zähnen und einem üppigen, mit grauen Sprenkeln durchsetzten Haarschopf. Er trägt keine Uniform, aber ich kann das Polizeilogo auf dem weißen T-Shirt ausmachen, das er unter seinem ehemals weißen Poloshirt trägt.

»Ibrahim Dobra«, sagt er, als er vor uns steht. »Inspector«, fügt er rasch hinzu und wackelt vor Entzücken mit dem Kopf. »Dr. Taiwo? Ich habe schon viel von Ihnen gehört.«

»Hoffentlich nur Gutes.« Ich schüttle ihm die Hand. »Entschuldigen Sie die Verspätung. Der Verkehr, wissen Sie?« Ich deute auf Chika. »Das ist …«

Inspector Dobra reißt die Augen auf. »Chika Makuochi?«

»Sie kennen mich auch?«, fragt Chika, der – ungewöhnlich für ihn – seine Überraschung nicht verbergen kann.

Dobra wendet sich mir zu und sprudelt los: »Ich habe die Berichte über Ihre Arbeit im Fall der Okriki Three gelesen. Eine Glanzleistung. Deshalb bin ich so froh, dass Sie sich für diesen Fall interessieren.«

Chika und ich wechseln einen kurzen Blick. Es kann wohl nicht schaden, einen Fan zu haben. Aber es bleibt uns ohnehin keine Wahl, da Dobra uns bereits an einem Schild vorbeiführt, auf dem in verblassten Lettern steht: »TATORT – BETRETEN POLIZEILICH VERBOTEN!«

»Sie sind nicht der leitende Ermittler?«

»Nein, nein«, antwortet der Inspector, während er übertrieben vorsichtig die Stufen zur Haustür hinaufstakst. »Das ist Detective Bello. Wir gehören beide zur Special Crimes and Investigations Unit. Ich bin sicher, dass Sie schon von uns gehört haben.« Er wendet sich Chika zu und lächelt. »In der regulären Truppe wäre er Deputy Commissioner, und ich wäre Superintendent. Er ist also der Chef, auch wenn ich ihm nicht direkt unterstellt bin.«

»Ich dachte, er wäre derjenige, der sich hier mit uns treffen sollte«, unterbreche ich ihn.

Falls Inspector Dobra die Enttäuschung aus meiner Stimme heraushört, kann es seinen Enthusiasmus nicht dämpfen. »Er konnte nicht kommen, deshalb hat er mich geschickt.«

Verdammt! Ich hatte wirklich gehofft, den leitenden Ermittlungsbeamten zu treffen. Ich platze vor Fragen, die ich diesem Detective Bello gerne stellen würde. Aber fürs Erste ist es sicher das Beste, Dobras Begeisterung mit einem gewissen Interesse zu begegnen. Es wäre töricht, die Gelegenheit zu einer Tatortbegehung zu vergeuden, nur weil ich nicht den Reiseführer meiner Wahl bekommen kann. Also setze ich ein freundliches Lächeln auf und folge Inspector Dobra durch die Tür der Dawodu-Villa. Hinter mir höre ich Chika glucksen. Er lässt sich nicht täuschen.

Ein opulentes Interieur erwartet uns. Hohe Decken, von Säulen getragen, mit aufwendigen Stuckverzierungen, in denen sicherlich viele Monate Arbeit stecken. Marmorfliesen, Möbel mit Bezügen aus edlem Damast und Beistelltische aus poliertem Teakholz. Lebensgroße Porträts des Bischofs und seiner Frau pflastern alle verfügbaren Wandflächen, die nicht von Samtvorhängen verdeckt sind. Man kommt sich vor wie in der Lobby eines Grandhotels.

Die Luft riecht leicht modrig. Es ist offenbar nicht mehr gelüftet worden, seit das Haus als Tatort gilt. Es fällt mir sehr schwer, nicht darum zu bitten, die riesigen Fenster öffnen zu dürfen. Trotz der großzügig dimensionierten Räume habe ich das Gefühl, eingesperrt zu sein.

Dobra reicht uns Handschuhe und Plastiktüten.

»Es tut mir leid, dass unsere technische Ausstattung nicht dem entspricht, was Sie aus Amerika gewohnt sein müssen«, sagt er. »Aber ich habe eine dreimonatige Fortbildung zu Tatortarbeit und Spurensicherung in Aberdeen absolviert, und ich versuche das Gelernte so weit wie möglich in die Tat umzusetzen.«

Ich ziehe die Handschuhe an und streife mir Plastiktüten über die Schuhe. Chika und Inspector Dobra machen es ebenso. Sie sehen lächerlich aus – wie ich selbst wohl auch.

»Als wir vor vier Tagen den Durchsuchungsbeschluss bekamen, sind wir gleich hergefahren, haben den Tatort gesichert und alles so gelassen, wie es war.« Er senkt die Stimme und blickt sich rasch um. »Außer den ermittelnden Beamten, die vor Ort waren, weiß niemand, was wir hier gesehen haben. Es steht aber alles in der Akte. Kommen Sie bitte mit.«

Dobra führt uns durch ein Wohnzimmer, das ungefähr viermal so groß ist wie meines.

»Hier war nicht viel. Wir haben einige künstliche Haare gefunden, höchstwahrscheinlich von den Haarverlängerungen des Opfers, und reichlich Fingerabdrücke des Verdächtigen und seiner Frau. Auch von den Bediensteten. Wir haben auch Spuren von seinen Haaren an den Möbeln hier gefunden.« Am Durchgang zwischen Wohn- und Essbereich bleibt er stehen. »Hier wird es nun richtig interessant.« Er bedeutet uns, näher zu kommen. »Schauen Sie, hier. Können Sie die Blutspur sehen?«

Ich inspiziere die Stelle an der Wand, die mit einer »1« auf einem von Hand ausgeschnittenen Stück Karton gekennzeichnet ist.

»Das war der erste Hinweis auf das Verbrechen, von dem der anonyme Informant gesprochen hatte.«

»Sie haben das Blut untersuchen lassen?«, frage ich.

Dobra nickt. »Wir haben die Ergebnisse schnell bekommen, da die Labore in Privatbesitz sind. Binnen vierundzwanzig Stunden hatten wir die Bestätigung, dass die Spuren mit Mrs Dawodus Blutgruppe übereinstimmen.« Er deutet auf die Blutflecke an der Wand. »Und hier war noch mehr davon …«

Vierundzwanzig Stunden? Selbst ich weiß, dass das ungewöhnlich schnell ist. »Moment mal! Wie kann es sein, dass Sie so schnell einen Treffer hatten? Hatten Sie die Blutgruppe des Opfers in den Akten?«

Dobra kneift die Augen zusammen, dann legt er den Kopf schief, als ob er sich an ein Detail zu erinnern versuchte, das er nie als relevant erachtet hat. »Ich glaube, es war der Detective. Er erwähnte, dass er den Arzt des Opfers kontaktiert hätte. Oder war es die Klinik? Ich weiß es nicht genau.«

Chika sieht mich an und schüttelt den Kopf. *Lass es gut sein*, sagt sein Blick. Dies ist weder die Zeit noch der Ort, die Berufsethik eines Arztes infrage zu stellen, der einfach so persönliche Daten an die Polizei herausgibt, und das auch noch ohne richterliche Anordnung. Ich packe die Information in den Red-Flag-Winkel meines Gehirns und nicke Dobra zu, als ob alles, was er gerade erzählt hat, vollkommen logisch und sinnvoll wäre.

»Hier drüben«, fährt Dobro fort und deutet auf den Essbereich, »können Sie noch mehr Blutspuren sehen, allerdings nicht so viele wie an anderen Stellen.«

Kleine Kleckse getrockneten Bluts auf der cremefarbenen Marmorplatte des Esstischs. Ich erinnere mich an die Schrammen und Striemen am Hals des Bischofs.

»Wurden die Blutspuren nicht mit dem Blut des Tatverdächtigen abgeglichen?«

Dobra runzelt die Stirn, als ob die Frage nichts zur Sache täte. »Doch, da bin ich mir sicher, aber er lebt ja noch, *ko*? Es sind die Übereinstimmungen mit dem Blut des Opfers, die uns in erster Linie interessieren.«

Wie ein Verbrechen begangen wurde, ist genauso wichtig wie die Tat selbst. Schon allein, weil so geklärt werden kann, ob etwa Vorsatz vorliegt oder ob der Täter in Notwehr gehandelt haben könnte. Die Art und Weise, wie Dobra meine Nachfrage abtut, ist besorgniserregend.

»Sehen Sie hier?« Dobra geht weiter und deutet auf den Fußboden. Über die ansonsten makellosen Fliesen zieht sich eine lange Blutspur. »Ich hatte nicht damit gerechnet, bei der ersten

Tatortbegehung schon so zahlreiche Anfangsbeweise vorzufinden.«

Dobra gibt mit seinem Wissen an, und ich merke, dass Chika zunehmend frustriert ist, weil wir gezwungen sind, unseren Status als Helden des jungen Ermittlers zu wahren. Ich bedeute ihm mit einem Blick, dass er ruhig Fragen stellen soll. Außerdem muss ich mich konzentrieren, und dabei ist der fortlaufende Kommentar des Inspectors nicht gerade hilfreich.

»Was für Beweise?«, fragt Chika.

Die Frage scheint Dobra zu überraschen, doch dann verzieht sich sein Mund zu einem breiten Grinsen. »Ah, Mr Makuochi. Ich vergaß, dass Sie ja kein Ermittler sind wie Dr. Taiwo.«

Chika quittiert seine Herabsetzung im Ansehen des Inspectors mit gespieltem Bedauern. Dobra registriert es nicht.

»Es gibt grundsätzlich drei Arten von …«

Irgendetwas an dem getrockneten Blut an der Wand ist auffällig. Das Muster der Ausbreitung.

»… haben Sie es jetzt verstanden?«, fährt Dobra fort. »Ein Anfangsbeweis weist darauf hin, dass ein Verbrechen begangen wurde.«

In Ermangelung meiner Nikon 300 muss es meine Handykamera tun. Ich schalte den Blitz ein.

»Und alle Beweise dafür, dass ein Verbrechen begangen wurde, können am Tatort gefunden werden?«, fragt Chika. Sein übertrieben eifriger Tonfall verrät mir, dass auch er das Interesse an Dobras Geplapper verloren hat und er ihn jetzt nur noch ablenkt, um mich in Ruhe arbeiten zu lassen.

Ich fotografiere die Blutspuren aus verschiedenen Blickwinkeln. Bei manchen Aufnahmen schalte ich den Blitz aus. Das wird später für Vergleichszwecke von Nutzen sein.

»Ganz und gar nicht. Erhärtende Beweise können von überall kommen…«

Ich sehe mir die Fotos in der Vorschau an und vergleiche sie mit den Spuren an der Wand. Dann schalte ich wieder auf Foto-Modus und verwende die Panoramafunktion. Eine Weitwinkelaufnahme der Wand erweist sich als höchst aufschlussreich.

»Also wenn zum Beispiel die Mordwaffe weit entfernt vom Tatort gefunden wird?«, fragt Chika im ernsthaften Ton eines Musterschülers.

»Ja, ja, Sie haben es erfasst!« Dobra ist hocherfreut über den Erfolg seines Nachhilfeunterrichts. »Aber Sie müssten die Fingerabdrücke des Verdächtigen am Opfer oder am Tatort finden, um zu bestätigen, dass die Spuren mit denen auf der Waffe übereinstimmen. Verstehen Sie? Das wäre ein erhärtender Beweis!«

Ich zoome die Fotos heran. Ein Muster wird erkennbar. Ein Beobachter, der sich auf den größeren Blutfleck konzentriert, könnte die kleineren Punkte leicht übersehen, die sich sieben oder acht Zentimeter daneben befinden. Kleine Kleckse, die wie hingetupft wirken, nicht gespritzt, was zum Verlaufen geführt hätte. An der Wand ist außerdem eine relativ große Fläche von getrocknetem Blut zu erkennen. Auch hier ist nichts verlaufen. Es klebt einfach an einer Stelle wie der Zuckerguss auf einer Torte.

»Also, haben Sie es verstanden? Es gibt auch noch Indizienbeweise…«, sagt Dobra, während er an dem Pappschild mit der Nummer 2 vorbei zu einer Tür weiter hinten im Flur geht.

»Wohin führen die?«, unterbreche ich ihn und zeige auf Spuren von getrocknetem Blut auf dem Fliesenboden.

»*Ehen*, hier wird es noch belastender für den Verdächtigen.« Dobra steigt über ein Pappquadrat mit der Ziffer »3« hinweg.

Ich stelle die Kamera meines iPhones auf Videomodus, drücke auf *Aufnahme* und folge Dobra und Chika.

»Er muss die blutende Frau durch diesen Flur in ihr Schlafzimmer geschleift haben, das gleich dort ist.« Dobra geht weiter und deutet auf eine Tür.

Irgendetwas passt nicht zusammen. »Inspector, würden Sie sagen, dass das Opfer noch am Leben war, als es über den Boden geschleift wurde?«

»Eindeutig«, antwortet Dobra im Brustton der Überzeugung. »Im Schlafzimmer wurden mehrere Blutflecke gefunden, die darauf hinweisen, dass dort ein Kampf stattgefunden hat. Kommen Sie, ich zeig's Ihnen.«

»Einen Moment, bitte.« Ich winke Dobra und Chika zurück. »Wenn die Frau am Leben war und sich vielleicht gewehrt hat, während sie über den Boden geschleift wurde, vielleicht an den Haaren oder an einem Arm oder Bein, wieso ist dann die Blutspur von so einheitlicher Breite und Dichte?«

Ich klicke auf »Galerie«, um ihnen die Fotos zu zeigen, die ich gemacht habe, aber in diesem Moment kommt die Nachricht von Kenny.

Wieso? Hast du was rausgefunden?

Ich unterdrücke einen genervten Fluch, entschuldige mich bei Dobra und tippe hastig.

Schick mir einfach die Nummer, wenn du sie hast!

Dann wende ich mich wieder Dobra und Chika zu und lenke ihre Aufmerksamkeit auf meinen Handybildschirm. Ich starte das Video, drücke Chika das Handy in die Hand und bitte ihn, es hochzuhalten. »Sehen Sie, wenn ich eine blutende Person über den Boden schleifen würde und diese Person würde sich wehren, dann würde sie sich doch sicher hin und her bewegen, etwa so …« Ich mache ruckartige Bewegungen mit den Schultern, die Hände in der Luft.»Dann wäre das Blut nicht gleichmäßig am Boden verteilt. Selbst wenn die Person eine Schuss- oder Stichwunde im Gesäß hätte, würde sich das Muster der Blutspur am Boden verändern, wenn die Person beim Versuch, sich zu befreien, ihr Gewicht verlagert.«

»Ah, ich verstehe, was Sie meinen, Dr. Taiwo, aber die Beweise sind unwiderlegbar. Kommen Sie, kommen Sie und sehen Sie.«

Ich sehe Chika an, dass er verstanden hat, worauf ich hinauswill, aber Dobra lässt sich nicht so leicht überzeugen. Wir folgen dem Beamten ins Schlafzimmer. Hier wimmelt es nur so von Pappquadraten, und ich überlege schon, wie ich dem guten Dobra möglichst schonend beibringen kann, dass dies die Hypothese nur bestätigt, die ich zu formen beginne.

»Das Blut ist überall.« Dobra deutet darauf. »Sehen Sie … hier … und hier …«

»Die Waffe – wo haben Sie sie gefunden?«, frage ich.

»Unter dem Bett. Dort.« Er zeigt es mir.

»Lassen Sie mich raten: Als Sie die Fingerabdrücke überprüft haben, fanden sich nur die des Bischofs und seiner Frau.«

»Nein«, antwortet Dobra mit einem Anflug von Triumph. »Auch die des Wachmanns.«

»Sie meinen den da draußen?«, fragt Chika.

»Zufälligerweise, ja.«

»Kann ich mit ihm sprechen?« Ich bin schon auf dem Weg nach draußen.

Der Wachmann sieht uns verdutzt an, als wir auf ihn zugehen. Unsere Begegnung am Tor war zu kurz, um einen Eindruck hinterlassen zu haben. Als er jetzt strammsteht, nachdem wir seinen Posten erreicht haben, nutze ich die Gelegenheit, ihn genauer zu betrachten. Anfang dreißig, gepflegte Erscheinung, mit einem

Box-Cut, der an den Sprinter Carl Lewis erinnert. Seine Haltung lässt auf einen durchtrainierten Körper unter der Uniform schließen. Eine Pistole steckt im Holster an seiner rechten Seite, und sein Walkie-Talkie glänzt, als ob er es erst gestern gekauft hätte.

Ich begrüße ihn und frage ihn nach seinem Namen.

»Samson Adamu«, antwortet er steif.

Ich merke es, wenn mein amerikanischer Akzent sich als nicht hilfreich erweist. Ich wende mich Chika zu, der sofort begreift und in schnellem Pidgin lossprudelt. Samson entspannt sich sichtlich.

»Oga ruft meinen Namen«, sagt Samson, als Chika ihn nach dem betreffenden Abend fragt. »Ich denke, vielleicht ist Räuber an mir vorbei in Haus rein. Ich renne rein, und was seh ich, *ehn?*«

»Was siehst du, hm?«, fragt Dobra – aggressiver, als Chika es wohl getan hätte.

»Die Madam, *oo!* Sie hält Bischof am Hals, so.« Samson zieht seinen eigenen Kragen herunter, um zu demonstrieren, wie fest die First Lady zugepackt hat, und rollt wild mit den Augen. »Dann hält Messer über seinen Kopf. Es war, wie wenn Teufel wäre in Madam gefahren.«

Ich werfe Chika einen mahnenden Blick zu, als er Anstalten macht zu übersetzen. Ich habe schon verstanden: Die First Lady hat den Bischof am Hals gepackt und gedroht, ihn zu töten. Deutlich dramatischer als die Darstellung des Bischofs, aber im Wesentlichen übereinstimmend.

»Ich komm und sag, Madam mir Messer geben …«

Das Pidgin wird immer frenetischer. Ich gebe mich geschlagen.

Chika kommt mir zu Hilfe. »Er hat zusammen mit dem Bischof auf die Frau eingeredet, bis sie das Messer fallen ließ.« Er wendet sich wieder Samson zu. »Was dann passiert?«

»Bischof dankt mir. Er geht raus aus Haus. Ich nur hier sitzen und beten, dass Teufel kommt nicht wieder in dieses Haus.«

»Die Madam ist nicht rausgegangen?«, frage ich.

Samson schüttelt den Kopf.

»Und Bischof ist nicht zurückgekommen?«, fragt Dobra. Ich nehme Angst in seiner Stimme wahr.

»Nicht mehr diese Nacht, *sha*«, antwortet Samson ohne Zögern.

»Warum hast du uns das nicht gesagt, als ich dich befragt habe?«, ruft Dobra. Er ist klatschnass unter den Armen.

Samson breitet ratlos die Hände aus. »Sie mich nicht fragen, *oo*. Sie fragen, ob ich haben Dienst. Ich sage Ja.«

»Ich habe gefragt, ob du irgendetwas Ungewöhnliches gesehen hast!«, schreit Dobra erregt.

»*Haba*. Was ist ungewöhnlich an Streit zwischen Mann und Frau? Sie haben nicht Frau? Erst heute Morgen meine Frau spielt ein bisschen verrückt …«

Wäre ein Stuhl in der Nähe, würde Dobra bestimmt darauf niedersinken. Von dem Überschwang, den er eben noch an den Tag gelegt hat, ist nichts mehr zu spüren. Stattdessen sehen wir einen ernüchterten Mann, dem gerade erst die ganze Tragweite seines Fehlers bewusst wird. Selbstüberschätzung ist ein typischer Anfängerfehler, auch in der Forensik. Man vertraut zu sehr auf seine eigenen Beobachtungen, ohne die menschlichen Dramen zu berücksichtigen, die sich um die sichtbaren Spuren ranken. Ich hasse schlampige Polizeiarbeit, aber ich mag Dobra irgendwie, und es tut mir leid, zu sehen, wie er vor unseren Augen zusammenschrumpft.

Im Grunde muss die gesamte Polizeitruppe die Verantwortung übernehmen, nicht nur Inspector Dobra. Eine solche öffentliche Festnahme – und sei es nur zum Zweck der »Befragung« – allein auf der Grundlage von Anfangsbeweisen, das ist schon sehr ungewöhnlich. Schlechte Planung. Vorschnelle Schlussfolgerungen. Von einer kompetenten Verteidigung unter die Lupe genommen, würde keiner der Beweise – nummerierte Pappschildchen hin oder her – für eine Verurteilung von Bischof Dawodu wegen Mordes an seiner Frau ausreichen. Es würde vielleicht einige Zeit in Anspruch nehmen, und vielleicht müsste man den einen oder anderen im Ausland lebenden Forensiker hinzuziehen und ihn um seine teure Expertenmeinung bitten. Und das Ergebnis würde genau das sein, was Dobra inzwischen ahnt: Sämtliche Blutflecke und -spritzer an diesem Tatort sind nichts anderes als absichtlich dort platzierte Requisiten.

HINTER DEN KULISSEN

»Du glaubst, sie hat das alles inszeniert?«, fragt Chika, als wir zu seinem Wagen gehen. Obwohl mein Blick auf den dichter werdenden Verkehr gerichtet ist, bin ich in Gedanken noch in Bischof Dawodus Haus und lasse unseren Rundgang durch den sorgfältig arrangierten Tatort noch einmal Revue passieren. Wer immer dahintersteckt, wollte mit der Blutspur eine ganz bestimmte Person belasten.

»Es sollte alles darauf hindeuten, dass ein heftiger Kampf stattgefunden hat«, denke ich laut nach.

»Aber es *gab* einen Kampf«, meint Chika. »Der Wachmann war Zeuge – dieser Samson.«

Ich drehe mich zu ihm um. »Er bezeugt, dass es einen Streit gab, in dessen Verlauf Sade ihren Ehemann mit einem Messer bedrohte. Seine Version stimmt mit dem überein, was der Bischof mir erzählt hat.«

Ich liefere Chika eine Kurzfassung von Dawodus Darstellung des Streits mit seiner Frau, wobei ich die sehr persönlichen Details auslasse.

»Er könnte die ganze Sache zusammen mit dem Wachmann geplant haben«, wendet Chika ein.

»Aber es gibt Zeugen, die bestätigen, dass er sich bis zu seiner Verhaftung in Graceland aufgehalten hat.«

»Sie könnten sich telefonisch verständigt haben, oder Samson könnte seinen Chef in Graceland besucht haben. Sie hatten genug Zeit, ihre Aussagen abzustimmen.«

»Na schön. Dann lass uns doch einmal rein hypothetisch davon ausgehen, dass der Bischof das Haus nicht zu dem Zeitpunkt verlassen hat, den Samson genannt hat. Er tötet seine Frau und versäumt es aus irgendeinem Grund, die Spuren des Streits zu beseitigen. Wir müssen annehmen, dass so etwas Schlichtes wie Saubermachen unter seiner Würde ist. Dann transportiert er die Leiche ab – möglicherweise mit der Hilfe desselben Wachmanns – und legt sie irgendwo ab?« Ich erinnere mich an die makellose Kleidung des Bischofs, der selbst im Gefängnis noch aussah wie aus dem Ei gepellt, und schüttle den Kopf. »Das passt nicht zusammen. Zu chaotisch. Zu simpel.«

»Und wenn die Leiche noch irgendwo im Haus liegt oder auf dem Grundstück verscharrt wurde?« Chika spekuliert laut, aber ich weiß, dass er nur meine Hypothese auf den Prüfstand stellen will. »Ich meine, der Garten ist allemal groß genug.«

Ich bin schon kurz davor, Chika zu bitten, kehrtzumachen und zum Anwesen des Bischofs zurückzufahren. Aber dann setzt sich der gesunde Menschenverstand durch. Inspector Dobra mangelt es vielleicht an der Erfahrung, um einen Tatort korrekt lesen zu können, aber ich schätze ihn als penibel genug ein, um das Haus vom Dachboden bis zum Keller durchsucht zu haben. Im feuchten Klima von Lagos würde eine Leiche nach sieben Tagen gewiss schon riechen, es sei denn, sie läge in einer sehr großen Gefriertruhe, die sich kaum verstecken ließe. Bei unserem Rundgang über das große Grundstück, bevor wir uns von dem völlig aufgelösten Inspector Dobra verabschiedeten, waren in den makellos gepflegten Garten- und Rasenflächen keinerlei Spuren von frisch aufgegrabener Erde zu entdecken.

»Diese Blutspritzer sind nicht zufällig entstanden«, wiederhole ich mit noch mehr Überzeugung als zuvor.

»Wie kannst du dir da so sicher sein?«, fragt Chika, eher neugierig als provozierend.

Ich erkläre ihm, dass die Blutspurenanalyse eine Wissenschaft für sich ist und eine Fülle von Informationen über einen Tatort liefern kann. Erfahrene Mörder verstehen es, zu vertuschen, dass überhaupt eine Straftat vorliegt. Als ehemaliger Söldner weiß Chika das, aber die wenigsten Mörder sind am Tatort anwesend, wenn die Polizei oder die Ermittler zu bestimmen versuchen, *wie* ein Verbrechen begangen wurde. Bei einer vorsätzlichen Tötung hat der Täter die Kontrolle über alle Umstände vor und nach dem Tötungsakt – die Art der Waffe, den Winkel des Angriffs, selbst die Lage der Leiche und viele andere Faktoren. Bis auf eines: wie das Blut fließt.

»Jeder Kontakt hinterlässt eine Spur«, sagt Chika, nachdem ich geendet habe. »Das haben sie uns in der Scharfschützenausbildung beigebracht.«

»Genau. Und jede Spur erzählt eine Geschichte.«

»Und das Blut dort im Haus ...?«

»... ist nicht auf natürliche Weise verlaufen, und das erzählt eine andere Geschichte als die, die eigentlich beabsichtigt war. Natürlich wurde der Versuch unternommen, alles zufällig aussehen zu lassen, aber weil es so schwer ist, den Bewegungsverlauf einer Flüssigkeit vorherzusagen, ist die spezifische Art der Ausbreitung ein untrügliches Indiz. Das Muster der Blutflecke am Tatort ist eine gefälschte Spur, weshalb es zweifelhaft ist, ob es überhaupt zu einem Kontakt kam.«

»Aber warum sollte Sade ihrem Ehemann ihren vorgetäuschten Tod in die Schuhe schieben?«

Ich werfe Chika einen strengen Blick zu. Er kennt mich gut

genug, um zu wissen, dass ich keine so voreilige Schlussfolgerung ziehen würde.« »Ich habe nicht gesagt, dass die Ehefrau ihm eine Falle gestellt hat. Ich sage lediglich, dass sie für mich die Hauptverdächtige wäre.«

»Ist das nicht das Gleiche?«

»Aber was hätte sie davon, wenn sie nicht vorhat zurückzukehren?«

»Vielleicht will sie ihn für irgendetwas bestrafen? Oder ihm Angst einjagen und ihn angesichts seiner Popularität öffentlich blamieren? Oder ihn erpressen? Vielleicht will sie ihn verlassen, und er ist nicht einverstanden?«

Auf der Grundlage des psychologischen Profils seiner Frau, das der Bischof entworfen hat, sind alle diese Fragen berechtigt.

»Und nachdem sie das alles schon erreicht hat, sollte sie da inzwischen nicht wieder zu Hause sein?«, überlege ich laut.

»Stimmt«, meint Chika, während er seinen Wagen gegenüber von meinem parkt. »Wie dem auch sei, es sieht jedenfalls so aus, als ob dein Bischof unschuldig ist. Dein Job ist erledigt.«

»Das klingt ziemlich weit hergeholt, Schatz«, sagt Folake vom Bett aus, während ich mich ausziehe und ihr dabei von den Ereignissen des Tages erzähle – soweit die Geheimhaltungsvereinbarung es mir gestattet.

»Ganz und gar nicht«, erwidere ich. »Es erforderte nicht mal irgendwelche detektivischen Meisterleistungen. Die Fakten waren unübersehbar.«

Ich lasse mich neben ihr auf die Matratze fallen, immer noch angespannt von den Ereignissen des Tages, aber so müde, dass ich mich noch nicht zum Duschen aufraffen kann. Folake hat eine Art, Fragen zu stellen, wie sie ein Strafverteidiger stellen würde, was immer sehr hilfreich war, wenn ich Gutachten schreiben musste, in denen ich entweder Argumente lieferte, um einen Fall vor Gericht zu bringen, oder aber den Staatsanwalt davon zu überzeugen versuchte, die Anklage fallen zu lassen.

Sie legt die *Harvard Law Review* beiseite und nimmt ihre Lesebrille ab. »Ich finde nur, dass du dich davor hüten solltest, voreilige Schlüsse zu ziehen. Es ist Sache der Staatsanwaltschaft, zu entscheiden, ob die Last der Beweise gegen den Bischof einen Prozess rechtfertigt. Und dazu wird es nicht kommen, solange sie sich nicht relativ sicher sind, eine Verurteilung erreichen zu können. Nach dem, was du erzählst, ist ein Freispruch sehr wahrscheinlich, und das wäre eine Blamage sowohl für die Polizei als auch für den Staat.«

»Aber nach den Spuren am Tatort zu urteilen, will ihm jemand die Tat anhängen.«

»Du hast nur den Verdacht der Ältesten bestätigt. Sie haben dich engagiert, um herauszufinden, *warum* jemand dem Bischof etwas anhängen will, und das ist dir bisher nicht gelungen.«

Typisch Folake – sie legt den Finger zielsicher in die Wunde.

»Wie soll ich das machen, solange die Frau immer noch vermisst wird?«, frage ich laut.

»Wie wolltest du es denn machen, als du noch geglaubt hast, sie sei tot?«, kontert Folake.

Ihre Frage beschäftigt mich immer noch, nachdem sie eingeschlafen ist und ich mich aufzuraffen versuche, um den Staub des Tages von mir abzuwaschen. Sie hat den Nagel auf den Kopf getroffen. So ungern ich es mir eingestehe, weiß ich doch tief im Inneren, dass mein Wunsch, diese Sache so schnell wie möglich abzuschließen, sehr viel mit meinem Widerwillen gegen den Auftrag selbst zu tun hat.

Meine Beziehung zur organisierten Religion ist kompliziert. Als Kind wurden meine Geschwister und ich dazu verpflichtet, mit unseren Eltern die Saint Stephen's Anglican Church zu besuchen. Das Ritual mit dem Aufstehen und Wiederhinsetzen, dem Absingen der immer gleichen Kirchenlieder und den langen Predigten, unterbrochen von gefühlt endlosen Danksagungen und Kollekten, langweilte meinen Zwillingsbruder Taiye und mich. Erst als wir ins Teenageralter kamen und entdeckten, dass die Kirche ein vielversprechender Ort ist, um Mädchen kennenzulernen, änderte sich unsere Einstellung.

Als Taiye und ich zum Studieren in die Staaten gingen, kamen wir uns in der fremden Stadt verloren vor. Da unsere Onkel und Tanten über das ganze Land verstreut lebten, suchten wir so etwas wie Heimat in einem Gotteshaus. Dort konnten wir der Diskriminierung entfliehen, von der wir nicht gewusst hatten, dass sie in Los Angeles noch existierte, dem Anspruch der Stadt auf ethnische Vielfalt zum Trotz. Wir mussten unseren Platz außerhalb des Campus finden, ohne in die Gesellschaft der Gangs, Drogendealer und dergleichen zu geraten, vor denen uns unsere Mutter gewarnt hatte, bevor wir unseren Flug nach Amerika antraten.

Ich war derjenige, der die First Baptist Assembly entdeckte. Oder vielmehr war es Reverend (Dr.) August Freeman, den ich entdeckte. Eines Sonntagmorgens schaltete ich gelangweilt den Fernseher in unserer Studentenbude ein, und da war er, schick gekleidet und wortgewandt. Er sprach kraftvoll, aber dennoch ruhig, ohne die Feuer-und-Schwefel-Rhetorik vieler Pastoren von Pfingstgemeinden. Sogar die Art und Weise, wie er um Spenden bat, war etwas Besonderes. »Gib, wenn du hast, aber gib erst, nachdem du deinem Nachbarn geholfen hast, eine schwere Zeit zu überstehen. Gib nicht mit dem Gefühl, etwas zu opfern. Gib mit Freude, in dem Wissen, dass du deine Pflicht auf Erden und für deinen Nächsten getan hast.« Er war mir auf Anhieb sympathisch.

Und als ich dann herausfand, dass die Kirche in South Central war – eine kurze Busfahrt vom Campus der USC entfernt –, war das wie ein Wink des Schicksals. Ich überredete Taiye, mit mir in einen Sonntagsgottesdienst zu gehen, und wir wurden nicht enttäuscht. Die First Baptist Assembly war wie eine Heimkehr. Schwarze Menschen im Sonntagsstaat, ein Chor, der ebenso modern wie seelenvoll war, und ein Pastor, dessen Predigten einem Kraft für die anstehende Woche gaben.

Wir verpflichteten uns schon bald zum Gemeindedienst – ich als ehrenamtlicher Sekretär von Reverend Freeman und Taiye als freiwilliger Helfer bei der Gebetsseelsorge von dessen Ehefrau, Reverend Tasha Freeman. Dann erst begannen wir die Schattenseiten des »Jesus-Business« zu sehen. Es war wie eine einzige große Seifenoper. Was immer einem an Lastern und Verfehlungen einfallen mag, in der First Baptist Assembly war es zu finden. Die Veruntreuung von Geldern durch den Bruder von Reverend Freeman, das Alkoholproblem der Frau des Reverends, die auch den Chor leitete, ganz zu schweigen von den sexuellen Übergriffen von Diakonen und Diakoninnen und mehr. Alles, was sich hinter den Kulissen abspielte, war dem, was von der Kanzel gepredigt wurde, diametral entgegengesetzt. Aber es spielte keine Rolle. Meine Bewunderung für Reverend Freeman wog schwerer als die Eskapaden der Kirchenmitglieder, die Christus uns dennoch zu lieben befahl, denn wie heißt es doch: *Die Liebe deckt viele Sünden zu.*

Taiye ist noch heute der Meinung, dass nur die First Baptist Assembly uns davor bewahrt hat, zu »Jesus-Freaks« zu werden. Und ich rechne es Reverend Freeman als Verdienst an, dass er in mir Zweifel an meinem Glauben und meiner allzu großen Empfänglichkeit für die Ausstrahlung von Kirchenmännern geweckt hat. Ich denke an den Tag des entscheidenden Vorfalls zurück, und das erinnert mich an meine anstehende Dusche. Ich steige aus dem Bett. Folake murmelt etwas, und ich halte inne, um sie nicht zu wecken. Als sie weiter gleichmäßig atmet, gehe ich ins Bad.

Der Sonntagsgottesdienst, der alles änderte, läuft noch einmal in meinem Kopf ab, während das Wasser auf mein Gesicht prasselt. Lobpreis und Anbetung hatten sich länger hingezogen als gewöhnlich. Die Atmosphäre war aufgeladen. Der Heilige Geist war herabgefahren, und so bemerkte niemand, dass Reverend Freeman nicht an der Kanzel war, obwohl der vorgesehene Moment für seinen Auftritt schon längst verstrichen war. Es war meine Aufgabe, dafür zu sorgen, dass er den Zeitplan einhielt, also lief ich rasch zum Kirchenbüro. Warum habe ich nicht angeklopft? Warum habe ich nicht irgendein Geräusch gemacht, um den Reverend vorzuwarnen? Stattdessen platzte ich hinein mit dem Eifer eines Fans, der unbedingt der Welt sein Idol präsentieren will.

»Sir, wir sind schon neun Minuten über die ...«

Der Anblick, der sich mir bot, ließ mich mitten im Satz abbrechen: der Reverend, über mehrere Linien Kokain gebeugt. Er blickte zu mir auf, seine Nasenspitze mit weißem Pulver bestäubt. Seine Augen waren glasig.

»Komm, Junge«, sagte er, den Mund zu einem irren Grinsen verzerrt, »komm und teile mit mir.«

Ich wich einen Schritt zurück, schloss die Tür und rannte los.

»Ich weiß. Das weiß doch jeder«, sagte Taiye, als ich es ihm erzählte.

»Und warum hast du mir nichts gesagt?«, fragte ich empört. Ich fühlte mich ein zweites Mal verraten.

»Ich muss aber weiter hingehen«, sagte Taiye, und dann erzählte er mir, dass er schon länger eine Affäre mit Reverend Tasha Freeman hatte.

Ich war am Boden zerstört.

Ich bin danach nie wieder zur First Baptist Assembly gegangen, obwohl Taiye noch weitere zwei Semester dabeiblieb und erst einen Schlussstrich zog, als Reverend Freeman wegen Vergewaltigung von Minderjährigen in mehreren Fällen verhaftet wurde. Das war zu viel. Nicht einmal seine Vernarrtheit in Tasha Freeman konnte den Abscheu überleben, den alle empfanden.

Nach meiner Erfahrung mit der First Baptist setzte ich jahrelang keinen Fuß mehr in eine Kirche, ob pfingstlerisch oder orthodox. Als ich Folake heiratete und sie mit den Zwillingen schwanger war, erschien es uns wichtig, einige der Strukturen, Wertvorstellungen und Normen zu übernehmen, mit denen wir in Nigeria aufgewachsen waren. Ohne eine Ahnung von den Regeln der Kindererziehung in Amerika zu haben, kehrten Folake und ich zu unseren anglikanischen Wurzeln zurück – nicht zuletzt, weil unsere Mütter überzeugt waren, dass unsere Kinder in die Hölle kommen würden, wenn sie nicht getauft wären. Wir entschieden uns für die solideste, konservativste und orthodoxeste Kirche, die wir finden konnten, mit einem weißen Reverend und einer Gemeinde, die uns als Exoten betrachtete, weil wir keine Afroamerikaner, sondern *Ausländer* aus *Afrika* waren.

Ich empfand nichts während dieser todlangweiligen Sonntagsgottesdienste in der anglikanischen Kirche. Ich wusste, was »nichts« war, weil ich, bevor ich einen Blick hinter die Kulissen der First Baptist Assembly geworfen hatte, als einfaches Mitglied der Kirchengemeinde etwas Besonderes empfunden hatte. Als ob ich mit etwas verbunden wäre, das größer ist als ich. Diesem Gefühl trauere ich immer noch nach, weshalb ich mich heute irgendwo zwischen einem nicht praktizierenden Christen und einem Agnostiker einordne, nicht aus freien Stücken, sondern aus einem tiefen Bedürfnis nach Selbstschutz. Die Erfahrung hat mich gelehrt: Wer seinen Glauben gemeinsam mit anderen praktiziert, setzt sich der Gefahr aus, verletzt und enttäuscht zu werden. Nicht von Gott, sondern von den Menschen.

Und deshalb: Ja, ich will diesen Auftrag so schnell wie möglich hinter mich bringen. Er ruft Erinnerungen an eine Zeit zurück, die ich lieber ruhen lassen würde. Er erinnert mich an das, was ich verloren habe und wonach ich mich dennoch nach wie vor sehne. Er zieht mich tiefer hinab in einen dunklen Ort, wo ich die schwache Verbindung, die ich noch zum Konzept eines Gottes habe, gänzlich zu verlieren drohe. Je mehr ich mich in den Fall der verschwundenen First Lady einarbeite, desto mehr beginnt der kleine Rest meines Glaubens zu bröckeln. Ich sträube mich dagegen, die ganze Verderbtheit auszuloten, zu der ein »Mann Gottes« fähig sein muss, um fälschlich des Mordes an seiner Frau beschuldigt zu werden. Ich will nicht wissen, wie viel Hass dieses Paar erzeugt haben muss, um jemanden dazu zu bringen, ihnen einen solchen Skandal anzuhängen, wie ihn die Verhaftung des Bischofs hervorgerufen hat.

Aber wenn Folake recht hat – und sie hat fast immer recht –, würde ich mich meiner Verantwortung entziehen, wenn ich voreilige Schlüsse ziehen würde, nur weil ich die Sache schnell hinter mich bringen will.

Ich steige aus der Dusche und trockne mich ab.

»Gott ist kein Mensch«, flüstere ich meinem Spiegelbild zu. Das sagt Mum jedes Mal, wenn Taiye und ich unsere Enttäuschung über die organisierte Religion zu rechtfertigen versuchen.

Der Mensch ist nicht Gott, antwortet die Stimme in meinem Kopf. Ich wende mich vom Spiegel ab. Ich bin zu müde, um zu entwirren, was das bedeutet oder wo der Gedanke überhaupt herkam.

Ich schlüpfe unter die Decke und lege den Arm um Folakes Taille. Das Auf und Ab ihres Atems bringt meinen Körper zur Ruhe, nicht aber meine Gedanken.

Der Mensch ist nicht Gott. Ist das eine Mahnung, nicht vorschnell zu urteilen? Unvoreingenommenheit zu bewahren, wenn ich wirklich ergründen will, was mit Sade Dawodu passiert ist?

Der Schlaf stellt sich gerade rechtzeitig ein, um weitere Bedenken wegen meiner Entscheidung, mich auf die hässliche Seite des »God-Business« einzulassen, zu unterbinden.

DER MENSCHEN AUGEN

Pastor George, der Vize-Jesus der Grace Church, kommt pünktlich zur Tür herein, die Schultern gestrafft, als ob er in den Kampf zöge. Ich stehe auf, um ihn zu begrüßen, doch mein Lächeln kann seine finstere Miene nicht aufhellen.

»Ich habe alle Ältesten antreten lassen, sodass Sie mit jedem eine Stunde lang sprechen können«, sagt er, nachdem er mir mit einem flüchtigen »Gott segne Sie« die Hand geschüttelt hat.

»Ich glaube nicht, dass ich so lange brauchen werde.«

Pastor George knöpft seinen Blazer auf und setzt sich mir gegenüber. »Sie stehen jedenfalls alle bereit. Bishops Sekretärin organisiert das Ganze.«

Es tritt eine kurze Pause ein, und ich versuche einzuschätzen, wie ich am besten mit diesem undurchschaubaren Mann verfahren soll. Ich gehe die Liste durch, die er mir gemailt hat.

»Bevor wir anfangen – hier ist ein Name mit einer US-Telefonnummer daneben, eine La Tanya…«

»Miss Jacobson«, unterbricht er mich in scharfem Ton. »Sie ist Bishops Business Manager in den USA.«

Ich blicke abrupt auf. »Business Manager?«

Er zieht spöttisch eine Augenbraue hoch. »Schauen Sie nicht so verwundert, Dr. Taiwo. Bishop ist ein wichtiger Mann, und Miss Jacobson führt seine Geschäfte in Amerika. Sie koordiniert seine Termine und organisiert den Großteil seiner Auslandsreisen.«

Ich sollte nicht überrascht sein, aber ich bin es. »Wie eine Agentin?«

Pastor George zuckt mit den Schultern. »So könnte man es nennen. Sie ist nicht hier, deshalb habe ich ihre US-Handynummer angegeben. Sie können sie von hier aus anrufen. Wir sind für Telefonkonferenzen ausgestattet.«

Und warum setzen Sie sie auf die Liste der zu Befragenden? Das würde ich ihn gerne fragen, aber ich spüre, dass ich mir diesen Aspekt besser für später aufheben sollte. Gerechterweise muss man sagen, dass ich um eine Liste der Kontaktdaten sämtlicher hochrangiger Mitarbeiter des Bischofs gebeten hatte.

Anstatt darüber nachzudenken, warum ein Mann Gottes eine Agentin oder gar eine *Business*-Managerin brauchen sollte, komme ich gleich zur Sache. »Erzählen Sie mir von Ihrem Verhältnis zum Bischof.«

»Er ist natürlich mein Vorgesetzter, aber auch mein spiritueller Vater.« Seine Miene bleibt ausdruckslos, während er sich zurücklehnt und die Beine übereinanderschlägt.

»Die Hierarchie ist mir so weit klar.« Ich lasse ein paar Sekunden verstreichen. »Was denken Sie wirklich von ihm?«

Seine Züge verhärten sich. »Spielt das eine Rolle? Er ist von Gott dazu auserwählt, diese Kirche zu leiten.«

»Sie haben mich engagiert, damit…«

»Genau. Ich habe Sie engagiert. Warum sollte ich das tun, wenn ich ein Verdächtiger wäre?«

»Niemand hat gesagt…«

»Ihre Art der Fragestellung impliziert das«, entgegnet er scharf. »Was ich vom Bischof denke, ist nicht von Belang.«

Vom Bischof, nicht *von Bishop*. Das lässt mich aufhorchen. Ich hatte geglaubt, ihn so zu nennen, sei mein Privileg als Außenstehender. »Ist es das, was ich auch von den anderen Ältesten zu erwarten habe?«

Er runzelt die Stirn. »Wie meinen Sie das?«

»Dieses passiv-aggressive Verhalten.«

»Pff.« Er macht eine wegwerfende Handbewegung. »Unsinn! Ich bitte Sie lediglich, sich auf die wesentlichen Aspekte zu konzentrieren und nicht auf irrelevante Fragen.«

Er ist arrogant und selbstgerecht, und er stellt sich absichtlich begriffsstutzig. Ich mag ihn nicht.

»Danke, dass Sie mich daran erinnern, Pastor«, erwidere ich gereizt – unfähig, meine Ungeduld zu verbergen. »Aber als der Experte hier bestimme ich, welche Fragen relevant sind. Also noch einmal: Was halten Sie von Bischof Dawodu?«

Das Schweigen, das auf meine Frage folgt, ist angespannt. Ich setze eine Miene auf, die suggerieren soll, dass ich kurz davor bin, den Krempel hinzuschmeißen. Pastor George hat den Blick abgewandt. Er wägt seine Worte ab, und ich frage mich, wieso.

Er atmet tief aus. »Hören Sie, ich weiß, dass manche der Ältesten sagen werden, es habe Spannungen zwischen dem Bischof und mir gegeben. Aber unsere Differenzen waren nie persönlicher Natur. Ich habe die größte Hochachtung vor dem Bischof.«

Wieder *der Bischof*. Interessant. »Können Sie mir Näheres zu diesen Differenzen sagen?«

Er neigt den Kopf nach links, als ob er über die Bedeutung der Frage nachdächte. Es überzeugt mich nicht.

»Ich bin seit dreizehn Jahren hier Pastor. Seit die erste Kirche in Lagos gegründet wurde. Ich bin zur rechten Hand des Bischofs aufgestiegen, und in all den Jahren habe ich nie an ihm gezweifelt. Ich studierte das Wort Gottes nicht mit meinem Herzen, sondern durch seine Augen.«

»Bis jetzt?«

Er lächelt. »Je höher ich aufstieg, desto mehr fand ich meinen Weg. Es wurde mir klar, dass ich meine eigene Stimme finden muss, dass ich auf Gott hören muss und nicht auf den Bischof.«

»Gibt es da einen Unterschied?«

Die Art, wie er mich ansieht, mit einer plötzlichen Verletzlichkeit, lässt mich meinen anfänglichen Eindruck revidieren. Vielleicht ist er gar nicht arrogant. Vielleicht ist er nur ein Suchender und versteht es besser als andere, seine Zweifel zu verbergen. *Der Mensch ist nicht Gott.* Vielleicht ist Pastor George einer der wenigen im Geschäft mit dem Glauben, der sich mit dieser schlichten Wahrheit arrangiert hat.

»Ja, leider«, sagt Pastor George. »Ich begann die Haltung der Kirche zu gewissen Themen infrage zu stellen. Unsere Einmischung in die Politik zum Beispiel. Sind wir die Art von Kirche, die Christus angeordnet hat, oder eine Organisation, die ganz auf der Bibelauslegung eines einzelnen Mannes aufbaut?«

»Sie meinen den Bischof?«, frage ich, und er nickt.

»Ich habe den Fehler gemacht, manche dieser Auslegungen anzuzweifeln. In Vorstandssitzungen, aber auch von der Kanzel, wenn der Geist mich anleitete. Das kam gar nicht gut an.« Er hält inne, als suchte er nach dem richtigen Wort. »Der Bischof kann sehr launisch sein. Ich bin schon mehrmals öffentlich verwarnt worden.«

»Es gibt also einen Führungsstreit zwischen Ihnen beiden?«

Sein trockenes Lachen überrascht mich. »Das hier ist nicht das Parlament, Dr. Taiwo. Dies ist eine Kirche, und Bischof Dawodu ist ihr Oberhaupt. Wenn ich mich seiner Leitung nicht unterwerfen möchte, habe ich immer die Möglichkeit, mich einer anderen Kirche anzuschließen oder meine eigene zu gründen. Aber ein ›Führungsstreit‹, wie Sie es ausdrücken? Das wäre eine Sünde, und ich bin nicht gewillt, Gott zu versuchen.«

»Und seine Frau?«, frage ich, nachdem ich ein wenig in meinem Notizbuch herumgekritzelt habe.

»Sie kann mich nicht leiden.«

»Wie bitte?« Seine Offenheit ist verblüffend.

Erwischt, scheint seine Miene zu sagen, und zum ersten Mal kann ich mir vorstellen, dass er vielleicht einen Sinn für Humor hat.

»Damit haben Sie nicht gerechnet, hm? Aber sie gehört tatsächlich zu denen, die die öffentliche Rüge gegen mich unterstützt haben.«

»Warum?«

Er zuckt mit den Schultern. Das Lächeln ist verschwunden, seine Miene verfinstert sich wieder. »Wenn Sie sie finden, können Sie sie das selbst fragen.«

Der sarkastische Ton soll mich in die Defensive drängen und weitere Fragen in diese Richtung unterbinden. Ich lasse es ihm durchgehen. Fürs Erste. »Erzählen Sie mir von ihr.«

»Sie ist sehr klug. Manche finden, dass sie zum Dramatisieren neigt, aber auf mich wirkt sie sehr echt, sehr authentisch. Das bewundere ich an ihr. Sie sagt, was sie denkt, und es ist ihr egal, wenn es jemandem nicht gefällt. Das kann in einer Kirche sehr gefährlich sein.«

»Gefährlich?«

Er streckt eine Hand aus, wie um jede Missdeutung seiner Worte im Keim zu ersticken. »Nicht in einem Ausmaß, dass es zu körperlicher Gewalt käme, sondern was den Druck und die politischen Auseinandersetzungen innerhalb der Kirchenleitung betrifft. Ich glaube, das setzt ihr zu, und deshalb verschwindet sie manchmal und taucht erst nach Wochen wieder auf. Allerdings muss ich sagen, dass sie nicht immer so war. Sie war ein Licht in der Finsternis, hatte stets für jeden ein freundliches Wort, immer ein Lächeln auf den Lippen. Sie war respektvoll. Sie engagierte sich ehrenamtlich in fast allen Bereichen – im Chor, in der Kirche für Kinder, als Kirchendienerin –, überall hat Sister Sade mit angepackt. Dann heiratete sie Bishop, und im Lauf der Jahre wurde sie – wie soll ich sagen? – immer unnahbarer.«

Mir fällt auf, dass er jetzt wieder *Bishop* sagt. Er hat sich entspannt. Ich stelle die Fragen, die er erwartet hat. »Es hat nichts damit zu tun, dass sie noch keine Kinder hat?«

»Ich bin sicher, dass das jeder Frau in ihrem Alter Sorgen bereiten würde, aber ich bin nicht ihr Ehemann. Ich sage nur, dass ich verstehen kann, warum sie dann und wann eine Auszeit von all dem hier braucht.« Er macht eine ausladende Geste, als ob dieses Sitzungszimmer das weitläufige Anwesen von Graceland wäre.

»Und Sie brauchen das nicht?«

»Ich habe nie den Wunsch verspürt. Meine Berufung füllt mich vierundzwanzig Stunden am Tag aus. Sie ist mit Bishop verheiratet, aber das heißt nicht, dass sie sich in dieser Weise berufen fühlt.«

»Denken Sie, dass sie undiszipliniert ist? Vielleicht verantwortungslos?« Ich zitiere Nwokos Darstellung, um Pastor Georges Reaktion zu testen.

Er lächelt süffisant. »Nein, Dr. Taiwo. Ich denke, dass sie ein Mensch ist.«

Ein leises Klopfen, und wir blicken beide zu den geschlossenen Türen.

»Ihr nächster Termin. Sind wir fertig?«

Wir haben die Stunde, die er angeblich für jedes Gespräch angesetzt hat, noch nicht ausgeschöpft. Ich habe den Verdacht, dass er es so geplant hat, damit er so wenig Zeit wie möglich mit mir verbringen muss. *Nicht so eilig, mein Freund.*

»Der Bischof sagte, er und die First Lady hätten sich gestritten, bevor er an dem besagten Abend nach Graceland zurückkam.«

Er steht auf und sieht auf mich herab, als ob meine Frage mich in seinem Ansehen wieder sinken ließe. »Sie sind verheiratet. Na und?«

Ich suche in seiner Miene nach Anzeichen dafür, dass er etwas von der blutigen Szenerie im Haus des Bischofs weiß. Ich finde nichts.

»Ich frage mich, wem von den Ältesten er davon erzählt hat.«

»Warum?«

»Anscheinend sind alle davon überzeugt, dass die First Lady sich zu ihrer persönlichen Auszeit zurückgezogen hat, aber dennoch nutzt irgendjemand ihre Abwesenheit, um ihrem Mann eine Straftat anzuhängen. Eine oder mehrere Personen, die wissen, dass sie einen Streit hatten und die First Lady abgereist ist ...«

»Ich war es nicht.«

Das Dementi ist unnötig. Wir sehen einander in die Augen.

Ich riskiere es. »Ich war gestern im Haus des Bischofs. Also am Tatort.«

Pastor George zieht interessiert eine Augenbraue hoch. »Und? Das ist doch bestimmt gut, nicht wahr? Die Polizei hat uns den Zutritt verweigert.«

Ich zucke mit den Schultern. »Ich hatte Glück. Habe ein paar Leute angerufen.«

»Und?«

»Es sieht nicht gut aus für den Bischof, mehr kann ich im Moment nicht sagen«, lüge ich. »Es gibt da so einiges, was die Polizei glauben lässt, dass seiner Frau dort etwas sehr Schlimmes zugestoßen ist und er der Hauptverdächtige ist.«

Der Pastor lässt kurz die Schultern sinken, dann strafft er sie wieder, als ob er seine Kräfte sammelt. Oder versucht er nur überzeugend zu wirken?

»Es ist ein Komplott. Das garantiere ich Ihnen. Er war hier. Ich war bei ihm.«

»Und alle Ältesten auch?«

Er runzelt die Stirn, dann nickt er. »Ich kann die Hand nicht dafür ins Feuer legen, aber was ich mit einiger Sicherheit sagen kann, ist, dass alle Ältesten, die Sie kennengelernt haben, als wir Ihnen den Auftrag erteilten, hier waren.«

Ich registriere, dass er es nicht mit absoluter Sicherheit behauptet. Alibis für elf Älteste zu liefern, Mrs Bucknor nicht mitgezählt, wäre unglaubwürdig gewesen, und er ist klug genug, das zu wissen.

»Hat der Bischof Ihnen gesagt, warum er an jenem Abend nach Graceland zurückgekommen ist? Wussten Sie, dass es einen Streit gegeben hatte? Und dass sie abreisen wollte?«

Wieder klopft es, etwas lauter diesmal. Das Geräusch löst nicht die Anspannung im Raum, wir fixieren einander weiterhin.

»Bald«, sagt der Pastor, während sich seine Miene aufhellt und seine Mundwinkel sich zu einem zynischen Lächeln verziehen, »wird diese Tür aufgehen, und Sie werden den Ältesten die gleiche Frage stellen. Manche werden vielleicht sagen, dass die Spannungen zwischen Bishop und mir ein Motiv für mich wären, ihn auf diese Weise in Verlegenheit zu bringen. Ich versichere Ihnen, dass das weit von der Wahrheit entfernt ist.«

»Aber Sie geben zu, dass Sie ein Motiv hätten?«

»Hätte ich Ambitionen über das Amt hinaus, das Gott mir in dieser Kirche zugewiesen hat, dann vielleicht. Aber das ist nicht der Fall.«

»Wissen die anderen« – ich weise mit dem Kopf zur Tür –, »dass Sie keine Ambitionen auf den Thron haben?«

Diesmal ist sein Lächeln zugleich traurig und müde. »Die anderen sehen mich mit den Augen der Menschen, Dr. Taiwo.« Er hält einen Moment inne. »Und sie kennen mich überhaupt nicht.«

EINE BEDEUTSAME UNTERBRECHUNG

Drei Stunden, fünf männliche Älteste und eine Toilettenpause später bin ich kurz davor, das Handtuch zu werfen. Die Langeweile ist unerträglich. Ein Ältester nach dem anderen kommt herein und erklärt, was seiner Meinung nach die Polizei dazu veranlasst haben könnte, den Bischof zu verhaften – drei geben der Boshaftigkeit des Teufels die Schuld, die anderen beiden glauben, dass es einfach nur ein Missverständnis ist, ausgelöst durch das unüberlegte Handeln der First Lady. Alle beharren darauf, dass der Bischof zu dem Zeitpunkt, als seine Frau laut Polizei getötet wurde, in der Kirche war, und dass sie bei ihm waren.

Ich habe Erfahrung mit Befragten, die nichts beizutragen haben und trotzdem wie ein Wasserfall reden. Sie geben allerlei Anekdoten zum Besten, wobei sie immer wieder auf ihre eigene Interpretation der Ereignisse zurückkommen und dem Ermittler erklären, worauf er seine Ermittlungen konzentrieren sollte. In solchen Fällen kann man den Wortschwall bedenkenlos ausblenden – man kann sich ja später immer noch die Aufzeichnung anhören, falls etwas auffällig ist oder nicht zusammenpasst – und sie stattdessen einfach nur beobachten. Die Körpersprache, den Tonfall. Die nonverbalen Botschaften.

Aber von allen Ältesten, mit denen ich in den letzten drei Stunden gesprochen habe, war keiner die vollen sechzig Minuten wert, die für jedes Gespräch angesetzt sind. Unoriginell, fantasielos, engstirnig und ihrem Bischof Jeremiah Dawodu absolut und bedingungslos ergeben. Sie unterscheiden sich alle im Aussehen und in ihrer ethnischen Zugehörigkeit, aber im Grunde denken sie alle gleich.

Ich sehe auf meine Uhr, während Pastor Coker, der aktuelle Älteste, spricht. *Bishop ist ein wahrer Hirte, den Gott für diese Generation berufen hat. Ein Mann von außergewöhnlicher Salbung. Ein großer Anführer, dessen …*

Ich frage ihn wieder und wieder, wie er über die First Lady denkt, und wieder und wieder bekomme ich das gleiche Loblied zu hören. *Was für eine Frau Gottes! Tugendhaft, eine wahre Gefährtin! Und ihre Ehe? Perfekt! Von Gott geweiht! Sehr bedauerlich, das mit der ausbleibenden Frucht ihres Leibes, doch der Herr weiß es am besten. Man denke nur an Sara in der Bibel.*

Mein Magen knurrt so laut, dass der Mann es unmöglich überhören kann. Aber falls es so ist, lässt er sich nichts anmerken. Er redet unverdrossen weiter, und ich habe keine Skrupel, ihm das Wort abzuschneiden. Ich versichere ihm, dass seine Ausführungen ausgesprochen hilfreich waren. Er scheint sich ehrlich über das Kompliment zu freuen und gibt mir seine Telefonnummer für den Fall, dass ich noch weitere Fragen habe.

»Das ist keine leichte Aufgabe, die Sie da haben. Lassen Sie uns um Kraft beten.«

Ich warte darauf, dass er aufsteht, damit ich mich auf das nächste Interview vorbereiten kann, doch dann wird mir klar, dass er gemeint hat, wir sollten *jetzt* beten. Ich sehe demonstrativ auf meine Uhr, aber Pastor Coker rührt sich nicht von der Stelle.

Ich atme ein und nicke. Kann ja nicht schaden.

Neun Minuten und etliche endlose Sekunden später, nach flehentlichen Bitten an den Heiligen Geist, er möge meine Ermittlung dahingehend leiten, dass der Bischof entlastet wird, räumt Pastor Coker gnädigerweise das Feld.

Noch zwei Älteste, dann ist Schluss für heute. Ich bin mir nicht sicher, ob ich das durchhalte. Es sind noch ungefähr fünf Minuten bis zu meinem Gespräch mit dem nächsten Kandidaten, Pastor Nwoko. Ich trinke einen Schluck Wasser aus der Flasche mit dem Logo der Grace Church, um meinen Magen zu füllen, und mache mir ein paar Notizen. Flüchtige Eindrücke, die ein Diktiergerät nicht festhalten kann. Fragestellungen für weitere Recherchen. Klarstellungen zur Kirchenhierarchie und -politik, bei denen Kenny mir später helfen kann.

Ich schreibe Chika. *Schon was erreicht wg. S. Dawodus Verbindungsdaten?*

Ich hätte das Öffnen der Tür gar nicht bemerkt, wäre es nicht von stoßweisem Atmen begleitet gewesen. Ein Mann von Mitte dreißig steht in der Tür – jugendfrischer Teint, aber sichtlich verstört. Er blickt sich um und scheint sich zu vergewissern, dass niemand hinter ihm ist. Dann sieht er sich im Sitzungsraum um, wie um sicherzugehen, dass ich allein bin. Erst dann schließt er die Tür so behutsam, wie er sie geöffnet hat, und wendet sich mir zu.

»Sind Sie der Ermittler?«

»Ich bin Philip Taiwo.«

»Ich muss Sie dringend sprechen.«

»Und Sie sind …?« Ich überfliege rasch meine Liste. Keiner von den Ältesten.

Der Mann kommt auf mich zu. Sein Blick zuckt zur Tür, als ob jeden Moment jemand hereinplatzen könnte.

»Ich bin Victor Ewang«, stößt er hastig hervor, als ob ich den Namen kennen sollte.

Ich stehe auf und strecke die Hand aus, die er ergreift und sogleich wieder fallen lässt, als ob er sich daran verbrannt hätte. Ich widerstehe dem Drang, mir die Hand an der Hose abzuwischen, so verschwitzt sind seine Handflächen.

»Freut mich, Sie kennenzulernen, Sir.« Ich blättere in meinen Notizen und runzle die Stirn. Der Termin mit ihm ist erst morgen.

»Die Zeit drängt. Man hat mir gesagt, dass Sie erst morgen mit mir sprechen wollen.«

»Ja. Leider muss ich spätestens um vier Uhr aufbrechen, um der Rushhour zuvorzukommen.«

»Verstehe«, sagt er und blickt erneut zur Tür, ehe er sich wieder mir zuwendet. »Aber was ich zu sagen habe, kann nicht warten. Es gibt mächtige Leute, die allen Grund haben, First Lady verschwinden zu lassen.«

»Wer sind diese Leute?« Ich bin jetzt ganz Ohr. Noch drei Minuten bis zu meinem nächsten Gespräch. Ich kann es verschieben.

Ewang redet weiter: »Sie hat bestimmte Dinge herausgefunden. Das weiß ich, weil sie sie von mir hat. Aber ich schwöre, ich habe einfach nicht gewusst, wie weit sie gehen würden ...«

»Wenn Sie nur einen Moment warten würden, dann kann ich meinen nächsten Termin ...«

»Nein!«, ruft er laut, dann senkt er wieder die Stimme. »Es darf nicht hier sein. Wir müssen uns morgen wie geplant treffen und den Eindruck erwecken, dass Sie mit mir gesprochen haben. Aber was ich eigentlich zu sagen habe, kann nur außerhalb dieser Mauern gesagt werden.«

»Möchten Sie mir Ihre Nummer geben? Dann können wir eine Zeit vereinbaren ...«

»Hier ist meine Karte. Rufen Sie mich an, dann komme ich zu Ihnen.«

Er verschwindet so lautlos, wie er gekommen ist, und hält nur kurz inne, um nach links und nach rechts zu schauen, ehe er die Tür hinter sich schließt.

Ich lese die Karte.

Victor Ewang. Leiter der Auslandsmissionen.

EILMELDUNG

Pastor Nwoko kommt herein, ohne anzuklopfen. Ich begrüße ihn mit einem aufgesetzten Lächeln und stecke die Karte unauffällig ein.

»Pastor, gibt es hier irgendwo einen Ort, wo wir zugleich unseren Geist und unseren Leib stärken können?«

Obwohl er überrascht wirkt, geht Nwoko, der sich wohl schon angeschickt hat, die Tugenden des Bischofs in den Himmel zu heben, ohne Weiteres auf meine Bitte ein. Er erbietet sich, mich zur Kantine zu bringen, und nutzt die Gelegenheit, um mir eine Führung durch das Verwaltungsgebäude angedeihen zu lassen: Gemeindearbeit (eine der vielen Abteilungen, die ihm unterstellt sind), Kirche für Kinder, Senioren-Selbsthilfegruppe und so weiter und so fort. Ich werfe einen Blick auf mein Handy, während er ohne Punkt und Komma redet. Es sind mehrere Nachrichten eingegangen – einige von Kenny; eine von Folake, die mich daran erinnert, dass ich rechtzeitig von Graceland aufbrechen sollte, um nicht in den Stau zu geraten; und eine merkwürdige von Abubakar.

Was haben Sie gemacht? Rufen Sie mich an. Dringend!

Ich runzle die Stirn und verlangsame meine Schritte. Ich würde Abubakar gerne sofort zurückrufen, aber wir haben schon die Kantine erreicht.

In einer Stunde. Was ist passiert?, schreibe ich zurück.

»Wir können uns dort hinsetzen.« Pastor Nwoko deutet in eine Ecke des großen Saals voller Kirchenmitarbeiter, die sich beim Essen angeregt unterhalten. Das mit einer Glasplatte abgedeckte Bain-Marie ist mit Speisen gefüllt, die ich, ausgehungert, wie ich bin, wenig appetitanregend finde. Ich bin kein Fan von vorgekochtem Buffet-Essen.

»Der Koch hätte sicher etwas Besonderes für Sie zubereitet«, sagt Pastor Nwoko, als wir an der Schlange vorbeigehen, die sich vor den mit Haarnetzen ausgestatteten Küchenhelfern gebildet hat.

Auf allen Fernsehern läuft GraceTV. Der Bischof ist auf mehreren Bildschirmen zu sehen, eine adrette Erscheinung in hellblauem Anzug mit Krawatte und dazu passendem Einstecktuch. Er liest von einem iPad ab, doch der Ton ist ausgeschaltet, während auf der Surround-Sound-Anlage Praise-and-Worship-Lieder laufen, interpretiert vom populärem Grace Church Mass Choir.

Wir erreichen den Platz, den Pastor Nwoko ausgesucht hat. Als wir uns gerade hinsetzen wollen, übertönt eine laute Stimme die Gespräche und das Klappern von Geschirr und Besteck.

»Schaltet um!«, ruft ein junger Mann, der durch den Saal läuft und dabei auf die Fernsehbildschirme zeigt.

Ich sehe Pastor Nwoko an. »Was ist da los?«

»Die Polizei spricht über Bishop!«, fährt der junge Mann fort. Sofort halten alle in ihrem Tun inne, die Gespräche verstummen. »Los, umschalten!«

Pastor Nwoko steht auf und geht auf den erregten jungen Mann zu.

»Es gibt eine Pressekonferenz!« Die Stimme des jungen Mannes ist jetzt zu laut in der Stille, die eintritt, als auf den Fernsehbildschirmen die Halbtotale eines Polizeibeamten in voller Uniform erscheint, der von einem Blatt abliest.

Eine vorbereitete Erklärung. Es muss etwas Wichtiges sein.

»... Der Bischof hat sich extrem kooperativ gezeigt, und die Polizei ist ihm wegen seines vorbildlichen Verhaltens während der Ermittlung zu Dank verpflichtet. Jedoch ...«

Die Kamera zoomt heraus, und ich sehe weitere Polizeibeamte hinter dem Sprecher stehen, den eine Einblendung als »Detective Lawrence Bello von der SCIU, Polizei Lagos Island« identifiziert. Ich sehe das ernste Gesicht von Inspector Dobra, dem CSI-Fan, und ich ahne, was jetzt kommt. Aha! Deswegen wollte Abubakar, dass ich ihn anrufe.

»... haben unsere Ermittlungen ergeben, dass, wenngleich die Polizei ihre Pflicht mit der gebotenen Sorgfalt erfüllt hat, die durchgeführten Maßnahmen auf einem falschen Hinweis basierten.«

»Danke, Jesus! Gott ist gut!«, schallt es durch die Kantine. Aber Detective Bello spricht noch, und daher mahnen mehrere Stimmen die vorschnellen Jubler zur Ruhe, vor allem Pastor Nwoko, der sich nach einem der Fernseher reckt, als ob er in die Mattscheibe eintauchen wollte.

»Die Informationen, aufgrund derer wir tätig wurden, haben sich als bewusst irreführend und unzutreffend erwiesen. Unsere Ermittlungen haben gezeigt, dass die Hinweise auf ein Verbrechen im Zusammenhang mit Mrs Dawodus Verschwinden absichtlich eingefädelt wurden, um uns auf eine falsche Fährte zu locken, was in der Verhaftung ihres Ehemanns, des Bischofs, resultierte. Die Polizei bedauert dies zutiefst und hat die sofortige Entlassung des angesehenen Bischofs aus der Untersuchungshaft angeordnet ...«

Jetzt können keine Ermahnungen mehr die kleine Menschenmenge in der Kantine daran hindern, in ekstatische Jubelstürme auszubrechen. Manche weinen, andere wälzen sich am

Boden. Tische wackeln, und Teller fallen herunter und zerbrechen, doch das scheint niemanden zu kümmern. Der Polizeibeamte liest immer noch, aber niemand hört ihm mehr zu.

Ich spitze die Ohren, um den Rest zu hören. »… hoffen wir, dass Bischof Dawodus Frau unversehrt wieder auftaucht. Eine förmlichere Entschuldigung wird dem Bischof und den Mitgliedern der Grace Church zugestellt werden, sobald unsere Ermittlungen zu den Urhebern der falschen Informationen abgeschlossen sind.«

Jemand stimmt einen Lobgesang an. Andere fallen ein, und dann vibriert das Handy in meiner Hand. Ich sehe nach. Es ist Abubakar. Ich laufe zum Ausgang der Kantine, um das Gespräch anzunehmen, und stoße fast mit Pastor George zusammen. Unsere Blicke treffen sich.

Ich kann nicht sagen, ob seine strahlende Miene von den Nachrichten herrührt, die immer noch auf den Fernsehbildschirmen laufen, oder von der Tatsache, dass meine Dienste nun nicht mehr benötigt werden.

FALL ABGESCHLOSSEN

Man könnte meinen, Bischof Dawodu hätte gerade mit überwältigender Mehrheit die Präsidentschaftswahl gewonnen. Selbst Pastor Georges permanent finstere Miene hat sich aufgehellt, als er mir mitteilt, dass sich alle Ältesten auf den Weg gemacht haben, um den Bischof nach Hause zu holen. Es gilt einen spontanen Dankgottesdienst zu organisieren und hundert andere Dinge zu erledigen. Unter anderem sind Interviews mit CNN und anderen Medienanstalten geplant.

In dem ganzen Trubel suche ich nach Victor Ewang. Ich gehe die Flure entlang und lese die Schilder an den Türen, bis ich sein Büro gefunden habe. Es ist leer wie alle Büros im Gebäude der Kirchenverwaltung. Alle sind losgezogen, um die Rehabilitation des Bischofs zu feiern, und das, obwohl seine Frau *immer noch* vermisst wird.

Ich rufe Abubakar an, sobald ich wieder auf der Straße zurück nach Lagos bin.

»Ich habe die Nachrichten gesehen«, sage ich, als er den Anruf annimmt.

»Die SCIU hat nach Ihnen gefragt.«

»Special Crimes will was von mir? Wieso?«

»Anscheinend haben Ihre Beobachtungen beim Team der Spurensicherung Zweifel geweckt.«

Meine Achtung vor Inspector Dobra steigt sprunghaft an.

Der Mann ist nicht nur eifrig darauf bedacht, sich auf seinem erwählten Fachgebiet weiterzubilden, er gehört auch zu jenen äußerst seltenen Exemplaren in Polizeikreisen, die bereit sind, zu ihren Fehlern zu stehen. Es kann nicht einfach für ihn gewesen sein, zuzugeben, dass sein Bericht über den Tatort zur unrechtmäßigen Verhaftung des Bischofs beigetragen hat.

Abubakar fährt fort: »Die Kollegen hatten Sorge, dass Sie Ihre Schlussfolgerungen mit Ihren Auftraggebern teilen würden, ohne vorher mit ihnen zu sprechen.«

»Ach, deshalb haben sie so schnell eine Pressekonferenz einberufen?«

»Ich habe ihnen gesagt, dass Sie das niemals tun würden, aber sie haben mir nicht geglaubt.«

Wenn meine kritischen Anmerkungen gegenüber Inspector Dobra zur Freilassung eines fälschlich beschuldigten Mannes geführt haben, ist doch wohl kein Schaden angerichtet worden.

»Detective Bello, der leitende Ermittler, möchte Sie sprechen.«

»Wieso?«

»Das hat er nicht gesagt. Bloß irgendetwas von wegen ein paar Dinge klären und Ihnen ein umfassendes Bild liepern.«

Ich kann die Anspannung in Abubakars Stimme hören. Er ist nervös. Die ganze Geschichte könnte der Akademie auf die Füße fallen, wenn der Eindruck entsteht, dass ich sie blamiert habe. Ich muss mich mit diesem Detective Bello treffen. Mein Plan war, nach meiner letzten Veranstaltung morgen nach Graceland zurückzufahren und meine Interviews fortzusetzen. Das ist jetzt nicht mehr nötig. Ich erkläre Abubakar, dass ich vor meiner ersten Lehrveranstaltung um zehn Uhr morgen Vormittag in der Akademie sein werde, und er verspricht, die Information an Detective Bello weiterzuleiten.

Wenige Minuten nachdem der entnervte Kommandant aufgelegt hat, ruft Chika an.

»Ein klarer Fall von ›außer Spesen nichts gewesen‹«, meint er, als ich ihm sage, wo ich bin.

»Es freut mich für den Bischof, aber niemand schien sich Sorgen wegen seiner Frau zu machen.«

»Ich bin sicher, dass sie wohlauf ist«, sagt Chika trocken.

»Wie kommst du darauf?«

»Nun ja, laut meinem Kontakt bei der Telefongesellschaft ist ihr Handy immer noch eingeschaltet.«

»Er kann es orten?«

Ich hatte nicht allzu viel Hoffnung in die Technik gesetzt. Meine bisherigen Erfahrungen mit Recherchen in nigerianischen Datenbanken haben gezeigt, dass ich ungefähr so weit von meiner Zeit beim San Francisco Police Department entfernt bin, wie mein alter Prado davon entfernt ist, sich in einen Tesla zu verwandeln.

»Im Prinzip schon, wenn sie eine Triangulation machen. Aber um an diese Information zu kommen, würdest du einen richterlichen Beschluss brauchen. Vorläufig konnte mein Kontaktmann lediglich bestätigen, dass das Handy sehr aktiv ist. Es ist in den letzten drei Tagen viermal ein- und ausgeschaltet worden. Es gibt keine eingehenden oder abgehenden Anrufe, aber das GPS funktioniert, und es gibt Lagos als aktuellen Standort an.«

»Wenn ihr Handy nicht gestohlen wurde, was wird dann ihre Ausrede sein, falls sie irgendwann wieder aufkreuzt?«, denke ich laut nach.

»Bist du noch mit dem Fall betraut?«

»Wenn ich nach dem gehe, was ich heute gesehen habe – nein«, antworte ich bedauernd.

»Dann ist das nicht unser Problem.«

Wo er recht hat, hat er recht. Aber irgendjemand *hat* dem Bischof ein Verbrechen in die Schuhe geschoben, das er nicht begangen hat. Und der Antwort auf die Frage nach dem Wer und dem Warum bin ich keinen Schritt näher gekommen, seit ich zum ersten Mal mit Kenny durch das Tor des Graceland-Komplexes gefahren bin. Wie dem auch sei, ich kann die Ermittlungen nicht fortsetzen, wenn meine Auftraggeber an meiner Dienstleistung nicht mehr interessiert sind. Ich danke Chika für seine Hilfe und beende das Gespräch ziemlich abrupt. Ich hasse es, wenn Fragen offen bleiben.

Kennys Anruf kommt, als ich gerade die Grenze zwischen dem Bundesstaat Ogun und Lagos passiere.

»Vielen herzlichen Dank, *egbon mi!*«

Wenn Kenny mich »mein großer Bruder« nennt, weiß ich, dass sie sehr zufrieden mit mir ist.

»Es freut mich für deine Kirche«, sage ich.

»Gott ist treu!«, fügt sie mit einem kleinen Freudenkiekser hinzu.

Ich verdrehe die Augen. Ich war derjenige, der erkannt hat, dass das Muster der Blutflecke gefakt war, nicht Gott. Dennoch unterbreche ich sie nicht, als sie von den Jubelfeiern in den Missionen der Grace Church rund um den Globus schwärmt.

»Warum macht sich niemand Sorgen um die First Lady?«, frage ich, als sie zwischendurch Luft holen muss.

»Das haben wir dir doch erklärt. Sie zieht sich immer wieder mal für Wochen zurück.«

Der Verkehr stockt, bevor ich auf den Maryland Highway wechsle. Ein Straßenhändler kommt mit einem Stapel Gala auf einem Tablett vorbei.

»Warte mal, Schwesterherz …«, sage ich, während ich ein paar Münzen zusammenklaube und die Scheibe herunterlasse.

Eine dieser Wurstpasteten wird mich bei Kräften halten, bis ich nach Hause komme. Der Junge hält mir einen Beutel Wasser hin, aber ich schüttle den Kopf. Meine kulinarischen Abenteuer auf den Straßen von Lagos haben ihre Grenzen.

»Was ich sagen wollte …«, fahre ich fort, während ich die Plastikfolie von der Pastete abziehe, die vermutlich ihr Haltbarkeitsdatum längst überschritten hat, nach dem muffigen Hefegeruch zu schließen. »Was, wenn ihr doch etwas zugestoßen ist?«

»Gott wird wieder seine mächtige Hand zeigen«, sagt Kenny. »Du wirst schon sehen. First Lady wird gesund und munter wieder auftauchen. Dann ist der Teufel geschlagen. Du hast deinen Teil getan, *egbon mi*, unser Sherlock Holmes.«

Je länger ich über die verschwundene Sade Dawodu nachdenke, desto unangenehmer sind mir diese Komplimente. Ich beende das Gespräch mit dem Hinweis auf den dichten Verkehr, aber es stimmt nicht ganz. Ich komme gut voran auf der viel befahrenen Straße und bin rechtzeitig zu Hause, um die Kinder bei den Hausaufgaben beaufsichtigen und Folake beim Kochen helfen zu können.

Beim Essen scheinen sich die Spannungen zwischen Mutter und Tochter gelegt zu haben.

»Dad, alle reden darüber, dass die Polizei es verbockt hat«, sagt Lara.

»›Verbockt‹ ist ein hartes Wort«, sage ich, während ich mir gebratene Kochbananenwürfel zu meinen Bohnen auf den Teller schaufle. »Sie haben ein paar Fehler gemacht.«

»Die Polizei ist überall gleich. Immer ziehen sie voreilige Schlüsse«, sagt Tai, worauf betretenes Schweigen folgt.

Normalerweise verdrängen wir die Erinnerung daran, wie unsere Söhne, besonders Tai, durch ihre Erfahrungen mit der Polizei verbittert wurden. Wir sprechen nicht über den Vorfall, der meine Stellung bei einer Strafverfolgungsbehörde zum Hohn machte, meinen Status als Bürger zweiter Klasse zementierte und dazu geführt hat, dass meine Frau darauf bestand, dass wir den USA den Rücken kehren.

»Aber Dad hat sie ertappt«, bemerkt Kay mit vollem Mund.

»Nein, nein. Ich habe meinen Job gemacht. Ich habe mir angeschaut, wie die Spuren ...«

»Und hast gesehen, dass sie falschlagen!«, erklärt Lara stolz. »Tante Kenny schickt eine Textnachricht nach der anderen voller Lobeshymnen auf dich.«

»Stimmt«, sagt Folake. »Sie hat mir ein Rezept für ein Gericht geschickt, das ich dir kochen soll, und als ich zum Spaß schrieb, dass sie mir doch gleich noch das Geld für so erlesene Zutaten schicken sollte, hat sie mich doch tatsächlich nach meiner Bankverbindung gefragt!«

Wir alle lachen bei der Vorstellung von Folakes entsetztem Gesichtsausdruck angesichts der Unterstellung, dass sie von irgendjemandem Geld annehmen würde, um ihre Familie zu ernähren, schon gleich gar nicht von ihrer geliebten Schwägerin.

Nach dem Essen ziehen sich die Jungs auf ihre Zimmer zurück, um noch eine Runde zu spielen, bevor ihre Mutter darauf besteht, dass sie ins Bett gehen. Lara setzt sich zu mir aufs Sofa. Es fasziniert sie immer noch, wie mich das Muster der Blutspuren zu der Schlussfolgerung führte, dass dem Bischof etwas angehängt werden sollte.

»Aber ist sie am Leben?«, fragt Lara, während Folake den Fernseher einschaltet und sich zu uns gesellt.

»Wir hoffen es«, sage ich. Ich spreche ungern zu Hause über meine Arbeit, aber bei einem so prominenten Fall ist es unmöglich, meine Familie dagegen abzuschirmen.

»Und wenn nicht?«, fragt Lara mit vor Neugier glänzenden Augen. »Ich meine, was ist, wenn sie *tatsächlich* ermordet wurde und jemand versucht, es ihrem Mann anzuhängen?«

Ich fange Folakes Blick auf. Wie erklärt man einem Kind, dass die Mehrzahl aller Tötungsdelikte von einem Familienmitglied begangen werden?

»Ich bin sicher, dass Sade Dawodu wohlauf ist«, sagt Folake bestimmt und schaltet auf den lokalen Nachrichtensender um.

Aber es ist unmöglich, dem Thema zu entkommen, denn jetzt laufen die Abendnachrichten, und alle Meldungen drehen sich um Bischof Jeremiah Dawodu. Ausschnitte aus der Pressekonferenz werden unterbrochen von einem kurzen Profil des Bischofs. Dann wieder ein Schnitt, und wir sehen die Fassade des Ikoyi Model Prison, sehen ihn aus dem Tor treten, als ob er Che Guevara wäre. Der Bischof ist das Inbild des Triumphs über die Unterdrückung, wie er da unter dem Jubel der Menge die Hand in die Höhe reckt. Er schüttelt den Menschen die Hand, umarmt sie. Rufe wie »Lobt den Herrn!« und »Gott ist gut!« erschallen und übertönen fast die Stimme des Reporters.

Erst als der Bischof in den wartenden Lexus-SUV steigt, erwähnt der Reporter seine vermisste Frau. Aber es ist nur eine kurze Passage, fast wie eine Fußnote. Ein Foto von Sade Dawodu füllt den Bildschirm aus. Lange Tressen umrahmen ihr perfekt geschminktes Gesicht. Ihr Lächeln ist warm und freundlich. Es ist eine der Porträtaufnahmen, die ich in ihrem Haus gesehen habe. Ich warte darauf, dass der Nachrichtensprecher irgendetwas sagt, was darauf schließen lässt, dass diese Frau, deren Verschwinden immer noch ein Rätsel ist, auch irgendwie wichtig ist. Aber es bleibt bei dem knappen Hinweis, dass Mrs Folasade Dawodu immer noch nicht wieder zu Hause ist – nicht etwa *vermisst* –, ehe es mit einem Bericht über die Überschwemmungen in Bangladesch weitergeht.

Lara seufzt tief. »Ich hoffe, dass sie am Leben ist. Sie ist so schön.«

Etwas an der Art, wie Lara Sade Dawodu »schön« nennt, lässt mich über ihren Kopf hinweg zu Folake schauen. Ihr Stirnrunzeln bestätigt, dass es ihr auch aufgefallen ist. Der Neid in Laras Stimme war unüberhörbar – oder war es Sehnsucht?

EIN INTERESSENKONFLIKT

Detective Lawrence Bello macht keinen Höflichkeitsbesuch.

»Auf wessen Seite stehen Sie, Doktor?«, fragt er, gleich nachdem wir einander vorgestellt wurden.

»Bitte, nennen Sie mich doch Philip«, sage ich so freundlich, wie ich kann.

Abubakar bewegt in einer beschwörenden Geste die ausgestreckten Hände auf und ab, doch Bello bemerkt es nicht. Oder gibt vor, es nicht zu bemerken.

»Beantworten Sie meine Frage, *Doktor* Taiwo.« Der Detective trägt Zivil anstelle der Uniform, die er bei der gestrigen Pressekonferenz anhatte. Sein verschwitztes, ölig glänzendes Gesicht hat nichts mit der Luftfeuchtigkeit zu tun. Er schürzt die Lippen und lässt dabei eine Zahnlücke sehen, die ihn wahrscheinlich liebenswürdiger erscheinen ließe, wenn er nicht so angespannt wäre wie eine Kobra kurz vor dem Zuschnappen. Er hat wahrscheinlich sehr turbulente zwanzig Stunden hinter sich.

»Wie meinen Sie das?« Ich bleibe stehen. Der aufgebrachte Detective soll nicht auf mich herabschauen können.

»Genau so, wie ich es gesagt habe«, erwidert er gereizt. »Ich habe Ihnen erlaubt, den Tatort zu betreten, aber Sie haben die Polizei lächerlich gemacht.«

Abubakar streckt beschwichtigend die Hand nach Detective Bello aus. »Na, na, Lawrence, Dr. Taiwo ist ein ...«

Detective Bello senkt die Stimme aus Respekt vor Abubakar, doch seine Augen blitzen zornig. »Sir, ich war einer derjenigen, die sich von Dr. Taiwos Ruf täuschen ließen, als Sie mich um Unterstützung baten.«

Ich ziehe eine Augenbraue hoch. »Sie hatten gehofft, etwas zu finden, das Ihre Annahmen bestätigt?«

»Wir haben die Maßnahmen ergriffen, die aufgrund der Beweislage geboten erschienen«, fährt Bello mich an.

»Und warum haben Sie ihn dann laufen lassen?« Ich dämpfe meine Stimme, damit er nicht glaubt, ich wolle ihn provozieren.

»Weil wir *vielleicht* voreilig gehandelt haben. Wir hätten die Beweise zuerst untermauern sollen.«

Ich hebe die Hände in einer Geste der Kapitulation. »Dann ist mein Job erledigt.«

Der Detective macht einen bedrohlichen Schritt auf mich zu. Ich weiche nicht von der Stelle. Abubakar tritt zwischen uns wie ein Schuldirektor, der eine Prügelei auf dem Pausenhof unterbinden will.

»Was ist denn Ihr Job?«, höhnt Detective Bello.

»Zu zeigen, dass Beweiskette und Motive übereinstimmen. In diesem Fall war es nicht so, und Sie sollten mir danken, denn – und das können Sie mir glauben – Sie wollen nicht, dass die Kette im Gerichtssaal reißt. Jeder Richter, der etwas auf sich hält, hätte das Verfahren abgewiesen.«

»Wir hatten ihn«, beharrt er. »Wir wussten, dass wir die Beweise noch erhärten mussten, und deswegen haben wir ihn festgehalten.«

Ich kann nicht verhindern, dass meine Fassungslosigkeit sich in meiner Miene spiegelt. »Sie haben ihn *auf Verdacht* festgenommen, damit er Ihnen bei Ihren Ermittlungen nicht im Weg ist?« Ich wende mich an Abubakar. »Was ist denn das für ein Vorgehen?«

Abubakar zuckt mit den Schultern, wie er es immer tut, wenn er eine zweifelhafte Praxis, die inzwischen zur Norm geworden ist, nicht rechtfertigen kann. »Manchmal ist es zu ihrer eigenen Sicherheit, vor allem bei bekannten Persönlichkeiten wie dem Bischof.«

Ich fahre den Detective an: »Sie verhaften einen solchen Mann vor den Augen der ganzen Welt unter Mordverdacht, und das soll in *seinem* Interesse sein?«

»Im Interesse der Ermittlung«, betont der Detective mit bebenden Nasenflügeln. »Wir können nicht zulassen, dass er seinen Einfluss nutzt, um Beweise oder Zeugen zu manipulieren.«

»Aber Sie sind doch von der Annahme ausgegangen, dass er schuldig *war*. Ich begreife es nicht.«

Bello nimmt eine dünne, zerfleddert aussehende Aktenmappe von Abubakars Schreibtisch.

»Ich habe das hier dem Kommandanten gezeigt, bevor Sie kamen.« Er schlägt die Mappe auf. »Am 24. Juni um 00:34 Uhr rief eine männliche Person eine unserer Hotlines an.«

Er reicht mir ein Blatt Papier. Die Mitschrift ist kurz.

– Hallo. Ich habe Informationen.

– Was für Informationen?

– Ein Pastor hat jemanden ermordet. Ich werde Beweise schicken. Ich rufe wieder an.

– Hallo?

…

– Nennen Sie bitte Ihren Namen.

[Gespräch wurde vom Anrufer beendet.]
Detective Bello drückt mir ein weiteres kopiertes Dokument in die Hand. »Vierundzwanzig Minuten später erhielten wir einen weiteren Anruf. Der Anrufer beharrte darauf, dass er Beweise habe, und verlangte eine Nummer, an die er Screenshots schicken könnte.«
Ich überfliege das Telefonprotokoll. Bellos Zusammenfassung ist korrekt.
Er fährt fort: »Der Mann nannte uns eine nicht zurückverfolgbare Nummer. Ihr Amerikaner nennt das ein *burner phone*. Alle unsere Notrufnummern sind mobil und daher text- und bildkompatibel.«
Er reicht mir eine weitere Mitschrift. Bischof Dawodus Name springt mir ins Auge.
»Diese Screenshots zeigen Chatverläufe zwischen dem Anrufer und dem Verdächtigen.«
Die Mobilnummern sind geschwärzt, aber es ist kein Problem, dem Chatverlauf zu folgen.
»Warum sind die Nummern geschwärzt?«
»Weil sie nutzlos sind. Die des Informanten ist, wie ich bereits sagte, von einem Wegwerfhandy, und die, die der Bischof benutzte, war nicht registriert, also konnten wir sie nicht zurückverfolgen.«
Ich schwenke das Blatt in meiner Hand. »Und wie konnten Sie sich dann sicher sein, dass dieser Chat tatsächlich …«

Detective Bellos Blick wird hart. »Das konnten wir erst, als wir dem Hinweis nachgingen und feststellten, dass am Tatort Anzeichen für ein Verbrechen vorhanden waren.«

»Oh, ich bitte Sie ...«

»Wollen Sie jetzt die Mitschrift lesen oder nicht?«, fährt Bello mich an.

Der Mann ist gereizt. Ich unterdrücke meine Verachtung für derart schlampige Polizeiarbeit und lese den fotokopierten Screenshot.

– Ich habe es getan. Ich habe sie erledigt.

– Was kann ich tun, Bischof?

– Ich brauche Hilfe.

– Ich kann in 20 Minuten da sein, Sir.

– Bringen Sie reichlich Plastiksäcke mit.

Ich blicke indigniert auf. »Diese Person gibt freiwillig zu, sich der Beihilfe zu einem Verbrechen schuldig gemacht zu haben, und das hat nicht Ihren Verdacht geweckt?«

Detective Bello wendet sich an Abubakar. »Wie lange, haben Sie gesagt, ist Dr. Taiwo wieder im Land, Sir?«

»Fast zwei Jahre, Detective«, antworte ich irritiert. »Was tut das zur Sache?«

Der Detective schnalzt mitleidig mit der Zunge, als ob er jetzt, da er mein Defizit kennt, großmütig sein könnte. Die Grübchen in seinen Wangen werden tiefer, als er mich herablassend anlächelt. »Geständnisse sind hierzulande alles andere als selten. Irgendwann wird irgendjemand dem nachgehen, aber in fast allen Fällen gestehen die Schuldigen unaufgefordert.« Er sieht zu Abubakar, der zustimmend nickt.

Auf eine verquere Weise ist das durchaus nachvollziehbar. In einer Gesellschaft, in der die Menschen ihre Rechte nicht kennen, ist mit einer Flut von Geständnissen zu rechnen. Das Problem sind die falsch positiven: diejenigen, die eine Straftat gestehen, um eine andere, schwerere Tat zu kaschieren oder einen anderen Schuldigen zu decken.

Ich schwenke wieder das Papier. »Sie haben voreilige Schlüsse gezogen, weil Sie glaubten, es sei eine Straftat im Gange.«

»Wir hatten einen *Hinweis* bekommen. Uns war klar, dass es, falls ein Mord geschehen war, für das Opfer schon zu spät war. Aber wenn wir den Täter beim Beseitigen der Leiche ertappen könnten, wäre das schon etwas anderes.«

Bello reißt mir das Papier regelrecht aus der Hand und gibt mir einen anderen kopierten Screenshot mit einer einzelnen Textnachricht. Ich lese sie stirnrunzelnd.

Wir haben die Leiche beseitigt. Er hat mich gezwungen, ihm zu helfen. Ihr hättet zu seinem Haus fahren sollen.

»Als wir die Nummer anriefen, meldete sich niemand, aber wir schrieben ihm weiter Textnachrichten, und die beantwortete er.«

Er gibt mir drei weitere Blätter. Jede Menge Textnachrichten. Ich runzle die Stirn, als ein Muster erkennbar wird. Die Nachrichten der Polizei sind offenbar in Eile geschrieben, mit etlichen Tippfehlern und Abkürzungen. Die des Informanten sind in korrektem Englisch verfasst, ohne Grammatik- und Interpunktionsfehler. Jemand, der in Panik ist, würde wohl kaum so schreiben.

Der Detective fährt unbeirrt fort: »Wir fragen ihn, wo das Haus ist, er sagt es uns. Wir fragen, wo er ist, aber das sagt er uns nicht. Er sagt, wir würden unsere Zeit vergeuden, weil der Bischof ihm befohlen hätte, zum Haus zu fahren und die Spuren zu beseitigen. Wir sollten uns beeilen, also haben wir einen Dringlichkeitsantrag auf einen Durchsuchungsbeschluss für das Haus gestellt.«

»Sie sind also hingefahren, während der Bischof in Graceland war?«, frage ich.

»Wir hatten alles Recht dazu, angesichts der Informationen, die uns vorlagen«, entgegnet der Detective, der sich offensichtlich angegriffen fühlt.

Ich hebe beschwichtigend die Hand. »Ich versuche doch nur, Ihnen zu folgen. Als Sie im Haus ankamen, sahen Sie die Blutspuren, aber auch ohne eine Leiche genügte Ihnen das hier« – ich deute auf die Protokolle –, »um eine Verhaftung vorzunehmen?«

»Vielleicht hätten wir einen erfahreneren Tatortspezialisten einsetzen sollen, aber Dobra war als Einziger verfügbar, also schickten wir ihn gleich hin, und er bestätigte, dass es in dem Haus tatsächlich zu einer Gewalttat gekommen war.«

»Und wie haben Sie das Blut dem mutmaßlichen Opfer zuordnen können?«

»Wir haben das hier bekommen, als wir am Tatort waren.« Er reicht mir ein weiteres Blatt Papier.

Bestätige: Blutgruppe 0 von First Lady stimmt mit Spuren überein.

»Und das hat Sie nicht veranlasst, mit mehr Bedacht vorzugehen?« Mein Tonfall ist bewusst abfällig. Das ist alles so amateurhaft. Das bisschen Achtung, das ich vor dem Detective hatte, schrumpft noch weiter zusammen. »Dass Ihnen das alles wie auf einem Silbertablett serviert wurde?«

»Natürlich hat es das.« Seine Stimme überschlägt sich fast vor Entrüstung. Abubakar räuspert sich demonstrativ. Als der Detective fortfährt, ist sein Ton ruhiger und gemessener. »Aber da war Blut am Tatort, wir hatten einen Informanten, und alle Spuren deuteten auf ein Verbrechen hin.«

Ich habe genug von dieser Farce. Ich werfe das Papier auf Abubakars Schreibtisch. Es flattert zu Boden. Niemand hebt es auf.

»Es war nicht genug.« Ich versuche gar nicht erst, meine Verachtung zu verbergen.

»Das wäre es gewesen, wenn wir mehr Zeit für die Ermittlungen gehabt hätten«, beharrt Detective Bello.

»Das reicht jetzt, meine Herren.« Abubakars ruhige Stimme löst ein wenig die Anspannung. »Wir sind doch alle auf derselben Seite.«

»Das bezweifle ich«, sagt der Detective.

Ich zeige mit dem Finger auf den aufgebrachten Mann. »Sie haben einen Mann aufgrund gefälschter Beweise wegen Mordverdachts verhaftet.«

»Genau deshalb habe wir ihn ja zu seinem eigenen Besten in Untersuchungshaft behalten. Wir hofften, den Informanten ausfindig zu machen oder sogar die Leiche zu finden …«

»*Falls* es eine Leiche gab«, unterbricht ihn Abubakar mit einer Schroffheit, die zeigt, dass er mit seiner Geduld am Ende ist.

Der Detective windet sich sichtlich. Eine solche Bemerkung vom Kommandanten der Polizeiakademie ist schon ein vernichtendes Zeugnis für seine Fähigkeiten als Ermittler.

»Wenn der Informant uns gesagt hätte, wo die Leiche ist, hätte er sich der Manipulation von Beweismitteln mitschuldig gemacht, Sir«, wendet er sich in weinerlichem Ton an Abubakar. Die Schweißflecke unter seinen Achseln werden größer. Abubakars Gesicht ist eine strenge Maske.

»Sir«, sage ich, »ich habe jetzt eine Veranstaltung.« Da es nicht meine Art ist, nachzutreten, wenn jemand schon am Boden liegt, bemühe ich mich um einen freundlichen Ton, als ich mich an Bello wende. »In diesem Beruf ist es nicht leicht, einzugestehen, dass man sich geirrt hat, aber Sie haben den ersten Schritt getan. Diese Pressekonferenz war gut gemacht, und ich finde, dass Dobra eine Belobigung verdient hat, weil er zugegeben hat, in seinem ersten Bericht einen Fehler gemacht zu haben. Ich werde mein Bestes tun, um meine Auftraggeber zu beschwichtigen und sie wenn möglich davon abzubringen, Anzeige zu erstatten.«

»Für wen hält er sich eigentlich?« Detective Bello sieht Abubakar an, dann bedenkt er mich mit einem herablassenden Blick. »Dr. Taiwo, wir sind hier nicht in Amerika. Ihre Auftraggeber mögen mächtig sein, aber nicht so mächtig, dass sie die Polizei verklagen und gewinnen könnten.«

»Aber er kann Ihnen das Leben bei der Polizei schwer machen«, sagt Abubakar grimmig. »Bello, das war nicht gerade eine karrierefördernde Aktion von Ihnen.«

Der Detective beeilt sich, eine demütige Miene aufzusetzen. »Ich weiß, Sir, und es tut mir leid.«

Es tritt eine unbehagliche Pause ein, während der der Kommandant seine Zigarettenschachtel hervorholt. In seinem Büro raucht er nur, wenn er schwer gestresst ist. Das ist mein Stichwort, mich zu verabschieden.

An der Tür werde ich von Detective Bellos grollender Stimme aufgehalten.

»Dr. Taiwo, ob Ihnen meine Methoden gefallen oder nicht, es wurde ein Verbrechen begangen. Wann, wie oder wo, das weiß ich nicht, aber ich schwöre, wenn Dawodu seine Frau umgebracht hat, werde ich es herausfinden. Und wenn ein Unruhestifter versucht hat, ihm etwas anzuhängen, und mich und mein Team damit lächerlich gemacht hat, dann versichere ich Ihnen genauso, dass ich ihn finden werde. So oder so, Dr. Taiwo, werde ich beweisen, dass Sie falschliegen.«

»Ich freue mich schon drauf«, sage ich. Nach dem überraschten Gesichtsausdruck des Detectives zu schließen, muss ich aufrichtiger geklungen haben, als er erwartet hat.

ÜBERRASCHUNGSBESUCH

Konflikte mit dem Polizeiapparat sind mir nicht fremd. In den achteinhalb Jahren bei der Dienstaufsichtsbehörde des San Francisco Police Department geriet ich fast täglich mit Detectives aneinander. Jeder wusste: Wenn Philip Taiwo deinen Fall in die Finger kriegt, wirst du zur Rechenschaft gezogen. Er wird dein Vorgehen unter die Lupe nehmen und jede eventuelle persönliche Verbindung zum Fall hinterfragen. Er wird deine Vorgeschichte nach möglichen Verfehlungen durchkämmen, die einen Einfluss auf die Ermittlung haben könnten. Er wird deine Vernehmungsprotokolle wieder und wieder durchlesen, um sicherzugehen, dass alle Vorschriften eingehalten wurden, vom Ort der Vernehmung bis hin zur Anwesenheit eines Rechtsbeistands. Auch die kriminaltechnischen Labore waren von mir genervt. Es kam vor, dass ich wiederholt um Gespräche mit Rechtsmedizinern und Experten bat, um ihre Berichte mit ihnen durchzugehen.

»Die Cops sagen, du gibst ihnen das Gefühl, dass sie das Verbrechen begangen hätten und es den Verdächtigen anzuhängen versuchten«, scherzte Professor Cook, mein Lehrer und Mentor, der damals der beratende forensische Psychologe für die Dienstaufsichtsbehörde war.

Es war mir egal. Ich machte meinen Job. Und das ist der Grund, weshalb die Konfrontation mit Detective Bello mich so wurmt. Einen prominenten Verdächtigen wie Bischof Dawodu zu verhaften und genug Beweise beizubringen, um eine Verurteilung sicherzustellen – das ist der Stoff, aus dem Beförderungen und Belobigungen gemacht sind. Das gilt für jede Polizeitruppe auf der ganzen Welt, und es ist einer der Gründe, weshalb ich mit den Beamten des SFPD so streng war. Allzu leicht kann ein Leben durch eine fehlerhafte Ermittlung zerstört werden, die der falschen Person die Schuld für ein Verbrechen gibt und zugleich den ermittelnden Beamten belohnt.

In den Staaten könnte ich mich an mindestens ein Dutzend Behörden wenden, deren Aufgabe es wäre, dafür zu sorgen, dass Detective Bello mit seinem offenkundigen Machtmissbrauch nicht durchkommt. Wie effektiv sie ihre Aufgaben erledigen, darüber kann man streiten, aber die Strukturen sind vorhanden. Allein die Tatsache, dass ein einzelner Beamter durch seinen Übereifer eine Ermittlung verpfuscht hat, die zunächst einmal nur die Frage beantworten sollte, *ob* überhaupt eine Straftat vorlag, hätte schon als Anlass für ein Disziplinarverfahren gereicht.

Ich lasse meinen steifen Nacken und meine Knöchel knacken. Vom Bildschirm meines Laptops starrt mich mein abschließender Bericht über den Vermisstenfall First Lady an, ergebnislos und somit unvollständig. Dennoch muss ich ihn einreichen, meine Rechnung an die Vorstandschaft der Grace Church stellen und die ganze Geschichte hinter mir lassen. Die Art, wie meine Finger über der Tastatur verharren, spiegelt mein Unbehagen. Ich wüsste nicht, wann ich jemals einen Fall für abgeschlossen erklärt hätte, bei dem noch so viele Fragen offen waren. Ich hole tief Luft und fange noch einmal von vorne an …

In der Ferne ist das Grollen eines Hubschraubers zu hören.

Stiefelschritte hasten über den Flur, Polizeischüler eilen als schattenhafte Gestalten an meinem Büro vorbei. Der Helikopter ist jetzt sehr laut, und ich vermute, dass er über dem Gebäude schwebt. Ich klappe den Laptop zu. Wer immer es ist, ich bin jedenfalls dankbar für die Ablenkung.

Draußen höre ich die Polizeischüler aufgeregt tuscheln, sie deuten auf den Hubschrauber, der gerade in der Mitte des Campusgeländes landet und mit seinen breiten Rotorblättern die Luft eines ansonsten windstillen Nachmittags aufwirbelt.

Eine Bell 407. Ich erkenne es an der vom Cockpit abgetrennten Kabine. Der Besucher ist jedenfalls kein Militär. Abubakar kommt auf mich zu, die Augen vor Neugier weit aufgerissen.

»Sie erwarten niemanden, nehme ich an?«, sage ich, als er bei mir ankommt.

»Nein. Aber der Generalinspekteur hat mich angerufen, um zu sagen, dass er die Genehmigung für die Landung eines Helikofters hier erteilt habe. Ich habe gefragt, wer es ist, aber er wollte es mir nicht sagen. Ist es vielleicht für Sie?«

Ich lache laut auf. »Für mich? Wer sollte mich in einem Heli- ... Du lieber Gott!«

Der Applaus der Polizeischüler und Dozenten übertönt fast das Geräusch der Rotorblätter. Ein massiger Mann in einem dunklen Anzug öffnet die Kabinentür, und Bischof Jeremiah Dawodu tritt aus dem Hubschrauber. Mit seinem dunkelblauen Dreiteiler und der Sonnenbrille sieht er aus wie ein Filmstar. Hinter ihm taucht Pastor George auf. Der Mann im dunklen Anzug will ihnen folgen, doch Bischof Dawodu bedeutet ihm, dazubleiben. Der Mann tritt zurück. Der Bischof und Pastor George ducken sich, während sie sich im Laufschritt aus dem Abwind der kreisenden Rotorblätter in Sicherheit bringen.

»Warum haben Sie mir nicht gesagt, dass er kommt?«, wendet sich Abubakar vorwurfsvoll an mich. »Ich hätte die Presse herbestellen können.«

»Ich hatte doch keine Ahnung!«, rufe ich über den Lärm des Helikopters hinweg. »Er ist erst gestern entlassen worden!«

Der Bischof winkt den Polizeischülern zu, die applaudieren und pfeifen, während sie mit ihren Mobiltelefonen filmen, wie er auf Abubakar und mich zugeht.

»Dr. Taiwo, ich hoffe, Sie haben nichts dagegen, dass ich so unangemeldet vorbeischaue«, sagt Bischof Dawodu und schenkt mir ein strahlendes Lächeln.

Ich schüttle die dargebotene Hand. »Die Überraschung ist Ihnen gelungen, Sir.« Ich wende mich zu Abubakar. »Darf ich vorstellen ...«

»Kommandant Abubakar Tukur«, vollendet Bischof Dawodu meinen Satz und streckt die Hand aus. »Es ist mir eine Ehre, Sir. Und ich danke Ihnen vielmals, dass Sie Dr. Taiwo freigestellt haben, damit er helfen konnte, meinen Namen reinzuwaschen.«

Abubakar grinst, als ob er gerade die Ehrenmedaille des Präsidenten bekommen hätte. »Es war uns eine Ehre, Exzellenz«, sagt er. Seine Stimme trägt jetzt weiter, nachdem das Getöse des Helikopters sich auf ein gedämpftes Wummern reduziert hat.

Die Polizeischüler johlen und jubeln lautstark. Sie beginnen »Hoch lebe die Akademie!« zu skandieren, und ich beeile mich, den Bischof in mein Büro zu führen. Ich traue es den Schülern durchaus zu, dass sie auch noch mit »Hoch lebe Dr. Taiwo!« anfangen, und ich würde mich lieber auf der Stelle in Luft auflösen, als das über mich ergehen zu lassen.

Noch nie ist mir mein Büro so beengt vorgekommen. Bischof Dawodus hochgewachsene Gestalt füllt es fast aus, als er auf und ab geht, sich hierhin und dorthin wendet, sich umsieht und meine Zettelwand inspiziert. Pastor George steht an der Tür, in respektvollem Abstand, während der Bischof das Gewirr von Post-its betrachtet. Abubakar lächelt derweil strahlend wie ein stolzer Vater. Ich fühle mich wie ein Hochstapler angesichts dessen, was ich noch vor fünf Minuten über den Fall gedacht habe.

»Sie haben das alles für mich gemacht?«, fragt Bischof Dawodu verwundert.

Ich zucke verlegen mit den Schultern. Das Ganze ist mir unangenehm.

Er wendet sich von der Wand zu mir um. »Ich weiß nicht, wie ich Ihnen je danken kann.«

Ich kann nicht gut mit öffentlichem Lob umgehen. »Ich wollte eben meine Rechnung ein- …«

Abubakar tritt mir unter dem Schreibtisch auf die Zehen. »Die Akademie ist dankbar für jegliches Wohlwollen, das Sie uns entgegenbringen mögen, Exzellenz. Und natürlich der Polizeitruppe. Wir bedauern …«

Der Bischof macht eine wegwerfende Handbewegung. »Keine Ursache, Kommandant. Die Wege unseres Herrn sind unergründlich. Die Polizei hat nur ihre Arbeit gemacht.« Er wendet sich wieder der Wand zu und greift nach der Haftnotiz mit Sade Dawodus Namen. Behutsam löst er das Foto seiner Frau von der Wand. Er starrt es lange an.

Ich blicke zu Pastor George an der Tür. Sein Gesicht ist wie ein glatt geschliffener Kieselstein, es verrät nichts.

»Sie ist wohlauf. Ich weiß es«, sagt der Bischof mit brüchiger Stimme. Als er sich zu uns umdreht, rinnen Tränen über seine Wangen.

Wir alle sehen weg, peinlich berührt von dieser offenen Zurschaustellung von Gefühlen.

»Danke, danke«, wiederholt der Bischof ein ums andere Mal. Ich gehe zu ihm und geleite ihn zu meinem Stuhl, während Abubakar hastig den Rückzug antritt und Pastor George mitnimmt.

»Es ist okay, Sir. Ich habe nur meine Arbeit gemacht«, sage ich, sobald die Tür zu ist.

»Ja, ja«, schnieft er. »Ich weiß, aber ohne Sie hätte der Teufel gewonnen.«

»Wir wissen immer noch nicht, wer Ihnen das angehängt hat. Ich wünschte, ich könnte der Sache auf den Grund gehen.«

Der Bischof nimmt ein Taschentuch und putzt sich die Nase. »Es tut mir leid. Ich war bloß ein wenig überwältigt von der Gnade und Gunst des Herrn.«

»Ich verstehe«, sage ich, während ich gegenüber von ihm auf einem der Besucherstühle Platz nehme. »Sie wissen immer noch nicht, wer das getan haben könnte?«

Der Bischof lächelt bedauernd. »Spielt das jetzt noch eine Rolle?«

»Aber selbstverständlich, Sir. Da draußen ist jemand, der Sie vernichten will ...«

»Dr. Taiwo, ich bin der Superintendent der viertgrößten Pfingstkirche des Landes. Es gibt immer irgendjemanden, der Leute wie mich vernichten und den Marsch der Heiligen stoppen will. Haben Sie in letzter Zeit die Zeitungen gelesen? Die Social Media verfolgt? Es gibt immer einen Pastor, dem das eine oder andere vorgeworfen wird. Nicht einmal die katholische Kirche ist gegen solche Angriffe immun.«

»Die ja auch nicht ganz unbegründet sind«, wende ich ein.

Der Bischof nickt. »Das ist wahr, leider. Deshalb weiß ich das, was Sie für mich getan haben, auch umso mehr zu schätzen. Sie haben mir geglaubt, als niemand sonst mir geglaubt hat. Als alle Anzeichen auf meine Schuld hindeuteten und meine Zeitgenossen es versäumten, die Kanzel in ein günstiges Licht zu rücken, indem sie die bestehenden Zweifel zu meinen Gunsten auslegten.«

»Offen gestanden, habe ich das alles gar nicht berücksichtigt. Ich habe nur getan, wofür die Ältesten mich bezahlt haben.«

Bischof Dawodu schenkt mir ein herzliches Lächeln. »Ihre hartnäckige Bescheidenheit ist bewundernswert.« Er blickt wieder zu meiner Wand und schüttelt staunend den Kopf. »So viele Details ... Ich bin beeindruckt.« Er wendet sich wieder mir zu. »Bitte sagen Sie mir, dass Ihre Ermittlungen Hinweise darauf ergeben haben, wo meine Frau sich aufhalten könnte.«

Ich schüttle den Kopf.

Er zieht Luft durch die Zähne ein und lässt sie geräuschvoll entweichen. »Es geht ihr gut. Ich muss daran glauben. Und sie wird bald wieder zu Hause sein.«

Nichts ist mehr übrig von dem charismatischen Prediger, dem Superintendenten der Grace Church, einem der reichsten Pastoren der Welt. Auf meinem Bürostuhl sitzt ein Mann, der fast alles verloren hat wegen eines Verbrechens, das er erwiesenermaßen nicht begangen hat. Ganz gleich, wie stark, wie reich, wie mächtig ein Mensch ist, ein solcher Konflikt mit dem Gesetz hinterlässt einen stets geschwächt und hilflos. Ich kenne dieses Gefühl. Ich habe das selbst erlebt, und deshalb kann ich den Jeremiah Dawodu hinter dem Designeranzug und dem Titel sehen. Einen Mann, der weiß, wie schnell das Schicksal sich gegen uns verschwören und unser Leben aus der Bahn werfen kann, wobei es oft unsere Nächsten und Liebsten sind, die es als Werkzeuge für seine vernichtendsten Schläge benutzt.

»Es ist so, wie Sie bei unserer ersten Begegnung sagten«, sage ich bedächtig. »Ihre Frau ist am Leben und wohlauf, und sie wird bald wieder zu Hause sein.«

Der Bischof nickt dankbar. Wieder schimmern Tränen in seinen Augen. »Ich glaube es.«

»Ich auch«, sage ich mit einer Überzeugung, die ich nicht empfinde.

KUMMER ZU HAUSE

Die Stille im Haus erinnert mich an die Atmosphäre nach einem Todesfall. Das Wohnzimmer ist dunkel. Ich schalte das Licht ein, und da sitzt Folake. Sie sieht so traurig aus, wie ich sie schon lange nicht mehr erlebt habe. Ich muss an den Tag denken, als sie verlangte, dass wir die Staaten verlassen. Mein Magen krampft sich zusammen.

»Schatz, was ist passiert?«

Und von einer Sekunde auf die andere wird ihr Körper von heftigen Schluchzern geschüttelt. Ich stürze zu ihr hin, und sie putzt sich die Nase mit meinem Hemd.

»Was ist passiert?« Ich hebe ihr Gesicht zu meinem. »Die Kinder?« Das muss es sein – Probleme in der Arbeit können Folake nicht so erschüttern.

Sie nickt. »Lara.«

»Was hat sie diesmal angestellt?« Mein Herz schlägt schneller.

»Sie hat gestohlen.«

»Was?«

Folake putzt sich wieder die Nase, aber ihre Stimme ist schon fester. »Sie stiehlt, Phil. Mir ist schon länger aufgefallen, dass aus meiner Brieftasche Geld fehlt. Zuerst dachte ich noch, ich hätte mich verzählt. Aber nach einer Weile erkannte ich ein Muster. Zweihundert Naira alle zwei Tage, und das schon seit Wochen ...«

»Und du hast mir nichts gesagt?«

»Ich wollte mir erst sicher sein. Heute waren es dann tausend Naira! Ich habe es nicht mehr ausgehalten, also habe ich die Kinder beim Essen zur Rede gestellt. Die Jungs haben es abgestritten, aber sie nicht.«

Das ist eine gewisse Erleichterung. Immerhin hat Lara nicht versucht, es zu leugnen.

»Wofür hat sie es genommen?«

Folake schluchzt noch lauter, die Sorge steht ihr ins Gesicht geschrieben. »*Stehlen*, Phil. Das macht mir solche Angst, Schatz. Sie will es nicht sagen. Sie ist fünfzehn, und ich fürchte, sie könnte es für Drogen ausgeben.«

Ich schüttle den Kopf. »Nein, nein. Bitte, denk nicht an so was.«

»Es ist alles meine Schuld. Weil ich darauf bestanden habe, dass wir zurückkehren. Was, wenn sie das dazu getrieben hat, nach etwas zu suchen …«

Diese Argumentation passt so gar nicht zu meiner logisch denkenden Frau. »Oh, ich bitte dich, Schatz – es ist tausendmal einfacher, in den Staaten an Drogen zu kommen, als hier, und das weißt du genau.« Ich merke, dass sie mir widersprechen will, und füge hinzu: »Und außerdem, welche harten Drogen kann man schon für diese Summen auf der Straße kaufen?« Ich habe selbst keinen blassen Schimmer, aber wenn ich gehofft habe, sie damit zu beruhigen, bin ich gescheitert.

»Ich weiß es nicht«, sagt Folake, die sich mit einem gequälten Gesichtsausdruck aus meiner Umarmung löst. »Ich weiß nur, dass sie in den Staaten ein liebes, glückliches Kind war, und jetzt …«

»Sie hat sich auf Nigeria gefreut. Sogar noch mehr als ihre Brüder.« Weil ich von der Arbeit so in Anspruch genommen war, habe ich ihr noch nicht von meinem jüngsten Gespräch mit

Lara erzählt. Das schlechte Gewissen wegen dieses Versäumnisses verstärkt noch mein wachsendes Gefühl, versagt zu haben.

»Aber was ist jetzt anders?« Folake schüttelt den Kopf, als suche sie nach einer Erklärung dafür, wie wir an diesem Punkt angelangt sind. Und dann, als ob sie keine gefunden hätte, scheint sie sich von diesen Gedanken loszureißen, und Wut schleicht sich in ihre Stimme. »Aber das hier? Das kann ich nicht akzeptieren! Das *werde* ich nicht akzeptieren. Wenn sie Drogen nimmt ...«

»Denk nicht so, bitte. Lara führt sich nur auf. Wir werden dem auf den Grund gehen. Es kann nichts mit Drogen zu tun haben.« Mir stockt der Atem. Wie kann ich mir so sicher sein? Wer weiß schon, welche neue Substanz in den Apotheken rings um den Campus über den Ladentisch geht?

»Wenn sie nicht mit mir reden will, wie soll ich da wissen, wie ich ihr helfen kann?« Folakes Stimme versagt.

»Lass mich mit ihr reden. Ich bin sicher, es gibt eine Erklärung.«

»Das hier ist nicht einer von deinen Fällen, Philip.«

Wenn ich daran denke, wie schnell ich erkannt habe, dass das Haus des Bischofs ein inszenierter Tatort war, und wie dankbar der Mann sich heute gezeigt hat, kann ich nicht umhin, mir einzugestehen, dass ich in meinem Job besser bin als in meiner Rolle als Vater. Ich kann einen Tatort in wenigen Sekunden lesen, ich kann einigermaßen zügig den Modus Operandi eines komplexen Verbrechens ermitteln, aber ich kann nicht in den Kopf meiner fünfzehnjährigen Tochter schauen.

»Ich wünschte, es wäre einer«, sage ich halblaut.

Folake geht vor mir ins Bett, aber ich weiß, dass sie nicht schläft. Vielleicht liest sie oder korrigiert Hausarbeiten, aber es wird eine Weile dauern, bis sie einschlafen kann, wenn überhaupt. Ich mache mir Sorgen um sie. Folake nimmt ihren Beruf ernst, aber es gibt keine Rolle, in der sie so unbedingt erfolgreich sein will, wie die der Mutter.

Ich klopfe an Laras Tür. Es kommt keine Antwort, aber das Licht, das durch den Türspalt dringt, verrät mir, dass sie wach ist. Lara dreht sich im Bett um und kehrt mir den Rücken zu.

»Ist es wahr?«, frage ich von der Tür aus.

Schweigen.

»Omolara.« Ich nenne sie bei ihrem vollen Namen, so wie ihre Mutter es tut, wenn sie ein Machtwort spricht. Wenn ich es ebenso mache, weiß Lara, dass sie nicht einen auf Daddys kleines Mädchen machen kann. »Ist es wahr, dass du gestohlen hast?«

Lara wendet sich zu mir um, ihr Blick ist trotzig. »Ich habe nicht gelogen, Dad. Ich habe die Wahrheit gesagt, wie du es immer von mir verlangt hast, und ich habe trotzdem Hausarrest.«

»Ein Geständnis bewahrt dich nicht vor den Konsequenzen.«

»Was wollt ihr denn noch?«

»Schrei – mich – nicht – an.«

Lara bricht in Tränen aus. Ich zwinge mich, standhaft zu bleiben. *O nein, junge Dame – nicht heute.* Ich warte, bis sie sich beruhigt hat.

»Wenn du dich abreagiert hast, sagst du mir, wofür das Geld war.«

»Das wirst du nicht verstehen«, sagt Lara zwischen zwei Schluchzern.

Ich setze mich auf die Bettkante. »Wetten, dass, Püppchen?«

»Ich bin kein Püppchen!« Die Verärgerung lässt den Tränenstrom versiegen. »Ich bin kein Kind mehr, und es wird Zeit, dass ihr alle aufhört, mich so zu behandeln.«

»Okay, okay. Lara, kannst du mir sagen, warum du deiner Mutter Geld gestohlen hast?«

Sie wendet den Blick ab. »Das kann ich nicht.«

»Kannst du nicht oder willst du nicht?«

Schweigen, aber keine Tränen mehr.

Ich ziehe ihr Gesicht zu mir und fasse ihr Kinn. »Lara, Menschen machen Fehler, und in diesem Haus ist das erlaubt. Nur den gleichen Fehler immer wieder zu machen, das ist nicht erlaubt. Uns nicht zu sagen, wofür du das Geld ausgegeben hast, ist ein schwereres Vergehen als das Stehlen selbst. Verstehst du das?«

Sie will ihr Gesicht aus meinem Griff lösen, aber ich lasse nicht locker.

»Omolara, du hast vierundzwanzig Stunden, um mit der Wahrheit zu mir zu kommen. Wenn du das nicht tust, zerre ich dich in die Schule, erzähle dem Direktor, was du getan hast, und verlange, dass deine Aktivitäten und die deiner Freunde unter die Lupe genommen werden.«

Das Entsetzen in ihrer Miene ist genau das, worauf ich gehofft habe. Ich lasse ihr Kinn los, stehe auf und küsse sie auf die Stirn. Sie weicht nicht aus.

»Jetzt schlaf schön. Morgen ist ein Schultag.«

Ich ziehe die Tür hinter mir zu und lehne mich kurz dagegen. Es wird nicht einfach sein, meine Drohung wahr zu machen. Ich kann nur beten, dass Lara es nicht darauf ankommen lässt.

»Hat sie irgendwas gesagt?«, fragt Folake sofort, als ich unser Schlafzimmer betrete.

»Oh, sie *wird* etwas sagen.« Ich fasse unser Gespräch zusammen, während ich mich ausziehe. Folake hört aufmerksam zu. Ihre Sorgen sind nicht kleiner geworden, aber sie scheint froh zu sein, dass wir wenigstens etwas *tun*. Sie ist nicht der Typ für

»Abwarten und Tee trinken«. Ich beruhige sie noch einmal, dann gehe ich duschen.

Als ich ins Bett komme, schnarcht Folake leicht, die *Harvard Law Review* liegt aufgeschlagen auf ihrer Brust. Ich nehme die Zeitschrift, lege sie auf ihren Nachttisch und gehe auf Zehenspitzen ums Bett herum auf meine Seite.

Das Vibrieren des Telefons auf meinem Nachttisch reißt mich aus dem Schlaf, und ich verfluche mich, weil ich es nicht auf Schlafmodus gestellt habe. Ich greife rasch nach dem Handy, ehe der Lärm Folake aufweckt.

»Hmm?«, brumme ich.

»Man hat sie gefunden.«

Ich werfe einen Blick aufs Display. Es ist Kenny.

»Wen gefunden?«

Dann wache ich vollends auf und begreife, dass die Frage so überflüssig ist wie die Antwort.

BUCH II

*Der Druck eines idealen Gases ist umgekehrt
proportional zum Volumen.*
BOYLE-MARIOTTSCHES GESETZ

*Denn es ist nichts verborgen, was nicht offenbar werde,
auch nichts Heimliches, was nicht kund werde und an
den Tag komme.*
LUKAS 8,17

RÜCKSCHLAG

Wir sprechen nicht über die Vergangenheit. Seit Wochen treffen wir uns, um an dem Plan zu arbeiten. Ich erteile Anweisungen. Du sagst mir, wie sie ausgeführt werden sollten. Aber wir sprechen nicht über die Vergangenheit.

Bevor ich meine Krankenakte in die Hände bekam – frag mich bitte nicht, wie –, dachte ich, es läge daran, dass das, was getan werden muss, deiner Überzeugung nach wichtiger ist als die Erinnerung daran, wer und wie wir früher waren. Aber es ist mehr als das, nicht wahr?

Ich glaube den wahren Grund zu kennen: Du weißt, dass ich nicht derselbe Mensch bin, den du damals gekannt hast. Ich bin nicht mehr die Studentin, die mit dir im Uni-Chor Duette von BeBe & CeCe gesungen hat. Oder das Mädchen, das du so unbedingt zum Lachen bringen wolltest; zuerst, nachdem ich das Medizinstudium in den Sand gesetzt hatte, und dann, als du spürtest, dass zwischen Soji und mir etwas vorgefallen war. Ich habe dir nie erzählt, was passiert ist, aber du hast das akzeptiert und mir weiter zur Seite gestanden.

Auch jetzt hilfst du mir. Du hast dich in allem auf mein Wort verlassen. Hast nie an mir gezweifelt, schon vorher nicht, bevor ich dir die Beweise für meine Hölle auf Erden gezeigt habe. Verstehst du? Du hast dich nicht verändert. Und wenn, dann doch nicht so sehr, wie das Leben mich verändert hat.

Diese Akte – die sich jetzt an einem sicheren Ort befindet, wo niemand sie gegen mich verwenden kann –, war eine Art Offenbarung. Der Arzt hatte mich gebeten, meine Gedanken in einem Tagebuch festzuhalten, das ich ihm jede Woche zeigte. Ich hasse diese Pflichtübungen, aber im Nachhinein ist mir klar, dass sie notwendig waren. In einem Eintrag schrieb ich:

Ich kann jetzt sehen, dass es die Last des Kummers war und nicht mein Versagen, was zu meinem Zusammenbruch führte. Ich bin nur eine junge Frau, die um ihren zur Unzeit verstorbenen Vater trauert. Ich bin keine Versagerin, nur weil ich nicht fähig bin, als Ärztin zu arbeiten. Daddys Tod machte mir bewusst, dass ich nur seinetwegen den Arztberuf ergreifen wollte. Seit er nicht mehr da ist, will ich nicht mehr Ärztin werden. Das Traurige ist, dass ich jetzt, nachdem er nicht mehr da ist, überhaupt nicht weiß, was ich werden will.

Wenn ich jetzt diese Einträge lese, wird mir klar, wie weit ich mich von meinem neunzehnjährigen Ich entfernt habe. Du erkennst das auch, und vielleicht ist das der Grund, weshalb wir nicht über die Vergangenheit reden. Sie ist ein ferner Ort, und wir sind schon zu weit gekommen. Ich wünschte nur, ich wäre schon weiter gewesen, bevor ich auch nur einen Fuß in die Grace Church setzte. Aber jetzt ist nicht die Zeit, mit dem Geschehenen zu hadern. Lass uns nach vorne schauen.

Mein Schwelgen in Erinnerungen hat wenig mit dem zu tun, was wir vorhaben – besonders du, wenn man bedenkt, was du alles tun musst, damit der Plan aufgeht –, aber ich will, dass du weißt, wie dankbar ich dir bin, damals wie heute. Ich weiß, dass du viele Fragen hast, und dennoch stehst du mir zur Seite wie in jenen Tagen auf dem Campus. Du kämpfst für mich, riskierst so-

gar deine Karriere für mich. Auf deine Freundschaft konnte ich stets zählen, zu allen Zeiten und aus genau den richtigen Gründen. Der einzige Weg, wie ich dir danken kann, ist durch diese Briefe und indem ich dir anvertraue, was du wissen musst, um zu tun, was du tun musst. Würde ich dir mehr anvertrauen und dir Antworten auf deine Fragen geben, dann würde ich dein Leben in Gefahr bringen. Das kann ich dir nicht antun.

Arbeite vorläufig mit dem, was du hast. Geh so vor, wie wir es vereinbart haben, ganz gleich, was geschieht. Lass dich durch nichts vom Weg abbringen. Auch nicht durch deine Fragen. Bald wird alles ans Licht kommen.

EIN ZIRKUS FÜR DIE TOTEN

»Sie haben den Anschluss von Victor Ewang erreicht. Ich kann Ihren Anruf im Moment nicht ...«

Ich stoße ein frustriertes Zischen aus und werfe mein Handy auf den Beifahrersitz, während ich Gas gebe. Wo steckt der Mann? Erst gestern wollte er mich ganz dringend sprechen, und jetzt ist er nicht erreichbar. Das ist beunruhigend, zumal jetzt.

Vor dem Lagos State Institute of Pathology ist die Hölle los. Es wimmelt von Reportern, die in Kameras sprechen, dazwischen bahnen sich Straßenhändler ihren Weg durch die Menge und bieten Tüten mit sauberem Wasser, Limonade, Joghurt und Energydrinks feil, die in großen Plastikbeuteln mit schmelzendem Eis herumschwimmen.

Die Gehsteige und die Straße, die zur Leichenhalle führt, sind mit Fahrzeugen zugeparkt. Die Nachricht von Sade Dawodus Tod läuft seit Mitternacht in Endlosschleife in den lokalen und den internationalen Medien. Die Leiche trieb in der Lekki-Lagune, als sie entdeckt wurde. Sie war an einem alten Bootsanleger angeschwemmt worden, wo tagsüber Familien Picknick machen und abends junge Leute feiern. Ein paar der Partygänger riefen die Polizei an und teilten das makabre Erlebnis in den Social Media. Drastische Bilder einer Leiche, die in der Lagune treibt, sollten nicht viral gehen. Aber das gilt offenbar nicht, wenn es um die First Lady der Grace Church geht. Der Medienrummel um diese Tragödie ist geradezu obszön.

»Ich bin hier«, sage ich ins Handy, während ich mich auf die Zehenspitzen stelle, um über die Köpfe der Menge hinweg den schnellsten Weg zum Eingang zu finden.

»Ich komme zu dir. Geh so nah wie möglich an den Eingang.«

Ich schiebe mich durch das Gedränge, da erscheint auch schon eine müde aussehende Kenny auf den Stufen zur Leichenhalle. Sie gib den Security-Leuten, die die Schaulustigen abhalten, ein Zeichen. Einer von ihnen nimmt die lange Metallkette ab, die die Torflügel zusammenhält. Sobald ich hindurchgeschlüpft bin, werfen sich die Massen wieder dagegen, und weitere Wachleute eilen ihren Kollegen zu Hilfe, um die Menschen zurückzudrängen, bis die Kette wieder vorgelegt ist.

Kenny sinkt mir erschöpft in die Arme. Ich klopfe ihr ein paarmal auf den Rücken, dann löst sie sich von mir, wischt sich die Tränen ab und nimmt meine Hand, um mit mir hineinzugehen. Hinter uns rufen Reporter Fragen: *Wurde sie ermordet? Was ist mit dem Bischof? Hat er es getan?*

Ihre Gefühllosigkeit stößt mich ab, aber die Informationspolitik der Polizei war auch von Anfang an ziemlich daneben. Kaum hatten sie Hinweise darauf, dass es sich bei der in der Lekki-Lagune gefundenen Leiche um Sade Dawodu handeln könnte, da starteten sie auch schon ihre Rechtfertigungskampagne in den Medien. So kurz nach der öffentlichen Entschuldigung beim Bischof dient die Leiche nun als Beleg, dass man zu Recht ein Verbrechen vermutet hatte.

»Wir sind alle hier. Wir warten«, sagt Kenny, während sie mich die Flure entlang zu einem Empfangsraum führt, wo alle Ältesten um den erschütterten Bischof herumsitzen. Eine weitere Gruppe, alles Frauen, umringen Mrs Bucknor, die aussieht, als ob ihre Welt gerade durch eine Glasdecke gefallen wäre und sie auf den Scherben säße.

»Haben sie den Leichnam schon offiziell identifiziert?«, flüstere ich in Kennys Ohr.

Meine Schwester nickt, und wieder füllen sich ihre Augen mit Tränen. Es besteht kein Zweifel, dass es sich um die Leiche von Folasade Dawodu handelt. Ich ziehe Kenny näher zu mir, da sehe ich Pastor George auf uns zukommen.

»Sie sind gekommen«, sagt er, als er uns erreicht. »Ich danke Ihnen sehr.«

»Was für eine furchtbare Tragödie!«, erwidere ich.

»Der Herr weiß es am besten. Aber vorerst gilt es, praktische Angelegenheiten zu besprechen. Deswegen habe ich Sister Kenny gebeten, Sie anzurufen.«

Kenny nickt mir aufmunternd zu, dann gesellt sie sich zu den Frauen um Mrs Bucknor. Pastor George legt mir die Hand auf den Rücken und führt mich hinaus, während er den Ältesten und dem Bischof am anderen Ende des Raums ein Handzeichen gibt.

Wir finden eine Bank in einem ruhigen Flur, der zu den Toiletten führt. Der scharfe Geruch von Desinfektionsmitteln hängt in der Luft. Wir wollen uns gerade hinsetzen, als der Bischof und Pastor Nwoko auf uns zukommen.

»Mein herzliches Beileid«, sage ich zu Bischof Dawodu.

Er ist das Gegenteil des Mannes, den ich im Gefängnis getroffen habe. Sein zerknittertes blaues Hemd weist an mehreren Stellen Schweißflecke auf. Sein Atem geht stoßweise, und seine Hände zittern.

»Danke«, sagt er, doch dann versagt seine Stimme, als ob er nicht die Worte finden könnte, um fortzufahren. Pastor Nwoko klopft ihm auf den Rücken, und das scheint ihn ein wenig zu stärken. Bischof Dawodu deutet auf die Bank. »Bitte, setzen wir uns doch.«

Nachdem wir alle Platz genommen haben, tritt eine unbehagliche Pause ein. Niemand scheint zu wissen, wie er das Thema ansprechen soll, das uns alle am meisten beschäftigt.

Pastor George wagt den Sprung. »Dr. Taiwo, die Situation stellt sich jetzt völlig anders dar, nachdem wir wissen ...« Er verstummt. Der Bischof hat den Kopf gesenkt.

Ich nicke.

»Ich finde nach wie vor, dass dies weder die Zeit noch der Ort ist«, sagt der Bischof, doch sein Protest ist schwach, denn er schüttelt den Kopf, als ob er in einem Albtraum gefangen wäre, aus dem er bald zu erwachen hofft.

Pastor Nwoko spricht mit sanfter Stimme. »Bishop, die Polizei wird wieder mit ihren Anschuldigungen kommen. Wir wissen natürlich, dass sie damit keinen Erfolg haben werden, aber wir müssen auf diese Eventualität vorbereitet sein.«

»Aber ich habe es nicht getan«, erwidert der Bischof gequält.

Ich habe Mitleid mit ihm. Auch wenn ich einigermaßen entsetzt bin über das Timing der Bitte, die die Ältesten sicherlich gleich an mich richten werden, ist ihr Pragmatismus möglicherweise genau das, was der Bischof jetzt braucht. Er ist offensichtlich nicht in der Verfassung, rationale Entscheidungen zu treffen. Es ist eine taktische Entscheidung: Angreifen, bevor man selbst angegriffen wird.

Nachdem der Bischof sich beruhigt zu haben scheint, sieht Pastor George mich an. »Wir möchten, dass Sie weiter an dem Fall arbeiten.«

»Und was soll ich tun?«, frage ich, obwohl ich es schon weiß.

»Herausfinden, wer das getan hat!«, entgegnet Pastor Nwoko gereizt, als ob die Antwort offensichtlich wäre.

»Aber ich bin nicht die Polizei. Ich versichere Ihnen, die Ermittler werden alles in ihrer Macht Stehende tun, um ...«

»Wie sie es getan haben, als sie Bishop grundlos verhaftet haben?«, fragt Pastor Nwoko verächtlich. »Sie werden versuchen zu beweisen, dass sie von Anfang an richtiggelegen haben. Nein, nein, wir können es uns nicht leisten, diese Sache der Polizei zu überlassen.«

»Ich bin nicht diese Art von Ermittler.« Ich sehe die Männer an. Sie werden sich doch sicherlich an meine Vorstellung vor nicht einmal einer Woche erinnern.

»Das wissen wir«, fährt Pastor George fort. »Als wir Ihre Dienste in Anspruch nahmen, gingen wir davon aus, dass First Lady am Leben war. Zu der Zeit war es unsere Absicht, Bishops Namen reinzuwaschen. Genau genommen haben Sie den Auftrag nicht erfüllt.« Es ist eine subtile Erpressung, doch sein Blick ist flehend.

»Das stimmt«, räume ich ein. Verdammt! »Aber es könnte sich herausstellen, dass wir es mit einem Mordfall zu tun haben ...«

»Ein Mord, den man Bishop fälschlicherweise anlasten wird.« Pastor Nwoko klingt genervt, er scheint zu glauben, dass ich mich absichtlich begriffsstutzig gebe.

Jetzt ist es am Bischof, den Ältesten zu beruhigen. »Vielleicht sollten wir sie einfach ihre Arbeit machen lassen. Ich bin sicher, dass sie die Schuldigen ermitteln und zur Rechenschaft ziehen werden.«

»Du weißt, dass es so nicht läuft, Bishop«, sagt Pastor George, ehe Nwoko etwas erwidern kann. »Die Kirche kann es sich nicht leisten, dass du ein zweites Mal verhaftet wirst. Denk nur an den Schaden für die Moral der Gemeinde ...«

»Das ist mir egal!« Bischof Dawodu springt auf und schaut

auf uns herab. Ein Hauch von stressbedingtem Körpergeruch, vermischt mit seinem teuren Rasierwasser, steigt mir in die Nase. »Meine Frau ist tot. Sie liegt dort« – er deutet den Flur hinunter – »tot. Sie kommt nicht wieder, und alles, was euch interessiert, ist die Kirche?«

Seine Stimme ist so laut, dass sie bis ins Empfangszimmer zu hören sein muss, und wie zum Beweis wird es dort schlagartig still.

»Die Polizei kann Sie nicht erneut verhaften, solange sie keine unwiderlegbaren Beweise hat, Sir«, sage ich leise.

»Wir können es nicht riskieren.« Pastor George fixiert den Bischof wie ein Matador, der dem wütenden Stier in die Augen blickt. »Bishop, niemand verlangt von dir, dass du nicht trauerst. Und niemand hier kann jemals behaupten zu wissen, was du in diesem Moment durchmachst. Aber wir haben eine Verantwortung, die über die aktuelle Situation hinausgeht. Wie du selbst in der Vergangenheit gepredigt hast, wird auch dies vorübergehen. Wir wollen lediglich sicherstellen, dass die Kirche, wenn es denn vorüber ist, intakt und unbeschadet daraus hervorgeht.«

Meine Abneigung gegen den Mann wird stärker. Die Art, wie er mit ruhiger Stimme und in ausgesprochen bevormundendem Ton dem Bischof seine machiavellistische Logik aufzuzwingen versucht, ist abstoßend.

Bevor ich mich einschalten kann, sieht er mich an. »Wir müssen wissen, wer die belastenden Indizien in Bishops Haus angebracht hat. Das war schließlich Ihr Auftrag, *abi*?«

»Können wir das später besprechen, Pastor? Vielleicht nach…« Ich lasse den Satz unvollendet und blicke mich um.

Der Bischof schaut von einem Ältesten zum anderen, resigniert und verzagt. Er sieht mich an und lächelt müde. »Die beiden haben recht. Auch dies wird vorübergehen. Tun Sie, was Sie tun müssen, aber lassen Sie mich in Ruhe trauern.«

Er geht mit gesenkten Schultern davon, Nwoko schließt sich ihm an.

Ich weigere mich, das darauffolgende Schweigen zwischen Pastor George und mir zu brechen. Soll er ruhig ein wenig zappeln.

Aber er lässt sich nicht aus dem Konzept bringen. »Dr. Taiwo, was passiert ist, ist passiert. First Lady ist jetzt beim Herrn. Wir können es uns nicht leisten, die Folgen einfach abzuwarten. Es ist besser, jetzt gleich aktiv zu werden. Und dazu brauchen wir Ihre Hilfe.«

»Ich muss die Akademie um Erlaubnis bitten. Es könnte einen Interessenkonflikt geben, wenn ich an diesem Auftrag dranbleibe.«

»Dann kündigen Sie!«, verlangt Pastor George. »Wir werden Sie gut bezahlen.«

Der Mann ist unglaublich. Ich ziehe eine Augenbraue hoch, und das scheint ihn irgendwie zum Einlenken zu bewegen.

»Es tut mir leid. So habe ich das nicht gemeint«, sagt er und sieht mich erwartungsvoll an. »Aber ich bitte Sie, Dr. Taiwo – es steht hier eine Menge auf dem Spiel. Es gibt nichts, was wir tun können, um First Lady zurückzubringen, aber wir können sehr viel tun, um den Schaden für die Kirche zu begrenzen. Helfen Sie uns.«

Ich beschließe, ihn zu provozieren, einfach nur, um seine Reaktion zu sehen. »Was ist, wenn er es getan hat?«

»Er hat es nicht getan. Er war die ganze Zeit in der Kirche. Wir können uns alle für ihn verbürgen. Außerdem, sehen Sie sich den Mann doch an. Sieht er aus wie jemand, der seine Frau kaltblütig ermorden, ihre Leiche in die Lagune werfen und nur Stunden später Gottesdienste abhalten würde?«

Es ist nicht der passende Ort, um dem unerträglichen Pastor einen Vortrag über die Psychopathologie des Verbrechens zu halten. Außerdem legen die Informationen aus der Fallakte, in die Detective Bello mir Einblick gewährt hat, die Schlussfolgerung nahe, dass der Bischof das Opfer einer Intrige ist.

»Was ist, wenn er in irgendeiner Weise schuldig ist?«

Pastor George schüttelt entschieden den Kopf. »Das ist er nicht. Ich kann es mir nicht leisten, etwas anderes zu denken, denn was hätte es sonst für einen Sinn, dass ich Sie um Hilfe bitte?«

»Aber ich kann es mir leisten?«, frage ich.

»Glücklicherweise ist es so, dass Ihr Job Zweifel erfordert, meiner jedoch das Gegenteil.«

TEAMBUILDING

»Kommt nicht infrage!«, ruft Detective Lawrence Bello und schlägt mit der Faust auf seinen Schreibtisch.

Mit dieser Reaktion hatte ich gerechnet, nur nicht in dieser Heftigkeit. Ich hatte angerufen und um ein Gespräch in seinem Büro gebeten. Vielleicht ging es ihm darum, seinen Triumph auszukosten, jedenfalls hat er sofort eingewilligt, und so brach ich überhastet von der Pathologie auf, schaltete das Navi ein und machte mich auf den Weg zur Special Crimes Investigation Unit im Präsidium der Lagos State Police.

Sein Büro ist winzig, und man ist dort nicht gerade ungestört. Stimmen, das Klappern von Schreibmaschinen, das Piepsen von Faxgeräten und das Surren von Tintenstrahldruckern dringen von den anderen Büros herein. Die Nachricht, dass wir uns im Zeitalter der Digitalisierung befinden, ist wohl noch nicht bis zur hiesigen Polizei durchgedrungen. Aber wir sind allein, was mich dazu ermutigt, offen zu sprechen.

»Sie wollen nicht den Fehler machen, ein zweites Mal voreilige Schlüsse zu ziehen. Ich kann Ihnen helfen, sicherzustellen, dass Ihre Ermittlung korrekt läuft.«

»Sie würden sich Ihre Dienste von meinem Hauptverdächtigen bezahlen lassen.«

»Was spielt das für eine Rolle, wenn wir beide das gleiche Ziel verfolgen? Sie wollen doch die Wahrheit herausfinden, oder?«

»Machen Sie keine Witze, Dr. Taiwo. Es ist meine Karriere, die hier auf dem Spiel steht. Und jetzt, da ich Beweise dafür habe, dass wir von Anfang an richtiglagen, wollen Sie mir den Strick geben, mit dem ich mich aufhängen soll?«

Seine Neigung zum Dramatisieren nervt. »Detective, wenn Sie den Fehler machen, an diese Ermittlung mit der Absicht heranzugehen, die Schuld des Bischofs zu beweisen, wird Ihre Karriere tatsächlich beendet sein.«

»Sehen Sie? Sie sind voreingenommen, und deshalb kann ich Ihnen keinen Zugriff auf unsere Akten oder den Obduktionsbericht gewähren.«

»Nein, Detective, Sie sind es, der voreingenommen ist. Ich versuche nur, Sie vor sich selbst zu retten. Lassen Sie mich an der Beweiserhebung teilhaben, und ich werde dafür sorgen, dass Sie nicht zweimal denselben Fehler machen.«

»Werden Sie mir helfen, den Mörder zu finden?«

Ich würde lieber nichts versprechen, aber was bleibt mir für eine Wahl? »Betrachten Sie das als Mehrwertdienstleistung«, sage ich. »Meine Vermutung ist folgende: Wenn es einen Mörder gibt, werden wir ihn finden, sobald wir wissen, warum dem Bischof die Tat angehängt wurde und wer dahintersteckt.« Ich strecke die Hand aus. Der Detective mag stur sein, aber wir wissen beide, dass er einen Rettungsanker braucht.

»Ich will über alles, was Sie herausfinden, unverzüglich informiert werden«, verlangt er.

Ich nicke. Nach einigen Sekunden ergreift er meine ausgestreckte Hand.

Ich verlasse die Büroräume der SCIU mit Kopien der jämmerlich schmalen Fallakte, einschließlich der Protokolle der Anrufe des Informanten, die zur Verhaftung des Bischofs führten. Ich habe auch einen Brief des Detectives an den Rechtsmediziner, in dem er ihn bittet, mir den Obduktionsbericht zukommen zu lassen, sobald er verfügbar ist. Aber erst nachdem Bellos Team ihn geprüft hat. Damit kann ich leben.

Victor Ewang ist immer noch nicht erreichbar. Ich rufe Kenny an.

»Warum er?«, fragt Kenny, nachdem ich ihr meine Bitte vorgetragen habe.

»Es ist bloß eine Spur, der ich nachgehe.«

»Niemand hat ihn gesehen, aber um ehrlich zu sein, hat auch niemand nach ihm gesucht. Wir sind immer noch hier in der Leichenhalle.«

»Du hast nicht noch eine andere Telefonnummer von ihm?«

»Ich habe gar keine Nummer von ihm. Ich könnte seine Frau fragen …?«

Ich will nicht, dass die Leute darüber spekulieren, warum ich nach dem Leiter der Auslandsmissionen frage, so kurz nachdem ich die Leichenhalle verlassen habe, also sage ich Kenny, dass sie sich keine Mühe machen soll. Ich will gerade auflegen, da …

»Phil, warte …« Kennys Tonfall lässt mich aufmerken. »Du fragst nach Victor Ewang. Ich kenne ihn nicht sehr gut. Und ich weiß nicht, ob es relevant ist, aber es gab da Gerüchte …«

»Über …?«

»Ihn und First Lady. Die Leute deuteten an, dass zwischen ihnen etwas gewesen wäre.«

Interessant. »Und war es so?«

»Ich habe Sade einmal darauf angesprochen. Ich hatte Sorge, dass es ihrer Mutter zu Ohren kommen könnte. Jedenfalls sagte sie, ich solle nicht auf die Leute hören. Sie würde sich von Ewang nur in finanziellen Dingen beraten lassen.«

»Hast du ihr geglaubt?«

»Ich hatte keinen Grund, ihr nicht zu glauben, aber jetzt

kommst du und fragst ausgerechnet nach Ewang. Phil, was ist da los?«

Ich erkläre ihr, dass Ewang eine der Personen auf meiner Liste ist, die ich wegen der überraschenden Haftentlassung des Bischofs nicht mehr befragen konnte. Ich wolle lediglich einen neuen Termin mit ihm ausmachen. Meine Antwort scheint Kenny zufriedenzustellen. Sie verspricht, sich nach ihm zu erkundigen, und ich beende das Gespräch.

Ich sehe auf die Uhr – schon nach drei. Ich sollte zusehen, dass ich aufs Festland zurückfahre, wenn ich Abubakar noch erwischen will, bevor er die Akademie verlässt. Ich kann nicht in Chikas Sicherheitsfirma in Lekki vorbeischauen und dennoch rechtzeitig die Third Mainland Bridge erreichen. Also muss es ein Anruf tun.

»Du willst, dass ich wieder dein Fahrer bin?«, fragt Chika, nachdem er sich meinen Vorschlag angehört hat.

»Ich brauche keinen Fahrer, um mich in Lagos zurechtzufinden.«

»Wenn ich mich recht erinnere«, erwidert Chika trocken, »war ich weit mehr als ein Fahrer ...«

»Nachdem du endlich damit rausgerückt warst, wer du wirklich bist«, gebe ich zurück.

»Du hörst einfach nicht auf, darauf rumzureiten, wie?«

»Ich werde dich bis in alle Ewigkeit daran erinnern«, antworte ich, und das meine ich ernst.

»Mich an meine früheren Verfehlungen zu erinnern, um mich zu etwas zu zwingen, das nennt man Nötigung.«

»Und, funktioniert es?«

»Das weißt du ganz genau«, brummt er, und ich kann sicher sein, dass ich in guten Händen bin. Als Inhaber und Geschäftsführer einer Firma für Cybersicherheit ist Chika mit seinem

Team ein wertvoller Partner in diesem Fall. Und zu wissen, dass er ein ausgebildeter Scharfschütze mit jahrelanger Gefechtserfahrung ist, macht ihn zum perfekten Leibwächter in einer Situation, in der ich mich auf die Unterstützung der Polizei nicht verlassen kann. Das kommt mir alles irgendwie bekannt vor.

»Irgendwelche Fortschritte bei den Verbindungsdaten?«

»Ich dachte, der Fall wäre abgeschlossen, deshalb habe ich meinem Kontaktmann gesagt, er soll es sein lassen.«

»Dann sag ihm jetzt, er soll weitermachen. Ich brauche diese Daten.«

»Wie der Herr befehlen«, brummt Chika sarkastisch. Aber es ist nur Show. Ich wette, er hat seinen Kontaktmann gleich wieder aktiviert, als die Nachricht von Sades Tod kam.

Ich bestehe darauf, dass er mir einen Kostenvoranschlag für die Arbeitszeit seines Teams schickt. Nach einigen Protesten, die ich mit dem Hinweis kontere, dass auch ich großzügig entlohnt werde, ist Chika einverstanden.

Die Götter des Verkehrs in Lagos sind milde gestimmt, und ich fahre kurz nach vier von der Third Mainland Bridge ab, sodass ich Abubakar noch erwische, bevor er Feierabend macht.

»Ich bin mir nicht sicher, ob Sie den Auftrag hätten annehmen sollen«, sagt er kopfschüttelnd.

»Da waren Sie vorher aber anderer Meinung«, entgegne ich, als wir an unserem gewohnten Platz vor seinem Büro stehen und er seine Zigarette raucht.

»Da schien die Sache klar zu sein. Jetzt ist es ein einziger Schlamassel. Aller Augen sind auf uns gerichtet, und zwar nicht aus den richtigen Gründen.«

»Das verstehe ich, und deshalb brauche ich Ihre Hilfe.«

Abubakar zieht eine Augenbraue hoch, drückt die Zigarette aus und verschränkt die Arme vor der Brust. »Ich höre.«

»Die Polizei braucht stichhaltige Beweise. Außerdem ist es wichtig, dass sie den Eindruck erwecken, alles in ihrer Macht Stehende zu tun, um den Fall zu lösen. Detective Bello und seinem Team hat es gar nicht gefallen, wie sie zum Narren gehalten wurden, also wird er jetzt alles daransetzen, denjenigen zu finden, der sie auf die falsche Fährte gelockt und sie davon überzeugt hat, dass der Bischof seine Frau umgebracht hätte. Das hat er mir zu verstehen gegeben.«

»Schon klar«, sagte Abubakar, aber ich kann sehen, dass er an meinen Absichten zweifelt.

»Ich möchte ein paar Polizeischüler bei dem Fall mit ins Boot holen. Sie sollen ein wenig Laufarbeit machen und dem Ermittlerteam Feedback geben. Ein echter Fall als praktische Übung für künftige Kriminalbeamte.«

Abubakars Züge entspannen sich, und er nickt zustimmend. »Ah! Ich verstehe, worauf Sie hinauswollen. Wir bringen die Akademie aus der Schusslinie, wenn sich zeigt, dass wir mit der Polizei zusammenarbeiten. Brillant!«

Ich hatte nicht erwartet, dass er Nein sagt, aber sein Enthusiasmus ist eine Erleichterung. Angesichts des Umfangs und der Komplexität dieses Auftrags werde ich Hilfe bei den Recherchen brauchen. Die Polizeischüler können dringend benötigte Erfahrung sammeln, während ich die Freiheit habe, mich auf die zwei Fragen zu konzentrieren, die mich am meisten beschäftigen: Wie ist Folasade Dawodu gestorben und warum?

»So machen wir es, aber ich will schwer hoffen, dass es auch funktioniert«, sagt Abubakar, während er sich die nächste Zigarette anzündet und mit dem glimmenden Ende vor meinem Gesicht herumfuchtelt. »Sonst …«

Trotz der Warnung empfinde ich vorsichtige Vorfreude angesichts der Herausforderung. Mein anfänglicher Widerstand gegen die Vorstellung, in die belanglosen Skandale einer Kirche hineingezogen zu werden, verblasst jetzt angesichts der Möglichkeit, dass es hier um Mord geht. Ich begebe mich in mein Büro und mache mir ein paar Notizen zu den Aufgaben, mit denen ich einige der vielversprechendsten Polizeischüler in meinem Kurs betrauen will. Ich werde sie gleich morgen früh einweisen.

Ich schlage die Aktenmappe auf, und das Deckblatt lässt mich innehalten. *Der Staat gegen Jeremiah Babatunde Dawodu.* Dass der Eingangsstempel die Insignien des Büros des leitenden Staatsanwalts trägt, kommt mir merkwürdig vor. Das Datum ist der Tag der Verhaftung des Bischofs. So schnell waren sie bereit, Anklage zu erheben? Aufgrund von nicht einmal zwanzig Seiten mit Screenshots und einem unbestätigten Tatortbericht? Wie kann das sein?

Vielleicht, weil jemand wusste, dass die First Lady tot war, *bevor* die Leiche aus der Lagune gezogen wurde. Jemand, der damals schon sicher gewusst hatte, dass ihr Leben in Gefahr war.

Ich greife nach meinem Handy.

»Er wohnt auf dem Kirchengelände wie die meisten Mitarbeiter«, beantwortet Kenny meine Frage. »Phil, es gibt mir wirklich zu denken, wie sehr du von diesem Typen fasziniert bist.«

»Keine Sorge, Schwesterherz. Ich will nur die Befragungen abschließen, damit ich mich auf das wirklich Wichtige konzentrieren kann.«

»Zum Beispiel darauf, den Mörder zu finden?« Sie klingt hoffnungsvoll.

»Vielleicht.«

Sie gibt mir eine Wegbeschreibung. Ich spreche ihr noch einmal mein Mitgefühl aus, sage ihr, dass sie sich ein wenig ausruhen soll, und lege auf. Dann bereite ich mich innerlich auf den Widerstand vor, mit dem ich am anderen Ende der Leitung rechne. Ich wähle erneut.

»Ernsthaft?«, ruft Folake, als ich ihr von meinen Plänen erzähle. »Um diese Zeit? Kommst du heute Abend überhaupt noch nach Hause?«

»Ich denke schon. Es wird eine Weile dauern, bis ich dort bin, aber wenn ich fertig bin, dürften die Straßen frei sein.«

»Und das kann nicht bis morgen warten?«, fragt sie.

Ich sehe auf die Karte in meiner Hand. *Sie hat bestimmte Dinge herausgefunden. Das weiß ich, weil sie sie von mir hat.*

»Nein, Schatz. Es kann nicht warten.«

DUNKLE ELEMENTE

Es ist kurz nach zehn Uhr abends, als ich durch das Tor des Graceland-Komplexes fahre. Die Mienen der Wachleute, die mir den Weg zu den Wohnquartieren weisen, sind düster. Zu Ehren der verstorbenen First Lady sind die Flaggen der Länder, in denen die Grace Church präsent ist, auf halbmast gesetzt. Die Exodus Road, die zu der bombastischen Grace Cathedral führt, ist fast menschenleer.

In der Kathedrale ist es dunkel. Der ganze Bau ist an die zwanzig Meter hoch, und das vergoldete Kreuz, das ihn krönt, erstrahlt in solchem Glanz, dass es der Traueratmosphäre geradezu hohnspricht. Hohe Marmorsäulen tragen das Dach, das an mehreren Stellen spitz vorragt, sodass es an einen kaputten, nach oben umgestülpten Regenschirm erinnert. Die Fahrt vorbei an dem gewaltigen Bau, der angeblich fünfzigtausend Menschen fasst, nimmt mehrere Minuten in Anspruch. Endlich erreiche ich die St Luke Street, wo ich das Tempo drossle, um die Hausnummern an den ordentlich aufgereihten Bungalows zu lesen.

Ich parke vor Nummer 18 und rufe Victor Ewang an. Als die inzwischen vertraute Ansage einsetzt, breche ich den Anruf ab und steige aus.

Zu meiner Erleichterung sehe ich das Flackern eines Fernsehbildschirms im Wohnzimmer, also klopfe ich behutsam an.

Der Vorhang teilt sich, und das Gesicht einer Frau erscheint. Ich winke und versuche ihr klarzumachen, dass ich in friedlicher Absicht komme. Ihre Miene hellt sich nicht auf, doch der Vorhang wird wieder vorgezogen. Ich klopfe nicht noch einmal. Drinnen kann ich gedämpfte Simmen hören.

Sekunden später öffnet Victor Ewang die Tür. Er ist im Pyjama, die Haare zerrauft, die Augen angstgeweitet.

Er blickt nach links und nach rechts, dann deutet er mit dem Kopf auf das Zimmer hinter ihm. »Nicht hier.«

»Sie haben nicht auf meine Anrufe reagiert«, sage ich als Entschuldigung.

»Nicht hier«, wiederholt er in dringlichem Flüsterton.

»Wo dann?«, frage ich und mache deutlich, dass ich nicht von der Stelle weichen werde.

»Ich schicke Ihnen einen Treffpunkt. Warten Sie dort auf mich.«

Er schließt die Tür. Ich warte in meinem Auto. Er soll sehen, dass ich nicht fahre, ehe ich die versprochene Nachricht erhalten habe. Wieder teilt sich der Vorhang, wieder schaut dieselbe Frau heraus. Mein Handy piepst. Es ist eine Standortmarkierung. Ich setzte aus der Einfahrt zurück und registriere dabei, wie die Frau mich beobachtet. Seine Ehefrau? Weiß sie, wovor ihr Mann Angst hat?

Nachdem ich das Graceland-Gelände verlassen habe, fahre ich siebzehn Minuten auf dem Lagos Ibadan Expressway und biege dann rechts ab. Das Navi bestätigt, dass ich mein Ziel erreicht habe. Ewang hat eine andere Megachurch – die »Redeemed Christian Church of God« – für unser Treffen gewählt.

Ich bin hier, schreibe ich an Ewang und warte.

Die Antwort kommt postwendend.

Fahren Sie zum Parkplatz. Ich fahre einen silberfarbenen Infiniti.

Ich folge den Wegweisern zum Parkplatz. Flutlicht strahlt die Handvoll Autos an, die dort stehen. Jetzt wird mir klar, warum Ewang diesen Ort gewählt hat. In der Kirche ist heute keine Veranstaltung, und auch wenn der Platz alles andere als abgelegen ist, sind wir hier höchstwahrscheinlich ungestört. Ich komme mir vor, als würde ich an irgendeinem geheimen Agentenspiel auf »heiligem Boden« teilnehmen.

Die Wartezeit kommt mir endlos vor, und ich spiele schon mit dem Gedanken, zu Ewangs Haus zurückzufahren. Ich will ihn gerade per Textnachricht vorwarnen, da gleiten die grellen Scheinwerfer eines Infiniti-SUV auf den Parkplatz. Ich betätige die Lichthupe, und der Wagen steuert auf mich zu. Das Fahrerfenster wird heruntergelassen.

»Steigen Sie zu mir ins Auto«, kommandiert er.

Als ich in dem plüschigen Innenraum sitze, komme ich gleich zur Sache. »Sie sagten, Sie hätten Informationen über die First Lady?«

Statt einer Antwort setzt er zurück und fährt weiter zu einer anderen Straße, vorbei an einem Fußballplatz und einem Kindergarten, bis er zu einem unbeleuchteten Platz kommt, wo Baufahrzeuge und Gerätschaften für laufende Erweiterungsarbeiten auf dem Kirchengelände herumstehen. Er ist offenbar nicht zum ersten Mal hier.

»Und?«, frage ich, sobald der Wagen zum Stehen kommt. Das Wageninnere ist dunkel bis auf den schwachen Schein der Digitalanzeigen am Armaturenbrett.

»Sie wurde ermordet wegen der Dinge, die sie über die Kirche herausgefunden hatte«, stößt Ewang hastig hervor. Seine Angst strahlt von ihm ab wie Sonnenwärme.

»Die Kirche? Sie meinen, der Bischof hat es getan?«

»Nein! Bishop ist kein Mörder.« Er klingt entsetzt.

»Aber Sie sagten doch, die Kirche ...«

»Ich sagte, was sie über die Kirche *wusste*.«

»Warum fangen Sie nicht einfach von vorne an?«

Ewang holt tief Luft. »Wie Sie wissen, leite ich die Expansionsprojekte der Kirche, deshalb bin ich für die Finanzen zuständig und schicke Geld in verschiedene Länder für den Bau von Kirchen, die Missionstätigkeit und dergleichen.«

Ich nicke, als ob mir seine Tätigkeitsbeschreibung vertraut wäre.

»Die Kirche nimmt Unsummen an Geld ein. Alle glauben, dass es von Zehnten, Kollekten und Spenden kommt, nicht wahr?«

»Ist es denn nicht so?«

»Nicht bei der Grace Church. Sehen Sie, ich wurde für die Arbeit in der Kirche von einer Bank abgeworben, bei der ich die Devisenabteilung leitete. Als ich anfing, hat man mich damit betraut, Fremdwährungen zum bestmöglichen Preis anzukaufen und auf Konten der Kirche in Europa und den USA weiterzuleiten. Es war nicht kompliziert. Die Kirche weist meiner Abteilung Mittel zu, gibt mir eine Liste der Niederlassungen, die finanzielle Unterstützung brauchen, und ich kaufe die Fremdwährungen und transferiere sie in die jeweiligen Länder.« Er atmet tief ein, schüttelt den Kopf und lässt die Schultern sinken. »Es war ganz einfach.«

»Aber irgendwann nicht mehr?«, frage ich leise, als mir klar wird, dass er einen Anstoß braucht.

Er sieht mich an. »Als das Geld plötzlich von den ausländischen Niederlassungen kam.«

»Ich verstehe nicht ...«

»Die Hauptgeschäftsstelle ist hier, aber jetzt wurde von mir verlangt, dass ich alle Gelder nach Amerika schicke. Und zwar nicht direkt dorthin, o nein. Ich muss einen Umweg über mehrere Banken nehmen und dabei unnötige Bankgebühren in Kauf nehmen, bevor das Geld schließlich in den USA landet. Die Abwertung des Naira machte es noch besorgniserregender.«

Ich ahne schon, worauf das hinausläuft. Die Ursache für die Angst des Mannes scheint eng mit seinem Job bei der Grace Church zusammenzuhängen. Ich bleibe still. Die Menschen neigen dazu, mehr Informationen preiszugeben, wenn sie das Gefühl haben, dass der Zuhörer überzeugt werden muss.

»Vor etwa fünf Jahren – damals hatte ich die Stelle seit ungefähr zwei Jahren – wurde ich angewiesen, zehn Millionen US-Dollar von unserem Kirchenbüro in Kroatien via eine Bank in Hongkong und dann über Mauritius in die USA zu transferieren. Ich war besorgt. Es war ein extrem kostspieliger Transfer. Die Gebühren für die Bewegung dieser Summe über drei internationale Banken waren sehr hoch im Vergleich zu einer direkten Überweisung. Also fing ich an, die Anweisungen, die man mir gab, zu hinterfragen, aber die Antworten ergaben keinen Sinn.«

»Wen haben Sie gefragt?«

»Zunächst meinen direkten Vorgesetzten, Pastor Nwoko, der ebenfalls für die Finanzen der Kirche zuständig ist. Aber er konnte mir keine Antwort geben oder erklären, warum die Anweisungen so lauteten. Ich schrieb das seiner Unwissenheit zu, weil er eigentlich kein Finanzmensch ist. Er hatte damals als Schatzmeister der Kirche angefangen. Ich stand Bishop nicht nahe genug, um mich direkt an ihn zu wenden. Also stellte ich meine eigenen Nachforschungen an.«

Ewangs Hände beginnen zu zittern, und er drückt unvermittelt den Knopf, um die Scheibe auf seiner Seite herunterzufahren. Er streckt den Kopf aus dem Fenster, als ob er nach Luft schnappen müsste.

»Geht es Ihnen gut?« Die Frage hört sich selbst in meinen Ohren lächerlich an.

»Doch, doch.« Er nickt eifrig, zieht aber den Kopf nicht zurück.

»Sie haben Nachforschungen angestellt?«, gebe ich ihm nach einer Weile das Stichwort.

»Ich hätte es nicht tun sollen, aber meine Neugier war stärker. Es fing schon damit an, dass die Kirche in Kroatien offiziell 234 Mitglieder hatte. Als ich den Ort googelte, stellte sich heraus, dass sie in einem der ärmsten Viertel von Zagreb steht. Ich hatte keinen Zugang zu den Konten der Niederlassung, aber es war undenkbar, dass eine Kirche mit 234 Mitgliedern in den Slums von Zagreb die Gründung einer weiteren Niederlassung in den USA in einer Höhe von zehn Millionen US-Dollar fördert. Irgendjemand muss bemerkt haben, dass ich herumschnüffelte, denn kurz darauf bekam ich ein Visum und ein Ticket nach Amerika in die Hand gedrückt.«

»Von wem?«

»Von Pastor Nwoko. Er sagte, es sei an der Zeit, dass ich die Tragweite meines Auftrags begreife. Zwei Wochen später war ich in Houston und hatte ein Treffen mit LaTanya Jacobson. Sie ist Bishops Business-Managerin.«

Ich nicke wieder, als ob die Idee, dass Millionen Dollar an Kirchenmitteln zu einer amerikanischen »Business-Managerin« führt, gar nichts Besonderes wäre.

»Sie war diejenige, die mir alles erzählte. Nehmen Sie zum Beispiel die Überweisung aus Kroatien. Das Geld war eine

Spende von einem Waffenhändler. Also, er spendet das Geld der Kirche, dann wird es ins Ausland überwiesen. Es gelangt über mehrere Stationen nach Amerika, wird von den Behörden für ›missionarische Tätigkeiten‹ freigegeben und dann, nun ja, ›gewaschen‹, durch Erwerbungen für religiöse Zwecke, einschließlich Ausstattung, Liegenschaften und allem, was die Kirche sonst noch geltend machen kann. Sogar Privatjets.«

»Aber das ist eine Menge Geld – es wundert mich, dass die Bundesbehörden da nicht misstrauisch geworden sind.«

»Mein Bruder, unterschätzen Sie nie die Macht der Kirche in Ihrem Heimatland.«

Sein Irrtum bezüglich meiner Staatsangehörigkeit ist zwar ärgerlich, aber ohne Belang, also halte ich mich damit nicht auf. Außerdem ist der steuerbefreite Status der Kirche in den USA nicht nur gut dokumentiert, sondern wird auch tatsächlich missbraucht.

»Was hat das mit der First Lady zu tun?«

Wieder ein tiefer, flatternder Atemzug, doch Ewang ist jetzt ruhiger. »Als ich von dieser USA-Reise zurückkam, wurde eine neue Stelle für mich geschaffen. Als Leiter der Auslandsmissionen war ich Miss Jacobson in Amerika direkt unterstellt. Mein Gehalt wurde verdoppelt, ich bekam ein Haus im Kirchenkomplex, ich war endlich in der Lage, meine Verlobte zu heiraten und eine Familie zu gründen. Drei Jahre lang verschob ich auf diese Weise Gelder. Ich überwies Spenden von Kriminellen von hier nach dort und schickte sie am Ende an Miss Jacobson zum Waschen, und dann wurde ich verantwortlich für die Gewinne in ausgewählten Ländern.«

»Es kommt also auch Geld hierher zurück?«

Er nickt. »Es kommt eine Menge zurück. Und dadurch hat First Lady überhaupt erst Verdacht geschöpft.«

»Sie wusste vorher nichts davon?«

»Ich glaube nicht. Sie kam eines Tages in mein Büro, setzte sich hin und fragte mich geradeheraus, was mein wirklicher Job in der Kirche sei. Ich war erschrocken und lieferte ihr die offizielle Version. Sie lächelte und sagte, sie wisse, dass ich lüge, und sie würde es beweisen. Von da an ließ sie mir keine Ruhe mehr. Sie rief mich jeden Tag an, schickte mir Geschenke, lud mich zum Lunch ein. Immer nett und freundlich, aber die Fragen hörten nie auf. Eines Tages lud sie mich in ihr Haus auf Lagos Island ein. Bishop war nicht da. Ich war nervös. Wir waren allein. Sie war …« Er senkt den Kopf, wie um eine unangenehme Erinnerung abzuschütteln. »Sie war …«

Dann stimmen die Gerüchte über eine Affäre mit Ewang also. »Sie waren intim?«, frage ich behutsam, bemüht, nicht zu urteilen.

Ewang grinst süffisant. »Sie sind ein netter Mann, Dr. Taiwo, aber das ist nicht das, was passiert ist. Ein Teil von mir wünschte, es wäre so gewesen. Ich bin tatsächlich zu dem Haus gefahren in der Hoffnung, dass etwas passieren würde, aber First Lady war ausschließlich an Informationen interessiert. Und sobald sie die hatte, hat sie mich fallen lassen.«

»Es ist nichts passiert?«

»Nichts.«

Ich forsche in seiner Miene nach Anzeichen, dass er nicht die Wahrheit sagt, aber was hätte er zu verlieren oder zu gewinnen, wenn er Lügen über eine tote Frau erzählt?

»Welche Informationen haben Sie ihr gegeben?«

»Dokumente. Einzelne Transaktionen. Die Namen der Spender, ihre Bankverbindungen, die Summen, die sie gespendet haben, und die Summen, die als gewaschenes Geld an sie zurückgeflossen sind.« Er greift in seine Tasche und hält einen

USB-Stick hoch. »Das ist eine aktualisierte Version der Datei, die ich ihr gegeben habe. Und ich bin überzeugt, dass eine Person, deren Name in dieser Datei steht, herausgefunden hat, dass First Lady von diesen Geschäften wusste, und sie beseitigen ließ.«

»Das ist schwer zu glauben. Ich meine, sie war die First Lady, verheiratet mit dem Bischof …«

»Sie hat behauptet, ihn zu hassen«, sagt Ewang verbittert wie ein Mann, dessen Ego immer noch verletzt ist. »Dass sie ihn verlassen wollte. Es war verrückt, aber ich dachte, sie wollte es tun, um mit mir zusammen zu sein. Deshalb habe ich ihr die Informationen gegeben, damit sie etwas gegen ihn in der Hand hat. Wenn sie dem Bischof erzählt hat, dass sie die Liste hatte, dann muss er wissen, dass einer von diesen Leuten seine Frau ermordet hat.«

DIE SPRACHE DER TOTEN

Mit meiner Vorhersage, dass der Verkehr nach Mitternacht nachlassen würde, habe ich richtiggelegen. Ein paar Minuten nach drei Uhr früh biege ich in meine Einfahrt ein. Trotz meiner Erschöpfung gehe ich gleich ins Arbeitszimmer und fahre meinen Laptop hoch. Man muss kein Genie sein, um zu verstehen, was da läuft. Zahlen, Initialen, Codes und Namen von Städten flimmern über den Bildschirm. Ich scrolle auf und ab. Hunderte von Transaktionen über Dutzende von Geldinstituten in ebenso vielen Städten. Ich werde Hilfe brauchen.

Ich schreibe eine Nachricht an Chika.

Schick gleich als Erstes einen Kurier zu mir nach Hause. Erklärung folgt.

Gegen fünf Uhr schleiche ich ins Schlafzimmer. Als mein Kopf auf das Kissen sinkt, höre ich, wie Folake sich regt.

»Hast du bekommen, was du wolltest?«, fragt sie schlaftrunken.

Ich drehe mich um und küsse ihre Stirn. »Bin mir nicht sicher, aber ich habe etwas bekommen.« Jetzt ist nicht die Zeit, darüber nachzudenken oder darüber zu sprechen, wie sehr ich hoffe, dass Ewang lügt. Denn wenn er die Wahrheit sagt, bin ich offenbar wieder einmal auf einen Mann Gottes hereingefallen, ganz ähnlich wie damals bei Reverend Freedman. Was bedeuten würde, dass ich seit meinen Teenagerjahren nicht allzu viel reifer oder klüger geworden bin.

»Gut. Ich bring die Kinder zur Schule«, sagt Folake, dann dreht sie sich um und schläft wieder ein.

Ein paar – zu wenige – Stunden später wache ich in einem leeren Haus auf. Ich dusche, kippe einen starken schwarzen Kaffee und mache mich auf den Weg.

Die Atmosphäre auf den Straßen wirkt seltsam gedämpft, als ich nach Lagos Island fahre. Ich weiß, dass es meine Wahrnehmung ist, hervorgerufen durch meine melancholische Stimmung. Eine Traurigkeit angesichts der plötzlichen Wendung der Ereignisse. Die Aussicht auf die anstehende Aufgabe erfüllt mich mit Schrecken. Mein innerer Widerstand lässt mich alles wie in Zeitlupe erleben und die Wirklichkeit des Verkehrs von Lagos wie durch einen Weichzeichner wahrnehmen. Es liegt allein an mir. In Wahrheit geht das Leben in seinem gewohnt fieberhaften Tempo weiter, nur dass meine Neigung zum Optimismus einen Dämpfer bekommen hat. Der Tod ruft.

Die Menschenmenge vor der Leichenhalle hat sich zerstreut. Die Leute sind alle nach Hause gegangen, um die Nachrichten auf ihren Handys zu verfolgen. Ich beneide sie. Die Obduktion einer Leiche, die im Wasser gelegen hat, ist bekanntlich ganz besonders unangenehm. Mir graut jetzt schon vor dem Anblick der toten Sade Dawodu.

Drinnen herrscht eine hektische Betriebsamkeit, die nicht zu der düsteren Stimmung passen will, die für diesen Ort angemessen wäre. Mehrere Personen stehen draußen auf der Vortreppe, noch mehr bevölkern den Empfangsbereich. Die Angehörigen der Toten mischen sich mit denen, deren Geschäft der Tod ist.

»*Ehn!* Dieser Sarg ist aus Mahagoni, *oo*. Den kann ich Ihnen nicht billiger überlassen. Schauen Sie, dieser hier ...«

»Die Überführung ins Dorf ist kein Problem, aber die Einbalsamierung muss hier gemacht werden ...«

»Eine Feuerbestattung? *Haba!* Lieben Sie Ihre Mutter etwa nicht? Eine würdevolle Beerdigung ist das ...«

Ein Mann in einem nicht ganz blütenweißen Kittel steuert direkt auf mich zu. Aus seinem entschlossenen Schritt und dem fragenden Blick, mit dem er mich mustert, schließe ich, dass es sich um den Rechtsmediziner handeln muss. Er ist klein, Mitte bis Ende fünfzig, und auf seinem glänzenden Schädel sprießt kein einziges Härchen.

»Dr. Taiwo?«

»Der bin ich.«

Wir tauschen die üblichen Höflichkeitsfloskeln aus, dann führt er mich durch ein Labyrinth von Fluren zu einer Tür mit der Aufschrift SEKTIONSSAAL. Ich hole tief Luft. Der Rechtsmediziner bleibt stehen und sieht mich besorgt an.

»Ich weiß, dass Sie um Fotos gebeten haben, aber diese Leiche wurde aus dem Wasser gezogen. Es ist bekanntermaßen schwer, solche Leichen so zu fotografieren, dass eine effektive Diagnose möglich ist«, sagt der Rechtsmediziner entschuldigend.

»Ich verstehe«, erwidere ich knapp.

Er stößt die Doppeltür auf. Ich folge ihm und bleibe in gebührendem Abstand vor dem einzelnen Edelstahl-Seziertisch in der Mitte des Raums stehen. Die Leiche ist mit einer Plastikfolie abgedeckt. Ich beiße die Zähne zusammen und trete näher.

»Wegen der Bedeutung des Falls haben wir die Nacht durchgearbeitet«, sagt der Rechtsmediziner, während er um den Tisch herumgeht. »Das hier ist der VIP-Raum.«

Klassenunterschiede sogar im Tod. Das gibt es nur in Nigeria.

»Der Ehemann hat für eine beschleunigte Obduktion bezahlt«, fügt er hinzu, als er meine verdutzte Miene bemerkt.

»Ich verstehe nicht ...«

Sein Lächeln wirkt ein wenig mitleidig. »Wir sind extrem unterfinanziert, und wenn in einem Fall wie diesem die Angehörigen für eine Expressdienstleistung bezahlen können, ziehen wir die Obduktion vor.«

Er schlägt die Plastikdecke zurück. Ich ziehe die Luft durch die Zähne ein, als mein Blick auf Sades Gesicht fällt. Hervorquellende Augen, der Körper von Flüssigkeiten aufgebläht, die Haut verfärbt. Zwischen den angeschwollenen Lippen ragt die Zunge hervor.

Ich erinnere mich an Laras Worte: »Sie ist so schön.« Von dieser Schönheit ist jetzt nichts mehr übrig.

»Geht es Ihnen gut?«, fragt der Rechtsmediziner.

Ich nicke nur.

»Keine Anzeichen von Strangulierung«, fährt er fort. »Wegen der langen Liegezeit im Wasser konnten wir keine äußerlichen Verletzungen feststellen.« Er beugt mich über die Leiche hinweg. »Ich decke das Gesicht zu«, fügt er hinzu, und ich würde ihm am liebsten um den Hals fallen. »Da gibt es ohnehin keine aufschlussreichen Befunde«, sagt er und bückt sich, um die heruntergefallene Plastikfolie aufzuheben.

Dann verhüllt er gnädigerweise Folasade Dawodus Gesicht.

»Wir haben an der naheliegendsten Stelle angefangen.« Er zeigt auf die beiden Arme des Y-förmigen Schnitts, die am Brustbein zusammenlaufen und sich über die Länge des Unterleibs fortsetzen. »Wir können bestätigen, dass das Opfer eine beträchtliche Menge Wasser in der Lunge hatte, was den Schluss zulässt, dass sie ertrunken ist.«

»Konnten Sie irgendwelche Verletzungen feststellen, die sie sich vor dem Ertrinken zugezogen hat?«

»Noch nicht, allerdings bin ich noch nicht fertig mit den inneren Organen. Die lange Liegezeit im Wasser macht es schwierig, äußerliche Verletzungen zu erkennen, solange keine Knochen betroffen sind.«

»Gibt es Verdachtsmomente für einen tätlichen Angriff, vielleicht mit einem Messer?«, frage ich vorsichtig, um nicht direkt lügen zu müssen.

Der Rechtsmediziner schüttelt den Kopf. »Es dürfte schwer sein, das sicher festzustellen, aber wir werden es versuchen. Ich habe aber überprüft, dass das Wasser in der Lunge das gleiche ist wie das von Proben aus der Lagune – eine 72-prozentige Übereinstimmung in der Toxikologie.«

»Das ist signifikant.« Ich mag den Mann. Sein gewissenhaftes Vorgehen ist beruhigend und offen gestanden ungewöhnlich für einen Beamten.

»Allerdings«, bestätigt er mit einem knappen Nicken. »Ich habe auch den Mageninhalt untersucht.« Er deutet auf den Bauchschnitt. »Eine üppige, fette Mahlzeit. Sie hat vor dem Ertrinken nicht gehungert. Weil sie vollständig bekleidet war, waren die Geschlechtsorgane geschützt, also muss ich sie noch auf mögliche Sexualkontakte untersuchen. Es ist unwahrscheinlich, dass dabei etwas herauskommt, aber den Versuch ist es wert.«

»Glauben Sie, Sie könnten noch etwas finden?«

Der Rechtsmediziner nimmt seine Brille ab und putzt die Gläser an seinem weißen Kittel. »Wenn es einen Kontakt ohne Kondom gab, besteht immerhin noch die Chance, Spuren von Ejakulat zu finden.«

Ich bezweifle, dass selbst mit den allermodernsten Methoden noch etwas Belastbares zu finden sein würde. »Spuren« eröffnen nur neue Ermittlungsrichtungen, sind aber kaum je beweiskräftig.

»Haben Sie das Blut schon untersucht?«, frage ich. Wenn das Opfer unter Drogen stand oder mit einem Anästhetikum betäubt würde, dürften die Substanzen sich länger im Körper gehalten haben als organisches Material.

Die Brille sitzt wieder auf seiner Nase, ist aber immer noch verschmiert. »Das war das Erste, was ich vom Labor angefordert habe, als ich keine sichtbaren Verletzungen feststellen konnte.«

»Und?«

»Diese Dinge brauchen ihre Zeit, und das Labor ist nicht dasselbe wie für die Toxikologie. Ich habe die Ergebnisse noch nicht. Ich sage Ihnen aber gleich Bescheid, wenn ich sie bekomme.« Er deutet auf den Unterleib der Toten. »Hier ist etwas Interessantes zum Vorschein gekommen.«

Mein Herz setzt einen Schlag aus. »Sie ist nicht ... sie war doch nicht ...«

»Schwanger? O nein«, versichert er mir eilig. »Ich habe gelesen, dass die Verstorbene vergeblich versucht hatte, ein Kind zu bekommen, weshalb ich es bemerkenswert fand, dass sie eine Tubenligatur hatte.«

Ich kann meine Verblüffung nicht verbergen. »Sie war sterilisiert?«

»Und zwar vor nicht allzu langer Zeit, denn die Eileiter wurden kauterisiert, und die Narben sehen relativ frisch aus.«

ZU VIELE VERDÄCHTIGE

»Wow«, stößt Chika hervor, während er seinen Stuhl vom Tisch zurückrollt.

»Verrückt, was?«, sage ich, ohne den Blick von seinem Laptop zu wenden.

Chika schüttelt ungläubig den Kopf. »Die Namen auf dieser Liste haben das Zeug dazu, Regierungen zu stürzen.«

Für den unbedarften Beobachter wären die Informationen auf diesem USB-Stick nur eine Auflistung von Namen und Transaktionen über mehrere Geldinstitute auf der ganzen Welt. Doch bei genauerem Hinsehen erweisen sie sich als eine explosive Liste von Persönlichkeiten – Politiker und bekannte Geschäftsleute –, die alle der Grace Church große Geldsummen »spenden« – Beträge, die dann über verschiedene Stationen gefiltert werden, bis sie schließlich gewaschen und nicht mehr rückverfolgbar an die Spender zurückfließen.

»Das ist die eleganteste Form von Geldwäsche, die ich je gesehen habe«, meint Chika beeindruckt. »Und es ist alles legal, das finde ich so unfassbar.«

»Nur weil die Kirche von der Finanzkontrolle ausgenommen ist.« Ich gehe zu seiner Seite des Tischs und schenke mir ein Glas Wasser ein. »Das eigentliche Verbrechen ist die Quelle dieser Gelder.«

Er stößt einen Pfiff aus, rückt wieder näher an den Laptop

und starrt kopfschüttelnd auf den Bildschirm. »Vielleicht wurde Sade Dawodu ja doch ermordet. Man legt sich nicht mit den Leuten auf dieser Liste an und kommt ungeschoren davon.«

»Wenn sie ein Verbrechen aufgedeckt hat, müssen wir in Betracht ziehen, dass sie deswegen ermordet wurde.«

Chika schnaubt. »Wenn dein Informant recht hat, könnte sie versucht haben, ihren Mann mit diesen Informationen zu erpressen, damit er in die Scheidung einwilligt. Das hat mit Altruismus nichts zu tun.«

»Wollen wir jetzt vielleicht einen Mord entschuldigen?« Mein Ton ist unabsichtlich scharf.

»Natürlich nicht, aber schau dir das an.« Chika deutet auf den Bildschirm. »Senatoren, Gouverneure, Waffenhändler, bekannte Drogenkartelle und Schlimmeres. Sogar diejenigen, die als seriöse Geschäftsleute gelten, sind mit dabei. Da ist kein Einziger darunter, der nicht morden würde, um diese Liste hier geheim zu halten.«

»Alle 117 Namen?«, frage ich, während mir die Dimension der Aufgabe dämmert, die uns bevorsteht. Er nickt. »Wir haben also 117 Verdächtige, aber wir können davon ausgehen, dass nicht alle, sondern nur einige wenige oder ein Einzelner als Täter infrage kommen?«

»*Wenn* einer von denen es getan hat«, gibt Chika zu bedenken.

»Ja, ja«, erwidere ich ungeduldig. Ich würde ungern kostbare Zeit mit einer Sackgasse vergeuden, aber was bleibt mir für eine Wahl? »Also, wo fangen wir an?«

Chika ist still, aber ich weiß, dass er im Kopf bereits alle möglichen Szenarien durchgeht. Abseits der üblichen Wortgeplänkel sind wir ein gutes Team. Er ist ein Macher, der einen präzise geplanten Zug nach dem anderen setzt. Ich bin eher der Denker und wäge immer die beste Vorgehensweise ab, ehe ich aktiv werde.

»Ich komme immer wieder auf Sade selbst zurück«, sage ich, nachdem meine Überlegungen zu keinem Ergebnis geführt haben. »Wenn sie versucht hat, ihren Ehemann zu erpressen, wieso hat sie dann das Haus verlassen? Wohin ist sie gegangen? Ist sie allein abgereist, oder hat jemand sie begleitet?«

»Und was ist mit der ausgefeilten Inszenierung, die den Eindruck erwecken sollte, sie sei tätlich angegriffen worden?«

»Wir wissen nicht, ob sie das war.«

»Wer soll es sonst gewesen sein?«, kontert Chika.

»Vielleicht jemand, dem sie sich anvertraut hat? Jemand, der ihr half zu fliehen?« Ich gehe auf und ab, während ich laut nachdenke. »Ewang hat behauptet, Sade hätte ihn dazu gebracht, Informationen preiszugeben. Wenn sie mit jemandem auf dieser Liste unter einer Decke steckte und zusammen mit dieser Person den Tatort arrangiert hat, um den Eindruck zu erwecken, sie sei dort ermordet worden, dann würde das den Kreis der Verdächtigen auf jemanden von hier eingrenzen. Oder jemanden, der vor Kurzem das Land verlassen hat, was bedeutet, dass wir die Namen auf der Liste mit den Airlines abchecken können.«

»Das hilft uns auch nicht viel weiter«, meint Chika. »Es sind mindestens zwanzig Personen auf der Liste, die zwar hier ansässig sind, aber global agieren. Die könnten zum Zeitpunkt von Sades Verschwinden an jedem beliebigen Ort auf der Welt gewesen sein. Und wie können wir uns überhaupt sicher sein, dass diese Liste vollständig ist? Es könnte noch mehr geben, von denen Ewang nichts weiß.«

»Ich stimme dir zu, aber ich habe diesen Mann gesehen, Chika. Er hat Angst. Er glaubt, wenn Sade ihren Mann mit diesen Informationen zu erpressen versucht hat, dann würden der Bischof, eine gewisse LaTanya und die meisten, wenn nicht gar alle Leute auf dieser Liste wissen, dass die Information von ihm kam.«

Chika schüttelt den Kopf. »So laufen diese Dinge nicht. Wenn das ein profitables Geschäft für den Bischof ist – und das ist es wahrscheinlich –, dann will er natürlich nicht, dass jemand erfährt, dass ihr Geheimnis aufgeflogen ist.«

»Dann können es also nur der Bischof und diese LaTanya sein?«

»Das Problem ist nur: Wir wissen, dass deine LaTanya im Ausland ist, und der Bischof hätte sich nicht selbst den Mord an seiner Frau angehängt.«

»Wir drehen uns im Kreis.«

»Und ich habe den Verdacht, dass wir genau das tun sollen.« Ich sehe ihn verblüfft an. »Wer sollte das wollen?«

»Das Opfer, denke ich. Nur dass sie nicht damit gerechnet hat, tatsächlich ermordet zu werden.«

Er weiß etwas. Ich sehe es an seinem Grinsen. »Was hast du rausgefunden?«

»Ich habe mich noch mal mit dem Wachmann unterhalten, der am Morgen ihres Verschwindens Dienst hatte. Wie sich herausstellte, hat der Inhaber der Sicherheitsfirma einen Bekannten, der wiederum einen Bekannten hat. Jedenfalls habe ich gestern nach unserem Gespräch ein bisschen rumtelefoniert, und der Inhaber hat mir die Erlaubnis erteilt, mit dem Wachmann zu sprechen.«

»Ich hätte schon gerne selbst mit ihm gesprochen.« Ich hasse meinen quengeligen Tonfall.

»Ich weiß. Aber du warst mehrere Autostunden weit weg. Willst du jetzt wissen, was er gesagt hat, oder willst du mir ein schlechtes Gewissen machen, weil ich die Initiative ergriffen habe?«

Ich setze mich wieder hin und sehe ihn an. »Schieß los.«

»Vielen Dank, Sir«, entgegnet Chika sarkastisch, den Kopf zur Seite geneigt. »Also, der Wachmann hatte an dem Tag die Frühschicht. Er meinte, der Kollege, der die Nachtschicht hatte – also dieser Samson, der offenbar dem Bischof das entscheidende Alibi geliefert hat –, habe ihm bei der Übergabe von keinerlei Zwischenfällen berichtet, er habe also nicht gewusst, dass in der Nacht etwas passiert war. Und weil ich wusste, dass du mich ausschimpfen würdest, weil ich ohne dich mit ihm gesprochen habe ...« Er hält mir sein Handy hin.

Ich setze mich auf. »Du hast euer Gespräch aufgezeichnet?«

»Ich lerne von den Besten. Soll ich jetzt auf Wiedergabe drücken, oder willst du mit dem Fragespiel weitermachen?«

»Na los, mach schon.«

Die Hintergrundgeräusche sind recht laut, aber Chika hat das Mikrofon offenbar näher bei dem Wachmann platziert, denn die Aufnahme ist viel klarer, wenn er spricht, während die Fragen ein wenig gedämpft klingen.

»Ich nicht gewusst, dass ich Letzter gewesen, der Madam gesehen, *oo*.«

»Scheint aber so, *oo*.«

»*Na wa, oo*. Ist wirklich wahr, dass Madam tot?«

Die Schattierungen und Bedeutungsschichten, die für Pidgin so charakteristisch sind, zeichnen ein Bild vor meinem inneren Auge. Ich kann beinahe sehen, wie der Wachmann den Kopf schüttelt und über das Rätsel von Leben und Tod sinniert.

»Hast du gesehen, wie sie Haus verlässt?«, fragt Chika. Der Wachmann muss genickt haben, denn Chika fährt fort: »War das, bevor Bischof gegangen oder danach?«

Ich lächle ihm zu. Er hat viel gelernt, indem er beobachtet hat, wie ich Zeugen befrage. Immer unvoreingenommen herangehen. Gerade genug Informationen liefern, um das Gespräch zu lenken, aber die entscheidenden Fakten offen lassen. Den Befragten die Lücken füllen lassen und die Antworten mit dem vergleichen, was man weiß.

»Bishop nicht im Haus, *oo*. Sein Auto nicht da, als ich zu Schicht komme.«

»Madam ist also allein weg? Ihr Fahrer nicht gekommen?« Wieder nicke ich Chika zustimmend zu. Er hat sich an die Sprechweise des Befragten angepasst. Ich beuge mich weiter vor. Pidgin ist nicht gerade meine Stärke, aber wenn man eine Aufzeichnung anhört, ist es leichter zu verstehen.

»Madam hat allen freigegeben, *oo*. Koch, Gärtner, Putzfrau. Alle nicht zu Arbeit kommen.«

»Also Haus war leer?«

»Ich nicht reingeschaut, *oo*, aber ich glaube, Haus war leer, weil alle waren gegangen.« Ein rechtfertigender und leicht gereizter Ton schleicht sich in die Stimme des Wachmanns, weil er seine Geschichte noch einmal erzählen muss. Aber auch, weil er entgegen seiner Behauptung tatsächlich im Haus nachgeschaut hat.

»Aber ihr Auto war auf Grundstück, also wie ist sie weg? Hat sie Uber genommen?«

»*No oo*. Jemand gekommen und sie abgeholt.«

Ich werfe Chika einen verärgerten Blick zu. Er bedeutet mir, weiter zuzuhören.

»Jemand?«, fragt Chika.

Es tritt eine längere Pause ein, und wenn da nicht die Hintergrundgeräusche wären, könnte man denken, das Gespräch wäre beendet.

»Deine Madam ist tot, *oo*.« Ich sehe vor mir, wie Chika näher an den Mann herantritt und ihm fest in die Augen sieht. Ohne bedrohlich zu wirken. »Wir finden die Leute, die sie getötet.«

Es ist wieder länger still, als ob der Wachmann über Chikas Worte nachdenkt. Er muss irgendwie signalisiert haben, dass er bereit ist zu sprechen, denn Chikas Stimme wird wieder lauter. »Dieser Jemand, war das Frau oder Mann?«

»War Mann«, antwortet der Wachmann bestimmt.

»Hast du Mann gekannt?«

»Wie soll ich ihn nicht kennen?« Eine Frage mit einer Frage beantworten – eine typisch nigerianische Form der Bekräftigung. »Ist schon oft zu Haus gekommen.«

»Du weißt Namen von ihm?«, fragt Chika.

Der Wachmann lacht schallend. »Weiß ich nur zu gut. Meine Frau spielen jeden Tag Musik von ihm.«

»Ein Sänger?«

»*Yes, na*. Sein Name Enomo Collins.«

SCHULSPRECHERIN

Folasade. Niemals Sade. So nannte Daddy mich, wenn er uns besuchen kam. Unsere Wohnung war die kleinste im Haus, weil Mummy nur mich hatte, und die anderen drei Ehefrauen hatten zusammen sechzehn Kinder. Ich lebte für diese Besuche, wenn Mummy für ihn kochen durfte und ich ihn nicht mit seinen anderen Kindern teilen musste.

»Weil dein Reichtum die Krone dieser Familie sein wird«, versprach er, als ich ihn fragte, warum er mir diesen Namen gegeben hatte.

Eine besondere Freude war es für mich, wenn er zu Besuch kam, weil ich gut in der Schule gewesen war. Einmal, als ich zur Schulsprecherin ernannt worden war, kam er drei Abende in Folge! In diesen drei Tagen war ich glücklich wie nie. Es erfüllte mich mit Stolz, zu wissen, dass ich einen Anteil an Mummys stolzer Haltung hatte, wenn sie an Daddys anderen Ehefrauen vorbeiging.

Und dann, von einem Tag auf den anderen, fand Mummy Jesus und beschloss, dass das Wohlwollen des Herrn wichtiger war als das ihres Ehemanns. Sie packte ihre Sachen und stellte Daddy das Ultimatum: Wenn er sie wollte, musste er alle anderen verlassen.

Je länger Daddy wegblieb, desto mehr Zeit verbrachten wir in der Kirche, wo wir dafür beteten, dass er Jesus finden möge. Als ich die

Zulassung zum Medizinstudium bekam, war ich mir sicher, dass es so sein würde wie damals, als ich zur Schulsprecherin ernannt wurde. Er schickte mir ein Fläschchen Parfüm und eine Glückwunschkarte, adressiert an »meine brillante Tochter Folasade«.

Er hatte nie irgendjemanden bevorzugt, und er würde bei uns nicht damit anfangen. Anstatt Jesus zu finden, mischte er seine Medizin gegen Bluthochdruck mit rezeptfreiem Viagra und starb auf Ehefrau Nummer fünf.

Am Tag nach seiner Beerdigung ging ich in den Anatomiekurs, blickte auf die nackte Leiche eines Mannes von Daddys Alter und Statur hinab und wusste, dass ich nicht mehr dort sein wollte. In diesem Semester fiel ich in Anatomie durch. Dann in Biochemie. Und so ging es weiter, bis die Medizinische Fakultät mir klarmachte, dass ich niemals Ärztin sein würde.

Nur dank einer Trauertherapie und des hartnäckigen Glaubens meiner betenden Mutter gelang es mir, die Universität abzuschließen. Ich wechselte die Fachrichtung. Zum Glück waren in der Soziologischen Fakultät noch Plätze frei, also fing ich wieder im ersten Semester an. Ich schaffte den Abschluss mit Note zwei. Hab ich dir das je erzählt? Das war auch die Zeit, als Mummy Mitglied der Grace Church wurde. Und mich Jeremiah Babatunde Dawodu vorstellte.

Er lächelte mich an und nannte mich »Folasade«. Ich war verloren, und bald war mein Schicksal besiegelt. Aber damals wusste ich nicht, was ich jetzt weiß. Und womit ich dich jetzt belastet habe. Aber genug der Erinnerungen.

Lass uns ein Feuer entfachen.

ANRUFLISTE

Chika drückt mir den Papierstoß in die Hand, den er aus dem Kompaktdrucker neben seinem Schreibtisch genommen hat.

»Also, folgendermaßen sieht's aus«, beginnt er und dreht seinen Laptop zu mir um, sodass ich die ausgedruckten Daten mit den Informationen auf dem Bildschirm vergleichen kann. »Sade hat am Tag vor ihrem Verschwinden mehrere Telefonate geführt. Meine Cyberjungs versuchen die Nummern mit Datenbanken von registrierten SIM-Karten abzugleichen. Ich muss dich warnen: Diese Angaben sind nicht immer verlässlich, aber das weißt du selbst, nicht wahr? Manche Leute benutzen falsche Namen, um SIM-Karten zu kaufen, oder sie erben einfach eine von einem Freund oder Verwandten und machen sich nicht die Mühe, die Angaben zur Person beim Mobilfunkanbieter zu ändern.«

»Ich interessiere mich vor allem für die Anrufe, die sie am Tag ihres Verschwindens getätigt hat«, sage ich, während ich die Ausdrucke durchsehe.

»Das sind nur drei. Sie waren leicht zurückzuverfolgen. Eine der Nummern wurde wiederholt gewählt, aber der Anruf wurde nicht entgegengenommen. Ich habe die Namen angestrichen, die zu den Nummern gehören.«

Ich blättere zur letzten Seite. Der letzte Tag, an dem Sade lebend gesehen wurde. Drei Namen. Kikelomo Bucknor, von Chika mit dem Vermerk »Mutter« versehen. Der zweite Name lautet U. Ohaeri, und Chika hat »Arzt?« daneben geschrieben. Und schließlich Enomo Collins, von Chika mit »Chorleiter« gekennzeichnet.

»Der Sänger?«

»Anscheinend ist seine Arbeit für die Kirche eine Nebenbeschäftigung. Er ist tatsächlich ein ziemlich populärer Gospelsänger.«

Ich erinnere mich an das YouTube-Video von dem Gottesdienst, das ich vor ein paar Tagen angeschaut habe. Der Leadsänger war mir bekannt vorgekommen. Ich muss wohl an einem der seltenen Tage, an denen ich etwas anderes als Nachrichten im Fernsehen anschaue, auf eines seiner Musikvideos gestoßen sein.

»Wenn sie das Haus an diesem Tag verlassen haben, glaubst du, dass sie vorher gemeinsam die Blutspuren angebracht hatten?«, fragt Chika.

»Das werden wir nie erfahren, wenn wir ihn nicht fragen.«

Chika hat sich wieder dem Laptop zugewandt und tippt flink. »Hier heißt es, dass er ein Studio in Anthony Village hat.«

»Moment!« Ich ziehe mein Handy hervor und wähle.

»Und wen rufen wir jetzt an?«, fragt Chika mit hochgezogenen Brauen.

Es läutet bereits, also lege ich einen Finger an die Lippen.

»Bello«, meldet sich eine Stimme.

»Guten Tag, Detective.« Ich schlage einen freundlichen Ton an, und Chikas Augenbrauen wandern noch höher. »Ich hoffe, es stört Sie nicht, dass ich so spät noch anrufe.«

»Ich nehme an, dass Sie einen guten Grund haben, Dr. Taiwo«, erwidert er steif.

Ich ignoriere den Mangel an Begeisterung. »Die Fallakte – da findet sich keine Erwähnung von Enomo Collins.«

Die Antwort kommt mit einer kaum merklichen Verzögerung. »Sollte es eine geben?«

Ich stelle auf Lautsprecher und lege das Handy zwischen Chika und mich. Er lehnt sich zurück. Ich versuche meine Stimme neutral zu halten, um nicht zu verraten, dass es einen Mithörer gibt. »Sie wissen doch sicherlich, dass er derjenige war, der das Opfer am Morgen ihres Verschwindens von zu Hause abholte.«

Schweigen am anderen Ende der Leitung.

»Detective?«

»Dr. Taiwo«, sagt er ungeduldig, »wie hätten wir jemanden vernehmen sollen, der die Frau angeblich gefahren hat, wenn wir davon ausgehen mussten, dass sie zu diesem Zeitpunkt schon tot war?«

»Aber wenn Sie annahmen, dass sie tot war, hätten Sie da nicht ...«

»Dr. Taiwo, wir haben doch festgestellt, dass die Polizei bewusst in die Irre geführt worden ist, und wenn dieser Anruf nur den Zweck verfolgt, einmal mehr die Inkompetenz meines Teams anzuprangern, dann kann ich Ihnen versichern, dass Sie Ihre Aufgabe erledigt haben.«

Chika fährt sich mit dem Finger über die Kehle. »Leg auf!«, formt er lautlos mit den Lippen.

»Nein, nein, Detective ...« Ich werfe Chika einen trotzigen Blick zu, doch mein Ton ist versöhnlich. »Das war ganz und gar nicht meine Absicht. Wir waren uns doch einig, dass wir unsere Informationen austauschen, und ich habe gerade eben herausgefunden ...«

»Schreiben Sie's in einen Bericht, Dr. Taiwo. Ich kann Ihnen nur sagen, dass wir keine weiteren Ressourcen auf den Fall verwenden werden, bis der Obduktionsbericht vorliegt und wir mit

Gewissheit sagen können, ob ein Verbrechen vorliegt oder nicht.«

Er legt auf.

»Er lügt«, behaupte ich.

»Oder er versucht sich zu rechtfertigen. Er hat schließlich zugegeben, dass er und sein Team Inkompetenz bewiesen haben.«

»Nein, das hat er nicht. Er hat lediglich den Grund für meinen Anruf infrage gestellt. Klassisches Ablenkungsmanöver.«

»Dann glaubst du also, dass er von Enomo Collins weiß? Als ob er so ein guter Ermittler wäre!« Chika lacht höhnisch. »Dein Vertrauen in die Fähigkeiten unserer Polizei beeindruckt mich jedes Mal aufs Neue.«

»Du wirkst aber nicht beeindruckt«, gebe ich ebenso scharf zurück. »Hör mal, ich habe diesen Typen kennengelernt. Er ist vielleicht nicht der allerkompetenteste Ermittler, aber er ist ganz bestimmt motiviert. Seine Karriere steht auf dem Spiel. Es ist so gut wie undenkbar, dass er nicht herausgefunden hat, dass Enomo Collins an dem besagten Morgen bei Sade war.«

»Und doch stellt er sich unwissend«, wendet Chika ein. »Ganz zu schweigen von der Tatsache, dass dieser Enomo noch auf freiem Fuß ist.«

»Vielleicht kann er sich eine weitere Verhaftung mit einem solchen Medienrummel nicht leisten?«, mutmaße ich. »Du sagst doch, dass dieser Enomo so populär ist.«

»Das ist er, aber jetzt haben wir eine Leiche.«

»Richtig, aber aus Sicht des Detectives gab es immer schon eine Leiche. Es war vom ersten Tag an ein Mordfall. Warum sich auf den Bischof als Verdächtigen fixieren, wenn es noch eine andere Möglichkeit gibt?«

»Wie du sagen würdest: Füllen wir diese Wissenslücke mit dem, was wir wissen, und schauen, wie es zusammenpasst.«

Ich runzle die Stirn, wie immer misstrauisch, wenn Chika mich zitiert. »Was wissen wir denn?«

Er zeigt auf die Karte von Google Maps auf dem Laptop-Bildschirm. »Wo Enomo Collins zu finden ist.«

WILDER ZORN

Das SonicStudio ist ein Bungalow, versteckt hinter einem größeren Haus, in dem eine Anwaltskanzlei, ein Friseursalon und einige Wohnungen untergebracht sind. Ein Schild einer Immobilienfirma verkündet, dass in dem Gebäude noch »freie Flächen für Wohnungen oder Büros« vorhanden sind. Aber ich kann mir nicht vorstellen, wo diese leer stehenden Räumlichkeiten sein sollen, wenn ich mir anschaue, wie viele Autos um das Haus herum parken.

An der Tür des Studios hängt ein Schild mit der Aufschrift »ACHTUNG AUFNAHME«, doch sie ist nur angelehnt. Chika klopft. Keine Reaktion. Er stößt die Tür auf und geht hinein. Wir folgen den Klängen der Musik durch einen engen Flur. Durch eine weitere offene Tür gelangen wir in einen Raum, der wohl früher ein Wohnzimmer war und in den Regieraum des Tonstudios umgewandelt wurde.

Zwei junge Männer sind am Mischpult zugange. Auf einem kleinen Bildschirm, der offenbar mit einer Aufnahmekabine hinter diesem Raum verbunden ist, ist eine Sängerin zu sehen.

»Ich mach noch mal ab der Bridge, okay?« Die Sängerin spricht in das übergroße Mikrofon, und der ganze Raum hallt von ihrer Stimme wider.

Chika hüstelt. »Entschuldigen Sie.«

Die jungen Männer drehen sich um, neugierig, aber nicht abweisend. Sie tragen beide kurze Dreadlocks und haben zahlreiche Piercings im Gesicht. Ich habe Mühe, die zwei auseinanderzuhalten.

»Wir suchen nach Mr Collins«, sagt Chika.

Dreadlocks Nummer eins deutet auf eine Stelle hinter uns.

Die Musik ist wohl schuld, dass ich es überhört habe – das leise, tiefe Schnarchen einer Gestalt, die lang ausgestreckt auf einem zerschlissenen Sofa hinter uns liegt. Ich trete näher und rieche die säuerliche Alkoholfahne, die von Enomo Collins ausgeht. Er ist unrasiert, sein Mund steht offen, und seine Haare sind zerzaust.

»He, Jungs!«, tönt die Stimme der Sängerin auf dem Monitor. »Playback!«

»Moment! Bros hat Besuch«, sagt Dreadlocks Nummer zwei ins Mischpult.

Chika geht auf Enomo zu und schüttelt ihn. Fest. Als der Mann die Augen aufschlägt, heftet sich sein Blick sofort auf mich, als ob er mich erwartet hätte. Falls er in seinem Vollrausch von mir geträumt hat, dann wohl nicht in einer schmeichelhaften Rolle – das lese ich an seinem verächtlichen Grinsen ab.

»Raus hier!«, zischt Enomo, worauf Chika ihn mit einem Ruck hochzieht.

»Das ist keine sehr christliche Begrüßung.«

Die beiden jungen Männer springen auf.

»Regt euch ab«, ruft Chika. »Wir wollen ihm nur ein paar Fragen stellen.«

»Es ist okay«, sagt Enomo. Die jungen Männer lassen sich wieder auf ihre Stühle sinken. »Aber ich beantworte keine Fragen«, warnt er uns vor.

»O doch, das werden Sie«, erwidert Chika. Ehe ich eingreifen kann, zieht er den Mann am Hemdkragen und zerrt ihn aus dem Studio.

Ich sehe die jungen Männer an. »Tut mir leid.«

Dreadlocks Nummer zwei nickt mit besorgter Miene. »Er hat sich in letzter Zeit irgendwie merkwürdig benommen. Steckt er in Schwierigkeiten?«

»Ich hoffe nicht.« Ich bemühe mich, beruhigend zu klingen.

»He, Jungs!«, ruft die Sängerin über die Lautsprecher.

Die jungen Männer wenden sich zu ihrem Mischpult um. Ich eile hinaus. Ich kann nicht riskieren, dass Chika unsere wachsende Liste von Verfehlungen noch um Körperverletzung ergänzt.

Meine Angst ist unbegründet. Chika und Enomo sehen aus, als wären sie zu einer Art Übereinkunft gelangt. Enomo lehnt an der Wand des Haupthauses, während Chika ihn aus sicherer Entfernung beobachtet. Als Enomo mich sieht, strafft er die Schultern, als ob er sich verteidigen müsste.

»Warum sollte ich Ihnen helfen?«, sagt er als Antwort auf eine Frage, die Chika ihm gestellt haben muss.

Chika zuckt mit den Schultern. »Weil Sie der Letzte sind, der sie lebend gesehen hat.«

»Sagt wer?«

»Der Wachmann, der Sie hat wegfahren sehen«, sage ich.

Enomo beäugt mich argwöhnisch. »Dann bin ich jetzt also verdächtig?«

»Sehen wir aus wie Polizisten?«, fragt Chika.

»Ist der da nicht der große Meisterdetektiv?« Enomo deutet mit einem knappen Nicken in meine Richtung, Verachtung spricht aus jeder Geste. »Der, der den Bischof retten wird.« Ein trockenes, spöttisches Lachen.

»Bitte bestätigen Sie, dass Sie am Tag von Sade Dawodus Verschwinden mit ihr zusammen waren.« Meine Stimme ist fest. Ich mag es nicht, wenn ich wegen meiner Tätigkeit angefeindet werde, zumal es offensichtlich ist, dass der Sänger schon von mir gehört hatte, lange bevor ich überhaupt von seiner Existenz wusste.

»Und wenn schon?«

Frage mit Frage beantwortet. Sprich: Ja.

»Aber sie hat einen Fahrer. Warum hat sie dann Sie gebraucht?«, fragt Chika.

Enomo zuckt mit den Schultern. »Sie hat mich drum gebeten.«

»Ist das alles?«, frage ich und beobachte seine Mimik.

»Reicht das nicht?« Seine Miene gibt nichts preis.

»Offenbar ist es vor ihrer Abreise in dem Haus zu Gewalttätigkeiten gekommen. Haben Sie davon etwas mitbe- ...«

»Wenn da Anzeichen von Gewalttätigkeiten waren, dann gab es Gewalttätigkeiten. Sie bat mich, sie zu fahren, und ich bin hingefahren, um ihr zu helfen.«

»Sie war reisefertig und hat auf Sie gewartet, als Sie ankamen?«, fragt Chika.

Sein Blick zuckt zwischen Chika und mir hin und her. »Fertig gepackt. Ich war noch nicht ausgestiegen, da kam sie auch schon raus.«

Lügner. Der Wachmann hatte geschätzt, dass Enomo mindestens eine Stunde lang mit Sade im Haus war, bevor sie beide herauskamen und wegfuhren.

Ich trete näher an ihn heran, versuche aber, nicht bedrohlich zu wirken. »Wohin haben Sie sie gefahren?«

Als er antwortet, ist seine Miene ruhig, sein Tonfall neutral. »Nach Ibadan.«

Chika schnaubt ungläubig. »Sie hat Sie angerufen, damit Sie sie bis nach Ibadan fahren? Wieso?«

Wieder ein Achselzucken. »Es sollte niemand wissen, wohin sie fuhr. Sie hat mir vertraut.« Ruhige, gemessene Sprechweise. Eine weitere einstudierte Antwort.

»Beweisen Sie es«, fordert Chika ihn heraus.

Enomo runzelt die Stirn. »Wie denn? Ich hab sie hingefahren, hab sie abgesetzt und bin wieder zurückgefahren.«

»Warum haben Sie sich nicht gemeldet, als der Bischof verhaftet wurde?«

»Ich hatte Angst, okay? Ich setze seine Frau an einem Hotel in Ibadan ab, und am nächsten Tag wird er beschuldigt, sie ermordet zu haben. Da muss man kein Genie sein.«

»Haben Sie sie nach seiner Verhaftung kontaktiert?«, frage ich. Ich denke an das Handy, das noch eingeschaltet war, als Sade Dawodus Leiche bereits in der Lekki-Lagune trieb.

»Ja, ich habe es versucht. Aber sie hat nicht geantwortet. Deshalb nahm ich an, dass er ihr nach Ibadan gefolgt war und sie vielleicht dort umgebracht hatte.«

»Wow! Eine detektivische Meisterleistung«, sage ich. »Nur dass der Bischof zum mutmaßlichen Todeszeitpunkt in Graceland war. Er hat Tausende Zeugen für sein Alibi. Und Sie?«

»Wir waren befreundet, okay?« Enomo durchbohrt mich mit Blicken. »Warum sollte ich sie umbringen?«

»Ich weiß es nicht. Sagen Sie es uns.«

Ich kann sehen, dass ihn meine plötzliche Nähe irritiert. Während er sprach, bin ich ganz langsam, Zentimeter um Zentimeter, näher gerückt, sodass sich unsere Nasen jetzt fast berühren. Mein Blick sperrt ihn in einen unsichtbaren Käfig. Wenn er jetzt ausweicht, wird es so aussehen, als ob er Schwäche zeigt oder etwas zu verbergen hat. Er weiß das, deshalb hält er die Stellung. Es kostet mich meine ganze Willenskraft, wegen seiner säuerlichen Fahne nicht zu würgen. Sein Blick wird unsicher, die Maske verrutscht für einen Sekundenbruchteil, dann ist sie wieder da. Ja, er folgt tatsächlich einem Drehbuch. Geschrieben von wem? Zu welchem Zweck?

»Also, am Haus der Dawodus sind Sie gar nicht aus dem Auto ausgestiegen?« Die wiederholte Frage verärgert ihn.

»Ich hab doch gesagt, dass ich im Auto war, oder nicht?«

»Da hat uns der Wachmann aber etwas anderes erzählt«, wirft Chika von der Seite sein.

Enomo kann seine Überraschung nicht verbergen. Sein Blick schwenkt von mir zu Chika und wieder zurück. Und dann tritt er ebenso abrupt einen Schritt zurück und senkt den Kopf, als ob er versuchte, sich in die Gegenwart zurückzuholen. Ich sehe Chika an. *Dräng ihn nicht*, sagt mein Blick. Er nickt knapp.

Wir warten einen Moment, dann trete ich wieder einen Schritt auf Enomo zu und rede auf seinen vollen, ungekämmten Haarschopf ein. »Er sagte, Sie wären eine ganze Weile im Haus gewesen« – ich fixiere ihn –, »vielleicht lange genug, um gefälschte Beweise zu platzieren, die den Bischof belasten?«

Er beginnt am ganzen Leib zu zittern, und erst als er den Kopf hebt, wird mir klar, dass er lacht. Ein bitteres, raues Lachen, das in trockene Schluchzer und schließlich in einen Hustenanfall übergeht. Ich weiche zurück.

»Ich hab's Ihnen doch gesagt. Sie hat mich gefragt, ob ich sie fahren kann, und ich bin gekommen. Ich weiß nicht, was euer Wachmann …«

»Warum sollten wir Ihnen glauben?«, fällt ihm Chika ins Wort, scharf und provozierend. »Könnte doch sein, dass Sie uns das alles nur erzählen, weil Sie wissen, dass der Verdacht auch auf Sie fallen könnte?«

Enomo ignoriert Chikas Frage und wendet sich mir zu. »Ich bin hingefahren und habe sie an ihrem Ziel abgesetzt. Ich dachte mir, dass die Polizei wohl davon weiß, und wenn ich verdächtig wäre, würden sie sich bei mir melden und weitere Fragen stellen.«

Ich sehe ihm weiter unverwandt in die Augen. »Sie hätten sich melden können, als Ihnen klar wurde, dass Ihr Bischof fälschlich beschuldigt wurde!«

Enomo weicht meinem Blick aus und greift in seine Hosentasche. Mit zitternden Fingern zieht er eine selbstgedrehte Zigarette hervor. Er zündet sie an, nimmt einen langen Zug und bläst den Rauch nach oben und weg von mir. In seinen Augenwinkeln schimmern Tränen.

»Allzu oft«, sagt er, während die Rauchwolke über seinem Kopf wabert, »wird derjenige, der den Abzug betätigt, als Mörder bezeichnet, aber meistens fragen wir nicht, wer dem Schützen die Pistole in die Hand gedrückt hat.«

Chika kommt näher. Seine Ungeduld geht mit ihm durch, und er stellt sich zwischen Enomo und mich wie ein Ringrichter, der von den Mätzchen der beiden Kontrahenten die Nase voll hat. »Hören Sie auf, in Rätseln zu sprechen.«

Enomo schüttelt den Kopf, sein Blick ist trotzig. »Ihr seid bei mir an der falschen Adresse.«

Ich schiebe Chika sanft zur Seite, trete vor und lege Enomo die Hand auf die Schulter. Er schüttelt sie nicht ab, aber seine Nasenflügel beben, sein Atem geht keuchend.

Meine Stimme ist sanft, als ich weiterspreche, vertrauenerweckend. »Wenn der Bischof sich etwas hat zuschulden kommen lassen, dann sagen Sie es.«

Enomo reißt sich so heftig von mir los, dass ich einen Schritt zurückweiche. Der Zorn in seinen Augen ist unglaublich intensiv, und ich spüre, wie Chika von hinten näher kommt. Ich hindere ihn daran, vor mich zu treten. Enomo soll sich nicht noch mehr in die Enge getrieben fühlen.

»Wem?«, fragt Enomo, seine Stimme bitter, seine Mundwinkel nach unten gebogen. »Wem soll ich es sagen? Niemand hat seiner eigenen Frau zugehört, warum sollten sie mir zuhören?«

»Weil Sie sie geliebt haben?«, frage ich leise.

Es ist, als hätte jemand Enomo Collins die Luft herausgelassen. Er sinkt zu Boden wie ein hilfloses Kind. Tränen fließen und mischen sich mit Rotz, die Zigarette in seiner zitternden Hand wird feucht. Es ist qualvoll mit anzusehen.

»Bitte gehen Sie«, sagt er, die Schultern eingezogen und zitternd, den Kopf gesenkt.

»Wenn sie Ihnen etwas bedeutet hätte«, sagt Chika, ehe ich ihn daran hindern kann, »würden Sie uns helfen.«

Enomo Collins blickt zu mir auf, sein Schmerz ist so offensichtlich wie eine klaffende Wunde. »*Weil* sie mir etwas bedeutet hat, sollte ich Ihnen überhaupt nicht helfen.«

LOSE FÄDEN

Ich kritzle »Enomo Collins« auf den quadratischen Zettel und klebe ihn an die Wand. Wir haben uns von dem Chorleiter verabschiedet, als klar war, das wir nichts Brauchbares mehr aus ihm herausbekommen würden. Obwohl er seine Tränen getrocknet und immer wieder beteuert hat, es gehe ihm gut, war nicht zu übersehen, dass er am Rande des Nervenzusammenbruchs stand. In einem solchen Zustand wird die Zuverlässigkeit eines Zeugen oder die Aussage eines Verdächtigen fragwürdig.

»Weil *sie mir etwas bedeutet hat, sollte ich Ihnen überhaupt nicht helfen.*«

Es ist dieses schmerzhafte Geständnis, das die Möglichkeit aufwirft, dass Enomo wenig oder gar nichts von dem Geldwäschesystem der Grace Church weiß. Wäre er im Besitz derart belastender Informationen gewesen, die den Bischof zu Fall bringen könnten, dann hätte er doch sicherlich nicht gezögert, sie zu enthüllen, auch wenn er sich selbst damit in Gefahr gebracht hätte. Obwohl er selbst das Gegenteil behauptete, schien er sich kaum Sorgen zu machen, dass er wegen Sades Verschwinden und später wegen ihres Todes in Verdacht geraten könnte. Tatsächlich strahlte der Mann überhaupt keine Angst aus, nur unbändigen Zorn.

Und was ist mit seiner Andeutung, dass Bischof Dawodu indirekt für den Tod seiner Frau verantwortlich sein könnte?

Auch wenn diese Aussage Ewangs Behauptung stützt, der Bischof müsste wissen, dass Sade Dawodus Mörder jemand von der belastenden Liste sein muss, vermute ich, dass Enomo es anders gemeint hat. Es geht tiefer, es ist etwas Persönlicheres. Mein Eindruck von Bischof Dawodu als einem aufrichtig trauernden Ehemann wird durch Enomos ebenso aufrichtige Verzweiflung erschüttert. Könnte Eifersucht der Hauptgrund sein, warum der Sänger den Bischof hasst? Wenn meine Annahme zutrifft, dass er Sade geholfen hat, den blutigen Tatort zu inszenieren, könnte er dann auch der anonyme Anrufer gewesen sein? Aber wenn dem so ist, dann kann seine Erschütterung über Sades Tod nur eines bedeuten: Er hat nicht damit gerechnet, dass sie sterben würde.

Das Summen der Klimaanlage lenkt mich ab. Ich schalte sie aus. Bald werde ich schwitzen wie ein Pferd, aber mein unruhiger Verstand braucht die Stille.

Ich hocke mich auf meinen Schreibtisch und betrachte meine Wand voller Haftnotizen. Die Beobachtungen des Bischofs bei seinem Besuch hier waren korrekt. Ein Besuch, der, wie ich inzwischen vermuten muss, vor allem dem Zweck gedient haben könnte, zu erfahren, was ich in den Tagen bis zu seiner Verhaftung herausgefunden hatte. Dennoch hatte er recht. Das ungeübte Auge sieht hier eine Fülle von Details, doch mit geübtem Blick erkennt man, dass es mehr Daten als wirkliche Erkenntnisse sind. Die endlosen Stunden, die ich im Verkehr feststeckte, die Befragungen, meine Unterrichtsverpflichtungen und die Familie – all das ließ mir wenig Zeit, all die Informationen in einen Kontext zu bringen. Es hängen mehrere Zettel unter der Rubrik »Auffällige Unstimmigkeiten«, und von denen unter »Ermittlungsansätze« sind fast alle mit einem Fragezeichen versehen. Was die Zeitschiene betrifft, wusste ich noch wesentlich mehr, als wir glaubten, Sade Dawodu werde lediglich vermisst. Von dem Tag an, an dem ihre Leiche entdeckt wurde, bis heute stehen alle Hinweise bezüglich der Todesursache im Widerspruch zu fast allen Informationen, die mir vorlagen, als ich von der Annahme ausging, sie sei vermisst.

Vermisst. Vermisst. *Vermisst.*

Das ist es! Alles wurde auf den Kopf gestellt, als Sade Dawodus Leiche aus der Lagune gezogen wurde. Vor diesem Zeitpunkt habe ich mich an das Protokoll für die Suche nach einer vermissten Person gehalten. Als daraus ein möglicher Mordfall wurde, verlor ich irgendwie die Linie. Aber wäre es angesichts der Tatsache, dass Sade ihr Haus offenbar aus freien Stücken verlassen hat, nicht vernünftig, weiter so vorzugehen, als würde sie immer noch »vermisst«? Das würde doch sicherlich Antworten auf die Frage bringen, wo sie sich kurz vor ihrem Tod aufhielt, und möglicherweise zu der Person führen, die für ihren Tod verantwortlich ist?

In den Staaten wüsste ich genau, was meine nächsten Schritte wären. Kreditkarten überprüfen. Die Sozialversicherungsnummer zurückverfolgen. Sogar der Führerschein einer vermissten Person kann einen historischen Überblick über frühere Reiseziele liefern. Aus Verwarnungen wegen Falschparkens und Geschwindigkeitsüberschreitung kann man Bewegungsmuster und die Einstellung der betreffenden Person zu Recht und Ordnung ableiten. Die Liste lässt sich endlos fortsetzen und kann alle möglichen Hinweise liefern – in einem System, das Daten als heilig erachtet, in dem alles auf den Großen Bruder zugeschnitten ist, der uns beobachtet. Ein Unterschied wie Tag und Nacht zu der Situation hier in Nigeria, mit einem nationalen Ausweissystem, dem wenige vertrauen, und einer Wirtschaft, die auf Bargeld basiert.

Ich schreibe Chika.

Wenn ich an die Finanzdaten einer Person rankommen will, wie stelle ich das an?

BVN, kommt beinahe postwendend die Antwort. Er ist im Büro, wo er zweifellos über diesen 117 Namen und den Hunderten von Transaktionen brütet.

Die »Bank Verification Number«. Ah! Ich habe keine Ahnung, ob das BVN-System, das betrügerische Geschäfte und Geldwäsche unterbinden soll, wirklich funktioniert, aber ich weiß, dass jeder Nigerianer und jede Nigerianerin nur eine BVN haben sollte, auch diejenigen mit mehreren Konten bei verschiedenen Banken.

Ich tippe schnell. *Kommst du an Sades Kontoauszüge ran?*

Ich warte und hoffe. Zu den Kunden von Chikas Sicherheitsfirma gehören einige der größten Banken des Landes.

Wenn es eine nigerianische Bank ist, no yawa. *Kein Problem*, schreibt Chika zurück.

Dachte ich mir's doch. *Kannst du dich morgen darum kümmern?*

Ein Daumen-hoch-Emoji sichert es mir zu. Ich wende mich der nächsten und vielleicht wichtigsten offenen Frage zu.

LaTanya Jacobson.

Ich google den Namen. Ein LinkedIn-Profil erscheint.

Unternehmensberaterin mit Erfahrung in kleinen, mittelständischen und Großunternehmen.

Kein Wort darüber, dass sie die Agentin oder Business-Managerin eines der reichsten Pastoren der Welt ist. Man würde erwarten, dass diese Geschäftsbeziehung, wenn sie denn legitim ist, im Lebenslauf einer Unternehmensberaterin ganz oben stehen würde. Ich klicke das Foto an. Das starke Make-up macht es schwierig, ihr Alter zu schätzen, aber ich würde auf Mitte vierzig tippen. Ihr Haar ist zu einem Weave-Bob gestylt, und sie trägt einen eng anliegenden Blazer. Sie hat die Arme in die Hüften gestemmt wie eine Comic-Superheldin, eine angesagt Power-Pose, die ebenso allgegenwärtig wie sinnlos ist. Das falsche Lächeln lässt die geschminkten Lippen aussehen wie eine klaffende rote Schnittwunde im Gesicht. Ich weiß nicht mehr als vor dem Einloggen. Daten ohne Wissen, daher keine Erkenntnisse.

Ich sehe auf die Uhr. In Kalifornien stehen sie jetzt gerade auf. Ich kann meine ehemaligen Kollegen beim SFPD um einen Gefallen bitten, aber das mache ich am besten mündlich. In einer E-Mail um die Art von Hintergrundinfos zu bitten, die ich über Jacobson gerne hätte, ist keine gute Idee. Ohne gerichtlichen Beschluss ist Diskretion das Gebot der Stunde. Ich schreibe an ein paar Freunde und bitte um einen Anruf zu einer angemessenen Uhrzeit. Wenn niemand antwortet, wird mir nichts anderes übrig bleiben, als Professor Cook zu bitten, seinen Einfluss bei der Dienstaufsicht geltend zu machen. Obschon im Ruhestand, hat mein alter Mentor enormen Einfluss bei den Strafverfolgungsbehörden, und wenn es um Diskretion geht, ist Prof, der als einer der »Väter der investigativen Psychologie« gilt, unübertroffen. Wenn er erst geliefert hat, werde ich in der Lage sein, als Ghostwriter LaTanya Jacobsons Memoiren zu schreiben.

Und jetzt zur verstörendsten offenen Frage von allen. Ich greife nach einem Post-it, dann überlege ich es mir anders. Ich nehme mein Notizbuch und schreibe die Frage hinein, die zu verwirrend – und zu persönlich – ist, um sie an die Wand zu hängen.

Wenn Sade Dawodu so unter ihrer Unfruchtbarkeit gelitten hat, warum war sie dann sterilisiert?

ÜBERSTUNDEN

Wär's möglich, dass du bald nach Hause kommst? Ich will, dass wir uns mit Lara zusammensetzen, schreibt Folake.
Die Vierundzwanzig-Stunden-Frist ist abgelaufen. Lara hat nicht verraten, wofür sie das gestohlene Geld ausgegeben hat. Die unvermutete Wendung im Fall Sade Dawodu hat mich ganz in Anspruch genommen. Ich weiß, wie sehr die Situation Folake belastet, und ahne, welche Selbstüberwindung es gekostet haben muss, Lara nicht ohne mich zur Rede zu stellen.
Ich fahr jetzt los, werde aber kaum rechtzeitig für ein ausführliches Gespräch zu Hause sein. Vielleicht morgen Vormittag?
Da hab ich Vorlesung. Legen wir uns auf morgen Abend fest. Bitte, Schatz. Folakes Sorge zeigt sich in der Wortwahl. Eine Forderung, vorgebracht als Bitte.
Ich schreibe zurück: *Morgen Abend. Versprochen.*
Da es nun ausgeschlossen ist, dass ich morgen Abend länger arbeite, habe ich kein so schlechtes Gewissen, wenn ich den Rechtsmediziner lange nach den normalen Bürozeiten anrufe. Er hebt beim zweiten Läuten ab, und seine Stimme klingt warm und freundlich, als er mich begrüßt. Ich entschuldige mich für den späten Anruf. Er winkt ab und sagt, ich solle »losschießen«. Außerdem spielt Man United so grottenschlecht, dass er offenbar lieber über die Arbeit reden mag, als beim Premier-League-Schauen einen Herzinfarkt zu riskieren.

»Die Tubenligatur«, sage ich. »Ich wollte Sie fragen, ob Sie der Sache weiter nachgegangen sind.«

»Nein, da muss ich Sie enttäuschen. Der Befund ist für die Todesumstände nicht relevant, also habe ich nicht weiter nachgeforscht. Ich kann nur sagen, dass die Vernarbung relativ frisch ist. Vielleicht ein Jahr, nicht viel länger.«

Ich könnte einwenden, dass eine vollständige forensische Obduktion die Möglichkeit eines Suizids infolge seelischer Belastung wegen einer lebensbedrohlichen Krankheit einschließen würde. Ich weiß, dass der gute Mann gewissenhaft ist, aber es würde mehr als einen Verdacht brauchen, um ihn dazu zu bringen, einem Aspekt nachzugehen, auf den er durch Zufall gestoßen ist. Sade Dawodu ist ertrunken. Die einzige Frage, die der Rechtsmediziner sich stellen dürfte, ist, ob sie aus freien Stücken in die Lagune gesprungen ist oder hineingestoßen wurde. Warum sie oder überhaupt irgendjemand Ersteres tun sollte, ist nicht sein Problem, sondern meines.

»Haben Sie ihre Krankenakte von ihrem Hausarzt angefordert?«, versuche ich es noch einmal.

»Wissen Sie, wie viele Patienten ich jeden Tag aufschneide, die irgendwann mal operiert worden sind?« Sein Ton ist scharf.

Es verblüfft mich immer wieder, wie Rechtsmediziner von Leichen als »Patienten« sprechen. Als ob der Tote, nachdem ihm die Organe entnommen wurden, vom Seziertisch aufstehen, sich das Blut abwischen, sich artig bedanken und aus dem Sektionssaal spazieren würde.

»Wenn ich jeder Blinddarmoperation nachgehen würde, die mir unterkommt, würde ich nie fertig werden«, fährt er fort, als ich seine Frage nicht beantworte. »Jedenfalls habe ich meinen Assistenten gebeten, ihren Hausarzt zu kontaktieren, aber der Ehemann konnte uns den Namen nicht nennen. Wir haben uns dann an die Mutter gewandt, weil sie die zweitnächste Angehörige ist, an die die Polizei uns verwiesen hat, doch sie erklärte uns, dass Sade Dawodu keinen Hausarzt gehabt habe.«

»Das ist doch kaum möglich! Nicht einmal einen Gynäkologen?«

»Genau das habe ich mir auch gedacht. Die Patientin war relativ gesund und im gebärfähigen Alter. Bei einer Frau von ihrer gesellschaftlichen Stellung würde ich erwarten, dass es einen Familienarzt gibt, aber die Angehörigen behaupten, es gäbe keinen. Der Ehemann sagt, sie würden für ihre Vorsorgeuntersuchungen ins Ausland gehen. Was heutzutage nicht ungewöhnlich ist.«

Ich danke ihm und lege auf. Die Ehefrau des Oberhaupts einer der größten Kirchen des Landes soll keinen Leibarzt haben? Wie ist das möglich? Bevor ich es mir mit Rücksicht auf die Uhrzeit anders überlegen kann, scrolle ich durch meine Kontakte und wähle die nächste Nummer.

»Hallo?« Inspector Dobras Stimme klingt eher zögerlich als streitlustig.

Ich drücke mir im Geist die Daumen. »Ich bin's, mein Freund«, begrüße ich ihn mit gespielter Munterkeit. »Philip Taiwo.«

»Ich weiß.«

Ich nehme eher Zurückhaltung als Verärgerung wahr. Damit kann ich leben. »Ich wollte Ihnen nur gratulieren. Es kann Ihnen nicht leichtgefallen sein, die Beweise, die Sie aufgedeckt hatten, noch einmal kritisch zu prüfen, aber nach meiner Erfahrung gehören Ermittler, die dazu bereit sind, später oft zu den Besten auf ihrem Gebiet.« Ich hoffe, dass meine Schmeichelei auf fruchtbaren Boden fällt.

»Danke, Sir. Und sagen Sie das bitte auch meinen Vorgesetzten, die mir mit einem Disziplinarverfahren drohen. Ich habe ihnen erklärt, dass die Tatortanalyse keine exakte Wissenschaft ist, aber sie wollen nicht auf mich hören. Ich weiß aber auch, dass es am Druck von oben liegt. Dieser Bischof behauptet, er hätte uns verziehen, aber wir glauben, dass er die Köpfe von allen Ermittlern fordert, die mit dem Fall befasst waren.« Dobra stößt einen langen, zischenden Seufzer aus.

»Ich werde sehen, was ich tun kann.« Ich hoffe, mein Ton kann ihn besänftigen. »Es ist verständlich, dass er aufgebracht ist, umso mehr jetzt, nachdem die Leiche seiner Frau gefunden wurde.«

»Da wäre ich Ihnen wirklich sehr dankbar, Dr. Taiwo. Ich bin nicht mal sicher, dass ich noch einen Job haben werde, wenn das hier vorbei ist.«

»Sie haben nur Ihre Arbeit gemacht«, sage ich. Ich spüre, dass der Moment günstig ist, also fahre ich fort: »Das ist auch der Grund meines Anrufs. Erinnern Sie sich, dass Sie mir sagten, Sie und Ihr Team hätten sich die Blutgruppe des Opfers von ihrem Arzt bestätigen lassen?«

»Ja?« Jetzt ist da wieder der Argwohn in seiner Stimme.

Ich versuche positiver zu klingen, nicht bedrohlich, nur ein wenig neugierig. »Hätten Sie vielleicht den Namen des Arztes für mich? Er steht nicht in der Akte, und es ist nicht unbedingt der passende Zeitpunkt, den Ehemann danach zu fragen.«

Dobra ist hörbar erleichtert. »Ah, da müssen Sie Detective Bello fragen. Er hat den Arzt kontaktiert, die Proben genommen und die Ergebnisse gemeldet. Ich habe die Proben nur eingetütet, etikettiert und ins Labor geschickt. Das Einzige, was ich sonst noch getan habe, war, die Bestätigung der Blutgruppe anzufordern.«

Wir versprechen einander, dass wir uns irgendwann auf ein Bier treffen werden, und legen auf. Ich lehne mich zurück und überlege, ob es klug wäre, Detective Bello anzurufen. Der Einfluss, den der Mann auf die Wertschöpfungskette der gesamten Ermittlung hat, ist beunruhigend, aber nicht ungewöhnlich in einer Situation, in der es sowohl an Personal als auch an Kompetenz mangelt. Ich greife nach der Fallakte. Nirgends wird die Quelle der Blutgruppenbestätigung erwähnt.

Es war ein langer Tag, und ich bin zu erschöpft, um mich jetzt noch mit dem wütenden Detective herumzuschlagen. Und wenn Dobra mit seiner Bemerkung über die interne Hexenjagd bei der Polizei recht hat, bin ich mir nicht sicher, ob ich mehr erreichen werde als eine knappe Aufforderung, meine Anfrage schriftlich zu stellen. Ich muss einen anderen Weg finden zu erfahren, wie die Polizei die Blutgruppe der verstorbenen Sade Dawodu ermittelt hat.

Ich hole tief Luft. Schlimmer noch als der Anblick einer Leiche ist eine Befragung der Eltern eines Opfers. Ich schiebe das Gespräch mit Mrs Kikelomo Bucknor so lange wie möglich vor mir her.

HÜBSCH

Ich werde von einem leichten Stupser geweckt. Folake beugt sich über mich, ihr Parfüm hängt in der Luft. Ich lächle schlaftrunken, dann schrecke ich hoch.

»Tut mir leid, hab verschlafen.«

»Ist schon okay.« Sie richtet sich auf und streicht das Polka-Dot-Kleid glatt, das sie in meinen Augen zur schärfsten Juraprofessorin auf Gottes Erdboden macht. »Wir fahren jetzt. Nur dass du Bescheid weißt: Lara sagt, sie hat Krämpfe und kann nicht in die Schule gehen.« Offenbar sieht man mir meine Überraschung an. Lara hat noch nie einen Schultag ausfallen lassen.

»Ich weiß«, sagt Folake und nickt. »Ich glaube, sie hat Angst, dass wir unsere Drohung wahr machen.«

Ich setze mich auf. »Ich habe auch vor ...«

»Noch nicht.« Folake schiebt mich sanft ins Bett zurück. »Wir reden ja heute Abend mit ihr. Jetzt möchte ich erst mal, dass du ihr auf den Zahn fühlst. Ihr habt das Haus für euch. Ich denke, das ist die ideale Gelegenheit für ein gutes Vater-Tochter-Gespräch.«

»Bist du sicher? Ich dachte, du wolltest ...«

»Sie ist fünfzehn, Schatz. Sie hat ihren eigenen Kopf. Wir können ihr nicht befehlen oder drohen und dann einfach das Beste hoffen. Wenn sie gerade eine schwierige Phase durchmacht, müssen wir an das Problem herangehen, als ob sie erwachsen wäre. Aus allen Blickwinkeln. Jetzt redest du erst mal von Vater zu Tochter mit ihr. Und heute Abend sehen wir dann gemeinsam weiter.« Folakes Lächeln ist aufmunternd.

Klingt gut, aber mir ist unwohl bei dem Gedanken, allein mit Lara zu sprechen. Ich hatte gehofft, sie würde reumütig genug sein, um aus eigenem Antrieb zu mir zu kommen. Doch eine gute Stunde nachdem Folake und die Zwillinge sich verabschiedet haben, verschanzt sich Lara immer noch in ihrem Zimmer.

Als ich an ihrer Tür stehe, vermisse ich die Zeit, als sie uns noch unbefangen alles anvertraut hat. Diese kostbaren Momente, wenn Lara in unser Zimmer platzte – wobei sie die Mahnung ihrer Mutter, stets anzuklopfen, einfach ignorierte –, sich zwischen uns warf und uns erzählte, was sie mit ihrem amerikanischen Blick gerade Neues an Nigeria entdeckt hatte. In der ersten Zeit nach unserer Rückkehr bot alles Anlass zum Staunen – der Lärm, das geschäftige Treiben, die Nollywood-Filme, das Essen, die Menschen, die Kleidung. All das faszinierte meine Tochter, und ich hörte mir gerne ihre Eindrücke von dieser Welt an – einer Welt, die uns während der Jahre im Ausland fremd geworden ist. Folake und ich hätten mehr tun müssen, um dieser Entfremdung entgegenzuwirken.

Ich klopfe vorsichtig an und trete ein, als ich ein genuscheltes »Herein« höre.

Lara hat sich auf ihrem Bett zusammengerollt und beschäftigt sich intensiv mit ihrem Handy.

»Deine Mutter sagt, es geht dir nicht gut«, sage ich mit besorgter Stimme.

Meine Gesprächseröffnung scheint Lara zu überraschen. Sie war offensichtlich auf Kampf eingestellt. Jetzt nickt sie.

Ich setze mich zu ihr, lege ihr die Hand auf die Stirn. Sie vergräbt sich tiefer in ihr Kissen.

»Kein Fieber? Nur Schmerzen?«

»Ich nehme nachher ein Ibuprofen«, sagt sie und wendet das Gesicht ab. Sie nimmt wieder ihr Handy und fängt an zu scrollen. Weicht meinem Blick aus.

»Ich hätte gedacht, wenn die Schmerzen so stark sind, dass du nicht in die Schule kannst, hättest du schon längst was genommen«, sage ich lächelnd.

»Ich wollte abwarten, ob …«

»Es ist okay, Lara. Wenn du meinst, dass du das Unvermeidliche aufhalten kannst, indem du so tust, als wärst du krank …« Ich zucke mit den Schultern.

»Ich tu nicht bloß so«, protestiert sie steif, den Blick auf ihr Handy geheftet.

»Willst du mir immer noch nicht sagen, wofür du das Geld gestohlen hast?«, frage ich sanft.

Sie sieht mich herausfordernd an. »Ich hab nicht gestohlen. Ich hatte vor, es zurückzugeben.«

»Wovon? Von deinem üppigen Gehalt als Schülerin?«

»Ich habe zu Hause Ersparnisse.« Jetzt setzt sie sich auf und lehnt sich mit dem Rücken an die Wand, unter einem Poster von Zendaya.

Ich gebe nach, um nicht vom Thema abzukommen. Folakes Beharren darauf, Laras Geldkarte von der Bank of America einzubehalten, ist ein wunder Punkt und vielleicht der Grund, warum es nicht mein Geld war, das sie gestohlen hat.

»Also, wofür war das geborgte Geld?« Mein Blick mahnt sie, nicht wieder auszuweichen, zumal ich ihr entgegengekommen bin, indem ich das umstrittene Wort »stehlen« vermieden habe.

Lara rutscht zur anderen Seite des Betts und steht auf. Sie fängt an, auf und ab zu gehen, und wieder einmal kann ich nur mit Staunen feststellen, wie sehr sie ihrer Mutter ähnelt. Mit fünfzehn ist sie schon so groß wie Folake. Ihr Haar, zu engen Cornrows geflochten, die in ausgekämmten krausen Strähnen enden, erinnert mich an die Frisur, die Folake während ihres Studiums trug.

Sie bleibt stehen, ihr Blick ist flehend. »Bitte, Dad, du musst mir versprechen, dass du Mum nichts sagst.«

»Das tu ich ganz bestimmt nicht.« Mein Ton gestattet keine Widerrede. »Aber ich verspreche dir, darüber nachzudenken, ob ich das, was du sagst, für mich behalte, falls mir das sinnvoll erscheint – fürs Erste.«

Sie weiß, dass es das Beste ist, was sie erreichen kann. Sie strafft die Schultern, als ob sie sich für einen Sprung ins eiskalte Wasser wappnet, dann bückt sie sich, zieht einen Pappkarton unter ihrem Bett hervor und stellt ihn neben mich.

»Das ist es, Dad. Dafür habe ich das Geld ausgegeben. Ich habe es im Internet bestellt, und meine *Bae* ...« Ich muss wohl dumm geschaut haben, denn sie fügt rasch hinzu: »Du weißt schon, meine beste Freundin in der Schule. Sie hat mir ihre Bankkarte geliehen. Ich habe es ihr in bar zurückgezahlt.«

Ich lese die Aufschriften auf den Etiketten der verschiedenen Flaschen und Cremedosen.

»Hautaufhellende Cremes?« Ich bin perplex. »Die hast du gekauft? Wieso?«

»Weil ich die Schimpfwörter satthatte, die sie mir an den Kopf werfen. ›Blackie‹, ›Sunblocker‹. Weißt du, wie sie mich in der Schule nennen, Dad? ›Schatten‹. Das sagen sie mir ins Gesicht.«

»Also hast du beschlossen, deine Haut zu bleichen?«

Sie zuckt mit den Schultern. »Nicht viel. Nur so, dass ich nicht ganz so dunkel bin.«

In meinen wildesten Spekulationen über den Grund, warum Lara Geld gestohlen haben könnte, hatte ich an so etwas überhaupt nicht gedacht.

»Siehst du? Es war nicht für etwas Schlechtes.« Sie sieht mich an, scheint in meiner Miene nach einer Bestätigung für diese Sichtweise zu suchen. Als sie keine findet, wirkt sie enttäuscht. »Ich ... äh ... ich hatte diese Beleidigungen einfach satt. Ich ... ich ...«

Sie verstummt. Ich warte ab, helfe ihr bewusst nicht, die richtigen Worte zu finden. Es müssen ihre Worte sein, so schwer es ihr auch fallen mag.

Als sie einsieht, dass ich ihr nicht helfen werde, ihre Gedanken zu formulieren, holt sie tief Luft, wendet sich ab und murmelt, als würde sie ein finsteres Geheimnis gestehen: »Ich wollte einfach nur hübsch sein.«

»Hä? Was meinst ...«

»Hübsch!« Sie hebt ruckartig den Kopf, Tränen steigen ihr in die Augen, Trotz strahlt von ihr ab wie Hitze. »Ich sagte, ich will *hübsch* sein.«

»Du bist wunderschön«, sage ich leise. Und das ist sie. Von der Sekunde an, als sie mir im Saint Bernard's in die Arme gelegt wurde – ein dreitausendsiebenhundert Gramm schweres Bündel glucksender, fingergrabschender Freude –, war meine Tochter wunderschön.

Lara macht eine wegwerfende Handbewegung. Ihr versteinerter Gesichtsausdruck macht deutlich, dass sie mir nicht glaubt. »Du bist mein Dad. Du musst so was sagen.«

»Du hast dir doch sonst nie Gedanken wegen deiner Hautfarbe gemacht.«

Lara lacht sarkastisch auf und wischt sich mit dem Ärmel übers Gesicht. »Alle machen sich Gedanken über ihre Hautfarbe, Dad. Manche haben Glück, die brauchen bloß Reinigungswasser oder Anti-Glanz-Creme.« Sie deutet auf die Schachtel auf ihrem Bett. »Ich gehöre zu denen, die kein Glück haben. Also habe ich beschlossen, etwas dagegen zu unternehmen.«

»Was ist denn hier anders? Wie kommst du darauf, dass du kein Glück hast?«, frage ich verwirrt. Ich zermartere mir das Hirn, um die richtigen Worte zu finden. Wie bringe ich das hier in Ordnung?

Lara kommt und setzt sich neben mich. Die Schachtel mit Bleichcremes liegt zwischen uns, und ich muss mich schwer beherrschen, um sie nicht in die Ecke zu schleudern und Lara in die Arme zu schließen. Ich greife nach ihrer Hand, doch sie zuckt zurück. Ich dränge sie nicht.

»Weiß du, was, Dad? Zu Hause in den Staaten, da habe ich genau gewusst, wer ich bin. Ich wusste, was von mir erwartet wird. Ich wusste, wenn du schlaue Eltern hast, wird von dir erwartet, dass du erfolgreich bist. Ich wusste das alles, und, na ja...« – sie zuckt mit den Schultern und sieht mich mit einem müden Lächeln an –, »irgendwie war das auch okay für mich. Weißt du, wie wenn irgendwas nicht ganz perfekt ist, aber man lernt irgendwie, damit zu leben?«

Ich nicke, als ob ich verstanden hätte, obwohl ich mir da nicht ganz sicher bin. Ich warte.

»Ich weiß nicht, Dad ... es ist schon irgendwie komisch, dass du und Mum euch so viel Mühe gegeben habt, Tai und Kay zu helfen, als Schwarze in Amerika zu überleben. Ihr müsst wohl gedacht haben, dass ich das irgendwie nebenbei aufschnappen würde oder so.«

»Ich verstehe nicht ...«, sage ich, aber ich beginne es allmählich zu ahnen.

»Es ist nicht dasselbe, Dad. Damals wusste ich es nicht, aber jetzt ... na ja, jetzt hab ich's kapiert. Mum hat immer gesagt, wir sollten kein Problem mit unserer Hautfarbe haben. Das ist ja auch cool. Aber dann hierherzukommen, in diese Schule zu gehen« – sie verzieht das Gesicht –, »wo sie über die gleiche Haut spotten, von der Mum meinte, wir sollten sie in Ordnung finden, da fragt man sich schon, ob ihr nicht eigentlich gemeint habt, wir sollten kein Problem damit haben, zur Schwarzen *Community* zu gehören, und nicht mit unserer Hautfarbe. Verstehst du?«

»Wir wollten, dass ihr *überall und in jeder Beziehung* stolz darauf seid, Schwarz zu sein«, sage ich, immer noch bemüht, ihr auf die Sprünge zu helfen, ohne ihr die Worte in den Mund zu legen.

»Du kapierst es nicht, Dad. Hier in Nigeria geht es nicht darum, ob man Schwarz ist. Es geht darum, na ja – die *richtige Art* von Schwarz zu sein.«

»Wer hat dir das erzählt?«, frage ich empört.

»Die Schimpfwörter, Dad«, sagt Lara gedehnt, als ob ich schwer von Begriff wäre. »Die Beleidigungen in der Schule haben mir klargemacht, dass ich nicht die *hübsche* Art von Schwarz bin.«

Ich suche in Laras Gesicht nach Anzeichen von Zweifel, nach irgendetwas, was mir versichert, dass dies nur eine Annahme ist und keine echte, gelebte Erfahrung. Ich finde nichts. Das *ist* ihre Wahrheit. Und wie viel Schuld tragen wir als Eltern an dieser furchtbaren Wahrheit? Haben wir zu viel Zeit und Energie darauf verwendet, die Zwillinge als junge Schwarze Männer in Amerika großzuziehen, und dabei zu wenig bedacht, was es bedeutet, ein Schwarzes *Mädchen* in Amerika zu sein? Lara war gerade zwölf geworden, als Folake darauf zu drängen begann, dass wir den USA für eine Weile den Rücken kehren sollten. Wir machten uns nie Sorgen wegen unserer Tochter, denn als sie in das kritische Alter kam, waren wir schon in Nigeria, wo alle Schwarz sind.

Ich sehe die Schachtel mit Bleichcremes an und dann wieder Lara. Sie wischt sich die Tränen aus dem Gesicht. Ich will sie nicht unterbrechen, es ist wichtig, dass ihr jemand zuhört. Und ich muss sie verstehen.

»Also, zuerst hab ich's ja noch als Witz aufgefasst. Ich wollte nicht, dass sie mich Emo nennen, als ob ich überreagiere. Ich wollte, dass alle wissen, dass ich einen Scherz vertragen kann. Ich wollte nicht, dass sie denken, ich wäre so eine Art *cheugy* ...« Als ich die Stirn runzle, fügt sie hinzu: »Also uncool, verstehst du, wie jemand, der ...«

»Hab's verstanden«, sage ich. Das habe ich nicht, aber mir ist es lieber, dass sie weiterredet, als dass sie mir einen Schnellkurs in Generation-Z-Slang gibt. Dafür habe ich Google.

»Nein, hast du nicht, Dad!« Sie steht abrupt auf. »Du versteht das eben nicht. Ich hasse es, wenn ihr immer behauptet, ihr würdet etwas verstehen, was ihr eigentlich gar nicht verstehen könnt, weil ihr nicht ich seid.«

»Okay, okay. Hilf mir, es zu verstehen.«

Mein versöhnlicher Ton nimmt ihr den Wind aus den Segeln. Sie lässt die Schultern sinken und schnieft.

»Ich höre«, sage ich sanft.

Sie holt tief Luft und setzt erneut an. »Als das mit den Spitznamen anfing, hab ich es nicht als Beleidigung verstanden. Ich habe versucht, mich in das Leben hier reinzufinden, gute Noten zu kriegen und so. Das erste Jahr war einfach verrückt. Ich hatte keine Zeit, zu – na ja, zu kapieren, dass die Witze auf meine Kosten gingen.«

Sie hat recht. Die ersten Monate nach unserer Ankunft in Nigeria waren wirklich hektisch. Wir haben uns ein übervolles

Orientierungsprogramm auferlegt, um verlorene Zeit wettzumachen. Lara verbrachte die Wochenenden bei meinen Eltern, um Yoruba zu lernen. Die Jungs integrierten sich durch den Sport und zeichneten sich im Basketballteam der Schule aus. Folake und ich gaben uns große Mühe, ein Umfeld zu schaffen, das sie von den Herausforderungen des Lebens in Lagos abschottete. Wir waren so damit beschäftigt, unsere Kinder mit allem Nötigen zu versorgen, dass uns kaum Zeit blieb, über ihre ganz eigenen Probleme nachzudenken. Warum auch? Wir waren schließlich zu Hause, in Sicherheit.

»Als mir dann irgendwann klar wurde, was die Spitznamen wirklich bedeuten, war ich verwirrt. Wie sollte ich damit umgehen? Zu Hause, da hab ich gewusst, wer ich bin.« Sie schüttelt den Kopf. »Aber hier weiß ich es nicht.«

»Du bist meine Tochter, Omolara Adunni Taiwo.«

Ihre Selbstwahrnehmung macht mich betroffen. Ihre Einsichten lassen mein Herz vor Stolz schwellen. Ihre Schlussfolgerungen erschüttern mich.

Sie lächelt durch ihre Tränen hindurch, wie um mich zu beschwichtigen. »Das weiß ich, Dad. Aber da draußen« – ihre ausladende Geste scheint das ganze Universum zu umfassen – »bin ich nur ein Mädchen.«

»Komm her«, fordere ich sie auf.

Sie tut es nicht, also gehe ich zu ihr und führe sie zu dem großen Spiegel neben dem Bett. Unsere Blicke treffen sich im Glas.

»Ernsthaft, Dad!«, protestiert Lara. »Ich schwöre, wenn du mich zwingst, Maya Angelou zu rezitieren, rede ich nie wieder ein Wort mit dir.«

»Du sprichst mir jetzt nach: Ich bin die Tochter meines Vaters.«

Lara verschränkt die Arme vor der Brust und verdreht die Augen. »Das ist so was von *cringe* …«

»Ich bin die Tochter meines Vaters«, wiederhole ich stur.

»Ich bin die Tochter meines Vaters«, sagt Lara steif und widerwillig.

»Mein Maßstab ist nicht, wie andere mich sehen, sondern wie ich mich selbst sehe.«

Sie wiederholt den Satz, schon nicht mehr ganz so bockig.

»Ich bin schön, im Kleinen wie im Großen. Innen wie außen.«

Ihre Stimme versagt, als sie die Worte nachspricht, dann dreht sie sich um und vergräbt ihr Gesicht an meiner Brust.

»Ich bin magisch. Ich bin Licht. Ich bin echt.«

Die Worte sprudeln aus meinem Herzen in meinen Mund. Lara wiederholt jedes Wort, unterbrochen von Schluchzern. Ich blicke mich im Zimmer um, während ich in ihre Haare spreche. Die Hinweise sind alle da. Poster von Zendaya, Beyoncé, Alicia Keys. Schwarze Künstlerinnen, die alle eines gemeinsam haben: ihre helle Haut. Wie konnte ich das übersehen?

»Meine Haut ist meine Rüstung, die meine Wahrheit einschließt. Und meine Wahrheit ist Schönheit.«

Wieder versagt ihre Stimme, die Schluchzer werden lauter. Es bricht mir das Herz. Ich lasse nicht los. Ich halte sie in den Armen und spreche weiter die Worte, die ebenso sehr für mich selbst sind wie für sie.

EINE EIGENARTIGE TRAUER

Die Last des bevorstehenden Gesprächs macht es mir deutlich schwerer, Lara allein zu Hause zurückzulassen. Als Kenny mich abholen kommt, haben wir die Cremes bereits weggepackt, und Lara hat eingeräumt, dass sie es ihrer Mum sagen muss.

»Ich rede mit ihr«, verspreche ich ihr. »Und dann setzen wir uns alle zusammen.«

Lara protestiert, allerdings nur schwach. Nach ihrem Geständnis war sie sichtlich erleichtert, und die Vorstellung, ihrer Mutter gegenüberzutreten, hat viel von ihrem Schrecken verloren. Zur Schule wollte sie dennoch nicht gehen, und ich drängte sie nicht. Ob das mit den Regelschmerzen tatsächlich stimmt, sei dahingestellt, aber ich kann verstehen, dass sie ausgerechnet heute wenig Lust verspürt, sich dem Spott ihrer Mitschülerinnen auszusetzen.

»Was ist mit Mrs Bucknors Ehemann passiert?«, frage ich Kenny, als ihr Fahrer von dem viel befahrenen Mobolaji Bank Anthony Way in ein relativ ruhiges Viertel von Ikeja abbiegt. Keine Läden. Keine Straßenhändler. Keine hohen Zäune, aber etliche Schilder, die vor Wachhunden warnen und mit den Telefonnummern der lokalen Nachbarschaftswache versehen sind.

»Wie gesagt, sie ist verwitwet, aber sie waren schon vor seinem Tod getrennt«, antwortet Kenny. »Die Details kenne ich nicht. Sie war eine dritte oder vierte Ehefrau, und als sie ihr Leben Christus weihte, ist sie ausgezogen.«

»Warum?«

Kenny sieht mich verwundert an. Sie ist nur leicht geschminkt und trägt eine graue Bluse mit einem schwarzen Kopftuch. Da sie sich von der Arbeit freigenommen hat, um mich zu begleiten, hoffe ich, dass das wenig schmeichelhafte Outfit ein Zugeständnis an die Mutter der Verstorbenen ist.

»Sie hätte nicht in einer Ehe bleiben können, die eine Sünde vor Gott und den Menschen ist.«

»Kenny, es gibt reichlich Belege dafür, dass Gott die Polygamie nicht missbilligte.«

Kenny macht eine wegwerfende Handbewegung. »Das ist die Auslegung des Alten Testaments. Nach dem Evangelium Jesu Christi soll ein Mann seiner Frau anhängen, nicht *seinen Frauen*.«

Ich lächle ironisch. »Soweit ich mich erinnere, stammt dieses Zitat auch aus dem Alten Testament.«

Kenny ignoriert mich und tippt dem Fahrer auf die Schulter. »Wir sind da. Parken Sie hier.«

Der Fahrer hält vor einem zweigeschossigen Haus. Kenny zupft ihr schwarzes Kopftuch zurecht und seufzt wie jemand, die eine höchst unangenehme Pflicht zu erledigen hat.

»Du hast gesagt, sie sei bereit zu reden«, erinnere ich sie, als wir durch das Tor auf das Grundstück gehen.

»Ihre Tochter ist tot. Natürlich will sie mit dem Mann reden, der die Mörder zu finden versucht.«

»Eigentlich lautet mein Auftrag nur, den Ruf ihres Schwiegersohns zu retten.«

»Gibt es da einen Unterschied?«, fragt sie. Angesichts der Umstände ist ihre Logik wohl unangreifbar.

Vor dem Haus sitzen mehrere Menschen. Kenny begrüßt ein paar von ihnen, und ich hebe zögerlich die Hand zum Gruß. Es ist nicht der rechte Zeitpunkt für soziale Kontakte.

Wir werden nach oben in Mrs Bucknors Schlafzimmer geführt, einen großen Raum mit offenem Durchgang zu einem kleinen Sitzbereich. Sie sitzt auf einem Doppelbett, flankiert von zwei älteren Frauen. Kenny flüstert Mrs Bucknor etwas ins Ohr. Die Frauen springen auf und ziehen sich zurück. In ihren Augen blitzt Neugier auf, als sie mit gemurmelten Begrüßungen an mir vorbeihuschen. Kenny tätschelt Mrs Bucknors Schultern und folgt den beiden, nicht ohne mich noch mit einem Blick ermahnt zu haben, nur ja nett zu sein. Als ob ich irgendetwas anderes als nett sein könnte!

Mrs Bucknor steht auf und geht zur Tür. Sie öffnet sie einen Spaltbreit, kehrt zurück zu mir und deutet auf die Sitzecke. Ich folge ihr.

»Es tut mir leid, dass ich Sie nicht im Salon empfangen kann. Es wimmelt im Haus von Besuchern, und da hätten wir keine Ruhe.«

»Das ist in Ordnung, Ma«, sage ich und setze mich ihr gegenüber, nachdem sie in einem Ohrensessel Platz genommen hat. »Ich verstehe.«

Wieder einmal fällt mir die Ähnlichkeit zwischen Mrs Bucknor und ihrer verstorbenen Tochter auf. Ihre helle Haut und das modisch gestylte graue Haar verleihen ihr eine majestätische Ausstrahlung. Ihr schlichter marineblauer Boubou lässt den jugendlich glatten Hals frei. Sie hat die Hände um ein frisches, trockenes Stofftaschentuch gekrampft, und ich frage mich, ob sie eine schmerzhafte Arthritis hat oder ob es ihre Art ist, Stärke in ihrer Trauer zu demonstrieren.

»Darf ich Ihnen zunächst mein herzliches Beileid aussprechen, Ma?«

Mrs Bucknor nickt und betupft ihre Augen mit dem Taschentuch, obwohl keine Tränen zu sehen sind. Ein Reflex?

»*Mi o ni pe, Ma*«, füge ich hinzu und hoffe, dass ich mein Versprechen halten kann, dass es nicht lange dauern wird. Dann hole ich Stift und Notizbuch hervor. Ich wage nicht zu fragen, ob ich das Gespräch aufzeichnen darf.

»Es ist schon in Ordnung. Kenny sagt, Sie hätten ein paar Fragen an mich.«

Ihre Gefasstheit ermutigt mich, gleich in die Befragung einzusteigen. »Madam, hat Ihre Tochter Ihnen gesagt, wohin sie wollte, als sie an jenem Tag aufbrach?«

»Nach Ibadan.«

Ich versuche meine Überraschung angesichts ihrer prompten Antwort zu verbergen. Bis zu meinem Gespräch mit Enomo war ich davon ausgegangen, dass niemand das Ziel von Sades letzter Reise kannte. Und Mrs Bucknor hatte bei meinem Treffen mit ihr und den Ältesten auch nichts dergleichen erwähnt.

»War sie früher schon einmal dort?«

Mrs Bucknor runzelt die Stirn. »Das weiß ich nicht, aber als sie anrief, um mir zu sagen, dass sie fortfahren würde, da fragte ich sie, wohin, und sie antwortete, es sei irgendwo in Ibadan. Ich bat sie, mich anzurufen, wenn sie dort sei.«

»Und hat sie angerufen?«

»Von dort?« Sie sieht mich missbilligend an, dann wird ihre Miene kummervoll. »Es ist doch offensichtlich, dass sie nie dort angekommen ist ...« Sie führt das Taschentuch an die Nase und schnäuzt sich geräuschvoll.

Ich lasse ihr ein wenig Zeit, ehe ich fortfahre: »Aber sie hat Sie am Tag ihrer Abreise angerufen? Vielleicht von unterwegs?«

Mrs Bucknor schüttelt den Kopf. »Sie rief am Abend zuvor an. Sie war übrigens sehr niedergeschlagen, weil sie und Bishop gestritten hatten, und ich hatte meine liebe Mühe, sie zu beruhigen.«

Sie hat also von dem Streit gewusst, *bevor* der Bischof ihr davon erzählte.

»Hat sie gesagt, worum es ging?«

Mrs Bucknor senkt bekümmert den Kopf. »Dass sie kein Kind hatten, belastete sie mehr als ihn. Sie war mit den Nerven am Ende, weil sie ihm so unbedingt ein Kind schenken wollte.«

»Sie dachte, dass es an ihr lag?« Weiß Mrs Bucknor von der Sterilisation? Wie soll ich danach fragen?

»Sie verlor nur die Geduld mit Gott.«

»Sie ... äh ... die beiden haben nicht aufgehört, es zu versuchen?«

Sie blickt überrascht auf. »Wo denken Sie hin? Es gab keinen Grund, warum Gott ihre Gebete nicht hätte erhören sollen.«

Sie weiß es nicht. Ich gehe einen Schritt zurück. »Wenn die beiden sich stritten, kam es da auch mal zu ... äh ... Handgreiflichkeiten?«

Sie schüttelt den Kopf. »Als Sade mich anrief, weinte sie so sehr, wie ich sie noch nie erlebt hatte. Bishop hatte die Beherrschung verloren, und ich glaube, sie war auch wütend. Sie erzählte mir keine Einzelheiten, aber so, wie sie redete, vermute ich, dass es ein ziemlich heftiger Streit gewesen sein muss.«

Ich runzle die Stirn. Der Bischof hat behauptet, er habe seine Frau nie geschlagen, sosehr sie ihn auch provoziert habe. Der Wachmann hat das bestätigt. Wenn Sade Dawodu ihre Mutter angerufen hat, um von der Auseinandersetzung mit ihrem Mann zu erzählen, hat sie da behauptet, es sei zu körperlicher Gewalt gekommen, um ihr Mitleid zu erwecken?

»Sie hat nie ausdrücklich gesagt, dass ihr Mann sie geschlagen hätte?«

Mrs Bucknor schüttelt energisch den Kopf. »Nicht ausdrücklich, aber sie wollte hierherkommen und bei mir wohnen. Ich blieb hart und sagte, sie könne nicht wegen eines Streits ihre eheliche Wohnung verlassen.«

»Aber wenn er handgreiflich geworden ist ...«

Sie putzt sich wieder lautstark die Nase und wendet das Gesicht ab, doch ihr Ton ist rechtfertigend, als sie fortfährt: »Was hätte ich denn tun sollen? Bishop ist ein Mann Gottes, aber er ist immer noch ein Mann. Und er ist ihr Ehemann. Ich wollte nicht die Art von Mutter sein, die ihre Tochter dazu ermutigt, jedes Mal zu Mama gelaufen zu kommen, wenn es in ihrer Ehe mal kriselt.«

»Glauben Sie, dass sie die Polizei gerufen hätte, wenn sie gefürchtet hätte, dass ihr Leben in Gefahr ist?«

Sie sieht mich an, als ob ihr der Gedanke jetzt erst gekommen wäre. »Vielleicht ist das der Grund, warum die Polizei Bishop beschuldigt.« Dann scheint sie noch einmal darüber nachzudenken und schüttelt den Kopf, als ob sie einen abgründigen Gedanken loswerden wollte. »Aber er würde ihr nie etwas antun. Ich habe ihr gesagt, dass sie aus einer Mücke einen Elefanten macht.«

»Aber wenn sie gesagt hat, dass er ...« Ich breche ab, als sie die Hand hebt, um mich zum Schweigen zu bringen. Ihr Blick ist hart.

»Hören Sie, Dr. Taiwo: Sade konnte sehr anstrengend sein. Ich weiß das, ich bin ihre Mutter. Bishop ist immer so verständnisvoll gewesen. Er ist bei ihr geblieben, auch ohne den ersehnten Nachwuchs. Er hat sie unterstützt. Ich denke, es ist absolut verständlich, wenn dem Mann hin und wieder der Geduldsfaden reißt. Das habe ich Sade genau so gesagt, und es hat sie ein wenig beruhigt. Das dachte ich jedenfalls. Sie hat sogar versprochen, sich bei Bishop zu entschuldigen, bevor sie ihre Reise antrat.«

»Sie hat Ihnen nicht gesagt, dass der Bischof schon nach Graceland aufgebrochen war?«

Mrs Bucknor schüttelt den Kopf. »Ich bin sicher, als sie mit mir gesprochen hat, war Bishop noch im Haus. Ich habe ihr gesagt, sie soll niederknien und sich sofort bei ihm entschuldigen. Ich bin sicher, dass sie es auch getan hat.«

Interessant. Der Bischof hat nichts von einer Entschuldigung oder von einem Anruf bei seiner Schwiegermutter am späten Abend erwähnt. Ich tue so, als würde ich etwas aufschreiben, dann blättere ich in meinen Notizen, als ob ich nach einem bestimmten Detail suche. »Kennen Sie einen Dr. Uzoma Ohaeri?«

Ein kurzes Luftholen, das in einem leichten Hustenanfall mündet. Ich blicke von meinen Notizen auf.

Mrs Bucknor runzelt die Stirn, als ob sie sich zu erinnern versucht, dann schüttelt sie langsam den Kopf. »Ich glaube nicht.«

»Ihre Tochter hat ihn mehrfach angerufen, aber er hat nicht abgenommen. Ich frage mich, ob er vielleicht Arzt ist und sie ihn angerufen hat, weil sie eine … ähm … gesundheitliche Krise hatte.« Ich hoffe, ihr durch meinen zögerlichen Ton eine Bestätigung zu entlocken.

Doch Mrs Bucknor schüttelt wieder entschieden den Kopf. »Ich kenne keinen Dr. Ohaeri. Ihr Spezialist für Reproduktionsmedizin war in England. Bishop hat bestimmt die Kontaktdaten der Praxis, aber ich weiß, dass sie nie einen Dr. Ohaeri erwähnt hat. Übrigens, jetzt, da ich darüber nachdenke, fällt mir ein, dass Sade mich doch am Tag ihrer Abreise angerufen hat. Wir haben nicht lange gesprochen. Nur darüber, wo sie hinwollte und wie lange sie voraussichtlich weg sein würde.«

»Dann … hat Sade also nie Hilfe wegen … äh … psychischer Probleme gesucht?«

»Warum sollte sie? Meine Tochter war eine gute Christin. Seelische Krisen sind nicht unser Los als Christen.«

Ich sehe sie unverwandt an, bis sie ein weiteres Mal das Taschentuch hebt, um sich geräuschvoll die Nase zu putzen. Als sie mich wieder ansieht, liegt etwas Herausforderndes in ihrem Blick. Sie weiß, dass ich mich frage, warum sie so lange behauptet hat, Sade hätte sie am Tag ihres Verschwindens nicht angerufen, bis ihr klar wurde, dass ich Zugriff auf die Anruflisten ihrer Tochter habe. Und wenn sie in diesem Punkt gelogen hat, warum sollte ich ihr glauben, was sie zu Sades psychischer Gesundheit gesagt hat?

Mrs Bucknor steht auf. »Wenn Sie noch weitere Fragen haben, zögern Sie bitte nicht, Ihre Schwester zu bitten, dass sie Sie noch einmal herbringt. Sie können sicher sein, dass ich alles tun werde, um Bishops Namen reinzuwaschen und zu helfen, die Mörder meiner Tochter zu finden.«

In welcher Reihenfolge? Diese unausgesprochene Frage hängt in der Luft. Sie sieht mir fest in die Augen, und doch ist ihr Blick verschlossen. Ich versuche herauszufinden, was sie verschweigt. Als Sade ihre Mutter am Tag ihrer Abreise anrief, hat sie da etwas gesagt, was der Verteidigung des Bischofs schaden würde? Aber die Art, wie Mrs Bucknor mich anschaut, macht deutlich, dass das Gespräch beendet ist. Ich stehe auf und erwidere ihren Blick. Ich hoffe, sie erkennt, dass sie mir vertrauen kann.

Aber ihre Augen sind trocken, ihr Blick ist entschlossen. Es wäre taktlos, weiter in sie zu dringen. Die Mauer, die diese Frau um sich errichtet hat, ist undurchdringlich, und so kann ich die Frage nicht stellen, von der sie wissen muss, dass ich sie mir stelle.

Wen schützt sie? Ihre tote Tochter oder ihren Schwiegersohn?

DER TEUFEL IM DETAIL

Die Aufforderung kommt, als Kennys Wagen gerade vor dem Haupttor der Polizeiakademie vorfährt. Ich lese die Nachricht und runzle die Stirn. Eigentlich hatte ich gehofft, ein wenig in meinem Büro arbeiten und dann ein Uber nehmen zu können, um rechtzeitig für das Gespräch mit Lara zu Hause zu sein.

Ich drehe mich zu Kenny um. »Anscheinend ist der Obduktionsbericht fertig, und die Polizei möchte dem Bischof die Ergebnisse vorlegen. Pastor George will, dass ich dabei bin.«

»In Graceland?«, fragt Kenny. »Kannst du rechtzeitig dort sein?«

Es ist noch nicht Mittag. Nachdem die morgendliche Rushhour vorbei ist, dürfte es auf den Straßen nicht mehr ganz so chaotisch zugehen, aber in einer Stunde wird schon wieder die Hölle los sein.

»Nimm meinen Wagen«, schlägt sie vor. »Mein Büro liegt auf dem Weg. Wenn du mich dort absetzt, kann der Fahrer dich nach Graceland bringen und warten, bis du fertig bist.«

»Aber wie kommst du dann nach Hause? Es könnte eine Weile dauern, bis ...«

»Keine Sorge. Ich nehme einen unserer Poolwagen.«

Ich danke ihr und schreibe Pastor George.

Werde dort sein. Kann ich vor oder nach dem Termin mit der Polizei kurz mit Ihnen sprechen?

Natürlich, kommt postwendend Pastor Georges Antwort.

Gleich nachdem wir Kenny an ihrem Büro abgesetzt haben, rufe ich Abubakar an.

»Das ist ungewöhnlich«, sagt er, als er hört, wohin ich fahre.

»Nicht wahr? Dass die Polizei einem die Ergebnisse der Obduktion präsentiert. Können Sie mal rumfragen?«

»Das werde ich tun. Aber *p*ielleicht ist es eine Entschuldigung.«

»Eine Entschuldigung?«

»Ich habe den Bericht hier. Ich sollte ihn an Sie weitergeben. Hier steht es schwarz auf weiß: Mrs Dawodus Tod wird als Selbsttötung durch Ertrinken eingestuft.«

Es ist nicht nötig, dem Kommandanten von meinem Telefonat mit dem Rechtsmediziner zu erzählen. »Ja, aber wofür ist die Entschuldigung?«

»Für die unrechtmäßige *P*erhaftung?«

Detective Bello will sich wohl beim Bischof lieb Kind machen, um seine Karriere zu retten. Ihm den Obduktionsbericht persönlich zu übergeben, begleitet von einer offiziellen Entschuldigung, sollte doch etwas wert sein.

»Schicken Sie mir bitte einen Screenshot von dem Bericht.«

Der fünfseitige Bericht ist schnell gelesen. Alles ist so, wie ich es von dem Rechtsmediziner gehört habe. Doch als ich sehe, dass auch die Tubenligatur erwähnt wird, muss ich mich beherrschen, um den Fahrer nicht aufzufordern, aufs Gas zu treten. Die Gelegenheit, das Gesicht des Bischofs zu sehen, wenn dieses Detail enthüllt wird, will ich mir auf keinen Fall entgehen lassen.

Bischof Dawodus Büro wirkt wie der Ausstellungsraum eines teuren Antiquitätengeschäfts, mit so viel Goldverzierungen, dass einem die Augen wehtun. Ein Mahagonischreibtisch steht genau in der Mitte und schirmt den Stuhl des Bischofs – seinen *Thron*, genauer gesagt – von der Tür ab.

Ich hatte erwartet, alle Ältesten zu sehen, aber nur Pastor George und Pastor Nwoko sind da. Sie sitzen auf einem langen weißen Ledersofa und sehen aus, als ob sie auf die Ergebnisse einer ärztlichen Untersuchung warten: angespannt, ungeduldig und nervös. Nwoko trommelt lautlos mit den Fingern auf die Armlehne. Pastor George trägt wieder seine grimmige Miene zur Schau, doch sein zugeknöpfter Blazer und die Art, wie sein rechtes Bein in regelmäßigen Abständen zuckt, verraten seine Unruhe.

Der mutmaßliche Grund für ihr Unbehagen hockt auf der Kante des bischöflichen Schreibtischs. Als reale Person ist LaTanya Jacobson eine noch beeindruckendere Erscheinung, als ihr Foto vermuten ließ. Alles an ihr ist zu viel – Make-up, Wimpern, Rouge, Fingernägel, Haare. Die Frau ist dermaßen *over the top*, dass sie in *RuPaul's Drag Race* antreten könnte.

Der Bischof selbst ist der Inbegriff des Oberbefehlshabers, wie er da ganz geschäftsmäßig auf mich zutritt, mit ausgestreckter Hand und ernster Miene. Auch wenn er nicht gerade die Freundlichkeit in Person ist, fällt es mir doch schwer, in seinem federnden Gang den gebrochenen Mann wiederzuerkennen, der vor nicht einmal zweiundsiebzig Stunden die Leiche seiner Frau identifiziert hat. Ist das so, weil ich inzwischen eine leise Ahnung habe, dass Bischof Dawodu hinter seiner Fassade der Liebenswürdigkeit und Heiligmäßigkeit vielleicht nicht ganz so rechtschaffen ist, wie man es von einem »Mann Gottes« erwarten würde?

»Dr. Taiwo«, sagt er und begrüßt mich mit einem energischen Händedruck, ehe er sich wieder an seinen Schreibtisch setzt. »Schön, dass Sie die Zeit gefunden haben.«

Ich blicke mich demonstrativ im Raum um. »Bin ich zu früh?«

»Ich wollte Sie nach dem Stand Ihrer Ermittlungen fragen, bevor die Polizei eintrifft«, fährt er fort. »Die Pastoren muss ich Ihnen nicht vorstellen, aber meine Managerin LaTanya Jacobson haben Sie noch nicht kennengelernt. Sie ist gerade erst aus Houston eingeflogen.«

Ich schüttle der Frau die Hand, während sie mir ein strenges Lächeln schenkt. Miss Jacobson taxiert mich, und ich zwinge mich, meine Hand nicht wegzuziehen, als ihr Blick nach unten wandert und dann wieder hinauf, um auf Höhe meines Gürtels zu verharren. Sie neigt nachdenklich den Kopf zur Seite. Vulgär, lautet mein Urteil. Nicht gerade eine Person, wie ich sie im Büro eines Geistlichen vermuten würde, ganz gleich, in welcher Funktion. Wenn ich nicht bereits mit Ewang gesprochen hätte, wäre ich spätestens nach der Begegnung mit dieser Frau überzeugt gewesen, dass hier etwas nicht stimmen kann.

»Freut mich, Sie kennenzulernen, Ma'am.«

»Dr. Taiwo. Postdoc an der USC. Fast ein Jahrzehnt bei der Dienstaufsichtsbehörde des SFPD. Beeindruckender Lebenslauf.«

»Sie sind zu freundlich, Miss Jacobson.«

Sie fordert mich auf, sie »LaTanya« zu nennen, und gestikuliert mit ihren Krallen, deren Nägel in verschiedenen Farben lackiert und mit Glitter verziert sind. »Jedenfalls sind so tadellose Referenzen perfekt für einen hochkarätigen Klienten wie Jerry.«

Jerry? Die Vertraulichkeit wirkt wie ein Misston angesichts der Ehrerbietung, die alle anderen dem Bischof entgegenbringen.

»LaTanya kümmert sich um alle meine internationalen Auftritte und vertritt meine Geschäftsinteressen in den Staaten«, sagt der Bischof, während wir alle an einem Tisch Platz nehmen. »Sie war so freundlich, zu kommen und mir ihre moralische Unterstützung zu gewähren.«

»Ich wär ja schon eher gekommen, wenn du auf mich gehört hättest.« In LaTanyas Ton schwingt ein leiser Vorwurf mit.

»Damals war es nicht notwendig, aber jetzt – nun ja, ich bin froh, dass du gekommen bist.« Der Bischof antwortet ruhig, aber ich nehme eine Warnung wahr. Sie haben dieses Gespräch schon einmal geführt. Vielleicht kurz bevor ich den Raum betreten habe?

»Dr. Taiwo«, sagt Pastor George mit lauterer Stimme als gewöhnlich, wie um der Szene ein Ende zu machen. »Wir hatten gehofft, dass Sie uns von Fortschritten berichten können …«

»Es ist noch zu früh.«

»Ja, aber können Sie uns wenigstens sagen, ob es eine Chance gibt, dass die Polizei nicht vorhat, Jerry zu verhaften?«, fragt LaTanya.

»Es hieß, sie würden kommen, um den Obduktionsbericht unserer First Lady zu präsentieren«, sagt Pastor George, dessen Ton und Haltung Missbilligung ausdrücken. Der »Jerry« geht ihm auch gegen den Strich. »Ich denke, wir sollten die Verstorbene ehren, indem wir keine voreiligen Schlüsse ziehen.«

»Sie müssen verstehen, warum hier alle der Polizei misstrauen, Dr. Taiwo«, sagt der Bischof mit einem entschuldigenden Lächeln. »Ihre zahlreichen Fehler haben mich den geistigen Freiraum gekostet, den ich brauchte, um meine Frau zu betrauern. Meine Gemeinde hat Sorge, dass sie die gleichen Fehler wieder machen werden, wenn nicht gar schlimmere.«

»Ich versichere Ihnen, Bischof, nach allem, was ich weiß, kommt die Polizei tatsächlich, um den Obduktionsbericht Ihrer Gattin vorzustellen.«

»Der Bericht«, wirft Pastor Nwoko ein, »haben Sie ihn gesehen?«

»Nicht den fertigen«, lüge ich. Warum ist der Mann so nervös? »Ich habe mich mit dem Rechtsmediziner getroffen, aber da war er noch mit der Obduktion beschäftigt.«

Ein leises Klopfen, und die Sekretärin des Bischofs kommt herein. »Sie sind da.«

Wir begeben uns in den Besprechungsraum, weil der Bischof die Polizei nicht in seinem Büro empfangen möchte. »Ich will mir ihren Unfug nicht hier drin anhören«, erklärt er, während er aufsteht und wir alle ihm folgen.

Es ist ein bisschen komisch, wie wir alle hinter ihm stehen bleiben, als er den Raum betritt. Ich spähe über seine Schulter und sehe den Grund: Detective Bello ist allein. Nicht das massive Polizeiaufgebot, mit dem alle gerechnet haben.

Als ich den Blick des Ermittlers auffange, ist mir sofort klar, dass er nicht daran denkt, sich zu entschuldigen. Seine ganze Haltung strahlt Selbstbewusstsein aus, und ein verächtlicher Zug liegt um seine Mundwinkel, als er aufsteht, um uns zu begrüßen. Er bittet uns alle, Platz zu nehmen, als ob er der Gastgeber wäre.

Detective Bello räuspert sich demonstrativ. »Der Obduktionsbericht liegt vor. Ihre Frau ist ertrunken, und alle Indizien deuten auf Suizid oder Unfalltod hin.« Er schiebt eine Aktenmappe über den Konferenztisch, die LaTanya rasch abfängt, ehe sie zum Bischof gelangt. Der Detective fährt fort: »Laut diesem Bericht ist der Tod Ihrer Frau nicht die Folge eines Verbrechens.«

Pastor Nwoko ist das Inbild gerechter Empörung. »Dann wird also gegen Bishop nicht ermittelt?«

Meine Aufmerksamkeit gilt LaTanya, die sich den Bericht vorgenommen hat. Sie blättert die Seiten um und liest aufmerksam. Es fasziniert mich, dass der Bischof, dessen Blick auf den Detective gerichtet ist, die Frau den Obduktionsbericht lesen lässt, bevor er selbst ihn zu Gesicht bekommen hat.

»Das hängt von ihm ab«, antwortet Detective Bello und blickt zum Bischof. »Wir dürfen nicht vergessen, dass jemand versucht hat, dem Bischof die Schuld am Tod seiner Frau in die Schuhe zu schieben. Ich an seiner Stelle würde wissen wollen, wer es war.«

Die Erleichterung des Bischofs ist nicht zu übersehen. Er deutet auf mich. »Deswegen hatte ich Dr. Taiwo engagiert. Aber zu dem Zeitpunkt glaubte ich noch, meine Frau sei am Leben. Jetzt, da sie tot ist, was hat es da noch für einen Sinn? Es wird Zeit, dass man mir gestattet, in Ruhe zu trauern.«

Sein Tonfall ist bedächtig, als ob er von der Kanzel predigt. Er klingt nicht wie jemand, der gerade erfahren hat, dass seine Frau sich das Leben genommen hat.

»Ich verstehe«, sagt Bello mit gespielter Aufrichtigkeit. »Aber können Sie uns helfen, den Fall ein für alle Mal abzuschließen? Und vielleicht zu verstehen, warum Ihre Frau sich das Leben genommen haben könnte?«

Der Bischof schüttelt den Kopf und lässt die Schultern sinken. Ein paar Sekunden lang ist es still bis auf das Rascheln der Seiten, die LaTanya umblättert. Ich sehe, wie sie die Stirn runzelt. Sie ist bei *der* Stelle angekommen.

»Ich werde mit meinem Versagen leben müssen, bis der Herr mich zu sich ruft.« Der Bischof sieht die beiden Ältesten entschuldigend an. »Ich habe es nicht über mich gebracht, euch allen zu sagen, dass First Lady klinisch depressiv war. Wenn ich es euch anvertraut hätte, dann hättet ihr euch alle meinen Gebeten anschließen können …«

»Jerry ...« Die Art, wie LaTanya seinen Namen sagt, veranlasst den Bischof, sie scharf anzusehen. Es ist zugleich eine Warnung und ein Versuch, seine Aufmerksamkeit zu gewinnen. Sie schiebt ihm die Akte zu und zeigt darauf.

»Dann war sie also das Problem?«, fragt Detective Bello ganz unschuldig.

Pastor Nwoko und Pastor George wechseln alarmierte Blicke, als der Bischof den Kopf hebt und aufsteht. Das Bild von Reverend Freeman mit der Nase im Kokain blitzt vor meinem inneren Auge auf. Der Kaiser ist nackt, und er ist der Letzte, der es erfährt. *Der Mensch ist nicht Gott.*

»Das kann nicht wahr sein!«

»Was?«, fragt Bello mit falschem Lächeln. »Dass Ihre Frau nicht schwanger werden konnte, weil ihre Eileiter abgebunden waren?«

Die Pastoren schnappen nach Luft. LaTanya zieht den Bischof auf seinen Stuhl zurück.

»Jerry, du sagst jetzt gar nichts ...«

»Das muss rausgenommen werden.« Der Bischof funkelt den Detective an. »Es hat keinerlei Bedeutung.«

Detective Bello hebt mahnend die Hand. »Im Gegenteil, es ist sehr wohl von Bedeutung. Wenn Sie behaupten, Ihre Frau habe sich umgebracht, weil sie nicht schwanger werden konnte ...«

»Ich sagte ›depressiv‹!«, brüllt der Bischof.

»Immer mit der Ruhe«, sagt Bello beschwichtigend. Er macht sich tatsächlich über den Bischof lustig. Nein, er will ihn provozieren. »Sagten Sie nicht, Sie seien ein Mann Gottes? Okay, sie war depressiv, aber der Grund war, dass sie nicht schwanger werden konnte, *abi*?« Es ist eigentlich keine Frage, aber er hält inne, als ob er darauf wartet – darauf hofft –, dass man ihm widerspricht.

LaTanyas Hand geht zum Ellbogen des Bischofs – eine Warnung und ein Versuch, ihn zurückzuhalten. Die Amerikanerin weiß, dass er sich in einem gefährlichen juristischen Grenzbereich bewegt. Da ist es besser, nichts zu sagen. Ich verstehe nicht, welche Macht diese Frau über ihn hat, denn er kocht vor Wut, und seine Haltung ist defensiv, als er den Detective ansieht.

»*Ehen* – nun«, fährt Bello in herablassendem Ton fort, »wenn Sie beide wussten, dass sie sterilisiert war, mussten Sie da als Christen nicht auf ein Wunder hoffen und daher in einem Zustand des spirituellen Optimismus leben, der …« Er schnippt ein paarmal mit den Fingern, als ob er nach dem richtigen Wort sucht. »Na, wie drücken Sie es noch mal in Ihren Predigten aus?«

»Das reicht!«, fährt Pastor George so laut dazwischen, dass alle aufschrecken. Er war so lange still und ich war so auf LaTanya und den Bischof konzentriert, dass ich ihn gar nicht beachtet habe. »Mein Gott lässt sich nicht verspotten, Detective. Sie haben Ihren Bericht abgeliefert, und Sie können jetzt gehen.«

»Ich will, dass es rausgenommen wird«, sagt der Bischof zum Detective. »Ich will, dass diese Passage aus den Akten gestrichen wird.«

»Wieso?«, fragt Bello, als ob es ihn nur beiläufig interessiert. »Verlangen Sie etwa, dass Beweise unterdrückt werden? Das wäre gegen das Gesetz, Sir. Und ich bin so schon in Schwierigkeiten.«

LaTanya steht auf und zieht den Bischof hoch. »Dieses Gespräch ist beendet. Du musst nicht mit ihm reden. Komm.«

Der Detective steht ebenfalls auf, und so, wie er den Bischof ansieht, bin ich froh, dass der Konferenztisch zwischen ihnen steht.

»Bevor Sie gehen, wären Sie so freundlich, der Polizei bei einer kleinen Sache zu helfen, in der wir noch ermitteln? Sie wissen schon, es geht um die Frage, wer diese Anrufe bei der Polizei getätigt hat.«

LaTanya schüttelt langsam den Kopf. Sie setzt gerade zu einer Entgegnung an, als der Bischof sie mit einer unwirschen Geste davon abhält. Sehr unklug von ihm. Wenn ich sein Anwalt wäre, hätte ich ihm schon nach zehn Minuten einen Maulkorb verpasst.

»Ein Unruhestifter – jemand, der meinen Sturz herbeiführen will«, sagt er mit einer Mischung aus Verbitterung und Empörung.

»Oder jemand, der wusste, dass Ihre Frau sterben würde?« Der Detective blickt sich im Raum um. »Sehen Sie, der Obduktionsbericht nennt zwar keinen genauen Todeszeitpunkt, doch die geschätzte Liegezeit im Wasser wird mit plus/minus sechs Tagen angegeben. Damit ist mit einer gewissen Wahrscheinlichkeit davon auszugehen, dass die verstorbene Mrs Dawodu noch am Leben war, als die Polizei den Hinweis bekam, sie sei ermordet worden.« Er wendet sich mit einem kalten Lächeln dem Bischof zu. »Haben Sie eine Erklärung dafür, warum Ihre Frau Sie wegen ihres Todes verhaften lassen wollte, noch bevor dieser eintrat?«

LaTanya zerrt an Dawodus Arm. »Nicht antworten, Jerry.«

Er wirkt konsterniert. Die Bedeutung der Frage scheint ihm schlagartig klar zu werden. »Ich sagte Ihnen doch, es ging ihr nicht gut. Ich konnte ihr nicht helfen. Ich habe es versucht«, sagt er mit leidender Stimme.

»Schhh. Ist schon okay, Honey. Du musst gar nichts sagen.« LaTanya hat es geschafft, ihn zur Tür zu lotsen, die sie jetzt öffnet. Der Bischof folgt ihr wie in Trance.

Pastor Nwoko sammelt ein paar lose Blätter ein und legt sie in die Mappe zurück, dann wirft er Detective Bello einen wütenden Blick zu. »Können Sie nicht sehen, dass er trauert? Haben Sie denn kein Mitgefühl?«

Der Detective antwortet nicht. Pastor Nwoko will noch etwas sagen, doch Pastor George packt ihn am Ellbogen. Der ältere Geistliche wirkt erschöpft, als er den Detective ansieht.

»Danke, Officer, für Ihre Bemühungen«, sagt er in neutralem Ton. »Halten Sie uns bitte auf dem Laufenden über Ihre Ermittlungen zu der Frage, wer hinter der Intrige gegen den Bischof stecken könnte.« Er wendet sich mir zu. »Ich bin dann in meinem Büro, Dr. Taiwo. Sie hatten doch um ein Gespräch gebeten?«

Pastor George und der immer noch empörte Pastor Nwoko verlassen den Raum.

Ich lehne mich auf meinem Stuhl zurück, den Blick auf den Detective geheftet, und lasse das Schweigen zwischen uns anwachsen.

»Warum hassen Sie den Bischof?«, frage ich beiläufig, als ich sehe, dass sein Unbehagen in Verärgerung umzuschlagen droht.

Er hebt fragend eine Augenbraue. »Abgesehen von der Tatsache, dass er mich meinen Job kostet?«

»Es war vorher schon etwas Persönliches, und das wissen Sie.«

Der Detective erhebt sich zu seiner vollen Größe, richtet unnötigerweise seine Uniform und zieht demonstrativ den Schirm seiner Mütze herunter, sodass sein Gesicht teilweise verdeckt ist. Ein Polizist im vollen Ornat. Er ist gekommen, um eine Show abzuziehen.

»Dr. Taiwo, anstatt mich zu analysieren, sollten Sie sich fragen, womit ein sogenannter Mann Gottes jemanden dazu gebracht haben könnte, ihm den Mord an seiner Frau anzuhängen.«

»Wir sind uns also einig, dass es eine Intrige ist?«, frage ich trocken.

»Das haben wir schon längst geklärt. Ihr Job war es, die Frage nach dem Warum zu beantworten. Das ist Ihnen offensichtlich nicht gelungen, nicht wahr?«

Ich sehe ihn unverwandt an, ohne mich von seinem Seitenhieb gegen meine Professionalität und meine Erfolgsbilanz aus dem Konzept bringen zu lassen. Im Übrigen streite ich nicht über Fakten.

»Also, bevor wir darüber diskutieren, wie ich meinen Job mache, würden wir vielleicht weiterkommen, wenn Sie einfach mal Ihren machen würden«, sagt Detective Bello. Dann salutiert er ironisch und marschiert zur Tür hinaus.

Ich ziehe mein Handy aus der Tasche und schalte die Audioaufzeichnung aus. Dabei muss ich unwillkürlich über seinen theatralischen Abgang grinsen. Wenn er nur wüsste, dass seine Herausforderung ein zweischneidiges Schwert ist. Um meinen Job erfolgreich zu erledigen, müsste ich ihm auf den Zahn fühlen und nicht lockerlassen, bis ich weiß, warum er die Polizei dazu benutzen will, Bischof Jeremiah Dawodu zu Fall zu bringen.

DAS DING MIT FEDERN

Hoffnung. Ich habe sie nach und nach verloren. Eine nach der anderen wurden mir ihre Federn ausgerissen, bis mir nichts mehr blieb, womit ich mich über die Winde, die mir unablässig ins Gesicht wehen, erheben könnte. Die Hoffnung wiederzugewinnen, würde bedeuten, die Kraft zu finden, mich wiederherzustellen, Feder für Feder. Aber selbst wenn es mir gelänge, wohin sollte ich fliegen? Wer würde ich sein? Ich wusste es nicht, und, schlimmer noch, ich wollte es nicht wissen.

Du wirst dich fragen, warum ich alle diese Dinge getan habe und dennoch beschlossen habe, nicht dabei zu sein, um den Triumph seines Untergangs zu genießen. Jetzt weißt du, warum. Ich habe die Hoffnung verloren. Ich habe mir mein Leben nach seinem Ruin vorzustellen versucht und habe nichts gesehen. Einen gähnenden Abgrund, in dem alles, was die Zukunft versprochen hat, von meiner Vergangenheit zurückgehalten wird.

Lebe mit einem Ziel vor Augen, heißt es. Ein Ziel gibt dem Leben Sinn. Das sehe ich auch so. Seine Vernichtung ist mein Ziel. Ihn zu demaskieren. Ihm den Mantel der Heiligkeit herunterzureißen, sodass er nackt und bloß dasteht und ihr alle sehen könnt, dass ihr euer Vertrauen einem bloßen Menschen geschenkt habt. Keinem Gott. Einem Geschäftsmann, der mit Hoffnung handelt, als Wundermittel für die Sinnsucher, deren Leben ihr Ziel verloren hat.

Wenn meine Pläne aufgehen und er stürzt, wofür würde ich dann leben? Ich will es nicht wissen. Das bisschen Hoffnung, das mir mein Ziel gegeben hat, setze ich in dich. Tröste dich deshalb, wenn du an mich denkst, mit allem, was du tust, um mir beim Erreichen meines Ziels zu helfen.

Er muss fallen. Und sein Fall muss laut und angemessen spektakulär sein – mit weniger darfst du dich nicht zufriedengeben.

GEFEUERT

Ich mache mich auf den Weg zu Pastor Georges Büro. Man bekommt erst einen wahren Eindruck von den Dimensionen der Grace Church, wenn man den langen Flur des Verwaltungstrakts entlanggeht. Vom Besprechungsraum, der in der Mitte zwischen Bischof Dawodus Büro und dem von Pastor George liegt, zähle ich mindestens zwanzig Zimmer. Dann gehe ich an einem Raum vorbei, der doppelt so groß ist wie der Besprechungsraum. Er ist voll verglast. Einige Leute tragen Headsets, manche sprechen schnell in ihre Mikros, andere nicken nur, während sie der Person am anderen Ende der Leitung zuhören. Manche haben die Augen geschlossen und die Hände gefaltet, sie scheinen zu beten. Auch ohne das Schild, das die Abteilung als »Gebetsseelsorge« identifiziert, könnte man schon an der ehrfurchtsvollen Atmosphäre erahnen, worum es hier geht.

Ich verlangsame unwillkürlich meine Schritte, bewegt von dem Anblick. Wie viele Suizide werden in diesem Moment wohl verhindert? Wie viele Ehen gerettet? Wie viele schwerkranke Menschen suchen hier Trost, nachdem die Ärzte ihnen gesagt haben, dass keine Hoffnung mehr besteht?

Auch wenn ich darüber spotte, dass Kenny sich lieber für eine Kirche engagiert, als an ihrem spirituellen Wachstum zu arbeiten, beneide ich sie um ihren Glauben. Die Komplexität des Alltags in Nigeria einer höheren Macht anzuvertrauen, ist eine simple Bewältigungsstrategie, die ich mir auch gerne aneignen würde, wenn ich könnte. Wohlstandspredigern wie Bishop Dawodu wird oft vorgeworfen, dass sie sich ihr Luxusleben von den Scherflein einer Gemeinde finanzieren lassen, deren Durchschnittseinkommen weniger als zehn Dollar am Tag beträgt. Doch wenn ich mir das Team der Gebetsseelsorge anschaue, werde ich wieder daran erinnert, wie viel Gutes Kirchen auch bewirken können. Sie geben den Menschen etwas zurück, sie schaffen ein Gemeinschaftsgefühl, und vor allem bieten sie Hoffnung in einem Land, das seinen Einwohnern jeglichen Grund dazu entrissen hat. Wenn man bedenkt, dass der Aufstieg der Pfingstkirchen in den frühen 1980er-Jahren zusammenfiel mit dem Verfall des Naira, strengen Sparmaßnahmen und einer Militärjunta, die den Ölreichtum des Landes plünderte, möchte man mit Karl Marx konstatieren, dass Religion das Opium des Volkes ist. Hoffnung ist ein menschliches Grundbedürfnis, und Hoffnung ist es, was die Religion den Menschen bietet.

Ich gehe weiter den Flur entlang. Die verstörenden Enthüllungen über die Grace Church, auf die ich gestoßen bin, verstärken noch meinen inneren Widerstreit. Wie kann eine Institution, die im Kern so verrottet ist, so viel Gutes tun? Es wäre naiv zu glauben, dass die Begleitumstände von Sade Dawodus Tod ein isoliertes Phänomen sind, eine Ausnahme und nicht die Regel. Die Wahrheit ist, dass die absolute Macht, die die Kirchenoberen sich anmaßen, fast unweigerlich zu Missbrauch führt. Die Korruption ist die unvermeidliche Folge von blindem Vertrauen in eine Kirchenleitung, die von niemandem zur Rechenschaft gezogen wird.

Ich habe Pastor Georges Büro erreicht. Er ist nicht allein. Durch die Glastür kann ich eine weibliche Gestalt ausmachen. Er hat die Hände auf die Schultern der Frau gelegt und die

Augen geschlossen – es sieht aus, als ob er betet. Ich trete ein paar Schritte zurück und warte.

Nach einigen Minuten kommt die Frau heraus und hält inne, als sie mich erblickt. Ich überlege, woher ich sie kenne. Warum mich ihre Augen so flehend anstarren.

»Bitte sagen Sie ihm, dass er nach Hause kommen soll«, sagt die Frau. Jetzt erkenne ich sie. Das Gesicht hinter dem Vorhang in Victor Ewangs Haus. »An dem Abend, als Sie zu uns kamen und mit ihm gesprochen haben …«, fährt sie fort. »Als er zurückkam, habe ich gespürt, wie erleichtert er war.«

Ich bin unsicher, wie ich mit der Situation umgehen soll. Wie viel weiß sie? Ich bleibe stumm.

Sie zieht an meiner Hand. Ich zucke ein wenig zusammen, als ihre Fingernägel sich in meinen Oberarm bohren. »Sagen Sie ihm, es ist alles gut. Er soll nach Hause kommen. Was immer er getan hat, wir finden eine Lösung.«

»Ihr Mann war seither nicht zu Hause?«, frage ich.

»Seit gestern Abend. Bitte, Sir, wenn Sie etwas wissen …«

Ich schiebe ihre Hand weg, so sanft, wie ich nur kann. »Mrs Ewang?« Sie nickt, beinahe entschuldigend. »Ich habe Ihren Mann seit gestern Abend weder gesehen noch gesprochen.«

»Was haben Sie ihm gesagt?«, fragt sie, außer sich vor Sorge und Verzweiflung.

»Das kann ich Ihnen leider nicht sagen«, antworte ich bedauernd.

»Das sagt er mir auch jedes Mal, wenn ich ihn frage, was los ist.« Sie wirkt ratlos und verwirrt.

»Es tut mir leid.« Es ist eine dürftige Antwort, aber ich unterdrücke den Impuls, tröstende Worte zu sagen, die zu weiteren Fragen führen könnten, und deute auf Pastor Georges Büro. »Ich muss jetzt gehen.«

Tatsächlich beobachtet er uns schon die ganze Zeit durch die Glasscheibe. Mrs Ewang scheint es auch bemerkt zu haben, denn sie murmelt eine Entschuldigung, senkt den Kopf und eilt davon.

Ist es denkbar, dass Ewang untergetaucht ist und abwartet, bis er mehr Gewissheit über die Umstände von Sade Dawodus Tod hat? Es beunruhigt mich, dass er das getan hat, ohne seiner Frau ein Wort zu sagen. Andererseits rührt Victor Ewangs Angst von dem her, was er weiß. Unter diesen Umständen kann er seine Familie wohl am besten schützen, indem er sie verlässt.

Da der Pastor mich ohnehin schon sieht, kann ich mir das Anklopfen sparen. Ich trete ein, während er um seinen Schreibtisch herumgeht, um sich zu setzen.

»Was hat Mrs Ewang denn von Ihnen gewollt?«, fragt er.

»Sie sprach davon, dass ihr Mann nicht nach Hause gekommen ist«, antworte ich vorsichtig, als ob mich das Verhalten der Frau ebenso überrascht hätte.

»Ja. Das hat sie mir gesagt. Ich habe mit ihr gebetet, dass er heil zurückkehren möge. Aber warum wendet sie sich an Sie?«

»Ich verstehe das auch nicht.« Ich verberge mein Gesicht, indem ich mich rasch bücke, um mir einen Stuhl vor den Schreibtisch zu ziehen.

»Haben Sie mit Brother Victor gesprochen?«

»Er steht auf der Liste der Gesprächspartner, die Sie mir gegeben haben.« Ich versuche ruhig zu bleiben, aber offen gestanden ärgert mich sein Ton. Als ob ich ein unbotmäßiger Angestellter wäre, ich! Die Tendenz seiner Fragen beunruhigt mich. Als Nummer zwei in der Hierarchie der Grace Church muss er doch wissen, was in der Abteilung Auslandsmissionen vor sich geht.

»Ja, aber *wann* haben Sie mit ihm gesprochen?«

»An dem Tag, an dem Sie mich regelrecht angefleht haben, den Fall wieder zu übernehmen«, gebe ich zurück, um ihn in die Defensive zu bringen.

»Warum haben Sie mit ihm angefangen? Es standen noch andere auf der Liste …«

»Muss ich jetzt meine Arbeitsweise offenlegen?«, frage ich in scharfem Ton.

Pastor George wirkt betroffen. Doch dann zuckt er mit den Schultern, als wolle er sagen »Wie Sie meinen«, nimmt ein Blatt Papier, das zu seiner Rechten liegt, und reicht es mir.

Die Überschrift sagt alles: »Beendigung des Vertragsverhältnisses«.

»Sie feuern mich?«

»Nein, Dr. Taiwo. Ihre Dienste werden lediglich nicht mehr benötigt. Der Tod von First Lady wurde als Suizid gewertet. Bishop wird nicht länger verdächtigt. Die Kirche hat nichts mehr zu befürchten. Warum sollten wir fortfahren, unnötig Staub aufzuwirbeln?«

Ich versuche seine Miene zu deuten. Bin ich einer unbequemen Wahrheit zu nahe gekommen? Weiß er, dass ich von der Liste weiß? »Aber wir wissen immer noch nicht, wer hinter der Intrige gegen Ihren Bischof steckt.«

»Was spielt das jetzt noch für eine Rolle?«, braust Pastor George auf. So laut habe ich ihn noch nie erlebt.

»Ich dachte …«

»Dr. Taiwo, bitte stellen Sie noch heute Ihre Kosten zusammen und schicken Sie Ihre Rechnung an die Kirche, zu meinen Händen.«

»Ich mag es nicht, wenn ich Dinge nicht zu Ende bringe.«

»Das ist nicht mein Problem, Dr. Taiwo. Bitte machen Sie die Tür hinter sich zu, und möge Gott Sie segnen.«

Ich stehe auf. Ich kann mich nicht erinnern, wann ich zuletzt so wütend war. Ich fühle mich herabgesetzt. Ich mache den Mund auf, um dem Mann ganz deutlich meine Meinung zu sagen, Pastor hin oder her – doch ich bremse mich, als ich Pastor Georges Gebaren analysiere. Seine Zornesfalten haben sich geglättet. Er hat seinen Stuhl zurückgeschoben, um die Beine ausstrecken zu können. Seine Augen sind halb geschlossen, seine Miene ist ausdruckslos. Er will, dass ich wütend bin, stinkwütend sogar. Er will, dass ich verschwinde.

Ich lege den Brief auf seinen Schreibtisch. »Wie gesagt, ich mag es nicht, wenn ich Dinge nicht zu Ende bringe.«

Als ich gehe, lasse ich absichtlich die Tür hinter mir offen.

EINE MAKABRE BOTSCHAFT

Ich koche immer noch vor Wut. Obwohl ich nicht zur Gewalt neige, verspüre ich das Bedürfnis, auf irgendetwas einzuschlagen – vorzugsweise etwas mit Pastor Georges Gesicht darauf. Ich werfe mich auf den Rücksitz von Kennys Range Rover und weise den Fahrer an, uns so schnell wie möglich aus Graceland herauszubringen. Je weiter ich diesen Ort hinter mir lasse, desto besser.

Wie kann der Mann es wagen? Was hat er zu verbergen? Meinen Vertrag zu kündigen, noch ehe ich einen vorläufigen Bericht eingereicht habe, und dann auch noch auf diese unverschämte Weise! Das ist alles Kennys Schuld. Nur ihretwegen habe ich den Fall übernommen. Aber das ist nicht meine Art zu arbeiten – um Probleme herumreden, keine kritischen Fragen stellen, wenn mitten im Spiel die Regeln geändert werden. Und dann lässt man mich einfach fallen, gerade als die Sache in Fahrt kommt und ich auch emotional so stark engagiert bin.

Ich sehe auf die Uhr. Siebzehn Minuten nach sechs. Es wird noch ein paar Stunden dauern, bis der Verkehr wieder nachlässt. Das halten meine Nerven jetzt nicht aus. Ich kann ein Stück des Wegs zu Fuß gehen, um ein wenig von der negativen Energie abzubauen, und den Fahrer bitten, mich irgendwo entlang der Strecke wieder aufzulesen. Aber dann setzt sich der gesunde Menschenverstand durch, und ich rufe stattdessen Kenny an.

Sie hört sich mein Geschimpfe mit so untypischer Zurückhaltung an, dass ich ins Stocken gerate.

»Bist du noch dran?«, frage ich leicht besorgt.

Am anderen Ende ist ein tiefer Seufzer zu hören. »Ja, ich bin hier.«

»Hast du gar nichts zu sagen?«, frage ich vorwurfsvoll.

»Ich wollte warten, bis du fertig bist.«

»Was gibt es denn noch dazu zu sagen? Er hat mich gefeuert! Ich bin noch nie in meinem Leben gefeuert worden!« Mein Ego ist angeschlagen. Das Gespräch mit Lara hat diese Abwärtsspirale in Gang gesetzt. Jetzt ist das Maß voll.

»Er kann dich feuern, aber das heißt noch nicht, dass es nicht mehr dein Fall ist«, sagt Kenny.

»Wie meinst du das? Er war schließlich mein Auftrag- …«

»Ich meine, dass ich dich bezahlen werde, Phil.«

»Das kann nicht dein Ernst sein.«

»Ist es aber«, sagt sie so ruhig, dass ich ihr glauben muss.

Das bringt mich zur Besinnung. Ich hatte sie angerufen, um meinem Ärger Luft zu machen, und nicht, um den Auftraggeber zu wechseln. »Ich bitte dich, Kenny! Wenn diese Leute nicht wissen *wollen*, was mit ihrer First Lady passiert ist, glaube ich nicht, dass du …«

»Sie war meine Freundin, Phil«, bricht es voller Verzweiflung aus Kenny hervor, und sofort habe ich ein schlechtes Gewissen, weil ich meinen Frust bei ihr abgeladen habe.

»Es tut mir leid, Schwesterherz, aber ich habe es ja **versucht**«, sage ich leise.

»Das weiß ich. Deshalb will ich ja, dass du weitermachst.«

»Gegen den Willen deiner Kirche?«

»Wenn es nicht anders geht, dann soll es eben so sein«, sagt Kenny in gemessenem, präzisem Ton. Ich habe gehört, dass sie eine strenge Chefin sein soll, und jetzt bekomme ich eine Ahnung davon, wie sie sich diesen Ruf erworben hat.

»Ich kann dein Geld nicht annehmen«, protestiere ich. »Außerdem gibt es da verschiedene ethische Aspekte zu berücksichtigen. Zum Beispiel die Frage, wen du repräsentierst.«

»Was soll das heißen?«

»Wer gibt dir die Vollmacht, zu ermitteln oder einen Ermittler zu beauftragen?«, erkläre ich überflüssigerweise, denn ich weiß, wie beschlagen meine Schwester in Fragen von Vollmachten und Vertraulichkeitsklauseln ist.

»Unsinn! Wir sind hier in Nigeria, Bruderherz, und ich habe mir selbst die Vollmacht erteilt, zu untersuchen, was mit meiner lieben Freundin passiert ist.«

»Es war Suizid«, sage ich behutsam.

»Und wenn es so war, will ich wissen, warum!«, schluchzt Kenny. »Ihre Mutter will wissen, warum. Alle, die sie gekannt und geliebt haben, werden wissen wollen, warum.«

»Ich weiß, aber Menschen mit psychischen Problemen ...«

»Sade war der besonnenste Mensch, den ich kenne«, faucht meine Schwester.

»Aber du hast doch gesagt, sie sei nicht glücklich ...«

»Ja, nicht glücklich. Ich habe nicht gesagt, dass sie depressiv wäre oder so unglücklich, dass sie sich das Leben nehmen würde. Du hast sie nicht gekannt, Phil, ich schon. Bevor sie sich so zurückgezogen hat, war sie so voller Leben, so positiv. Irgendetwas ist ihr zugestoßen, was ihr das Leben nicht mehr lebenswert erscheinen ließ, und ich will wissen, was es war.«

»Was immer passiert ist, es wird deine Kirche nicht gut aussehen lassen, zumindest, soweit ich das bisher beurteilen kann.«

»Weißt du noch, was Dad immer gesagt hat? ›Wahrheit vor Religion‹. Jetzt verstehe ich zum ersten Mal in meinem Leben, was er gemeint hat. Ich will die Wahrheit wissen, Phil, und wenn ich mir damit Feinde mache, dann soll es so sein.«

Das ist nicht die Kenny, die ich habe ertragen müssen, seit ich aus den Staaten wieder hierhergezogen bin. Mit ihrem ständigen Drängen, dass die ganze Familie an dieser oder jener Kirchenveranstaltung teilnehmen sollte, hatte sie es irgendwann so übertrieben, dass unser Vater eine Intervention verlangte.

»Aber dein Geld nehme ich nicht«, sage ich spröde. Ich werde nicht eingestehen, wie froh ich bin, dass meine ganze Arbeit nicht umsonst war. Aber vor allem will ich selbst wissen, was Sade Dawodu dazu getrieben hat, sich das Leben zu nehmen.

»Das ist schön«, sagt Folake, als sie sich auf dem Raffia-Stuhl auf unserer vorderen Terrasse niederlässt.

Ich reiche ihr ein Glas Wein und setze mich neben sie. Es ist wirklich schön. Ich bin viel später nach Hause gekommen, als wir ausgemacht hatten. Als ich Folake erzählte, dass ich mit Lara gesprochen hatte, beschloss sie, dass es das Beste wäre, wenn ich ihr berichte, was geschehen ist, ehe wir unsere Tochter noch einer weiteren Befragung unterziehen. Ich hole den Wein und zwei Gläser und hoffte, so den Rahmen für eine nette, ruhige Unterhaltung zu schaffen.

Die Kinder sind im Bett, aber da ich weiß, dass sie höchstwahrscheinlich noch nicht schlafen, habe ich vorgeschlagen, dass wir uns draußen hinsetzen, wo die Gefahr, dass sie lauschen, wesentlich geringer ist.

Ich bin eine Weile still und gebe vor, die abendliche Ruhe zu genießen. Folake wirkt entspannt, sie streicht sich die langen Locken aus dem Gesicht, um einen Schluck von ihrem Wein zu nehmen. Der warme Schein der Terrassenbeleuchtung scheint ihre Wangenknochen zu streicheln. Sie hat sich abgeschminkt, und ihre dunkle Haut ist so frisch, dass ich am liebsten ihr Gesicht mit Küssen übersäen würde. *Konzentrier dich, Philip, und lenk nicht vom Thema ab.*

»Ich höre mir gern alles an, was du zu sagen hast.«

»Wer sagt denn, dass ich etwas zu sagen habe?« Ich tue so, als wäre ich beleidigt, aber ich lächle dabei. »Vielleicht will ich ja einfach nur einen Abend mit meiner Frau genießen?«

»Aber nicht, wenn du mitten in einem Fall steckst, der dich immer noch beschäftigt, auch nachdem die Polizei gesagt hat, er sei abgeschlossen. Und dieser Hundeblick, mit dem du mich anschaust, kann mich auch nicht täuschen. Na los doch, raus mit der Sprache!«

Es besteht immer noch die Chance, umzuschwenken und sie nach ihrer Meinung zu einem der vielen losen Fäden in dem Fall zu fragen, aber das wird sie durchschauen.

»Lara hat mir gesagt, wofür sie das Geld genommen hat.«

Folake hält inne, das Weinglas halb an die Lippen gehoben. Sie starrt mich an, dann setzt sie das Glas auf dem Hocker neben ihrem Stuhl ab.

»Es ist nicht für das, woran du gedacht hast.«

»Ich habe an so manches gedacht, Philip«, gibt sie ungehalten zurück.

»Sie hat es für … äh … Kosmetik ausgegeben.«

»Du meinst Make-up? Unsinn! Du weißt, wie oft dieses Mädchen schon in meinen Sachen gewühlt hat, um …«

»Eher so was wie Cremes.«

Diesmal sagt sie nichts und sieht mich nur fragend an.

»Bleichcremes«, sage ich, ohne den Blick von ihr zu wenden.

»Was?«, quiekt sie – nicht laut, aber in einem ungläubigen Ton, der klarmacht, dass sie an so etwas im Traum nicht gedacht hätte.

»Sie sagt, die Mädchen in der Schule hätten sich über sie lustig gemacht. Sie nennen sie ›Blacky‹ und ›Schatten‹. Und sie wollte nur ihre Haut aufhellen.«

»Du willst mich wohl auf den Arm nehmen!« Jetzt wird Folake so laut, dass die Kinder sie bestimmt hören. So viel zu der Idee, für unser Gespräch nach draußen zu gehen. »Sag mir, dass das ein Scherz ist!«

Mein Schweigen verrät ihr, dass dem nicht so ist. Folake greift nach dem Weinglas, aber ich weiß nicht, ob ihre Hand vor Wut oder vom Schock zittert. Sie hebt das Glas an die Lippen, dann setzt sie es wieder ab.

»Ich sage ihr, dass sie schön ist«, flüstert Folake. »Sie weiß das.«

»Wir sind ihre Eltern. Anscheinend müssen wir so was sagen«, wiederhole ich Laras Bemerkung mir gegenüber.

»Ich wollte doch immer nur, dass sie zu einer selbstbewussten Frau heranwächst. Sie ist so klug. Eine glänzende Schülerin. Ich hätte nie gedacht ... Ich dachte, sie wäre ... Sie war immer so ...«

Ich ergreife ihre Hand. Für den Rest der Welt ist meine Frau die selbstsichere und souveräne Professorin, aber ich sehe sie auch in den Momenten, in denen ihr Selbstbewusstsein sie im Stich lässt. In denen sie an einer Welt irre wird, die sie aufgrund ihres Geschlechts und ihrer Hautfarbe beurteilt hat. In den Staaten haben wir erlebt, wie unsere Hautfarbe zum Anlass für Gewalt und Angst wurde. Sie hat sich über all das erhoben, hat ihren Intellekt und ihr Arbeitsethos benutzt, um zu beweisen, dass sie mehr ist als ihre ethnische Zugehörigkeit oder ihre Nationalität. Aber es war ein harter Kampf, und Rückschläge blieben nicht aus.

Wir sind jetzt schon so lange zusammen, dass ich genau weiß, was in Folake vorgeht: Sie macht sich Sorgen, dass ihre Tochter ihre eigenen Momente des Selbstzweifels registriert und sie übernommen haben könnte wie einen ererbten Charakterzug. Und sie ist nicht allein mit ihren Selbstvorwürfen. Vom ersten Moment an, als ich meine neugeborene Tochter in den Armen hielt, war mir klar, dass es meine Lebensaufgabe sein würde, sie zu beschützen. Ihr zu helfen, stark zu werden, gut gerüstet für alles, was das Leben für sie bereithalten möge. Und trotz der rebellischen Züge, die sie in letzter Zeit an den Tag gelegt hat, glaubte ich, es sei uns gelungen. Ich dachte, indem wir als Eltern für sie da sind, würden wir die Resilienz fördern, die allen unseren Kindern im späteren Leben von Nutzen sein würde.

»Sie ist ein Teenager«, sage ich, um mich selbst und Folake zu trösten. »Wir wissen beide, was für eine schwierige Zeit das ist.«

Folake zieht ihre Hand weg und schüttelt den Kopf. »Das ist nicht richtig«, sagt sie. »Das ist einfach nicht in Ordnung.«

»Wäre es dir lieber, es wäre etwas Schlimmeres? Drogen vielleicht?« Mein Versuch, einen Witz zu machen, scheitert kläglich, wie ich selbst merke.

»Das hier ist in vielerlei Hinsicht schlimmer, Philip. Siehst du das nicht? Deshalb wollten wir doch die Staaten verlassen. Um in unsere Heimat zurückzukehren, wo meine Kinder kein Problem mit ihrer Hautfarbe haben würden.«

Dies ist nicht der passende Moment, darauf hinzuweisen, dass »ich« hier zutreffender gewesen wäre als »wir«.

»Ich weiß, aber Teenager können grausam sein. Du weißt ...«

»Nein, nein.« Folake schüttelt den Kopf, als wolle sie ihre Weigerung unterstreichen, meine pauschale Feststellung zu akzeptieren. »Nicht so. Wie konnte es so weit kommen?«

»Ich weiß es nicht, Schatz. Ich kann nur sagen, dass die Hänseleien ...«

»Mobbing«, korrigiert sie mich scharf. »Es ist Mobbing.«

»Stimmt«, pflichte ich ihr hastig bei. »Das Mobbing hat ihr zugesetzt, und deswegen hat sie die Cremes gekauft.«

»Und warum ist sie nicht zu mir gekommen?« Der Schmerz in ihrer Stimme ist wie eine Schraubzwinge um mein Herz.

»Vielleicht dachte sie, dass du es nicht verstehen würdest? Du sagst ihr immer, wie hübsch sie ist. Vielleicht dachte sie, du würdest wütend oder sogar enttäuscht sein, wenn sie dir das nicht glaubt.« Ich weiß, ich höre mich verzweifelt an, aber ich würde alles sagen, nur um den gequälten Ausdruck in Folakes Gesicht verschwinden zu lassen.

»Ich bin tatsächlich stinkwütend, Phil.« Ihre Stimme hat einen harten Unterton. »Aber nicht auf sie. Sondern auf die Bullys, die sich mit dem falschen Kind angelegt haben. Unserem Kind. Und sie werden damit nicht durchkommen.«

»Können wir darüber reden?« Ich versuche mir die Beunruhigung nicht anmerken zu lassen, ausgelöst von einem plötzlichen Déjà-vu-Erlebnis. Genau so hat Folake geredet, als sie die Polizei in Seattle verklagen wollte. Als ich mich dagegen aussprach, bestand sie darauf, dass wir die Staaten verlassen. »Nur für eine Weile, Phil«, hatte sie gesagt. »Wir alle brauchen eine Auszeit von diesem Land. Nur so lange, bis die Kinder einen Weg finden, sich nicht nur über ihre Hautfarbe zu definieren. Jetzt ist der richtige Zeitpunkt, bevor sie zu alt sind, um zu lernen und sich zu verändern.« Ich stimmte zu. Nicht uneingeschränkt, aber doch in dem Punkt, dass es der passende Zeitpunkt für die Kinder wäre.

»Können wir das noch mal besprechen?«, wiederhole ich besorgt.

Folake sieht mich an, als ob ich mit Laras Peinigern gemeinsame Sache mache. »Was gibt es da zu besprechen? An der

Schule gilt ein Mobbingverbot, und ich werde dafür sorgen, dass das auch umgesetzt wird. Diese Mädchen werden dafür bezahlen.«

»Schatz, da steht Laras Wort gegen ihres. Wir haben keine Beweise.« Kaum habe ich den Satz ausgesprochen, weiß ich schon, dass ich nur Öl in die lodernden Flammen gegossen habe.

Folake beugt sich vor, ihre Augen blitzen. »Mein Beweis ist da drin«, sie zeigt auf das Haus, »drauf und dran, sich giftige Chemikalien ins Gesicht zu schmieren, nur wegen der Grausamkeit ihrer Schulkameradinnen. Nein. Ich will dieses Verhalten anprangern. Diese Mädchen müssen wissen, dass ihr Tun Konsequenzen hat. In den Staaten mussten wir es ertragen, als exotisch, absonderlich oder gar als Untermenschen behandelt zu werden. Weißt du, wie oft ich in der Schule meine Locken verteidigen musste? Wie oft ich zu Leuten Nein sagen musste, die sie« – sie malt Gänsefüßchen in die Luft – »›nur mal anfassen‹ wollten? Es war schwer genug, in Amerika Schwarz zu sein, aber mit dunklerer Hautfarbe war es noch viel schwerer. Und jetzt sind wir hier, wo wir uns zu Hause fühlen sollten, weil wir alle Schwarze sind, und es ist genau das Gleiche. Nicht nur, dass in den Augen der Weißen unser Fehler darin besteht, dass wir Schwarz sind, jetzt ist unser Fehler auch noch, dass wir unter anderen Schwarzen *zu Schwarz* sind.«

»Ich weiß, weiß …« Wir haben dieses Gespräch schon oft geführt, aber da ging es immer um *unsere* Erfahrungen am Arbeitsplatz, beim Einkaufen, sogar bei so harmlosen Gelegenheiten wie Essen mit Kollegen und Freunden. Jetzt ist es das Glück unseres Kindes, das auf dem Spiel steht, und darüber lässt sich nicht so leidenschaftslos sprechen nach dem Motto »Es ist, wie es ist«. Mir fehlen die Worte.

»Haben wir dafür Amerika verlassen?«, faucht Folake. »Nein. Das lasse ich nicht zu!«

Sie steht so abrupt auf, dass ihr Weinglas umkippt, und ich fange es rasch auf, bevor es auf den Terrassenboden fällt. Wenn es nicht so spät wäre, würde sie auf der Stelle ins Auto steigen und zu Laras Schule fahren. Aber ich weiß auch so, wo sie hinwill, und ich stehe auf, um sie aufzuhalten.

»Schatz, lass uns darüber reden, bevor du mit Lara sprichst. Sie hat sich mir anvertraut.«

Folake fährt zu mir herum, und ich weiche einen Schritt zurück. »Hier geht es nicht um dich, Phil. Unsere Tochter muss wissen, dass ich sie anhöre, dass ich sie unterstütze und dass ich weiß, was sie durchmacht, weil ich das selbst auch erlebt habe. Bei Gott, sie wird das kapieren, und wenn ich es ihr jeden Tag und jede Stunde einbläuen muss. Und ich fange jetzt damit an.«

Ich weiß, wann ich mich geschlagen geben muss. »Können wir uns wenigstens auf die nächsten Schritte einigen, bevor du mit ihr redest?«

»Die nächsten Schritte, nicht zwangsläufig in dieser Reihenfolge.« Ihre Augen funkeln, als sie die Punkte an den Fingern abzuzählen beginnt. »Sie wird die Namen von jedem dieser Mädchen nennen, damit sie wegen Mobbings gemeldet werden können. Sie wird diese Cremes der Person zurückgeben, die sie ihr verkauft hat, und ihr Geld zurückbekommen. Und dann werde ich diese Person wegen des Verkaufs von giftigen Substanzen an eine Minderjährige verklagen ...«

»Sie sagt, sie hätte sie im Internet bestellt.«

Folake ist auf dem Kriegspfad. »Umso besser. Das bedeutet, dass es eine Organisation ist, und wenn ich mit diesen Leuten fertig bin, werden sie jahrzehntelang Anwaltsrechnungen zu bezahlen haben ...«

»Folake, ich glaube …«

Das laute Kreischen von Bremsen unterbricht mich. Plötzlich rasen blendend helle Lichter auf uns zu. Ich stoße Folake in Richtung Haus, sie fällt und zieht mich dabei mit. Die grellen Lichter kommen näher. Ich rolle mich zusammen, um den Sturz abzufedern. Wir landen beide auf der Seite und verharren reglos, während die Lichter abdrehen. Dann springen wir auf und rennen auf die Haustür zu.

Das schmatzende Geräusch von Reifen auf dem Gras lässt uns innehalten. Wir drehen uns um. Das Auto ist stehen geblieben. Es ist ein grauer VW-Transporter. Die Fenster sind getönt. Ich gehe darauf zu, doch Folake zieht mich mit einem Ruck zurück. »Warte«, sagt sie.

Die Schiebetür wird geöffnet. Folake und ich treten näher, dann bleiben wir stehen. Ein großer, unförmiger Gegenstand rollt heraus und bleibt am Rand der Terrasse liegen. Das grelle Licht strahlt uns wieder an. Der Wagen fährt an, und die Reifen verfehlen den Gegenstand nur knapp. Wir weichen zurück, doch nicht, bevor wir gesehen haben, was da in unserem Vorgarten liegt.

Der Gegenstand ist eine menschliche Gestalt.

Ich springe darüber hinweg und laufe dem Transporter nach, doch er wird schneller. Ich fische mein Handy aus der Tasche, suche im Laufen nach dem Kameraknopf. Der VW rast davon, während ich auf Video schalte. Ich starte die Aufnahme, renne schneller, mein Herz hämmert, meine nackten Füße schmerzen. Es ist zu dunkel, um das Kennzeichen lesen zu können. Noch schneller.

Der VW bremst ab, um abzubiegen. Ich komme nahe genug heran, um zu sehen, dass er keine Nummernschilder hat. Frustriert lasse ich das Handy sinken, während der Transporter in der Dunkelheit verschwindet.

Keine Zeit zu verlieren. Mit rasendem Puls laufe ich zum Haus zurück. Meine Kinder stehen im Schlafanzug vor der Tür. Folake beugt sich über die liegende Gestalt.

»Lebt er noch?«, fragt Lara von der Tür aus.

Ich ziehe Folake hoch und nehme sie in den Arm. Ich drehe ihr Gesicht weg, erst dann sehe ich nach unten.

Victor Ewangs Augen starren mich an. Unbewegt und leer. Tot.

BINNENFLÜCHTLINGE

»Los, rein mit euch …« Ich scheuche Folake und die Kinder ins Haus und werde sofort aktiv. Alle müssen mit etwas beschäftigt werden, das ist die beste Art, mit dem Schock fertigzuwerden. In Bewegung bleiben. Ich bitte Kay, seine Kamera zu holen. Folake soll die Campus-Security anrufen, und Tai wiegt Lara in den Armen. Ich schnappe mir ein Paar Küchenhandschuhe, Kay drückt mir die Kamera in die Hand, und ich laufe wieder nach draußen.

Ich mache so viele Fotos von Ewangs Leiche, wie ich nur kann, und versuche nicht an meine letzte Begegnung mit dem Mann zu denken oder mit seiner verzweifelten Frau. Konzentriere mich auf die Arbeit, um nicht von Gefühlen überwältigt zu werden. Das Papier in seiner blutigen Brusttasche hätte ich vielleicht übersehen, wenn es nicht vom Blitzlicht der Nikon 300 erfasst worden wäre. Es ist nicht ganz einfach, den Zettel mit den behandschuhten Fingern herauszuziehen, und es ist noch schwieriger, es auf der Brust des toten Mannes zu entfalten, ein Foto zu machen und es wieder zusammengefaltet in die Tasche zu stecken.

Die Sirene des Rettungswagens kommt näher. Die Nachbarn werden bald folgen, ermutigt durch die Anwesenheit der Campus-Security. Ich arbeite schneller, dokumentiere mit jedem Klick Victor Ewangs Martyrium.

Gefesselt. Die Blutergüsse um seine Handgelenke sind frisch. Blutrote Striemen. Es hat einen Kampf gegeben.

Gefoltert. Die Fingernägel herausgerissen.

Geschlagen. Das Hemd ist schlampig zugeknöpft. Entkleidet und dann wieder angezogen? Das Hemd ist im Brustbereich blutbefleckt.

Geknebelt. Die Haut um Lippen und Wangen ist verfärbt.

Erdrosselt. Ausgeprägte Blutergüsse um den Hals. Hervorquellende Augen und heraushängende Zunge.

Das Blaulicht der Security-Fahrzeuge, gefolgt von dem des Rettungswagens, macht meiner spontanen Leichenschau ein Ende. Ich eile ins Haus zurück, ziehe die Handschuhe aus und weise Kay an, die Kamera in sein Zimmer zu bringen. Als er zurückkommt, wird es draußen vor dem Haus schon laut. Jeden Moment werden sie an die Tür klopfen.

»Okay. Ich weiß, ihr habt alle Angst, aber bleibt im Haus und überlasst alles Mum und mir.«

Meine Kinder nicken. Wir kommen zu einer kurzen Familienumarmung zusammen, dann treten Folake und ich hinaus zu den flackernden Lichtern und den neugierigen Nachbarn.

Der Vorgarten sieht aus wie der Schauplatz eines Verkehrsunfalls. Nachbarn strömen herbei, Studenten gesellen sich dazu, und Mobiltelefone werden gezückt, während die Mitarbeiter des Instituts für Pathologie die Leiche in einen sichtlich gebrauchten schwarzen Plastiksack wickeln und wie einen Mehlsack in den Rettungswagen wuchten. Mir wird ganz anders, wenn ich daran denke, wie viele Spuren durch diesen rücksichtslosen Umgang mit Ewangs Leiche vernichtet werden könnten.

»Der Bus ist von dort gekommen?« Der Leiter der Campus-Security deutet nach Westen. Ein Ex-Militär, das sieht man schon an seiner Haltung: die Schultern gestrafft, der Rücken kerzengerade. Er schreitet zielstrebig den Tatort ab, die Augen zusammengekniffen, als ob er nach Details Ausschau hält, die einem gewöhnlichen Beobachter entgehen würden. Er ist kein Polizist, aber er strahlt Autorität und Pragmatismus aus.

Folake und ich nicken. Ich versuche zu erkennen, was die zwei Sanitäter im Rettungswagen machen. Hoffentlich vernichten sie nicht noch mehr Beweismittel. Es ist dunkel, aber es hat nicht den Anschein, als wollten sie den Leichensack noch einmal öffnen.

»Und Sie und Ihre Frau haben hier gesessen?« Er deutet auf die zwei Weingläser auf unserer Terrasse.

Ich wende den Blick vom Rettungswagen und folge seiner Hand. Ich nicke wieder und versuche mir meine Ungeduld nicht anmerken zu lassen. Wir haben ihm schon zweimal den Ablauf der Ereignisse geschildert, die damit endeten, dass die Leiche in unserem Vorgarten abgeladen wurde. Ich nehme wahr, dass es auch Folake schwerfällt, Ruhe zu bewahren, während sie die Schaulustigen zu ignorieren versucht, die immerhin einen gebührenden Abstand zum Ort des Geschehens einhalten.

»Ich glaube, wir haben alle Ihre Fragen beantwortet«, sagt sie. »Wie Sie sich denken können, stehen wir alle unter Schock, also können wir vielleicht unser Gespräch fortsetzen, nachdem Sie die Polizei kontaktiert haben und die Beamten unsere Aussagen zu Protokoll genommen haben.«

»Ich verstehe, Ma«, sagt der Sicherheitschef respektvoll, dann wendet er sich an mich. »Dr. Taiwo, ich bin in erster Linie dafür verantwortlich, die Sicherheit der Universitätsgemeinschaft zu garantieren, deshalb muss ich Sie fragen: Haben Sie eine Vorstellung, warum jemand das getan haben könnte?«

Ich schüttle den Kopf und versuche, keine Miene zu verziehen. »Keine Ahnung.«

»Aber Sie kennen das Opfer?«

»Ich glaube schon.«

»Sie glauben es?« Das Gesicht des Mannes spiegelt seine Skepsis.

Ich werde den Teufel tun und irgendwelche vertraulichen Informationen preisgeben, während die halbe Einwohnerschaft des Unilag-Campus um uns herumsteht.

»Ich konnte sein Gesicht nicht richtig sehen«, lüge ich. »Aber er sieht aus wie einer der Mitarbeiter der Grace Church. Ich war für die Kirche als Berater tätig. Mehr kann ich leider nicht sagen, Sir. Aber ich versichere Ihnen, wenn die Polizei eintrifft, werde ich so kooperativ sein, wie meine Geheimhaltungsvereinbarung es mir gestattet.«

Der Security-Chef weiß entweder nicht, dass ein Mord jede Geheimhaltungsvereinbarung null und nichtig macht, oder es interessiert ihn nicht. Jedenfalls nickt er, als ob meine Antwort ihm vollkommen einleuchtet. Folakes grimmiger Blick macht ihn offensichtlich nervös, der Rettungswagen ist abfahrbereit, und seine Anwesenheit ist das Einzige, was die Schaulustigen noch hier hält. Er hat genug für seinen Bericht.

»Aber nach allem, was Sie durch Ihre Arbeit für die Kirche wissen, glauben Sie nicht, dass ich um die Sicherheit auf dem Campus besorgt sein muss?«

Meine Stimme ist ruhiger als mein Herzschlag, als ich antworte: »Ich kann nichts garantieren, Sir, aber ja, nach allem, was ich derzeit weiß, rechne ich nicht damit, dass für irgendjemanden auf dem Campus eine Gefahr besteht.«

Ich habe ein flaues Gefühl im Magen. Das hier ist mein Zuhause. Ewangs Leiche ist eine deutliche Botschaft, die zu überhören ich mir nicht erlauben kann. Mein Zufluchtsort ist zerstört. Wir sind nicht mehr sicher.

»Mag sein«, erwidert er mit berechtigter Skepsis. »Ich denke, im allgemeinen Interesse wäre es das Beste, wenn ich zwei oder drei bewaffnete Wachen im Umkreis dieses Hauses« – er deutet auf die Nachbargrundstücke zur Linken und zur Rechten – »sowie dort und da drüben postiere.«

Bewaffnete Security wird noch mehr Aufmerksamkeit auf uns lenken, aber was bleibt uns für eine Wahl? Ich blicke in die Menge. Alle gaffen – es gibt kein anderes Wort dafür – und spekulieren. Ich registriere auch Misstrauen seitens unserer nächsten Nachbarn – Leute, mit denen wir bislang bis auf ein paar oberflächliche Gespräche kaum Kontakt hatten. Sie kennen uns nicht gut genug, um zu glauben, dass dies ein zufälliger Gewaltakt ist. Sie werden die Gewissheit brauchen, dass die Campus-Security sie beschützt.

Entweder das, oder wir ziehen vom Campus weg. Verlassen unser Zuhause. Nein, nicht schon wieder. Ich sehe Folake an, und ihre Miene sagt mir, dass es meine Entscheidung ist.

Ich wende mich an den Security-Chef. »Ich denke, das mit den bewaffneten Wachen ist eine gute Idee, aber ich bin sicher, dass allen hier wesentlich wohler sein wird, wenn wir – ähm – für eine Weile fortgehen. Nur so lange, bis sich alles beruhigt hat.«

Erleichterung malt sich in seinen Zügen. Er bittet uns um unsere Kontaktdaten und nimmt mir das Versprechen ab, ihn anzurufen, sobald wir wissen, wo wir die Nacht verbringen werden. Ich bin froh, dass er mich nicht drängt, ihm auf der Stelle eine Adresse zu nennen. Ich überlege immer noch fieberhaft, was das Beste für uns wäre.

Der Security-Chef wünscht Folake eine gute Nacht, in wesentlich freundlicherem Ton als bei seinem Eintreffen, und ruft sein Team zusammen. Wir sehen zu, wie die Einsatzfahrzeuge und der Rettungswagen mit heulenden Sirenen davonfahren.

»Wohin sollen wir gehen?«, fragt Folake.
»Irgendwohin, wo wir sicher sind.«

Es ist fast Mitternacht, als wir Chikas Haus erreichen. Er erwartet uns schon. Nachdem er die Zwillinge mit High Fives begrüßt und Lara umarmt hat, entschuldigt sich Folake wegen der Unannehmlichkeiten, die wir ihm und seiner Frau Onyinye bereiten.

»Ach was«, winkt Chika ab, während er uns ins Haus führt. »Das ist das Aufregendste, was dieses Haus erlebt hat, seit wir hier eingezogen sind.«

Die Zwillinge beginnen die Taschen auszuladen, die wir vor weniger als einer Stunde in aller Eile gepackt haben. Ich will ihnen helfen, doch Chika besteht darauf, dass ich mit Folake und Lara hereinkomme. Es hat keinen Sinn, ihm zu widersprechen.

Drinnen hält Onyinye die schlaftrunkene Adaora im Arm. Ich habe meine Patentochter seit ungefähr zwei Monaten nicht gesehen, und ich bin ganz baff, wie groß sie geworden ist.

»Mama!«, kräht Adaora, als sie Folake erblickt. Alle Schläfrigkeit ist wie weggeblasen.

Folake nimmt sie Onyinye ab und übersät das Gesicht des kleinen Mädchens mit Küssen. Die beiden sind seit dem Tag von Adaoras Geburt dicke Freundinnen. Sie war ein Schreikind, aber in Folakes Armen hat sie immer nur zufrieden gegurrt und sich an sie gekuschelt, um dann prompt einzuschlafen.

»Ich bin die Babyflüsterin«, scherzte Folake, wenn sie der müden, aber dankbaren Onyinye das Baby abnahm. Es war keine leichte Geburt. In diesen ersten Wochen nahm Folake die Stelle von Onyinyes längst verstorbener Mutter ein, um die traditionelle Wochenbettpflege, Omugwo genannt, zu übernehmen.

»Warum stehen wir eigentlich?«, fragt Onyinye. »Ich habe gekocht. Kommt und esst, ihr seid doch bestimmt ausgehungert.«

»Wir haben zu Abend gegessen ...«, setzt Lara an.

In diesem Moment kommen die Zwillinge mit unseren Taschen herein.

»Du vielleicht«, unterbricht sie Kay. »Wo ist das Essen, Tante Onyinye? Ich hab einen Bärenhunger.«

Tai reibt sich den Bauch. »Mein ganzes Abendessen ist vom Adrenalin aufgezehrt worden. Jetzt könnte ich ein Pferd verputzen.«

Alle lachen, doch das Unbehagen ist unüberhörbar. Die Ereignisse der letzten Stunden haben uns alle in eine Zeit zurückversetzt, die wir lieber vergessen würden. Ich gebe Adaora einen Kuss auf die Stirn und schneide Grimassen, worauf sie begeistert gluckst. Wir werden alle nicht so bald ins Bett gehen. Den Spitznamen »Duracell-Häschen« hat sich meine Patentochter redlich verdient.

Ich bilde die Nachhut, als alle zur Küche streben. Chika schließt die Tür und sieht mich an.

»Ich muss schon sagen, Dr. Taiwo, für einen Akademiker hast du ein erstaunliches Talent, dir Ärger einzuhandeln.«

»O nein, mein Freund«, sage ich mit unterdrückter Wut in der Stimme. »Wer immer diese Nummer abgezogen hat, ist derjenige, der Ärger kriegt.«

Chika klopft mir auf den Rücken. Seine Züge sind hart, seine Augen blitzen. »So gefällst du mir, Doc.«

ZAHLEN ENTSCHLÜSSELN

»Dad! Dad!« Tais Stimme treibt uns nach draußen.

Wie sehr ich mich auch bemühe, die Abfolge der Ereignisse zu beschleunigen, alles läuft stets in quälendem Zeitlupentempo ab.

Die Szene, die uns draußen erwartet, ist der Albtraum, den alle Schwarzen Eltern sich schon einmal ausgemalt haben, während sie inständig hoffen, davon verschont zu bleiben. Aber da ist sie. Meine Zwillinge liegen auf dem Boden, niedergehalten von zwei uniformierten Polizisten, während zwei weitere ihre Waffen auf Folake und mich richten. Aus dem Augenwinkel sehe ich, wie sie Lara ins Haus zurückschiebt. Ich habe die Hände erhoben, mein Blick ist auf die zwei recht fülligen Officers gerichtet, der eine kahlköpfig, der andere mit vollem hellbraunem Haar. Beide stehen sichtlich unter Strom und könnten jeden Moment abdrücken.

»Das sind unsere Söhne! Wir wohnen hier!«, ruft Folake. Angst und Sorge lassen ihre Stimme fremd klingen, selbst in meinen Ohren.

Doch die Polizisten hören nicht auf sie.

»Hinknien und Hände hoch!«

Wir sinken auf die Knie und recken die Arme in die Luft. Aber sie wiederholen immer nur die gleichen Anweisungen. Sie zielen weiter mit den Waffen auf uns, jeder mit dem Knie auf dem Hals eines unserer Söhne.

Wir haben die Wohnung auf Airbnb gebucht. Ich bin hier wegen eines Interviews an der Universität. In Panik rassle ich meinen Lebenslauf herunter, da ich es nicht wage, die Hände sinken zu lassen, um meinen SFPD-Ausweis aus der Tasche zu ziehen.

Sie hören nicht zu.

»Dad! Sag ihnen, dass du für die Polizei arbeitest!«, ächzt Kay.

»Halt den Mund!«, brüllt der Polizist, der auf meinem Sohn kniet, und drückt noch fester zu. Folake stößt einen klagenden Laut aus wie ein verwundetes Tier.

Ich halte den Blick auf die Polizisten gerichtet und die Hände erhoben, während ich auf sie einrede, bemüht, mir die Verzweiflung nicht anmerken zu lassen, die Angst. »Bitte, lassen Sie mich Ihnen meinen Ausweis zeigen. Ich arbeite für die Polizei. In San Francisco. Lassen Sie ihn sich zeigen.«

»Lassen Sie die Hände da, wo ich sie sehen kann!«, ruft der glatzköpfige, übergewichtige Officer.

Meine Söhne ringen nach Luft. Meine Frau weint. Hinter mir im Haus kann ich Lara wimmern hören. Wenn ich nur an meinen Ausweis herankäme. Um ihnen zu zeigen …

Der Griff der Pistole kracht in mein Gesicht …

Ich wache auf, mein Herz schlägt viel zu schnell und dann so langsam, dass ich fürchte, es sei stehen geblieben. Ich wache nie nass geschwitzt oder schreiend aus dem Albtraum auf. Und immer an derselben Stelle, wenn das Blut meine Stirn hinunterrinnt und ich hilflos anhören muss, wie meine Söhne schluchzen und röcheln.

»Wieder der Albtraum?«, fragt Folake an meiner Seite. »Den hattest du jetzt schon länger nicht mehr.«

»Der gestrige Abend muss ihn ausgelöst haben«, sage ich resigniert.

Sie streichelt meinen Arm. »Wir sind nicht in Seattle, Schatz. Wir sind zu Hause. In Nigeria. In Sicherheit.«

»Sind wir das?«, frage ich mit ernster Stimme, doch ich warte die Antwort nicht ab. Ich drücke ihr einen Kuss auf die Stirn, sage ihr, dass sie weiterschlafen soll, greife nach der Laptoptasche, die neben dem Bett steht, und schleiche mich aus dem Zimmer.

Chikas Haus ist riesig. Nicht irgendwie protzig oder übertrieben luxuriös, einfach nur sehr groß. Fünf Schlafzimmer, alle mit eigenem Bad. Eine Küche von den Ausmaßen eines Fußballplatzes. Ich beneide ihn um seinen Erfolg im vergangenen Jahr. Die Geschäfte seiner Sicherheitsfirma sind so gut gelaufen, dass er sich ein Haus ganz nach seinem Geschmack und seinen Ansprüchen bauen konnte. Während ich vor dem Ruhm und der Prominenz zurückgeschreckt bin, die uns der Fall der Okriki Three einbrachte, hat Chika seine Beziehung zu unserem wohlhabenden Klienten genutzt, um weitere Aufträge zu generieren. Ich habe darauf verzichtet, weil ich immer noch überlegte, wie ich meine Frau davon überzeugen könnte, dass Amerika unser Zuhause ist. Weil ich nicht wirklich den Wunsch hatte, mich hier dauerhaft niederzulassen, glaubte ich mich nicht um die Beziehungen bemühen zu müssen, die es braucht, um in Nigeria erfolgreich zu sein.

Ich öffne die Tür des doppelflügeligen Kühlschranks. Ich brauche Zucker. Etwas Süßes, um den trockenen Geschmack von Angst und Sorge wegzuspülen.

»Kannst wohl nicht schlafen, Doc?«, höre ich Chikas Stimme hinter mir.

Ich drehe mich um, während ich eine Dose Saft öffne. »Das sagt der Richtige.«

Es ist kurz nach sechs. Wir sind alle weit nach zwei Uhr zu Bett gegangen, nachdem Adaora schon auf die Art und Weise schnarchte, wie es nur total erschöpfte Kinder tun, nachdem sie die Erwachsenen lange genug auf Trab gehalten haben.

Chika geht zur Espressomaschine, während ich den Orangensaft hinunterkippe. »Für mich auch einen.«

Er nickt und nimmt zwei Tassen aus dem Regal mit den säuberlich aufgereihten Kaffeekapseln.

»Den stärksten, nehme ich an«, sagt er und legt eine Kapsel Intenso in die Maschine ein.

Ich gehe hinüber zum Esstisch. Meine Hände zittern, und ich versuche sie ruhig zu halten, indem ich das Kinn auf die verschränkten Finger stütze.

Chika stellt die Tasse vor mich hin. »Du hast allen Grund, nervös zu sein.«

Ich sehe ihn nicht an, während ich nach der Tasse greife. »Ich bin nicht nervös. Ich habe Angst. Wie konnte ein Routinevermisstenfall zu so etwas ausarten?«

»Ich meine, du hast allen Grund dazu, weil ich mir diese Liste angeschaut habe. Es war klar, dass diesem Ewang so etwas zustoßen würde. Und wenn die wissen, dass du es weißt, dann war das, was gestern Abend passiert ist, unvermeidlich.«

»Ich kann ja nicht hinter mein Wissen zurück.«

»Und deshalb müssen wir diese Liste so schnell wie möglich eingrenzen.«

Ich erzähle ihm von Pastor George und der Kündigung meines Vertrags.

»Dann weiß dieser Mann also, dass du mit Ewang gesprochen hast?«

»Das heißt noch lange nicht, dass er mit drinsteckt«, wende ich ein. Chika ist ein Mann der Tat. Und ich mag es nicht, wenn er aufgrund einer Annahme tätig wird, die ich nicht beweisen kann.

»Im Moment können wir niemanden ausschließen. Ich meine, dieser Mann ist die Nummer zwei in der Hierarchie, nicht wahr? Er hat also am meisten zu gewinnen, wenn Dawodus Machenschaften auffliegen.«

»Du meinst, er hat das alles geplant? Und Sade getötet?«

»Was die First Lady betrifft, bin ich mir nicht sicher, aber im Fall Ewang neige ich zu der Ansicht, dass dein Pastor George mehr weiß, als er zugibt.«

»Aber warum sollte er nach Ewang fragen, mich feuern und dann seine Leiche vor meinem Haus abladen?«

»Eine Machtdemonstration, nehme ich an. Er wollte, dass du weißt, wer die Fäden zieht.«

Ich trinke einen Schluck Kaffee, während ich darüber nachdenke. Pastor George mag arrogant sein, sogar eingebildet, aber solche Holzhammermethoden traue ich ihm eher nicht zu. »Ich weiß nicht, Chi. Was, wenn es gar keinen Zusammenhang gibt? Was, wenn Ewangs Mörder auf dieser Liste steht und Pastor George lediglich das Richtige getan hat, indem er mich von einem Fall abzog, der von der Polizei gelöst wurde? Er hat mir schließlich gesagt, dass es ihm allein um die Kirche ginge, und nachdem der Bischof nun nicht mehr unter Verdacht stehe, würden meine Dienste nicht mehr benötigt.«

»Es gibt keine Zufälle. Das sagst du selbst immer.«

»Ja, es gibt Verbindungen, aber in den meisten Fällen steht keine Absicht dahinter.«

»Bist du überzeugt, dass der Mörder auf dieser Liste steht?«

»Hast du deinen Laptop hier?«

Chika schaut mich an, als hätte er noch nie eine blödere Frage gehört.

Das Bild erscheint auf Chikas Monitor. Ich habe darum gebeten, dass wir uns in sein Arbeitszimmer zurückziehen, um uns meine Aufnahmen von Victor Ewangs Leiche anzuschauen. Ich möchte nicht, dass irgendjemand hereinplatzt und gleich in aller Frühe mit dem konfrontiert wird, was jetzt auf Chikas Laptop zu sehen ist.

Die Botschaft wirkt noch ominöser, als Chika die Ansicht weiter vergrößert und der eine ausgedruckte Satz fast den ganzen Bildschirm einnimmt.

Dr. T., wir wissen, dass Sie Bescheid wissen. Wenn Sie reden, sind Sie der Nächste.

»Ein A4-Bogen.« Ich stehe direkt hinter Chika, dennoch fühle ich mich genötigt, in gedämpftem Ton zu sprechen. »Zusammengefaltet in der Brusttasche seines Hemds. Die wollten, dass ich ihn finde.«

»Du hast ihn wieder zurückgetan?«, fragt Chika.

»Ich hielt es für das Beste. Wenn die Polizei ihn findet und im Zuge ihrer Ermittlungen erwähnt, können wir davon ausgehen, dass sie nichts von der Liste wissen, nicht wahr? Außerdem kann ich doch nicht an Beweismitteln herumpfuschen.«

»Das leuchtet ein.« Er lehnt sich auf seinem Stuhl zurück und legt die Handflächen zusammen. »Also, obwohl die Indizien dagegensprechen«, sagt er, »ist Sade Dawodus Tod offenbar kein simpler Suizid.«

Ich setze mich ihm gegenüber. »Davon können wir ausgehen. Sie wusste etwas, und irgendjemand wollte sicherstellen, dass sie nicht redet.«

»Und es kann nicht der Ehemann sein, weil ihm der Mord an ihr in die Schuhe geschoben wurde.«

»An dem Punkt wird es verwirrend.«

»Vielleicht nicht ganz so verwirrend, wenn wir annehmen, dass sie jemanden auf dieser Liste erpressen wollte und dieser Jemand beschlossen hat, zwei Fliegen mit einer Klappe zu schlagen. Die Frau umbringen und dem Mann den Mord anhängen. *Shikena.* Fall erledigt.«

»Aber er ist aus der Haft entlassen worden. Von wegen erledigt«, gebe ich zu bedenken.

»Vielleicht war seine Verhaftung eine Botschaft? Er weiß jetzt, dass wir an ihm dran sind, und er hat einen Deal gemacht. Denk mal drüber nach. Wenn Ewang die undichte Stelle war und sie weiter Geschäfte mit einem nunmehr reumütigen Bischof machen wollen, dann beseitigen sie einfach Ewang und schicken dir eine Warnung. Und dann können sie wieder zum Tagesgeschäft übergehen.«

»Wenn es uns nicht gelingt, die Liste auf den wahrscheinlichsten Täter einzugrenzen, sind wir alle in Gefahr.«

Chika wendet sich seinem Laptop zu. Ein paar Klicks, und der Bildschirm füllt sich mit Namen, Zahlen, Fotos und Standorten. »Okay, Folgendes haben wir zu der Liste herausgefunden.« Er drückt ein paar Tasten. »Als du mich nach dem BVN-Code gefragt hast, hat mich das auf eine Idee gebracht. Wenn wir den benutzen können, um Sade Dawodus Transaktionen nachzuverfolgen, wäre es doch vielleicht möglich, das Gleiche bei den anderen nigerianischen Staatsbürgern auf dieser Liste zu machen. Ich musste übrigens jede Menge Gefallen einfordern, um an alle BVN-Codes ranzukommen.«

»Und hat es funktioniert?«, frage ich hoffnungsvoll.

»Das kannst du mir sagen, wenn ich dir gezeigt habe, was wir gefunden haben. Meine Leute haben die letzten drei Tage rund um die Uhr gearbeitet. Keine Sorge, ich habe die Aufgaben un-

ter ihnen aufgeteilt, sodass niemand das komplette Bild hat.«
Wieder ein paar Klicks. »Die Liste. Wir haben alle Konten identifiziert, von denen Transaktionen aus Nigeria ins Ausland gingen, und haben sie mit den BVNs der Kirche verknüpft. Jede Mission hat ihre eigene, aber wir haben die meisten erfasst. So konnten wir Transaktionen erkennen, die über das Konto der Kirche liefen und dann auf ausländische Konten verschoben wurden. Also wenn du einer von den Namen auf dieser Liste bist und weißt, dass dein Geldwäschesystem aufgeflogen ist, was würdest du als Allererstes tun?«

»Alle Transaktionen stoppen, bis die Sache geklärt ist oder jedenfalls keine Gefahr mehr besteht, erwischt zu werden.«

»Genau. Und von den 117 Personen auf dieser Liste mit insgesamt Hunderten von Transaktionen hat so gut wie keiner seine Zahlungen an die Kirche in den letzten sechs Monaten eingestellt.«

»So gut wie?«

»Ja. Es leuchtet ein, dass die Transaktionen nicht ganz einheitlich sind. Das heißt, manche überweisen monatlich, andere drei- oder viermal im Jahr. Das machte es wesentlich komplizierter, weil wir uns das Muster der Transaktionen von jeder BVN über die letzten drei Jahre oder mehr ansehen mussten.«

Chika fixiert den Bildschirm und tippt schnell. So habe ich ihn noch nie gesehen. Auch die schicke Lesebrille auf seiner Nase will so gar nicht zu meinem waffenschwingenden Assistenten von unserem ersten gemeinsamen Auftrag passen. Ich bin mir nicht sicher, welcher Chika mir lieber ist, aber beide strahlen eine Kompetenz aus, die mir ein Gefühl von Sicherheit gibt.

»Schau dir die hier an.« Chika markiert mit dem Trackpad eine lange Liste von Namen und Kontonummern. »Die überweisen regelmäßig einmal im Quartal. Insgesamt sind es zweiundfünfzig Namen. Von diesen haben nur zwei in den letzten zwei Quartalen des Jahres keine Zahlungen getätigt.«

Die markierten Namen sagen mir nichts, aber die Zahlen, die ihnen zugeordnet sind, haben so viele Nullen, dass einem ganz schwindlig wird.

»Dieser Typ hier ist ein bedeutender Geschäftsmann, der auf Erdöl, Industrieproduktion und Pharmazeutika spezialisiert ist. Die Art und Weise, wie das Geld hereinkommt, deutet darauf hin, dass es um Steuerhinterziehung geht.«

Chika markiert einen weiteren mir unbekannten Namen auf dem Bildschirm.

»Der hier ist interessant. Er sitzt derzeit wegen Vorkassen-Betrugs und Identitätsdiebstahls in Dubai im Gefängnis. Er wurde Anfang des Jahres verhaftet, weshalb es verständlich ist, dass er in jüngster Zeit kein Geld mehr über die Kirche ins Ausland geschafft hat.«

Ein korpulenter Mann, von Kopf bis Fuß in Louis Vuitton gekleidet, erscheint auf dem Bildschirm. Ich erkenne ihn wieder. Seine Verhaftung in der Penthouse-Suite eines Sieben-Sterne-Hotels in Dubai hat vor einigen Monaten für Schlagzeilen gesorgt.

»Falls es ihm nicht gelungen ist, aus dem sichersten Gefängnis von Dubai auszubrechen, würde ich ihn ausschließen«, stelle ich fest.

»Wir können die Möglichkeit nicht ausschließen, dass seine Helfershelfer die Liste geheim halten wollen, weil sein Vermögen beschlagnahmt wurde und sie nicht wollen, dass Gelder von ihm auf den Konten der Kirche gefunden werden.«

Ich nicke zustimmend. »Ja, aber es ist ein Geldwäschesystem, keine Vermögensverwaltung. Sie bezahlen die Kirche, die Kirche wäscht das Geld und überweist es ihnen zurück, nachdem sie ihren Anteil abgezogen hat.«

Chika tippt schon wieder und wischt über sein Trackpad. »Dann können wir Mr Vuitton also streichen. Wir haben uns anschließend die sporadischen Transaktionen angeschaut und die Namen isoliert, die in den letzten sieben Monaten nichts überwiesen haben.«

»Warum sieben?«

Chika sieht mich an, als ob ich das eigentlich wissen müsste. »Ewang sagte, er habe der First Lady vor einem Jahr von der Liste erzählt. Ich habe mir gedacht, dass sie wohl nicht sofort aktiv geworden ist, aber man kann getrost davon ausgehen, dass sie die Information etwa drei oder vier Monate lang für sich behalten hat.«

»Untadelige Logik.«

»Ich habe von den Besten gelernt, Dr. Taiwo«, sagt Chika augenzwinkernd, während er sich schon wieder der Tastatur zuwendet. »Es gibt hier sechs Personen, die in sieben Monaten nichts überwiesen haben. Zwei Gouverneure, eine Senatorin, die in der Kommission für Ressourcenverteilung im Nigerdelta sitzt. Die zwei übrigen sind bekannte Geschäftsleute. Um ganz sicherzugehen, haben wir dann noch sämtliche Transaktionen im vergangenen vollen Jahr mit dem gesamten Stichprobenumfang abgeglichen. Alle 117 Namen. Das Ergebnis ist das gleiche: Alle haben in dem betreffenden Zeitraum weiter eingezahlt und abgehoben, mit Ausnahme dieser sechs.«

»Dann können wir davon ausgehen, dass sie Bescheid wissen?« Chika nickt. »Es könnte jeder von ihnen sein. Es scheinen alles relativ hochgestellte Persönlichkeiten zu sein, die viel zu verlieren haben.«

»Genau. Sechs mögliche Kandidaten plus diese hier.« Er deutet auf den Bildschirm. »Die leisten monatliche Zahlungen und bekommen das gewaschene Geld auch monatlich ausgezahlt. Es waren insgesamt sechsundzwanzig. Zum Glück haben nur zwei in den letzten drei Monaten keine Transaktionen durchgeführt. Schau dir die Namen an.«

Ich starre auf den Bildschirm. Meine Augen weiten sich, als ich einen bekannten Namen lese.

»Den anderen kennst du vielleicht nicht«, meint Chika, als er meine Reaktion bemerkt. »Er ist Richter am Obersten Gerichtshof. Hatte den Vorsitz bei vielen hochkarätigen Prozessen, bei denen die Angeklagten mit schöner Regelmäßigkeit freigesprochen wurden. Jetzt wissen wir, warum. Und den zweiten Namen – nun ja, den kennst du ja.«

Richard Kelechi Nwoko. *Pastor Nwoko.*

Ich bin nicht allzu überrascht, da der Mann laut Ewang sein direkter Vorgesetzter war. Aber Pastor George taucht hier nicht auf, was die Frage aufwirft: Warum wollte er mich unbedingt loswerden, wenn er doch gar nichts mit der Geldwäsche zu tun hatte?

»Meine Schwester will, dass ich an dem Fall dranbleibe. Ich glaube, sie weiß, dass da etwas faul ist.« Ich gebe Chika eine kurze Zusammenfassung meines Gesprächs mit Kenny. »Sie sagt, es sei ihr wichtig, weil die First Lady ihre Freundin war, aber ich glaube, sie ahnt etwas.«

»Tja, nach dem, was mit Victor Ewang passiert ist, wollen wir hoffen, dass sie bloß wissen will, was mit ihrer Freundin passiert ist.«

Ein Schauer durchläuft mich. Ich sehe rasch auf die Uhr. Kenny dürfte schon wach sein und sich für die Arbeit fertig machen. Ich sollte sie anrufen.

Chikas Hand hindert mich daran. Ich mag es gar nicht, wie exakt er manchmal meine Gedanken lesen kann. Ich lege das Handy zwischen uns auf den Tisch.

Chika lehnt sich zurück und deutet mit einer schwungvollen Geste und triumphierendem Lächeln auf den Bildschirm. »Bevor du deine Schwester anrufst, warte erst ab, bis du das Beste gesehen hast. Die Finanzen der verstorbenen Sade Dawodu.«

Ich horche auf. Ich merke es, wenn Chika Informationen hat, die einer Ermittlung eine neue Richtung geben könnten.

»Mithilfe der BVN haben wir ihre Transaktionen über die vergangenen zwölf Monate verfolgt. Eine ganze Weile passierte nichts Entscheidendes. Im Gegenteil, wie du hier siehst, betrug ihr Kontostand bis vor zehn Monaten weniger, als ich in einem Monat verdiene. Und dann ist da plötzlich dieser Geldzufluss. Siehst du, hier? Pünktlich jeden Monat werden zwanzig Millionen Naira auf ihr Konto eingezahlt. Und rate mal, von wem?«

»Vom Bischof.«

»Ganz genau. Nachdem er ihr die ganze Zeit praktisch gar nichts gegeben hat, wird er schlagartig extrem großzügig.«

»Und wenn etwas so plötzlich passiert, müssen wir immer misstrauisch werden.«

»Richtig. Was mich vermuten lässt, dass sie die Informationen von Ewang benutzt hat, um ihn zu erpressen, und er hat bezahlt. Ich hab dir doch gesagt, dass dein Opfer vielleicht gar nicht so unschuldig ist, hm?«

Ich bin skeptisch. »Aber es war dennoch ein Suizid.«

Chika hebt mahnend den Finger. »*Mutmaßlicher* Suizid. Außerdem belasten Verbrechen das Gewissen der Menschen unterschiedlich stark.«

»Das heißt?«

»Ich glaube, sie hat etwas geplant, aber der Schuss ging nach hinten los. Also suchte sie Hilfe. Ich weiß nicht, wofür, aber sieh dir mal das hier an.« Er rückt seinen Stuhl näher an den Laptop und öffnet eine andere Datei.

»Vor sechs Monaten hat sie begonnen, ihr Konto leer zu räumen. Diese Zahlungen konnten wir zu einem Investmentkonto verfolgen, dessen einzige Begünstigte ihre Mutter ist. Nun kann man einer Tochter nicht vorwerfen, dass sie für ihre Mutter sorgen möchte, nicht wahr? Die Frage an die Mutter wäre, ob sie wusste, dass ihre Tochter das Geld für sie einzahlte. Es ist ein Treuhandkonto, und nach den überwiesenen Beträgen zu urteilen, müsste die Investition heute mindestens vierzig Millionen Naira wert sein. Eine weitere auffällige Transaktion, getätigt just am Tag ihres Verschwindens, war eine Überweisung, die wir zu einer Adresse in Ibadan zurückverfolgen konnten. Zwei Millionen.«

Ich runzle die Stirn. »Ibadan? Und du kannst nicht herausfinden, an wen?«

»Die allmächtige BVN rettet mal wieder die Situation. Warte.« Er klickt, und das Foto eines gepflegten Mannes erscheint. Es ist die Profilseite des University College Hospital in Ibadan. Professor Uzoma Ohaeri ist elegant gekleidet in einen grauen Anzug mit Krawatte über einem gestreiften Hemd. Sein voller grauer Haarschopf ist zu einer Starkstromfrisur à la Don King gekämmt. Schätzungsweise Anfang sechzig. Seine Berufsbezeichnung lässt mich aufmerken: Facharzt für Psychiatrie.

Vielleicht hat Bischof Dawodu ja in diesem Punkt die Wahrheit gesagt. Seine Frau hatte wirklich psychische Probleme. Aber wusste Mrs Bucknor davon? Wenn ihre Tochter von einem Psychiater behandelt wurde, bevor sie den Bischof heiratete, müsste sie dann nicht den Namen des Arztes kennen? Oder hat Sade Dr. Ohaeri heimlich konsultiert?

»Da wäre noch etwas«, sagt Chika. Er hat heute offenbar einen Lauf.

»Noch etwas?«, frage ich.

»Komm, setz dich.« Er deutet auf den Bildschirm. »Es gibt noch einen weiteren Begünstigten von Sades Freigebigkeit. Schau mal hier. Zwei Zahlungen in Höhe von je zweiundzwanzig Millionen Naira. Auf dieses Konto.«

Chika markiert die Kontonummer des Empfängers und kopiert sie. Er redet weiter, während er ein anderes Programm öffnet. Wenn ich es nicht besser wüsste, würde ich sagen, dass er sich aufspielt. »Wir haben da diese Software, die wir benutzt haben, um alle Transaktionen, die mit einer spezifischen BVN verknüpft sind, zusammenzuführen. Pass auf, wenn ich die Kontonummer in das Suchfeld einfüge ...« Er tut es, drückt »Enter« und lehnt sich zurück, damit ich den Namen sehen kann, der zu der BVN gehört.

L. Bello. *Detective Lawrence Bello.*

WER SPIELT GEGEN WEN?

»Das sollten Sie lieber nicht tun«, sagt Abubakar. Die vergessene Zigarette, die zwischen seinen nikotingelben Fingern glimmt, verrät, wie geschockt er ist.

»Wollen Sie damit sagen, dass ich mich mit dem, was ich weiß, nicht an die SCIU wenden kann? Ich muss das melden.« Meine Stimme ist laut, selbst in meinen Ohren. Ich höre die Wut darin und die Angst, die mitschwingt, und es gefällt mir selbst nicht, wie ich mich anhöre. »Eine Leiche wurde vor meinem Haus abgeladen.«

»Aber Sie wissen nicht, ob es einen Zusammenhang ...«

»Es hängt alles miteinander zusammen, Abubakar. Die Sicherheit meiner Familie ist gefährdet.«

Abubakar erinnert sich an seine Zigarette und zieht daran. Als nichts mehr herauskommt, drückt er sie aus. »Ich verstehe Sie. Aber bei den Summen, von denen wir hier reden, muss auch die oberste Führungsspitze involviert sein. Sie werden da immer wieder gegen eine Wand laufen und nie herausfinden, was wirklich läuft.«

Ich kann ihm nicht folgen. »Wir müssen doch irgendetwas tun.«

»Um was zu erreichen?« Die Frage klingt wie ein Vorwurf. »Wenn Mrs Dawodu Bello bestochen hat, wissen Sie immer noch nicht, warum.«

»Aber wenn wir Bello zur Rede stellen, sagt er uns vielleicht, wofür das Geld war.«

»Und ich wette, es war nicht zur Vertuschung eines Finanzbetrugs, in den derselbe Ehemann verwickelt war, den die Polizei wegen des vermuteten Mordes an ihr verhaftet hatte.«

Diese Logik nimmt mir den Wind aus den Segeln. Das ist etwas, worauf ich bestimmt selbst gekommen wäre, wenn ich nicht so in Sorge um meine Familie wäre. Die Erkenntnis, dass der Detective, der in dem Fall ermittelt, an dem ich arbeite, vom Opfer kompromittiert wurde, scheint mich zu blockieren.

Ich probiere es mit einem anderen Ansatz. »Was, wenn die Polizei Teil des Erpressungsplans ist?«

Abubakar schüttelt den Kopf, während er nach seiner Rothmans-Schachtel greift. »Das *fasst* nicht zusammen. Wenn die Polizisten von der Geldwäsche wussten, hätten sie an den Bischof herantreten können, um ihn zu erpressen. Es ist wahrscheinlicher, dass es keine Verbindung zwischen den beiden Vorfällen gibt. Die einzige *Ferson*, die alle Antworten kannte, ist die verstorbene Mrs Dawodu. Wenn Sie wissen wollen, was da wirklich läuft, rate ich Ihnen, Bello noch nicht zur Rede zu stellen.«

»Meine Familie und ich sind in unmittelbarer Gefahr.« Die Frustration schwingt in meiner Stimme.

Abubakar gestikuliert mit seinem Feuerzeug. Die unangezündete Zigarette klemmt zwischen seinen Lippen, was seine Aussprache noch verwaschener macht. »Wer auch immer hinter dem Ganzen steckt, weiß nicht, was Sie wissen. Das schützt Sie. Nutzen Sie es zu Ihrem Vorteil. Bringen Sie mir eindeutige Beweise für eine Verbindung, und dann sehen wir weiter.«

Ich bin mit den Gedanken nicht beim Unterrichtsstoff. Das gilt auch für die Polizeischüler. Die Nachricht von Victor Ewangs

Tod und dem Fundort seiner Leiche hat die Runde gemacht, und sie platzen vor Fragen. Ich mache ihnen klar, dass ich nicht über die Details eines laufenden Falls sprechen kann, aber das verhindert nicht das Getuschel, während ich mit ihnen halbherzig die forensische Analyse einer Fallakte durchgehe. Fünfzig Minuten später verlasse ich eilig den Hörsaal, ehe irgendjemand mich ansprechen kann.

Kenny wartet vor meinem Büro auf mich. Sie trägt eine dunkle Brille, mit der sie wie die trauernde Witwe bei einer Beerdigung aussieht. Ich hatte sie gleich nach dem Verlassen von Chikas Haus angerufen, aber sie bestand auf einem Treffen.

»Es tut mir leid«, sagt sie sofort, als sie mich erblickt.

»Komm rein.« Ich führe sie rasch in mein Büro.

Sie nimmt die Brille ab und betrachtet meine Wand mit den Klebezetteln. Eine ganze Weile steht sie nur da und lässt die Details von Sade Dawodus Tod auf sich wirken.

»Ich hätte dir so viel Ärger ersparen können«, sagt sie mit erstickter Stimme.

»Weißt du mehr, als du mir gesagt hast?«

Sie schüttelt den Kopf und wischt sich Tränen aus dem Gesicht. »Nicht direkt. Aber ja, ich hätte dir mehr Informationen geben können. Dir klarmachen, in welche Gefahr du dich vielleicht begibst. Es ist alles meine Schuld. Folake wird mir niemals verzeihen.«

Sie fängt an zu weinen. Ich nehme sie in den Arm und warte, bis sich das Schluchzen legt.

»Folake wird dir keine Vorwürfe machen.«

Sie blickt mich mit tränennassen Augen an. »Und du?«

»Das hängt davon ab, was du mir verschwiegen hast«, antworte ich streng.

Kenny löst sich aus meiner Umarmung und setzt sich auf

einen Stuhl. Ich hocke mich auf die Schreibtischkante. Das Schweigen dauert eine ganze Weile an, dann holt sie ihr Handy hervor.

»Am Tag, bevor sie verschwand, hat Sade mir eine Textnachricht geschickt«, sagt sie und reicht mir das Telefon.

Ich sehe etliche Nachrichten vor der einen, die sie mir zeigen will.

Kümmere dich für mich um Mummy.

»Ich habe es nicht verstanden. Ich wollte sie anrufen und sie bitten, es mir zu erklären, aber ich habe sie nicht erreicht.«

»Warum du?«

»Ich habe dir doch gesagt, dass wir uns nahestanden. Ich war gekränkt, als sie anfing, mich auszugrenzen, aber eines Tages kam sie in mein Büro. Phil, Sade war vorher noch nie bei mir im Büro. Ich war überrascht. Sie fragte mich, ob sie mir vertrauen könne. Ich sagte Ja. Da gab sie mir einen USB-Stick.«

Mein Magen verkrampft sich. O Gott, bitte nicht!

»Sie sagte, sie habe Informationen, die sie nicht ganz verstünde, aber sie glaube, dass ich als Wirtschaftsprüferin ihr helfen könne. Ich öffnete die Datei. Zuerst war ich nur verwirrt. Hunderte von Transaktionen in Milliardenhöhe über eine ganze Reihe von Bankkonten. Ich fragte sie, wie sie dazu gekommen sei, und sie sagte, es sei besser, wenn ich das nicht wüsste. Ich bat sie um ein paar Tage Bedenkzeit. Daraufhin dankte sie mir und ging.«

»Nur Transaktionen? Keine Namen?«

»Keine Namen. Nur Bankkonten und die überwiesenen Geldbeträge. Ich hätte die Namen hinter diesen Konten herausfinden können, aber ich bekam es mit der Angst zu tun, Phil. Es ging hier um meine Kirche, meinen Zufluchtsort. Wenn die Ergebnisse meiner Nachforschungen herauskämen, würde es das

Leben vieler Menschen zerstören und zudem den Glauben der Menschen erschüttern.«

Ich versuche mir meine Erleichterung nicht anmerken zu lassen. Diese Namensliste ist ein Todesurteil, wie Ewangs Schicksal bewiesen hat. »Was hast du getan?«

»Ich habe ihr den Stick zurückgegeben. Ich sagte ihr, ich würde aus den Daten nicht schlau. Sie glaubte mir nicht, sagte aber, dass sie mich verstehe. Und von da an hat sie nicht mehr mit mir geredet.«

»Und trotzdem hat sie dir geschrieben, dass du dich um ihre Mutter kümmern sollst?«

»Ich glaube, sie wusste, dass ich ein schlechtes Gewissen hatte. Sie wusste, dass ich alles tun würde, um es bei ihr wiedergutzumachen. Ich hab sie im Stich gelassen, Phil. Sie wusste, dass in der Kirche etwas nicht ganz sauber war. Ich habe mich von meinem blinden Glauben daran hindern lassen, ihr zu helfen.«

»Was hättest du denn tun können?«

»Ich weiß es nicht.« Kenny weint jetzt wieder. »Ich weiß nur, dass sie mir etwas anvertraut hat, und das Mindeste wäre gewesen, ihr zu helfen, diese Transaktionen zu verstehen.«

»Denkst du, dass sie sich an jemand anders gewandt hat, um die Datei zu entschlüsseln?«

»Da bin ich mir sicher. Ich glaube, dass Ewang das für sie gemacht hat.«

»Sie hatte die Datei von Ewang.«

Sie wirkt zuerst überrascht, dann verwirrt. »Ist es möglich, dass sie sich noch einmal an ihn gewandt und ihn um eine Erklärung gebeten hat?«

»Das glaube ich nicht. Er hat behauptet, sie habe den Kontakt mit ihm abgebrochen, sobald sie die Datei hatte. Hör zu, Kenny, es ist extrem wichtig, dass du mir die Wahrheit sagst. Hast du die Datei gespeichert?«

Kenny schüttelt den Kopf.

»Bist du sicher, dass niemand weiß, dass sie dir diese Datei gegeben hat?«

Sie nickt. »Ich kann es nicht mit hundertprozentiger Sicherheit sagen, aber sie hat mir versichert, dass sie es niemandem sagen würde. Ich bin nie auf die Idee gekommen, dass sie mich angelogen haben könnte.«

»Warum hast du mir das nicht gleich gesagt, als du mich um Hilfe gebeten hast?«

»Ich war mir nicht sicher, ob es irgendetwas mit ihrem Verschwinden zu tun hatte. Es ist fast ein Jahr her, dass sie mir diese Datei gegeben hat. Es war diese Textnachricht, die mich auf den Gedanken brachte, dich um Hilfe zu bitten.«

»Aber ihre Mutter wollte doch nicht, dass ich den Fall übernehme …«

»Da wusste sie ja noch nicht, dass ihre Tochter tot ist. Sie wollte nicht unnötig die Aufmerksamkeit auf Sades Verhalten lenken. Die Ältesten haben sie als verantwortungslos und einer First Lady nicht würdig dargestellt. Deswegen hat ihre Mutter sich dagegen gesträubt, einen Ermittler hinzuzuziehen. Ich habe sie davon überzeugt, dass du als mein Bruder diskret vorgehen würdest.«

»Du hättest es mir sagen können.« Jetzt endlich spreche ich den Vorwurf aus und zeige, wie verletzt ich bin.

»Es tut mir leid. Es tut mir ja so furchtbar leid.« Kenny vergräbt ihr Gesicht in den Händen und schluchzt so heftig, dass ihre Schultern beben.

Ich nehme sie in die Arme und wiege sie, so wie ich es getan habe, als wir Kinder waren.

»Es ist schon gut«, sage ich immer wieder. »Alles wird gut.«
Aber wie, das kann ich beim besten Willen nicht sagen.

Es dauert noch einmal eine Stunde, bis es mir gelingt, Kenny so weit zu beruhigen, dass ich sie befragen kann. Was eine weitere Stunde dauert. Ich führe sie vor meine Wand mit den Haftnotizen und bestehe darauf, dass sie mir alles sagt, was mir helfen könnte, die Zusammenhänge zu verstehen.

Ich zeige auf einen Namen an der Wand: *Dr. U. Ohaeri.*

»Den kenne ich nicht.«

»Er ist Psychiater. Du sagtest, Sade hätte keine psychischen Probleme gehabt.«

»Ich bin keine Expertin, aber glaub mir, wir haben einander viel anvertraut, darunter so manches, was man als ziemlich intim betrachten würde, und Sade hat mir nie erzählt, dass sie bei einem Psychiater in Behandlung wäre oder jemals einen aufgesucht hätte. Sie hat mir von Reproduktionsmedizinern in Indien, der Türkei und Großbritannien erzählt, aber niemals von einem Psychiater. Und ganz bestimmt nicht von einem Dr. Ohaeri«, fügt sie hinzu und deutet auf die Wand.

»Vielleicht hat sie sich geschämt?«

Kenny überlegt einen Moment und schüttelt dann den Kopf. »Sade war nicht so. Wenn sie über ein Thema nicht reden wollte, hat sie es einfach nicht angesprochen. Wie gesagt, wenn es um ihre Gesundheit ging, waren wir ziemlich offen miteinander.«

»In welcher Verfassung war sie, als sie dir die Datei gab?«

»Ruhig, entspannt, beherrscht. Es war, als ob sie schon einen Blick darauf geworfen und sich irgendwie zusammengereimt hätte, was sie enthält. Und ihren Frieden damit gemacht hätte. Ich hatte nicht den Eindruck, dass es sie irgendwie aufgewühlt oder verstört hat. Deshalb ist es mir auch nicht schwergefallen, ihr zu sagen, dass ich ihr nicht helfen kann. Auch als sie mein Büro verließ, wirkte sie nicht sonderlich erschüttert über meine Entscheidung.«

»Glaubst du, dass sie sich an jemand anders gewandt hat?« Ich denke an Detective Bello.

»Es würde mich nicht überraschen, aber ich weiß es ehrlich nicht.« Wieder schießen ihr die Tränen in die Augen. »Vielleicht hätte ich ihr helfen sollen. Vielleicht hätte sie sich dann nicht an Leute gewandt, die ihr Leben in Gefahr brachten. Vielleicht wäre sie noch am Leben.«

»Vielleicht, vielleicht auch nicht«, versuche ich sie zu trösten. Dann gehe ich zu meinem Laptop und öffne Sade Dawodus Anrufliste. Ich beginne zu wählen.

»Wen rufst du an?«, fragt Kenny schniefend.

»Diesen Dr. Ohaeri.«

Beim vierten Läuten meldet sich eine männliche Stimme. »Ohaeri.«

Ich schalte auf Lautsprecher, dann stelle ich mich vor und erläutere mein Anliegen.

»Sie sind Psychiater?«, fragt Professor Ohaeri.

»Nein, Sir, Psychologe.«

»Dann sollten Sie wissen, dass ich Ihnen nichts über meine Patienten sagen kann.«

Kenny tritt näher.

»Aber Sir, Mrs Dawodu ist möglicherweise unter verdächtigen Umständen zu Tode gekommen. Ich versuche …«

»Sind Sie bei der Polizei?«

»Nein, aber …«

»*E ma binu*, Sir. Mein Name ist Kehinde Bhadmus.« Kenny setzt sich und rückt den Stuhl ans Telefon heran. »Ich vertrete die Leitung der Grace Church, die Dr. Taiwo damit beauftragt hat, die Umstände von Mrs Dawodus Tod zu untersuchen. Ich kann Ihnen zum Beweis die Auftragsbestätigung schicken.«

Kenny bedeutet mir mit einem Blick, dass ich mich raushalten soll. Ich zucke mit den Schultern. Ihre Fähigkeit, zu tricksen und zu täuschen, um ihre Ziele zu erreichen, ist gewöhnungsbedürftig. Das Bild meiner Schwester als guter Christenmensch hat Flecken bekommen, aber ich muss gestehen, dass mir diese Version besser gefällt.

»Sir«, fleht Kenny, »wenn Sie mir Ihre E-Mail-Adresse schicken könnten …«

»Fahren Sie fort«, unterbricht sie die Stimme unwirsch. »Stellen Sie Ihre Fragen.«

Ich verliere keine Zeit. »Wir haben gesehen, dass Mrs Dawodu Ihnen zwei Millionen Naira überwiesen hat, und zwar am …« Ich halte inne und werfe einen Blick auf den Laptop-Bildschirm, um das Datum zu checken.

»Ja, das ist richtig. Ich hatte nicht darum gebeten. Ich nehme an, es sollte eine Art Wiedergutmachung sein.«

»Eine Wiedergutmachung?«, fragt Kenny, dann hält sie sich rasch die Hand vor den Mund, als sie meinen strengen Blick bemerkt.

Es ist lange still. Anscheinend überlegt der Mann, ob es klug ist, mehr zu sagen. Wir halten den Atem an.

»Sie müssen wissen, dass Sade als junge Studentin für eine Trauertherapie an mich überwiesen wurde. Ihr Vater war ganz unerwartet gestorben, und das beeinträchtigte ihre Leistungen im Medizinstudium. Wir machten gute Fortschritte, und ich unterstützte ihre Neueinschreibung in der Fachrichtung Soziologie. Sie schloss das Studium am Ende sogar mit Note zwei ab, so gut hatte sie es verarbeitet. Das letzte Mal, dass ich sie gesehen habe, war am Tag ihrer Abschlussfeier, als sie mich zusammen mit ihrer Mutter aufsuchte.«

»Mrs Bucknor?«, frage ich.

»Das ist ihre Mutter, ja. Sie brachten mir Geschenke als Dank für meine Hilfe über die gut zwei Jahre hinweg, in denen ich Sade therapiert hatte. Normalerweise nehme ich für meine Arbeit keine Geschenke an, aber es handelte sich nur um kleine Andenken. Ein Füllfederhalter und eine Schachtel Stofftaschentücher, wenn ich mich recht entsinne.«

In der nun folgenden Stille könnte man Kenny und mich für zwei Gegner in einem sportlichen Wettkampf halten, die darauf warten, dass die Juroren das Ergebnis eines knappen Rennens verkünden. Es dauert so lange, dass wir beide auf meinem Handy nachsehen, ob Dr. Ohaeri nicht aufgelegt hat.

»Sir?«, hake ich vorsichtig nach.

»Ich bin noch dran. Ich überlege immer noch, ob ich das Richtige tue ...«

»Das tun Sie, Sir«, versichert ihm Kenny im Brustton der Überzeugung. »*E se gan ni.* Sie tun das Richtige.«

Ein langgezogener, müder Seufzer dringt aus dem Lautsprecher. »Sade hat mich letztes Jahr kontaktiert. Ich habe mich gefreut, von ihr zu hören. Wir sprachen über dies und das. Ich war stolz auf sie, aber nach einer Weile wurde mir klar, dass sie nicht glücklich war. Je länger wir redeten, desto sicherer war ich mir, dass sie Hilfe brauchte. Aber die Hilfe, um die sie mich konkret bat, konnte ich ihr nicht gewähren.«

Wieder ist es lange still. Ich kann nicht riskieren, dass der Mann dichtmacht, also warte ich nicht ab, bis er das Schweigen bricht. »Welche Art von Hilfe, Sir?«

»Mehr kann ich nicht sagen. Aber ich gebe Ihnen eine Telefonnummer. Unter der erreichen Sie einen Dr. Raimi, hier in

Ibadan. Sagen Sie, dass ich Sie an ihn verwiesen habe. Sein Spezialgebiet ist ... ähm ... Nun sagen wir einfach, dass sein Fach nicht die gleiche strenge Vertraulichkeit verlangt wie das meine.« Er nennt eine Telefonnummer, die Kenny in ihr Handy eingibt. Sie hält es mir hin, und ich wiederhole die Nummer.

»Gehen Sie zu ihm. Am Telefon wird er Ihnen nichts sagen. Viel Glück. Und wenn ich das noch sagen darf: Sade war ein reizendes junges Mädchen, das zu einer bewundernswerten Frau heranwuchs. Ich trauere um sie als eine Freundin.«

Ich spüre, dass er im Begriff ist aufzulegen. »Sir, was diese Zahlung betrifft – was meinten Sie mit Wiedergutmachung?«

Diesmal zögert er nicht mit der Antwort, und in seiner Stimme schwingt Wut mit. »Sade hatte ihre Patientenakte aus meiner Praxis gestohlen. Ich weiß nicht, warum oder wie sie es angestellt hat, aber sie schickte mir eine Textnachricht, in der sie sich dafür entschuldigte. Aber ich war zu sehr gekränkt, und ich habe ihre Anrufe danach nie mehr angenommen. Das bereue ich. Und jetzt entschuldigen Sie mich bitte.«

Kenny kann nichts mehr für mich tun. Außerdem brauche ich jetzt meine Ruhe. Ich beginne sie hinauszukomplimentieren, mit der Ermahnung, dass alles strikt unter uns bleiben muss. Ich möchte ihr nichts von der Namensliste sagen und auch nicht, wie Pastor Nwoko und LaTanya Jacobson in die Geldwäscheverschwörung verwickelt sind. Ich bin einigermaßen enttäuscht, als sie mich umarmt und sich dafür entschuldigt, dass sie mich in diese Sache hineingezogen hat, während sie mir zugleich für meine Bemühungen dankt, den Ruf des Bischofs zu rehabilitieren.

»Nach alldem glaubst du immer noch nicht, dass Bischof Dawodu etwas damit zu tun hatte?«

»Wie könnte er? Du hast ihn doch in der Leichenhalle erlebt. Der Mann ist durch den Tod seiner Frau am Boden zerstört.«

»Das ganze Geld wurde durch seine Kirche geschleust, und er weiß nichts davon?«

»Es ist möglich. Er ist Seelsorger und kein Buchhalter.«

Das ist es. Diese blinde Hingabe an einen Menschen unter Missachtung der Fakten ist der endgültige Triumph der organisierten Religion. Ich kann nur beten, dass die Aufdeckung der finsteren Machenschaften innerhalb der Grace Church den doppelten Zweck erfüllt, meine Familie zu schützen und meine Schwester dem Einfluss der Kirche zu entziehen.

Als ich dann allein vor meiner Zettelwand stehe, kämpfe ich gegen die Verzweiflung an, die mich zu überwältigen droht. Mein letzter Auftrag war auch alles andere als ungefährlich, aber ich wusste, woher die Bedrohung kam und was der Grund war. In diesem Fall bin ich völlig ratlos.

Der einzige Mensch, der alle Antworten kannte, ist die verstorbene Mrs Dawodu.

Ich hefte den Blick auf ihr vergrößertes Foto.

»Welches Spiel hast du gespielt?«

Abubakar hat recht. Der einzige Mensch, der anscheinend mehr Antworten hat als wir alle, ist das Opfer. Victor Ewang, Enomo Collins und jetzt der korrupte Detective Bello: Sade Dawodu ist die einzige offensichtliche Verbindung. Alles deutet auf Chikas Schlussfolgerung hin: Sade hat vor ihrem Tod einen ausgeklügelten Plan verfolgt. Aber mit welchem Ziel? Ewang kann ich nicht mehr fragen, und mit Enomo will ich erst wieder sprechen, wenn ich etwas Konkreteres in der Hand habe. Abubakar hat mir davon abgeraten, den Detective zur Rede zu stellen. Ich bin sicher, dass von den beiden Bello derjenige ist, auf den ich mehr Druck ausüben könnte. Wir können beweisen, dass er Geld vom Opfer erhalten hat, und ihn so vielleicht zwingen, den Grund der Zahlungen preiszugeben. Und das wiederum könnte uns Hinweise auf Sade Dawodus Aktivitäten in den Tagen vor ihrem Tod liefern.

Der inszenierte Tatort im Haus des Bischofs, die Fahrt nach Ibadan mit Enomo, der Diebstahl von Arztunterlagen und mehr. Das alles muss einem bestimmten Zweck gedient haben. War ihr Tod auch Teil des Plans? Ist sie von eigener Hand gestorben, oder wurde sie gezwungen, in die Lagune zu springen? Wenn sie es war, die ihrem Ehemann mit dem gefakten Tatort eine Falle stellen wollte, dann muss ich davon ausgehen, dass ihr Tod ihre Pläne ins Werk gesetzt hat.

Aber du hast nicht damit gerechnet, dass ich mich einschalten würde, nicht wahr?

Aber warum sollte sie sich töten, wenn alles nach Plan lief? Ihren Ehemann hatte sie in der Hand, nach den Überweisungen von seinem Konto auf ihres zu schließen. Sie hatte Geld und Männer wie Enomo und Detective Bello als willige Helfershelfer. Ich neige jetzt doch zu der Annahme, dass Sade Dawodu sich nicht das Leben genommen hat. Wenn sie den Bischof verlassen und im Zuge dessen gleich noch die Leute auf der Liste erpressen wollte, was durchkreuzte dann ihren Plan zwischen dem Inszenieren des Tatorts und dem Moment, als ihre Leiche aus der Lekki-Lagune gezogen wurde? Was, wenn sie betäubt und anschließend ins Wasser geworfen wurde? Die lange Liegezeit der Leiche in der Lagune wird eventuelle Spuren eines Kampfes vernichtet haben. Es lässt sich nicht mehr feststellen, ob sie ertränkt wurde oder aus freien Stücken ins Wasser gegangen ist.

Ich greife nach meinem Handy und wähle.

»Enomo hat gelogen«, sage ich, sobald Chika sich meldet.

»Was du nicht sagst!« Sein Sarkasmus ist unüberhörbar.

»Er sagt, er habe Sade Dawodu an einem Hotel in Ibadan abgesetzt. Aber in all deinen Transaktionen hast du nirgends eine Zahlung für ein Hotelzimmer gesehen. Und auch wenn wir einmal annehmen, dass er für die Reservierung bezahlt hat, glaube ich nicht, dass er sie dort nur abgesetzt hat. Ich glaube, er ist bei ihr geblieben und hat sie begleitet bei dem, was sie dort zu erledigen hatte, und dann sind sie zusammen zurückgefahren. Wir haben ihn doch kennengelernt – er wäre nie von ihrer Seite gewichen.«

»Und worauf willst du hinaus?«

»Zunächst einmal darauf, dass Enomo uns auf die Frage, wann er Sade das letzte Mal gesehen hat, nicht die Wahrheit gesagt hat, und das bedeutet, dass er etwas zu verbergen hat oder jemanden schützt.«

»Oder dass er Angst hat? Zumal, wenn er von der Liste weiß.«

»Wie du sagtest – wenn dieser Typ Informationen hatte, die Dawodu zu Fall bringen könnten, würde er sich kaum Gedanken um irgendeine Gefahr für sein Leben machen.«

»Das heißt, wir müssen beweisen, dass er gelogen hat, was seine letzte Begegnung mit der First Lady betrifft?«

Mein Blick ist auf Sades Bild an der Wand geheftet. Auf ihre Augen, die ein Geheimnis bewahren, das sie nicht mehr preisgeben kann.

»Ich glaube, wenn wir den genauen Zeitpunkt und Ort ihres Todes bestimmen können, kommen wir der Lösung dieses Rätsels schon näher.«

»Du glaubst nicht, dass sie durch Suizid gestorben ist«, sagt Chika. Er kennt mich gut genug, um es nicht als Frage zu formulieren.

»Ich sage, ich weiß nicht, warum sie es getan haben sollte, und das macht mich ganz kirre.«

»Und was bedeutet das für uns?«

»Ich weiß es nicht, aber die Spur führt zweifellos nach Ibadan. Wir müssen ihre Schritte am Tag ihres Verschwindens nachverfolgen. Und es gibt da jemanden, mit dem ich gerne sprechen würde.« Ich erzähle ihm von meinem Anruf bei Professor Ohaeri.

»Wann willst du fahren?«

Wenn es nach mir ginge, würde ich sofort aufbrechen. Aber die Familie geht vor.

WENDEN SIE SICH AN MEINE ANWÄLTIN

Als ich durch das Tor der UniLag Staff School fahre, fühle ich mich zu dem Tag zurückversetzt, als Folake und ich in San Francisco in die Schule unserer Kinder bestellt wurden. Das Crown Heights College lag zwar nicht auf dem Campus, aber es war – und ist noch immer – eine Elite-Highschool, gegründet Ende der 1950er-Jahre als Privatschule für die Kinder wohlhabender weißer Familien aus den gehobenen Wohnlagen im Fillmore District, wo die Gentrifizierung zahlreiche Schwarze Familien verdrängt hatte.

»Ich habe Dr. Cowan angerufen«, sagte Folake, während sie ihren Lippenstift nachzog und ich die Abzweigung nach Upper Fillmore nahm. »Sie sagt, sie hätten keine Einladung bekommen.«

»Vielleicht betrifft es ja nur die Klasse der Jungen«, meinte ich stirnrunzelnd. Dass vor der Crown-Heights-Schule deutlich weniger Autos parkten als sonst, war ein Hinweis darauf, dass die Einladung zu einem Elterngespräch nicht an alle Familien ergangen war, wie Folake und ich angenommen hatten.

»Das ist seltsam«, sagte sie. »Ich frage mich, was es damit auf sich hat.«

Wir parkten den Wagen und machten uns auf den Weg zur Aula, wo Tai und Kay auf uns warteten.

»Worum geht es eigentlich?«, flüsterte ich, als wir eintraten.

»Keine Ahnung, Mann«, antwortete Kay. Sein tiefer Bariton klang immer noch etwas fremd in meinen Ohren.

Wir liefen fast in Folake hinein, als sie abrupt stehen blieb. Als wir uns umblickten, fiel es uns auch auf. Sämtliche Eltern und Schüler waren People of Colour.

»Ich hab ein ungutes Gefühl«, flüsterte Tai.

Ich sah, wie sich Folakes Gesichtszüge verhärteten, und wusste, dass es ihr ebenso ging. Betont langsam schritt sie auf die freien Plätze nahe dem leeren Podium zu. Ich wäre nicht so weit nach vorne gegangen, aber ich würde mich hüten, ihre Entschlossenheit, sich laut und deutlich bemerkbar zu machen, infrage zu stellen.

Dann betrat ein Mann mittleren Alters das Podium: Paul McAdams, der Schuldirektor. Mir fiel auf, dass ich ihn nie zuvor ohne Krawatte und Tweedsakko mit Ellbogenaufnähern gesehen hatte. Und er war der einzige weiße Mann im Saal. Ich warf Folake einen Seitenblick zu. Das würde nicht gut enden.

McAdams räusperte sich. »Liebe Eltern, liebe Schülerinnen und Schüler, herzlichen Dank, dass Sie zu dieser Veranstaltung gekommen sind. Sicherlich haben Sie alle von dem tragischen Vorfall in Texas vor zwei Wochen gehört.«

Wäre in diesem Moment eine Stecknadel gefallen, sie hätte einen ohrenbetäubenden Krach gemacht. Das Foto von Jordan Edwards erschien auf der Leinwand hinter dem Direktor. Alle im Saal kannten dieses Bild des fünfzehnjährigen Schwarzen Jungen, der vor zehn Tagen in Balch Springs, Texas, von einem Polizisten brutal ermordet worden war.

»Nun, wiewohl die Details zum Tod dieses jungen Mannes...«

»Er war ein Junge!«, rief ein Mann von der Seite des Saals.

»Ein Kind!« Die Frauenstimme aus einer der hinteren Reihen überschlug sich in einem erstickten Schluchzen.

Ein Tumult brach los, und alle redeten durcheinander. Alle bis auf die Taiwos. Die Zwillinge und ich beobachteten Folake aus den Augenwinkeln heraus. Ihre Miene war erstarrt, ihr rechter Fuß klopfte rhythmisch auf den Boden.

»Bitte, bitte.« Direktor McAdams streckte beschwichtigend die Arme aus, eine Geste, die vor einem Saal voller tief verletzter People of Colour zugleich herablassend und bedrohlich wirkte. »Ich versichere Ihnen, wir meinen es nur gut. Der Tod dieses Jungen ...«

»Es war Mord!«, schrie eine andere wütende Stimme.

»Nun, die Entscheidung darüber müssen wir dem Gericht überlassen. Wie Sie wissen, wirft der Polizeibericht über die Geschehnisse ein sehr schlechtes Licht auf den Jungen ...«

»Sie haben ihm den Hinterkopf weggeschossen!« Der Sprecher stand auf. Ein Schwarzer Mann mit enormem Leibesumfang und dazu passender Stimme. Seine Empörung füllte den ganzen Saal aus.

»Das ist die Version der Medien«, entgegnete Direktor McAdams wie ein Lehrer, der die Grammatik eines Schülers korrigiert.

Folakes Fuß trommelte immer schneller. Ich blickte mich im Saal um. McAdams sollte besser schnell auf den Punkt kommen, ehe die Situation eskalierte. Leider erging es ihm wie den meisten Weißen der älteren Generation, und konfrontiert mit einem Saal voller Angehöriger einer Minderheit war er so hilf- und ratlos wie der sprichwörtliche Ochs vorm Berg.

»Wir wollen sicherstellen, dass so etwas keinem unserer Schüler widerfahren kann. Deswegen haben wir den Leiter der Abteilung Community Relations des San Francisco Police Department, Deputy Chief Aaron Black, eingeladen, der unseren

Jungs Tipps geben wird, wie sie sich in Gegenwart der Polizei verhalten sollten. Deputy Chief Black, bitte.«

Der Direktor deutete hinter sich, und zehn Sekunden später stand sein Klon neben ihm. Ich kannte Black, und ich ging ihm nach Möglichkeit aus dem Weg, zumal er wusste, dass ich zu den Unterzeichnern einer Petition gegen seine Beförderung zum Leiter der Gemeinwesenarbeit beim SFPD gehörte.

Blacks Nachname war noch nicht das Ironischste an ihm. Obwohl er mit einer taiwanesischen Ärztin verheiratet war, galt der Deputy Chief als einer der rassistischsten Beamten in der Stadt. Tatsächlich wurde seine Beförderung als Maßnahme zur Imageverbesserung gesehen, die den Weg für seine Ernennung zum Polizeichef frei machen sollte, wenn der amtierende Chief in Ruhestand ging.

»He, Leute, wir wollen doch alle nur, dass unsere Kinder sicher sind, oder?« Er hob die Stimme, als ob er zu einer Versammlung von Schwerhörigen spräche. »Oder?!« Das Schweigen, das ihm entgegenschlug, schien ihn nicht zu stören. »Gut, dann schauen wir uns das mal an!« Er drehte sich zu der Leinwand hinter ihm um und drückte auf die Fernbedienung.

Jordan Edwards' braunes Gesicht wurde durch eine PowerPoint-Folie ersetzt.

»*So verhalte ich mich, wenn ich von der Polizei angehalten werde: Eine Präsentation des San Francisco Police Department für junge Schwarze Männer.*«

Das laute Scharren von Stuhlbeinen ließ das empörte Stimmengewirr verstummen und Deputy Chief Black in seinen einleitenden Bemerkungen innehalten. Alle Augen richteten sich auf Folake, als sie sich an mir und den Zwillingen vorbeischob, sodass wir gezwungen waren, unsere Stühle nach hinten zu rücken.

Folake schritt aus der Aula wie ein Supermodel auf dem Laufsteg. Den Kopf hoch erhoben, die Schultern gestrafft, während das Klacken ihrer High Heels durch den Saal hallte. Ihr Zorn war wie radioaktive Strahlung, die jeden traf, der ihr nicht rechtzeitig aus dem Weg ging. Die Zwillinge und ich folgten ihr weniger geräuschvoll. In diesem Moment wusste ich, dass ich das Unvermeidliche nicht länger aufhalten konnte.

Sieben Monate später waren wir in Nigeria.

Die gleiche Wut, die Folake damals in Crown Heights erfüllte, scheint in ihr zu brodeln, als sie den Prado parkt und – ohne mich auch nur eines Blickes zu würdigen – aussteigt und auf das Verwaltungsgebäude der Mitarbeiterschule zumarschiert. Und genau wie an jenem Tag, zehn Tage nachdem Jordan Edwards in Balch Springs, Texas, von der Polizei ermordet worden war, folge ich ihr.

Folake legt die Schachtel mit den Bleichcremes auf den Schreibtisch, sodass sie das Namensschild verdeckt: *Mrs Azuka Ojoh, Direktorin*. Gleich nachdem Folake den Termin bei der Direktorin bestätigt hatte, sind wir noch einmal nach Hause gefahren, um das »Beweismittel« zu holen. Nicht einmal die Tatsache, dass vor zwei Tagen eine Leiche vor unserem Haus abgeladen wurde, konnte Folake von dem Feldzug abbringen, den sie gestartet hat, als ich ihr sagte, wofür Lara das Geld ausgegeben hatte.

Nach einem Jahrzehnt als Leiterin der Schule für Universitätsmitarbeiter kann Mrs Ojoh offenbar nichts mehr aus der Fassung bringen. Nicht einmal die Schachtel mit Cremes vor ihr auf dem Tisch. Sie ist bekannt dafür, großen Wert auf Disziplin zu legen, und sie hat den permanent finsteren Gesichtsausdruck einer Frau, die es gewohnt ist, harte Urteile zu fällen. Sie erinnert mich an Pastor George.

Mrs Ojohs Blick geht von der Schachtel zu Folake. »Ich verstehe, warum Sie besorgt sind, Professor Taiwo.«

»Wir sind mehr als besorgt«, erwidert Folake ebenso kühl. »Es waren Schüler dieser Schule, die mit diesem Zeug gehandelt haben. Das Mobbing, das unsere Tochter dazu getrieben hat, diese Chemikalien zu kaufen, ist offensichtlich eine Marketingstrategie.«

Die Direktorin winkt ab. »So viel Raffinesse würde ich diesen Mädchen nicht zutrauen.«

Folake dreht die Handflächen nach außen, die Augen in gekünstelter Überraschung weit aufgerissen. »Müssen wir etwa davon ausgehen, dass da ein Erwachsener im Spiel ist? Jemand, der diese Mädchen dazu anhält, andere Schülerinnen zu beleidigen, um einen Bedarf für dieses« – sie deutet mit einer abschätzigen Geste auf die ungesunden Cremes – »Gift zu erzeugen?«

Nie habe ich Folakes juristischen Verstand mehr bewundert als in diesem Moment. Sie weiß, dass es so gut wie aussichtslos wäre, gerichtlich gegen Minderjährige vorzugehen, und die Schule wegen Vernachlässigung ihrer Fürsorgepflicht zu belangen, hätte auch nur zweifelhafte Erfolgsaussichten. Stattdessen macht sie der Direktorin klar, dass sie beabsichtigt, die Eltern wegen der Taten ihrer Kinder zur Verantwortung zu ziehen.

Die Art, wie die Direktorin sich auf ihrem Stuhl zurücklehnt und Folakes unbeirrbaren Blick erwidert, verrät mir, dass die Frau genau weiß, worauf Folake abzielt. »Ich versichere Ihnen, Professor Taiwo, diese Mädchen werden ihre Strafe erhalten. Es ist nicht notwendig …«

»Oh, es ist durchaus notwendig. Zum einen bin ich nicht daran interessiert, dass sie bestraft werden. Was würde das nützen? Außerdem wissen Sie so gut wie ich, dass es meiner Tochter das Leben an dieser Schule noch schwerer machen würde.«

»Wollen Sie damit andeuten, dass sie der Schule verwiesen werden sollten?« Die unerschütterliche Mrs Ojoh wirkt ungewöhnlich nervös. »Wir reden hier von den Kindern Ihrer Kollegen an der Universität. Ich bin sicher, dass es Wege gibt ...«

»Wir wollen nicht, dass sie der Schule verwiesen werden, Madam«, werfe ich rasch ein, um der Frau einen Schlaganfall zu ersparen. Es ist ganz bestimmt nicht Teil von Folakes Plan, junge Mädchen von einer Bildungseinrichtung ausschließen zu lassen.

»Was wir wollen, ist eine Änderung ihres Verhaltens«, sagt Folake. »Diese Mädchen legen eine Mentalität an den Tag, die ihnen selbst und ihrer Zukunft schadet. Das ist das Problem, das wir angehen sollten.«

Die Direktorin ist nun vollends verwirrt. »Aber wie sollen wir das machen? Wir sind kein Internat. Wir tun hier unser Bestes, aber diese Mädchen gehen nach dem Unterricht nach Hause zu ihren Familien, die ihre eigenen Moralvorstellungen haben.«

Folake nickt verständnisvoll. »Das ist mir bewusst. Ich habe tatsächlich einen Vorschlag, aber vorher müssen Sie mir etwas sagen.«

Mrs Ojoh zieht skeptisch eine Augenbraue hoch, bedeutet ihr aber mit einem Nicken, fortzufahren.

»Ich möchte etwas über die schulischen Leistungen dieser Mädchen wissen ...«

»Darüber kann ich Ihnen ohne Erlaubnis der Eltern nichts sagen«, stammelt die Direktorin entsetzt.

Folake macht eine wegwerfende Handbewegung, als wären derlei Bedenken nur ein unbedeutendes Detail. »Nur ganz allgemein: Ist ihr Niveau durchschnittlich oder gut oder ausgezeichnet?«

Mrs Ojoh schüttelt den Kopf, als ob sie einsieht, dass sie sich geschlagen geben muss. »Ich versichere Ihnen, Professor Taiwo, die Mädchen, die Ihre Tochter gemobbt haben, sind weit davon entfernt, Einserschülerinnen zu sein.«

»Dann kann man also davon ausgehen, dass ihre Leistungen in Pflichtfächern wie etwa Mathematik schlechter sind als die meiner Tochter?«

Die Direktorin scheint den Vergleich geradezu als beleidigend zu empfinden. »Ihre Tochter ist praktisch ein Mathematikgenie. Ich weiß, dass ihre Lehrer voller Bewunderung von ihrem scharfen Verstand sprechen.«

Folake lächelt. »Ich weiß. Und deshalb werden Sie meinen Vorschlag sicher begrüßen.«

»Bist du sicher?«, frage ich Folake, die am Steuer sitzt, als wir das Schulgelände verlassen.

»Ich war mir noch nie einer Sache so sicher«, antwortet sie, den Blick auf die Straße geheftet, einen entschlossenen Zug um die Mundwinkel.

Ich hatte befürchtet, dass sie das sagen würde, dennoch unternehme ich noch einen Versuch. »Aber darauf zu bestehen, dass Lara den Mädchen, die sie mobben, Nachhilfe gibt, ist fast ... ich weiß nicht ... kontraproduktiv.«

Folake wirft mir einen Seitenblick zu. »Ganz ehrlich, Schatz, für einen Psychologen hast du manchmal erschreckend wenig Ahnung von Frauen.«

Ich bin zu besorgt, um empört zu sein. »Das sind keine Frauen, Schatz. Es sind Kinder.«

»Kinder auf dem Weg, Frauen zu werden.«

»Für Lara wird es bestimmt die reinste Folter sein.«

Folake zuckt gleichgültig mit den Schultern. »Anfangs ja. Und sie hat es verdient als Strafe dafür, dass sie gestohlen hat. Aber später wird mein Plan sich vielleicht als das Beste erweisen, was ihr passieren konnte, abgesehen davon, dass sie mich zur Mutter hat.«

»Du weißt ganz offensichtlich etwas, was ich nicht weiß«, bemerke ich trocken. »Ich frage dich noch einmal: Wie soll das funktionieren?«

Folake holt tief Luft und hält an einer roten Ampel. Sie wendet sich mir zu. »Schatz, egal wie oft du oder ich unserer Tochter sagen, wie schön oder wie besonders sie ist, sie wird uns nie glauben, weil wir so etwas nun mal sagen *müssen*.«

»Das haben wir ja schon geklärt, aber …«

Sie hebt die Hand. Sie ist noch nicht fertig. »Wenn diese Mädchen die Macht haben, unsere Worte wirkungslos verpuffen zu lassen, dann will ich, dass sie diese Macht auch nutzen, um den Schaden zu beheben, den sie angerichtet haben.«

»Wie?« Vielleicht bin ich heute schwer von Begriff. Diese seltsame Logik muss sie mir bitte erklären.

»Indem sie gezwungen werden, in Lara mehr als nur ihr Äußeres zu sehen. Sie werden den überlegenen Verstand meiner Tochter erleben. Vielleicht erkennen sie dann, dass sie selbst auch dieses Niveau an schulischen Leistungen erreichen und trotzdem so hübsch sein können, wie sie sind.«

Jetzt ist es an mir, spöttisch zu lächeln. »Das wird nicht funktionieren. Diese Teenager von heute, die sind durch Social Media …«

»Schatz, es war nicht Snapchat oder Instagram, was meine Tochter dazu gebracht hat, ihre Haut bleichen zu wollen. Es war nicht irgendein Popstar, der eine Version von Schönheit verkauft, die Laras Selbstwertgefühl schwächt. Es waren Menschen aus Fleisch und Blut, die vielleicht genauso geschädigt sind und Hilfe brauchen.«

Ich zeige auf die Ampel. »Grün.«

Folake gibt Gas.

»Wir wandeln den Schmerz unserer Tochter also in gemeinnützigen Aktivismus um?«

»Nennen wir es meinetwegen ein soziales Experiment. Wenn die Bullys schon nicht davon profitieren, bekommt Lara wenigstens die Chance, ihren überlegenen Intellekt zu demonstrieren. Das gibt ihrem Selbstwertgefühl einen größeren Schub als alles, was wir zustande bringen könnten.«

»Und wenn die Direktorin die Eltern nicht von diesem Plan überzeugen kann?«, frage ich.

Folake wirft mir einen Blick zu, der meine Sorge um die arme Direktorin wiederaufleben lässt. »Oh, sie wird sie überzeugen«, versichert Folake.

Ich würde gerne auf einige Risiken dieses »Experiments« hinweisen, aber wir haben jetzt fast die Büroräume der Campus-Security erreicht. Hinter diesen Mauern wartet ein anderer Kampf auf mich, für den ich einen klaren Kopf und Folake an meiner Seite brauche.

Im Büro wimmelt es von Männern und Frauen in Uniform, überall gestärkte Baumwolle mit Namensschildern, die ihre Träger als reguläre Polizeibeamte und Angehörige des Campus-Sicherheitsdiensts ausweisen. Ich versuche mir meine Verachtung nicht anmerken zu lassen, als ich Lawrence Bello entdecke. »Dirty Detective« Bello. Es fällt schwer, sich ihn als Gesetzeshüter vorzustellen, wenn man weiß, was ich jetzt weiß.

»Willkommen, Professor«, begrüßt der Security-Chef Folake. »Danke, dass Sie so kurzfristig kommen konnten.«

Es war in der Tat kurzfristig. Die Nachricht kam, als wir uns gerade auf das Gespräch mit der Direktorin vorbereiteten. Es gab eine Überschneidung von dreißig Minuten in der Terminplanung, was Folake regelte, indem sie den Sicherheitschef anrief. Er verschob den Termin um eine halbe Stunde und versicherte uns, dass er die Polizei informieren würde, die inzwischen offiziell mit der Untersuchung des Falls betraut wurde.

»Wir ermitteln nicht in dem Todesfall«, hatte der Sicherheitschef am Telefon versichert, als ob uns das irgendwie beruhigen würde. »Für so etwas sind wir nicht ausgestattet. Wir haben die Polizei hinzugezogen, um herauszufinden, wie der arme Mann zu Tode gekommen ist.«

Und da sind wir nun. Die Anspannung ist mit Händen zu greifen.

»Danke fürs Kommen«, sagt Bello, keinen Deut freundlicher als bei unseren bisherigen Begegnungen. Er lächelt verkrampft, als er Folake begrüßt. »Ihr Mann und ich arbeiten bei einer Ermittlung zusammen.«

Folake sagt nichts. Man macht keinen Small Talk mit einer in den USA ausgebildeten Anwältin. Es gibt keine nigerianische Version der Belehrung eines Verdächtigen, wie sie in den Staaten vorgeschrieben ist, aber Folake hat mich vorgewarnt, als sie den Wagen parkte. »Sag nichts über das hinaus, was vor unserem Haus passiert ist«, schärfte sie mir ein. »Im Zweifelsfall lass mich reden.«

»Das Pathologische Institut hat einen vorläufigen Bericht über die Leichenschau herausgegeben.« Der Sicherheitschef übergibt uns Kopien des Berichts auf dem Briefpapier der Universität. »Sie müssen verstehen, dass wir ohne Einwilligung der Angehörigen keine umfassende Obduktion genehmigen konnten.«

Bello meldet sich zu Wort. »Wie Sie sehen können, wurde das Opfer gefoltert und höchstwahrscheinlich erdrosselt. Zwischen dem Todeszeitpunkt und dem Ablegen der Leiche vor Ihrem Haus ist offenbar eine gewisse Zeit vergangen.«

»Laut Auskunft des Pathologen mindestens drei Stunden«, fügt der Sicherheitschef hinzu.

Bello sieht ihn scharf an, seine Körpersprache scheint den Sicherheitschef zum Schweigen zu mahnen. Dann wendet er sich wieder an Folake und mich. »Laut Ihren Aussagen hielten Sie beide sich zum mutmaßlichen Todeszeitpunkt in Ihrem Haus auf.«

»Warum sind wir dann hier?«, fragt Folake mit unbewegter Miene, als sie den Bericht auf den Tisch zurücklegt. Ich behalte meine Kopie in der Hand und überfliege den Text, um festzustellen, ob der Inhalt mit meinen ersten Beobachtungen an Ewangs Leiche übereinstimmt.

»Weil wir Ihren Mann fragen möchten, warum seiner Meinung nach jemand eine Leiche vor seinem Haus ablegen sollte«, erklärt Detective Bello.

Ich sehe ihn an und versuche meine Miene neutral zu halten. Es hilft, wenn ich ihn mir als »Dirty Detective« vorstelle.

»Alles, was wir wissen, steht in unseren Aussagen«, sagt Folake, bevor ich antworten kann.

»Es tut mir leid, Madam, aber Ihre Aussage liefert uns keinerlei Anhaltspunkte. Ein Mensch ist tot.«

Folake schiebt ihren Stuhl zurück und sieht dem Detective unverwandt in die Augen. Als er den Blickkontakt abbricht, erklärt sie in ihrem Dozentinnen-Tonfall – langsam und bedächtig, um deutlich zu machen, dass sie das Gesagte nicht wiederholen wird: »Uns ist sehr wohl bewusst, dass ein Mensch tot ist, Detective. Es gibt eine einzige Verbindung zwischen meinem Mann und dem Verstorbenen. Er war Gemeindemitglied in der Grace Church, von der mein Mann engagiert wurde, um den Tod der Frau des Bischofs zu untersuchen. Es wurde amtlich festgestellt, dass sie durch Suizid starb, womit der Fall erledigt ist. Aber das wissen Sie alles selbst, nicht wahr?«

»Kann Ihr Mann nicht für sich selbst sprechen?« Bello klingt verschnupft.

»Ich bin nicht nur Augenzeugin des betreffenden Vorfalls, sondern zudem sein Rechtsbeistand. Solange wir nicht irgendeiner Straftat beschuldigt werden, werde ich alle Fragen an seiner Stelle beantworten.«

Der Detective sieht mich wütend an. »Dr. Taiwo, sagen Sie Ihrer Frau ...«

»Ich sage *Professor* Taiwo gar nichts, Detective«, falle ich ihm ins Wort.

Folake wendet sich dem Sicherheitschef zu. »Sir, benötigt die Universität unsere Hilfe bei irgendetwas Bestimmtem?«

Er setzt sich auf. »Es steht alles in Ihren Aussagen, Ma. Wir haben sie an die Polizei weitergeleitet, und die Leiche wird in diesen Minuten den Behörden übergeben.«

»Und warum müssen wir uns dann das hier gefallen lassen?« Sie sieht Bello nicht an, aber es ist unschwer zu erraten, was sie mit »dem hier« meint und was sie von ihm hält.

Der Sicherheitschef wendet sich hilfesuchend an Bello. »Er sagt, dass er und Ihr Mann zusammenarbeiten.«

»Tun wir das, Detective?«, frage ich mit sarkastischer Betonung auf dem Wort *Detective*. »Arbeiten wir *zusammen*?« Folake tritt mich unter dem Tisch.

»Haben Sie mit jemandem von der Grace Church gesprochen, Detective?«, fragt Folake. »Mit der Frau des Opfers? Der Kirchenleitung? Dem Bischof?«

Bello reagiert abwehrend. »Das machen die Kollegen vom Morddezernat. Ich bin deswegen hier.« Er gibt ihr ein Blatt Papier in einer Klarsichthülle. Es ist eine Kopie, aber ich kann erkennen, dass es der Zettel ist, den ich bei Ewangs Leiche gefunden habe. Ich setze eine neugierige Miene auf und warte, bis Folake ihn gelesen hat und an mich weiterreicht.

»Was hat das zu bedeuten?«, fragt Folake, und ich bin wieder einmal beeindruckt von ihrem Pokerface. In diesem Augenblick ist mir klar, dass ihr Plan mit Lara aufgehen wird. Meine Frau ist einfach knallhart, und zwar auf die bestmögliche Art und Weise.

»Das wurde bei der Leiche gefunden«, antwortet Detective Bello auf ihre Frage, doch er sieht dabei mich an. »Eine Botschaft, die eindeutig eine Drohung gegen Ihren Mann ist.«

Ich wette, der Detective würde uns den Zettel nicht zeigen, wenn die Polizei von dem Geldwäschesystem wüsste.

»Aber das wissen Sie nicht sicher, oder?«, kontert Folake.

»Das versuchen wir gerade herauszufinden.«

»Wenn wir etwas wüssten, glauben Sie, wir würden es Ihnen verschweigen?«, frage ich, um meine Theorie zu testen.

Bello ist sichtlich erleichtert, mich reden zu hören. Er klingt jetzt noch ernster, beinahe verzweifelt. »Sie wissen, dass in dieser Kirche irgendetwas im Gange ist. Sie können diese Leute nicht länger schützen. Sie können *ihn* nicht länger schützen.«

Ich würdige ihn keiner Antwort. Er weiß nichts von der Liste.

Folake steht auf. »Detective, wir werden mit dem Sicherheitsdienst der Universität kooperieren, um festzustellen, wie es dazu kam, dass die Leiche in unserem Vorgarten abgelegt wurde. Im Übrigen versichere ich Ihnen, dass Dr. Taiwo Ihr Team unverzüglich kontaktieren wird, sollte er etwas Hilfreiches herausfinden. Da sonst offenbar nichts ansteht, betrachte ich diese Besprechung als beendet.«

Sie tritt auf den Sicherheitschef zu, gibt ihm die Hand, und ehe der Detective protestieren kann, ist sie zur Tür hinaus.

Ich greife nach meiner Kopie des Berichts.

»Sie wissen, dass es eine Verbindung gibt, Dr. Taiwo«, sagt Bello, und wenn ich es nicht besser wüsste, würde ich sagen, dass seine Stimme flehend klingt. Dann ruiniert er es. »Und wenn ich herausfinde, dass Sie etwas wissen, was Sie mir verschweigen ...«

Die Liste der Überweisungen von Sade Dawodus Konto auf das dieses Kriminellen in Uniform taucht vor meinem geistigen Auge auf. Dass der Mann sich nicht schämt!

Ich halte den Leichenschaubericht hoch und ignoriere Bello geflissentlich. »Darf ich das behalten?«

Dann gehe ich hinaus, ohne die Antwort des Sicherheitschefs abzuwarten.

Folake sitzt bereits hinter dem Steuer. Mein stolzes Lächeln verfliegt, als ich ihre wütende Miene registriere.

»Du warst unglaublich gut da drin, Schatz.«

Sie sieht mich an. »Bring das in Ordnung, Phil. Ich weiß nicht, wie du es anstellen willst, aber bring es in Ordnung. Dieser Fall ist auf die denkbar hässlichste Weise in unser Leben getreten und zum denkbar schlechtesten Zeitpunkt. Ich kann den ganzen Medienrummel nicht ertragen, und so gern ich Chika und Onyinye habe, ich vermisse mein Bett. Ich will, dass das vorbei und erledigt ist. So schnell wie möglich.«

Sie startet den Wagen, als ich gerade im Begriff bin, mich zu entschuldigen und ihr zu versprechen, dass ich mein Bestes tun werde.

Mein Handy signalisiert den Eingang einer Textnachricht. Ich greife danach, während Folake zurücksetzt. Die Nummer kommt mir bekannt vor, aber ich kann sie nicht zuordnen.

Stirnrunzelnd lese ich die Nachricht.

Kann ich Ihnen vertrauen?

Ich sehe mir noch einmal die Nummer an. Jetzt erkenne ich sie wieder, von den vielen Stunden, die ich über Sade Dawodus Anruflisten gebrütet habe. Ich stoße einen leisen Pfiff aus, als Folake auf die Hauptstraße einbiegt, die zur Juristischen Fakultät führt.

»Was?«

Meine Hand zittert leicht, als ich ihr mein Handy hinhalte. »Ob du's glaubst oder nicht – ich habe gerade eine Nachricht von Sade Dawodu bekommen.«

BUCH III

*Bei gleichbleibendem Druck ist das Volumen
einer bestimmten Menge Gas direkt proportional
zur Temperatur.*

GAY-LUSSACSCHES GESETZ

*Arme und Reiche begegnen einander:
beider Augen erleuchtet der Herr.*

SPRÜCHE SALOMOS 29,13

PHASEN DER TRAUER

Du bist vielleicht noch im ersten Stadium der Trauer. Leugnung. Du bist vielleicht versucht, dort zu verharren, zu hoffen und zu beten, dass dies alles ein Albtraum ist, aus dem du bald erwachen wirst. Tu es nicht. Die Leugnung ist ein dunkler, warmer Ort, der dich verlockt mit Illusionen von dem, was hätte sein können. Ich weiß, wovon ich rede.

Damals wusste ich es noch nicht, aber meine Trauer begann in meiner Hochzeitsnacht.

Lass uns beten, sagte er, als ich aus dem Badezimmer dieser Luxussuite auf den Malediven kam. Die Aufforderung kam nicht von meinem Ehemann, sondern von Bishop.

Ich hatte mir unsere Hochzeitsnacht anders ausgemalt, doch ich kniete nieder. Er stellte sich vor mich und betete so lange, bis mir alle Lust auf Sex verging. Und dann vergewaltigte er mich. Es sollte Monate dauern, in denen er mich immer nur dann nahm, wenn ich es nicht wollte, bis ich endlich erkannte, dass mein Mann nur durch meine Angst erregt wurde.

Ich erzähle dir das, weil du, wenn du an diesem Ort der Leugnung verharrst, so enden wirst wie ich. Du wirst so tun, als ob alles in Ordnung wäre, und dich in der Gewissheit wiegen, dass alles, was gerade passiert, in ein paar Tagen vorbei ist. Bis die Tage zu Wochen werden und die Monate schließlich zu Jahren.

Bitte stell dich der Wahrheit. Nichts wird das ändern, was ist.

Erst wenn dein Schmerz dem Zorn weicht, der nächsten Phase der Trauer, wirst du bereit sein für den nächsten, den finalen Schritt.

Die blutigen Beweise, die wir im Haus verteilt haben, werden ihn nicht auf Dauer hinter Gittern halten. Auch die Auffindung meiner Leiche nicht. Aber bitte mach dir keine allzu großen Sorgen. Vergiss nicht, wir verfolgen einen langfristigen Plan. Jetzt schon umschwirren ihn Zweifel wie die Fliegen einen Misthaufen. Wir haben ihn da, wo wir ihn haben wollen.

GHOSTING

Folake kommt fast von der Fahrbahn ab, als ich ihr die Nachricht vorlese.

»Antworte!«, fordert sie mich auf, während sie links ranfährt. »Schreib einfach irgendwas.«

Ich blicke von meinem Handy zu Folake. »Sie ist *tot*. Ich habe sie gesehen«, sage ich, doch ich höre die Panik in meiner Stimme.

»Mach schon, Philip«, sagt sie und deutet auf mein Handy.

Sie können mir vertrauen. Ich drücke auf »Senden«.

Wir warten. Unser Atem ist lauter als die Klimaanlage des Autos.

Sie helfen einem schlechten Menschen, kommt zurück.

Folake rückt näher. »Schreib so was wie: ›Sollten Sie nicht tot sein?‹«

Meine Finger fliegen schon über das Tastenfeld.

Ich helfe niemandem. Ich will nur die Wahrheit wissen.

Ich halte Folake den kleinen Monitor hin. Sie nickt.

Gebannt warten wir auf die Antwort.

Die Wahrheit kann Sie das Leben kosten.

Folake und ich wechseln einen Blick. Ich riskiere es und tippe: *Sade ist tot – wer sind Sie?*

Die Antwort kommt schnell: *Gerechtigkeit.*

Ich verliere auch keine Zeit.

Sagen Sie mir, wer Sie sind. Vielleicht können wir zusammenarbeiten.

Wir warten, aber es kommt nichts mehr. Folake atmet tief aus. »Hast du sie – oder ihn – vielleicht verschreckt?«

Ich blicke stirnrunzelnd auf den Bildschirm. »Ich weiß nicht recht. Warten wir's ab.« Enttäuscht stecke ich das Handy ein. »Ich glaube, es war ein Test, um herauszufinden, wie offen ich für ihren oder seinen Standpunkt bin.«

Folake fährt zurück auf die Hauptstraße. »Und bist du das? Offen?«

Ich denke an die Frau, die junge Mädchen dazu ermutigt hat, selbstständige Entscheidungen zu treffen. Eine Frau, die in meiner Schwester eine so leidenschaftliche Loyalität geweckt hat, dass sie bereit ist, mich zu bezahlen, um die Wahrheit aufzudecken. Eine Frau, die auf eine furchtbare Wahrheit gestoßen sein muss, die sie teuer zu stehen kam. Eine Frau, die irgendjemand rächen will.

»*Sie ist so schön*«, hat Lara gesagt.

»Etwas ist Sade Dawodu zugestoßen, Schatz. Etwas Schreckliches. Etwas, das ihr das Licht raubte und ihr keine Wahl ließ, als sich das Leben zu nehmen. Auch wenn ich damit leben könnte, nicht zu wissen, warum sie es getan hat – jetzt, da meine Familie in Gefahr ist, kann ich es unmöglich auf sich beruhen lassen.«

Wir haben die Juristische Fakultät erreicht. Folake parkt den Wagen und sieht mich an. »Das ist ein gewaltiger Druck, Phil, und verzeih mir, dass ich dich vorhin so hart angegangen bin. Du kannst nicht etwas in Ordnung bringen, wenn du nicht weißt, was das Problem ist. Aber in einem bin ich mir sicher: Du schaffst das. Du bist gut in deinem Job. Wenn irgendjemand herausfinden kann, was wirklich mit Sade Dawodu passiert ist und wie das mit dem Tod dieses armen Mannes zusammenhängt, dann bist du es.«

»Ich bin mir nicht so sicher. Da wir gerade den Stress mit Lara haben. Sie braucht ...«

Folake lehnt sich über den Schalthebel und küsst mich. »Überlass Lara nur mir. Du musst dieser Sache auf den Grund gehen, damit wir unser Leben zurückbekommen.«

Ich bin viel zu aufgewühlt, als dass es mir peinlich wäre, wie oberflächlich ich meinen Nachmittagskurs durchziehe.

»Wie Studien belegen, gründet die Psychologie der Täuschung in einer komplexen Mischung aus kulturellen, sozialen und sogar religiösen Vorurteilen seitens des Befragers wie auch des Befragten.« Ich höre mich bestimmt an wie ein Roboter. »Wer kann mir anhand der Literatur, die ich Ihnen letzte Woche gegeben habe, einige der Variablen nennen, die bei einer Vernehmung zu berücksichtigen sind?«

Hände werden gehoben. Die meisten Antworten sind korrekt: die Bedingungen, unter denen eine Lüge erzählt wird; die Art der Lüge selbst; die zu erwartenden Konsequenzen, wenn man entweder die Wahrheit sagt oder sich in Lügen verstrickt – aber ich nehme sie kaum zur Kenntnis. Ich nicke, notiere Stichworte an der Tafel und beende die Veranstaltung einige Minuten vor der Zeit.

»Sie wissen, dass es eine Verbindung gibt.« Bellos Worte gehen mir durch den Kopf, als ich meinen Laptop aufklappe. Was ist die Verbindung zwischen dem Detective und Sade Dawodu? Es muss doch eine Reihe von Kontakten zwischen ihnen gegeben haben, bevor so beträchtliche Summen überwiesen wurden? Von wem sind sie ausgegangen? Hat das Treffen vor Kurzem stattgefunden? Oder beschränkte sich der Kontakt auf die Geld-

bewegungen, und es gab einen Mittelsmann, der mit beiden in Verbindung stand?

Dass die Textnachrichten von Sade Dawodus Handy so kurz nach einer weiteren Begegnung mit dem offensichtlich korrupten Detective kommen, verkompliziert die Sache weiter. Was ist, wenn er derjenige ist, der die Fäden zieht? Arbeitet er allein oder zusammen mit anderen Beamten? Weiß er, welche Rolle Enomo bei dem Ganzen spielt?

So viele Fragen – mir schwirrt schon der Kopf. Ich muss irgendwie runterkommen. Mich konzentrieren auf diese eine Sache – die Verbindung. Die Verbindung …

Ich schreibe Kenny: *Du hast mir noch nicht die Namen von Sade Dawodus Freunden geschickt.*

Kennys Antwort lässt länger als gewöhnlich auf sich warten, und weil mir diese Nachrichten von Sades Handy immer noch keine Ruhe lassen, drücke ich kurz entschlossen das Wählsymbol neben ihrer Nummer.

»Hallo. Ich kann Ihren Anruf im Moment nicht entgegennehmen, aber wenn ich Sie zurückrufen soll, sagen Sie mir bitte, worum es geht.«

Sade Dawodus Stimme ist so wohlklingend wie in den Interviews, die ich gesehen habe – ruhig und bedächtig. Nicht zum ersten Mal kommt mir unwillkürlich der Gedanke, dass ich sie gemocht hätte. Ich überlege, ob ich eine Nachricht hinterlassen soll, aber ich fürchte, dass das ziemlich sinnlos wäre. Ich *weiß*, was ich in diesem Sektionssaal gesehen habe. Wer immer diese Nachrichten sendet, es ist *nicht* Sade Dawodu. Ich hätte gerne mehr in der Hand gehabt, bevor ich Chika anrufe, aber die Zeit drängt, und je früher er sich daranmacht, desto besser.

»Ich habe dir gerade einen Screenshot von einem sehr interessanten Chatverlauf geschickt«, sage ich, sobald er sich meldet.

»Sekunde«, sagt er.

Ich checke meinen Posteingang, während ich warte. Ich habe eine E-Mail von Professor Cook. Ich klicke den Anhang an, ohne die Mail selbst zu lesen – er wird sich sicher nur nach meiner Familie erkundigen und mich daran erinnern, dass ich ihm für diesen Gefallen etwas schuldig bin.

»Wow! Das ist Ghosting im wahrsten Sinn des Wortes«, höre ich Chika sagen.

»Du siehst es?«

»Mehr gibt es nicht? Ist das alles?«

»Ja. Also ist das Handy wieder eingeschaltet«, antworte ich, während ich den Ordner anklicke. Scans von LaTanya Jacobsons Sozialversicherungsausweis, ihrer Bonitätsgeschichte und ihres Strafregisterauszugs erscheinen. »Kannst du es orten?«

»Nicht in Echtzeit. Wenn es wieder eingeschaltet wird und du mir sofort Bescheid sagst, dann ja. Aber vorläufig können wir nur feststellen, wann es zuletzt eingeschaltet war und wo. Es gibt allerdings keine Garantie, dass es wieder am selben Ort eingeschaltet wird.«

»Hm. Dann lass uns vorläufig mit dem arbeiten, was wir haben.«

»Es wird uns etwas kosten, wenn wir keine formelle Anfrage von der Polizei haben.«

»Keine Polizei fürs Erste, Chika. Nicht, solange wir nicht wissen, mit wem oder was wir es zu tun haben.«

»Verstanden. Dann geht es also auf Spesen«, sagt er. Er wird umso schlagfertiger und sarkastischer, je nervöser er ist. Victor Ewangs Tod beunruhigt ihn offensichtlich.

Ich klicke Polizeifotos einer wesentlich jüngeren LaTanya Jacobson an und vergrößere sie. Das Datum der Festnahme ist der 4. April 1996. Der Vorname ist derselbe, aber ihr Nachname ist Teil eines Doppelnamens.

»Phil?« Chikas Stimme stört mich in meiner Konzentration. »Bist du noch dran?«

»Ich muss Schluss machen. Ich erzähl's dir später.« Ich trenne die Verbindung, ohne den Blick vom Laptop zu wenden.

Der Ordner enthält mehrere Dokumente: Fingerabdrücke, Steuererklärungen, Strafzettel für Falschparken und zu schnelles Fahren, weitere Anzeigen wegen Ordnungswidrigkeiten, Kautionsanhörungen und eine Heiratsurkunde. Ich klicke die Kopie an, ausgestellt im District of Columbia am 17. September 1995. Beigefügt ist eine Annulierungsurkunde wegen »unüberbrückbarer Differenzen« vom 23. Juli 2017.

Der Name in der Zeile »Ehemann« in den beiden Dokumenten verschwimmt vor meinen Augen zu einem.

Jeremiah Dawodu.

WENDEPUNKT

»Aber dann wird es sehr spät, bis du nach Hause kommst ...« Folake verstummt, und ich sehe sie vor mir, wie sie missbilligend den Kopf schüttelt.

»Ich brauche die Gewissheit, dass er nichts mit der Drohung gegen uns zu tun hat.«

»Und wenn doch, begibst du dich dann nicht geradewegs in die Höhle des Löwen?«

»Was soll er mir in Graceland schon antun?« Meine Entschlossenheit gerät ins Wanken, als plötzlich vor meinem geistigen Auge ein Bild von Tausenden Kirchgängern auftaucht, die mich mit Bibeln und Tamburinen attackieren. »Ich will ihm ins Gesicht sehen, und ich will, dass er weiß, was ich weiß. Vielleicht können wir zu einer Abmachung kommen. Ich gebe den Fall ab, und er lässt uns in Ruhe.«

»Du weißt so gut wie ich, dass das nicht mehr so einfach ist.«

Wir sind beide still. Ich bin nur noch Minuten von Graceland entfernt, nachdem ich sofort von meinem Büro aufgebrochen bin, sobald Dawodu in das Treffen mit mir eingewilligt hatte. Jetzt gibt es kein Zurück mehr.

»Chika weiß, wo ich bin«, versichere ich ihr.

»Aber er ist nicht bei dir.« Folakes Ton macht deutlich, dass sie das nicht beruhigen kann.

»Ich brauche keinen Leibwächter«, wehre ich gereizt ab.

Chika hatte angeboten, mich zu begleiten, als ich ihm sagte, wohin ich will, doch ich habe abgelehnt. Wir hätten uns in der Polizeiakademie treffen müssen, was eine stundenlange Wartezeit bedeutet hätte, und ich konnte nicht riskieren, dass mich im letzten Moment der Mut verlässt.

»Entschuldige«, breche ich das Schweigen. »Ich will nur, dass das endlich vorbei ist. Bei euch alles okay?«, frage ich, um die Anspannung aus dem Gespräch herauszunehmen.

Folake spielt mit. Es ist einfacher so. »Ja, doch. Onyinye ist wirklich ein Engel, und Adaora genießt es sichtlich, im Mittelpunkt der Aufmerksamkeit zu stehen.«

»Und Lara?«

»Sie schweigt mich an, seit die Direktorin angerufen hat, um zu sagen, dass die Eltern meinem Vorschlag zugestimmt haben.«

Ich verstehe Laras Entsetzen angesichts der Vorstellung, mit ihren Peinigerinnen an einem Tisch sitzen zu müssen, und das nicht nur für einen Moment, sondern viele Nachhilfestunden lang.

»Ich bin da«, sage ich. Noch nicht ganz – ich muss meine Gedanken sammeln, ehe ich durch das Tor von Graceland fahre.

»Du schaffst das, Schatz. Und du brauchst keinen Leibwächter. Entschuldige, dass ich dir das einreden wollte.« Sie legt auf.

Graceland glitzert und funkelt, als ob schon Weihnachten wäre, ein auffälliger Kontrast zu der Dunkelheit, durch die ich gefahren bin. Auf dem Gelände herrscht reges Treiben: Autos fahren hinein und heraus, Bewohner kommen von der Arbeit zurück, und die Gläubigen strömen aus der Kirche, in der wieder einmal ein Gottesdienst stattgefunden hat. Offenbar kann nicht einmal die Trauer um ihre First Lady das Geschäft mit der Verbreitung des Evangeliums stören.

»Der Bischof und Miss Jacobson erwarten Sie, aber fassen Sie sich bitte kurz. Er hat in Kürze ein Gebetstreffen«, ermahnt mich seine Sekretärin, als sie die Tür zum Büro des Mannes öffnet, den ich unmöglich länger als »Bischof« bezeichnen kann.

Heute verzichtet Dawodu darauf, aufzustehen, mir auf die Schulter zu klopfen oder meinen Handrücken zu tätscheln wie ein Politiker im Wahlkampf. Stattdessen sitzt er hinter seinem Schreibtisch, sein Gesicht eine ausdruckslose Maske. LaTanya Jacobson steht hinter ihm, ihre grell lackierten Fingernägel ruhen auf seiner Schulter wie glänzende Orden. Ich verstehe die Botschaft. Einigkeit macht stark.

»Sie wollten mich sprechen, Dr. Taiwo?«, fragt Bischof Dawodu kühl.

»Ich hätte gedacht, Sie würden mich sprechen wollen nach dem, was vor meinem Haus passiert ist.«

»Ein bedauernswerter Vorfall, für dessen Aufklärung wir auf die Behörden vertrauen. Oder vielleicht können Sie mir ja sagen, warum der Leiter meiner Auslandsmissionen ermordet und seine Leiche vor Ihr Haus gelegt wurde?«

Die Unverschämtheit verschlägt mir fast die Sprache. »Ich habe den Mann gar nicht gekannt, bevor Ihre Ältesten mich engagierten.«

»Und dieser Auftrag ist offiziell abgeschlossen, da die Polizei, wie Sie wissen, beim Tod von Jerrys Frau von einem Suizid ausgeht«, sagt LaTanya.

»Und der Mord an Victor Ewang?«

»Aus meiner Sicht gibt es da keine Verbindung. Oder sind Sie anderer Meinung?« Dawodu zieht fragend eine Braue hoch.

Ich blicke von ihm zu LaTanya und wieder zurück. Sie haben sich eine Geschichte zurechtgelegt. Sie provozieren mich, um herauszufinden, wie viel ich weiß. Dawodus dramatisch inszenierter Besuch in der Polizeiakademie, um sich vorgeblich für meine Dienste zu bedanken, stellt sich nun als das heraus, was er wirklich war: eine Ausforschungsaktion. Dass er so lange vor meiner Zettelwand gestanden hat, hatte nichts mit Bewunderung zu tun – nein, er wollte analysieren, was ich wusste und welche Verbindungen ich hergestellt hatte. Ein zweites Mal falle ich nicht darauf herein.

Ich nehme gegenüber von den beiden Platz und setze eine freundlich interessierte Miene auf. »Sie wollen gar nicht mehr wissen, wer Ihnen eine Falle stellen wollte?«

»Wozu denn? Um denjenigen zu bestrafen? Mein ist die Rache, spricht der Herr«, sagt Dawodu in aufreizend leutseligem Ton.

»Um die Wahrheit zu erfahren?«, frage ich ebenso liebenswürdig zurück, doch ich fixiere ihn dabei mit zusammengekniffenen Augen, um ihn wissen zu lassen, dass ich meinen Verstand nicht an der Pforte abgegeben habe. »Vielleicht, was Ihre Frau dazu getrieben hat, sich in die Lagune zu stürzen?«

»Wir kennen die Wahrheit«, sagt LaTanya arrogant.

Ich drehe die Handflächen nach oben und sehe sie herausfordernd an. »Bitte. Ich brenne darauf, sie zu erfahren.«

Dawodu beugt sich vor. »Meine Gattin war eine zutiefst gestörte Frau, und nachdem sie den Plan gefasst hatte, sich das Leben zu nehmen, bildete sie sich irgendwie ein, dass ich schuld an ihrem ganzen Kummer wäre, und so versuchte sie den Eindruck zu erwecken, ich hätte sie getötet.«

»Aber auf welche Fakten stützen Sie sich dabei?«

LaTanya seufzt genervt und kommt um den Schreibtisch herum, um auf mich herabzusehen. »Dr. Taiwo, wir müssen das nicht unnötig in die Länge ziehen. Jerry ist ein mächtiger Mann, und er hat viele Feinde. Es gibt zu viele Leute da draußen, die diese Geschichte gerne ausnutzen würden, um ihn zu stürzen. Also können wir dieses Kapitel vielleicht einfach abschließen und uns voneinander verabschieden?«

Ich weise zur Tür. »Ihre Ältesten und die Gemeinde, wissen die von Ihrer ... ähm ... Verbindung?«

Dawodu klatscht in die Hände. »Ich habe Ihre Preisliste gesehen, Dr. Taiwo, und ich muss sagen, wenn das alles ist, was Sie zu bieten haben, sind Sie meines Erachtens überbezahlt.«

»Wusste Ihre Frau, dass Sie Bigamie begangen hatten? Hat sie da beschlossen ...«

»Die Ehe wurde annulliert, lange bevor wir es offiziell machten«, erklärt LaTanya in gelangweiltem Ton.

»Ja, aber hat Ihre Frau das gewusst?« Ich sehe Dawodu an, der nicht mehr so charmant wirkt, wie ich ihn anfangs wahrgenommen habe. Jetzt, da der Lack der Frömmigkeit ab ist, sieht der Mann aus wie ein Zuhälter in teuren Klamotten. Ein Dandy, der sich für einen kleinen König hält.

Dawodu zuckt mit den Schultern. »Ich fand nicht, dass diese Information für unsere Verbindung relevant wäre.«

»Sie zur Komplizin einer Straftat zu machen, könnte man durchaus als relevant betrachten«, bemerke ich sarkastisch.

»Was für eine Straftat? Was Sie in den Staaten Bigamie nennen, ist hier vollkommen legal«, erwidert Dawodu verächtlich.

LaTanya wedelt geziert mit ihren Krallen. »Er brauchte eine Green Card, und ich brauchte Geld, um eine unschöne Angewohnheit zu finanzieren. Das haben Sie doch sicher herausgefunden, als Sie Ihre Kumpels beim SFPD gebeten haben, mich zu durchleuchten.«

Dawodu steht auf und geht um seinen Schreibtisch herum zur Tür. »Es ist vorbei, Dr. Taiwo. Halten Sie sich bitte an die Rücktrittsvereinbarung, und unterlassen Sie es ab sofort, mich und meine Mitarbeiter zu belästigen. Darf ich Sie zudem an die Geheimhaltungsvereinbarung erinnern, die Sie unterschrieben haben? Bitte vergessen Sie das nicht, falls Sie auf die Idee kommen sollten, einige der Informationen, auf die Sie im Zuge Ihrer Tätigkeit für mich gestoßen sind, zu verwenden, um einen Mann Gottes in Verlegenheit zu bringen.«

Meine Verachtung macht eine Erwiderung überflüssig. Dawodus Hand ist an der Türklinke. LaTanya spielt an einem riesigen Klunker herum, den sie um den Hals hängen hat.

»Und die Drohung gegen mich und meine Familie?«

»Wissen Sie irgendetwas, was Ihre Familie in Gefahr bringen könnte?« LaTanya sieht mich unverwandt an.

Mein Blick macht deutlich: Ich sage nichts, wenn ihr nichts sagt.

LaTanya schwenkt wieder ihre Krallen, während sich ein verschlagenes Lächeln über ihre Züge ausbreitet. »Dann haben Sie ja nichts zu befürchten, wer immer es ist, der Ihnen droht.«

Zum ersten Mal seit langer Zeit verspüre ich den Drang, gewalttätig zu werden. Ich gehe zur Tür, baue mich vor Dawodu auf und sehe ihm in die Augen.

»Meine Familie ist tabu.«

»Gehen Sie mit Gott«, sagt er mit einem Lächeln und öffnet die Tür.

Bilder von Folake, wie sie mit meinen Kindern verängstigt in unserem Haus kauert, vermischen sich mit Erinnerungen an Sade Dawodus Leiche im Sektionssaal und Ewangs leblosen Augen. So viel Schmerz und Verlust, und alles hängt mit dieser Kreatur zusammen.

»Fahren Sie zur Hölle«, sage ich und gehe hinaus.

HUNDERTACHTZIG GRAD

Pastor George steht bei meinem Wagen. Sein Markenzeichen, der finstere Blick, ist verschwunden, stattdessen sieht er gealtert und besorgt aus. Ich bin nicht in der Stimmung, ihn zu bemitleiden.

»Bevor Sie etwas sagen, hören Sie mich bitte an«, sagt er, als ich ihn erreiche.

»Ich habe Ihnen nichts zu sagen«, erwidere ich kurz angebunden.

»Ich war im Unrecht, Dr. Taiwo. Ich habe einen Fehler gemacht. Bitte hören Sie mich an.«

Der Mann klingt verzweifelt.

»Was könnten Sie denn schon sagen, was …«

»Das hier.« Er ergreift meine Hand, wie um sie zu schütteln. Ich spüre Papier. »Öffnen Sie es nicht hier. Bitte. Ich treffe mich außerhalb von Graceland mit Ihnen.« Er tätschelt meine Hand und drückt mich an sich, dann flüstert er mir ins Ohr: »Fahren Sie zum Redeemer's Camp. Es ist ein Stück die Straße runter. Wir treffen uns dort.«

Ich löse mich von ihm, und ohne ihn eines weiteren Blickes zu würdigen, steige ich in mein Auto. Ich starte den Motor und entfalte den Zettel. Der handgeschriebene Satz besteht nur aus Großbuchstaben: »FALLS MIR ETWAS ZUSTÖSST, RUF DR. TAIWO AN. ER WEISS BESCHEID. ES TUT MIR LEID.«

Ich stecke den Zettel ein und setze zurück. Wann hat Ewang diese Notiz geschrieben? Nach unserem Treffen? War jemand von der Kirche Zeuge unserer Zusammenkunft? Oder hat er es in einem Zustand der Paranoia geschrieben? Was zu meiner Einschätzung seines erregten und verängstigten Zustands passen würde. Eine Angst, die sich auf tragische Weise als berechtigt erwiesen hat.

Ich wende und fahre zurück zu der Stelle, wo ich mich mit Victor Ewang getroffen habe. Was haben diese Leute nur mit dem Redeemer's Camp? Haben sie das Gefühl, dass in Graceland irgendetwas fehlt, was nur hier, im »Erlöser-Camp«, gefunden werden kann?

Ich parke am Eingangstor und warte auf Pastor George.

Er trifft fünfzehn Minuten später ein. Ich hätte ihn nicht gesehen, wenn er nicht mit seinem Volvo S70 direkt neben mir gehalten hätte. Er bedeutet mir mit einem Handzeichen, dass ich ihm nachfahren soll. Ich folge ihm durch den Haupteingang und halte an, als er am Rand der Hauptstraße parkt. Er steigt aus, blickt sich kurz um und kommt auf meinen Wagen zu. Auch wenn er nicht so ängstlich wirkt wie Ewang, kann ich schon an seinem Gang ablesen, dass ihn etwas bedrängt.

»Sie können den Fall nicht abgeben, Dr. Taiwo«, sagt er, sobald er die Beifahrertür zugezogen hat.

Ich halte den Zettel hoch. »Wer hat das geschrieben?«, frage ich, um ganz sicherzugehen.

»Victor Ewang. Seine Frau hat es zwischen den Seiten ihrer Bibel gefunden.« Er mustert mich stirnrunzelnd. »Was wissen Sie, Dr. Taiwo?«

Das ist ein starkes Stück. Ausgerechnet er fragt mich das. Was weiß *er* denn? »Sie haben meinen Vertrag gekündigt, schon vergessen?«

»Ich hatte Angst«, sagt Pastor George. »Ich bin nicht stolz darauf, aber nachdem dieser Detective sagte, er habe die Bestätigung, wie First Lady gestorben ist, bekam ich Angst.«

»Wovor?«

»Nicht *vor* irgendetwas. Ich hatte Angst *um* die Kirche. Angst, dass die Dinge, die Sie herausfinden könnten, die Grundfesten unserer Existenz erschüttern würden.«

»Ihre Kirche war Ihnen wichtiger als die Wahrheit?«

Sein Kopf schnellt so heftig zurück, dass man meinen könnte, ich hätte ihn geohrfeigt. »Ich glaubte, das Richtige zu tun. Die Kirche zu schützen …«

»Sie haben Ihren Bischof geschützt«, stoße ich hervor. Die Wut darüber, wie dieser Mann mich behandelt hat, macht mich ungnädig.

»Mag sein. Ich gebe es zu. Im Lauf der Jahre habe ich Seiten von ihm gesehen, die mich zweifeln ließen, ob ich am richtigen Ort bin. Aber ich dachte, es läge an mir. Dass ich mich von der Grace Church entfremdet hätte und deshalb nur die Mängel sähe. Dann kam dieser Tag, als man uns sagte, dass seine Frau sich das Leben genommen hat, und ich sah seine Reaktion darauf.« Er schüttelt den Kopf wie jemand, der eine unangenehme Erinnerung loswerden will. »Und dann noch diese furchtbare Frau, die neben ihm stand – da bin ich einfach in Panik geraten.«

Es gibt zahlreiche Studien über Menschen in einer religiösen Vereinigung, die unwissentlich in ein Netz aus Täuschung und Betrug hineingezogen werden, aber nur wenige über Menschen wie Pastor George. Solche, die sich bewusst dafür entscheiden, die Augen zu verschließen vor dem, was sich vor ihnen abspielt. Ich habe kein Mitleid mit ihm.

»Denken Sie von mir, was Sie wollen, Dr. Taiwo«, sagt er, und ausnahmsweise bedaure ich es nicht, dass ich kein Pokerface habe. Er soll ruhig wissen, was ich von ihm halte. »Ich habe es verdient, und der einzige Weg, wie ich es wiedergutmachen kann, ist, Sie zu bitten – nein, Sie anzuflehen, an diesem Fall dranzubleiben.«

»Auch wenn sich erweist, dass Ihr Anführer nicht der ist, für den er sich ausgibt?«, frage ich und sehe ihn dabei eindringlich an. Ich erinnere mich an unsere erste Begegnung. Seine Miene hatte ausgedrückt, was ich empfand, als Nwoko behauptet hatte, jemand wolle Dawodu zu Fall bringen: Zweifel.

»Wenn die Wahrheit bedeutet, dass Victor Gerechtigkeit widerfährt …«

»Er war kein unschuldiges Opfer«, sage ich und frage mich zum wiederholten Mal, wie viel der Mann inzwischen weiß. Ich könnte in eine Falle laufen.

»Das war er sicher nicht, aber niemand verdient es, so zu sterben. Er hinterlässt drei kleine Kinder. Was immer er getan hat – wenn es mit der Kirche zu tun hatte, dann ist die Kirche dafür verantwortlich. Und dann ist da First Lady. Welcher Schmerz kann eine Frau Gottes in den Suizid treiben? Was hätte ich abwenden können, um diese junge Frau zu retten? Was habe ich zugelassen?« Seine Stimme bricht vor Verzweiflung. »O mein Gott, was habe ich zugelassen?«

Pastor Georges Schultern beben. Ich lasse ihm Zeit, sich zu sammeln. Das Schweigen zieht sich hin. Er verschränkt die Hände, schließt die Augen und bewegt dann langsam den Kopf vor und zurück, als ob er betet. Ich wende mich ab und hoffe, dass es nicht allzu lange dauert, während ich dem Impuls widerstehe, mit den Fingern auf das Armaturenbrett zu trommeln.

Ein geräuschvoller, schaudernder Atemzug veranlasst mich, wieder hinzusehen. Sein Blick trifft meinen, seine Hände fallen auf seine Oberschenkel, und er streicht den Stoff seiner Hose glatt. Eine sinnlose Handlung, die seine Nervosität verrät. Oder seine Angst? Ich habe den Mann noch nie so emotional erlebt, deshalb kann ich diese Version von ihm nicht richtig deuten.

Er beugt sich zu mir. »Ich frage Gott ständig, warum er mich nicht von hier weggeführt hat. Aber in den letzten paar Wochen ist mir allmählich klar geworden, dass dies der Grund ist. Die Prüfung, die der Kirche auferlegt ist. Und die Begegnung mit Ihnen ist ein Teil dieses Grundes.« Er ist jetzt so nah an meinem Gesicht, dass ich zurückweichen muss, so weit, wie der beengte Raum es zulässt. »Diese Notiz sagt, dass Sie etwas wissen. Es ist der letzte Wunsch eines toten Mannes. Helfen Sie uns, Dr. Taiwo«, fügt Pastor George hinzu, dann lässt er sich auf seinen Sitz zurücksinken und schließt die Augen, als ob er Kraft schöpfen will.

Ich lese Ewangs Nachricht noch einmal. Sie kommt mir jetzt ebenso ominös vor wie die, die an seiner Leiche gefunden wurde: *Wir wissen, dass Sie Bescheid wissen. Wenn Sie reden, sind Sie der Nächste.*

Ich sehe Pastor George an. »Es ist sicherer für mich und meine Familie, wenn ich mich einfach umdrehe und gehe.«

»Niemand von uns ist sicher, solange da draußen ein Mörder frei herumläuft«, erwidert er voller Überzeugung.

Ich sacke auf dem Sitz zusammen, als mir die Wahrheit seiner Worte bewusst wird. Es gibt kein Entkommen.

EIN ALTER BEKANNTER

»Kannst du ihm vertrauen?«, fragt Folake. Angesichts ihrer besorgten Miene bereue ich es fast schon wieder, ihr so ausführlich von meinem Tag in der Grace Church erzählt zu haben, einschließlich meines Gesprächs mit Pastor George.

Ich lasse mich auf das sehr bequeme, aber immer noch ungewohnte Bett fallen. »Offen gestanden weiß ich inzwischen nicht mehr, wem ich überhaupt noch vertrauen kann. Nicht mal Kenny«, füge ich mit bitterem Unterton hinzu.

»Nach dem, was du mir erzählt hast, hat sie nur getan, was sie für das Beste hielt.« Dass Folake meine Schwester verteidigt, wurmt mich.

»Sie hätte mir von Anfang an sagen sollen, was sie weiß«, sage ich und senke dabei die Stimme. Wir sind immer noch Gäste in einem fremden Haus, und es ist spät am Abend.

»So, wie du mir von dieser Liste erzählt hast?«, entgegnet Folake schnippisch.

»Ich habe versucht, dich zu schützen.« Kaum habe ich es gesagt, bereue ich schon die Bemerkung.

Folakes frostige Erwiderung kommt postwendend. »Ohne meine Zustimmung.«

»Es tut mir leid.« Ich will sie in die Arme schließen, doch sie sträubt sich. »Ich war im Unrecht. Ich hätte dir zumindest eine grobe Vorstellung davon geben sollen, womit ich es …«

»Wir«, sagt sie, während sie sich wegdreht.

Nachgeben und gleich weitergehen. »Womit *wir* es zu tun haben. Aber es ging um meinen Auftrag, und ganz abgesehen von der Geheimhaltungsvereinbarung: Ehe Chika und ich das Ausmaß der Gefahr begriffen hatten, hielt ich es für das Beste, die Zahl der Menschen, die gefährdet sein könnten, möglichst gering zu halten.«

Sie droht mir mit dem Finger und schüttelt den Kopf. »Nix da, das kaufe ich dir nicht ab. In dem Moment, als die Leiche von diesem Ewang vor unserem Haus abgeladen wurde, war deine Geheimhaltungsvereinbarung null und nichtig, und das weißt du genau. Außerdem würde ich mein Juradiplom darauf verwetten, dass du mit Chika gar keine hast, stimmt's?«

»Wir hatten eine stillschweigende Vereinbarung.« Ich drohe den Kürzeren zu ziehen, und das Schlimmste ist: Sie weiß es.

Sie lässt nicht locker. »Ihr beide wolltet nur die Machos spielen und alles allein aufklären, ehe ihr das schwache Geschlecht mit einbeziehen würdet. Das ist das Patriarchat in seiner fundamentalsten und selbstzerstörerischsten Form. Philip, du hast mir, deiner Partnerin, das Recht verwehrt, aktiv zum Schutz unserer Familie beizutragen.«

Die Wahrheit ihrer Worte schmerzt mich, aber ich versuche es dennoch. »Aber wie denn?«

»Indem du mir wesentliche Informationen vorenthalten hast, die uns alle betreffen. Damit hast du mich in die Defensive gedrängt, und jetzt muss ich mir Worst-Case-Szenarien ausmalen, mit denen ich besser hätte umgehen können, wenn ich über alle Fakten verfügt hätte.«

»Wann wäre denn der beste Zeitpunkt gewesen, alle diese wesentlichen Informationen mit dir zu teilen?« Getroffene Hunde bellen, und ich bin in diesem Moment der Hund.

»Vielleicht gleich nachdem wir unser Haus verlassen mussten? Oder als ich dich gegen diesen widerwärtigen Detective verteidigt habe? Oder als Kenny dir gesagt hat, was sie wusste? Möchtest du, dass ich fortfahre?« Ihre Augen funkeln, ihr Ton ist messerscharf.

Jetzt sind wir mitten in einem ausgewachsenen Krach, dabei wollten wir einander doch nur von unserem Tag erzählen. Wie ist es so weit gekommen?

»Ihr habt beide Angst«, sagt meine innere, vernünftige Stimme. *»Und Angst erzeugt Wut.«*

Aber auch ich bin jetzt wütend. Mein Ego ist zu verletzt, als dass ich auf die Warnung meiner inneren Stimme hören könnte. »Mache ich überhaupt irgendetwas richtig? Kann ich vielleicht ein einziges Mal etwas richtig machen?«

»Willst du das wirklich wissen?« Folake springt aus dem Bett und blickt zornig auf mich herab.

Ich tue es ihr gleich. Wir stehen einander gegenüber, das Bett wie eine tiefe Kluft zwischen uns.

»Ja, das will ich«, fauche ich. »Denn wenn ich mal etwas nicht direkt falsch mache, dann ist die Art, *wie* ich es richtig mache, das Problem.«

Folake tritt einen Schritt zurück und blinzelt, als ob sie nicht glauben kann, was sie hört. Dann gibt sie mir den Rest mit einem enttäuschten Kopfschütteln. »Eine schlichte Entschuldigung hätte genügt, aber nicht dieses Gejammer.«

»Tu nicht so herablassend«, fauche ich. »Erst neulich hast du gesagt, ich wäre am besten geeignet, die Situation in Ordnung zu bringen ...«

»In deinem Job, insofern er Auswirkungen auf unser Leben hat – das ist ein Unterschied. Das nennt sich Vertrauen in deine fachliche Kompetenz.«

»Ich verstehe. Das hier ist also ein Referendum über meine Kompetenz als Partner und als Vater.«

»Ich bin nicht dafür verantwortlich, wie du meine Worte interpretierst.« Sie stürmt auf das Bad zu, das auf meiner Seite des Betts ist, dann fährt sie zu mir herum. »Dieses Gespräch führt zu nichts, und ich kann es nicht mal einen richtigen Ehekrach nennen, weil ich dich in einem fremden Haus nicht anschreien kann.« Ihre Stimme versagt, verzerrt von Wut, Frust und Schmerz. »Ich vermisse meine vertraute Umgebung.«

Sie will sich abwenden, doch ich strecke die Hand nach ihr aus. »Es tut mir leid. Es tut mir wirklich aufrichtig leid. Du hast recht, ich hätte dich mit einbeziehen sollen.«

So verharren wir eine Weile und starren einander schwer atmend an. Dann senke ich meine Lippen zu ihren.

»Es – tut – mir – leid«, wiederhole ich und betone jedes Wort mit einem Kuss. Es dauert eine Weile, aber dann küsst sie mich zurück.

Anders als Folake könnte ich mich durchaus daran gewöhnen, unter Chikas Dach zu wohnen. Onyinye verwöhnt uns. Adaora kann von Lara und den Zwillingen nicht genug bekommen. Die Köchin, die zugleich als Kindermädchen und Haushaltshilfe fungiert, ist eine stämmige, resolute Frau, die die besten Pancakes der Welt macht. Der Fahrer steht zu unserer Verfügung, um Folake zur Arbeit und die Kinder in die Schule zu bringen. Auf der Fahrt ins Büro ertappe ich mich dabei, wie ich bei einem Popsong im Radio mitpfeife.

Ein Blick auf meine Zettelwand genügt, um mich auf den Boden der Tatsachen zurückzuholen und mir einen Ruck zu geben, damit ich endlich loslege. Angesichts der neuen Entwicklungen muss ich meine Strategie neu ausrichten. Kenny hat mir in einer Textnachricht mitgeteilt, dass sie mir eine E-Mail mit der Liste von Sade Dawodus Freunden und Kontakten geschickt habe. Ich öffne sie.

Wie Kenny bereits angekündigt hat, ist es keine lange Liste. Fünf Namen samt E-Mail-Adressen und Telefonnummern. Eine ist die Vorsitzende des Kuratoriums von *Girls in Control*. Ich kenne sie bereits aus der Dokumentation, die ich mir angeschaut habe, bevor ich den Fall offiziell übernahm. Auch Enomo Collins steht auf der Liste, und ich frage mich, ob Kenny weiß, dass seine Beziehung zu Sade Dawodu über eine reine Freundschaft hinausging. Es würde mich nicht überraschen. In der Grace Church scheinen alle mehr zu wissen, als sie zuzugeben bereit sind.

Ich bleibe an dem Namen »Margie Njoku« hängen, neben dem Kenny notiert hat: »*Sades beste Freundin. Sie haben zusammen in Ibadan studiert. Lebt in Kanada.*«

Ich suche ihren Namen im Internet. Sie ist nicht schwer zu finden, da sie auf sämtlichen Social-Media-Plattformen unterwegs ist. Ich klicke den Link zu ihrem Facebook-Profil an. Falls sie hier nicht aktiv ist, kann ich mich immer noch durch ihre anderen Accounts arbeiten.

Aber sie ist es. Auf Margie Njokus Seite finden sich jede Menge Fotos von ihr bei der Arbeit, mit Kollegen (sie ist Lehrerin), mit ihrer Familie (drei kleine Kinder und ein Mann beim Militär), beim Singen mit dem Kirchenchor und mehr. Ich scrolle zurück zu dem Datum, an dem Sades Leiche gefunden wurde, und finde tatsächlich einen Post zum Tod ihrer Freundin.

»*Dein strahlendes Lächeln und deine wunderbare Stimme sind vielleicht nicht mehr da, aber die Erinnerung an dich wird für immer in unseren Herzen leben. #HouseofLevy2004.*«

Ich klicke das Hashtag an. Massenhaft Treffer für »House of Levy«. Es scheint ein beliebter Name für Chöre in aller Welt zu sein. Aber keiner hat den Zusatz »2004«.

Sie haben zusammen studiert. Ah! Das muss es sein. Das Foto zeigt offenbar den Uni-Chor. Ich versuche mir vorzustellen, wie eine jüngere Sade Dawodu ausgesehen haben mag, während ich das Foto anklicke und vergrößere. Sie ist nicht schwer zu entdecken. Selbst in ihrem Chorgewand sieht Sade einfach umwerfend aus. Größer als die meisten anderen, steht sie übers ganze Gesicht strahlend zwischen der zierlichen Margie und einem schlaksigen jungen Mann mit dunkler Haut. Irgendetwas an ihm kommt mir bekannt vor. Er erinnert mich an jemanden, aber ich kann nicht sagen, an wen. Vielleicht ist es auch nur eine zufällige Ähnlichkeit.

Ich sehe mir den Zeitstempel auf dem Foto ein, das anscheinend eingescannt wurde, nach den zerfransten Rändern und dem im Lauf der Zeit vergilbten Lichtfleck in der Mitte zu schließen.

21:03 Uhr. 23.10.2004.

Bei meinen bisherigen Begegnungen mit Bello habe ich ihn nie so fröhlich lächeln sehen, wie es der junge Mann auf dem Foto tut. Aber die auffällige Zahnlücke ist die gleiche. Die Grübchen in beiden Wangen sind unverkennbar. Der Detective mag an Gewicht und an selbstbewusster Ausstrahlung zugelegt haben, doch die Ähnlichkeit mit dem jungen Mann, der den Arm um Sades Schultern gelegt hat, ist zu frappierend, als dass man sie übersehen könnte.

Es gibt keine Zufälle.

Ich greife nach der Fallakte. Ich habe nach wie vor meine Zweifel, ob ein aufgeregter Anrufer, der ein Verbrechen meldet, das gerade im Gange ist, wirklich so ruhig und besonnen sprechen kann, doch es sind die geschwärzten Telefonnummern, an denen mein Blick hängen bleibt.

Warum ist die Polizei so prompt aktiv geworden?

Ich google die gebührenfreie Nummer der Polizei. Es gibt mehrere örtliche Nummern, darunter eine gebührenfreie Notrufnummer. Die probiere ich als Erstes.

Ich höre ein statisches Rauschen, dann ein Klicken, als ob der Anruf weitergeleitet wird. Ich halte den Atem an. Eine Automatenstimme meldet sich.

»Zurzeit sind alle unsere Anschlüsse belegt. Wenn es sich nicht um einen Notfall handelt, benutzen Sie bitte eine unserer anderen Rufnummern. Alle Anrufe sind kostenlos.«

Nach dreimaligem Wählen ist das Ergebnis immer noch das gleiche. Auf der Website der Polizei sind drei lokale Nummern aufgelistet. Ich probiere sie alle. Es ist entweder besetzt, oder es läutet durch, ohne dass jemand abhebt. Ich wähle alle Nummern abwechselnd, und immer ist es das Gleiche. Es geht niemand dran.

Ich rufe Abubakar an.

»Ich habe Ihr Auto draußen gesehen«, sagt der Kommandant anstelle einer Begrüßung.

»Ich bin in meinem Büro. Ich wollte nur etwas mit Ihnen abgleichen.«

»Fahren Sie fort«, sagt Abubakar zögernd, argwöhnisch. Es ist der Tonfall, den ich bei der Dienstaufsicht zu hören bekam, wenn ich einen Polizeichef anrief.

»Ich habe versucht, den Polizeinotruf zu erreichen ...«

»Wieso? Was ist passiert?«

»Nichts. Ich wollte nur etwas überprüfen. Also, ich habe alle Nummern angerufen, und bei keiner bin ich durchgekommen.«

»Nicht ungewöhnlich«, sagt Abubakar erleichtert. »Der Service wird von der Regierung finanziert, die manchmal vergisst, die Mobil*p*unkbetreiber zu bezahlen, worauf diese die Anschlüsse sperren. Und *wenn* sie *p*unktionieren, sind sie überlastet.«

»Aber an dem Tag, als die Polizei laut Bello den anonymen Hinweis bekam, haben sie funktioniert.«

»Ich habe nicht gesagt, dass sie nicht *p*unktionieren, ich habe gesagt ...«

Mein Puls beschleunigt sich. »Ja, ja. Aber der anonyme Hinweisgeber hat mehr als einmal angerufen. Und jedes Mal nahm ein Beamter den Anruf an. Und nicht nur das – laut dem Bericht« – ich schlage die Fallakte an der entsprechenden Stelle auf – »wurde nicht nur jedes Mal abgehoben, nein, die Polizei war sogar in *Bereitschaft*, um weitere Anrufe entgegenzunehmen. Wie ist das möglich, wenn die Notrufleitungen entweder nicht funktionieren oder überlastet sind?«

»Sie glauben, dass Bello dafür bezahlt wurde? Dass er den Bericht über die Anrufe frisierte?«

Mein Blick geht zu dem vergrößerten Foto des House-of-Levy-Chors. Ich habe keinen Zweifel, dass es sich bei dem schlaksigen jungen Mann neben Sade Dawodu um Lawrence Bello handelt.

Ich erinnere mich an die Frage, die ich dem Detective gestellt habe. »*Warum hassen Sie den Bischof?*«

»Ich glaube, da steckt viel mehr dahinter«, sage ich ins Telefon.

»Was ist die Verbindung?«

»Ibadan.«

AUSWÄRTSSPIEL

»Manchmal kommt es mir vor, als ob wir in einem Polizeistaat leben«, klage ich, als wir wieder einmal an einem unnötigen Checkpoint durchgewinkt werden. Der erste, keine fünf Minuten hinter Graceland, war von der Nationalen Drogenbekämpfungs-Behörde – Beamte mit schusssicheren Westen, auf denen »NDLEA« stand. Die Vorstellung, dass jemand mit einem Kofferraum voller harter Drogen durch die Gegend fahren könnte, wohl wissend, dass er früher oder später von Polizisten angehalten wird, finde ich, gelinde gesagt, absurd. Vierzehn Minuten später waren es die Kollegen von der Zoll-, Steuer- und Einwanderungsbehörde. Sie ließen sich die Papiere zeigen und vergewisserten sich, dass unser Auto nicht über die Grenze geschmuggelt worden war und dass beim Kauf die entsprechenden Steuern entrichtet wurden. Jetzt fahren wir an den Beamten der Straßenverkehrssicherheit vorbei, die zusammen mit der Polizei ein Einsatzkommando bilden, das bewaffnete Räuber, Kidnapper und Terroristen dingfest machen soll. Auch das folgt keiner nachvollziehbaren Logik, da diese Gruppen wohl kaum auf der Straße für ihre Tätigkeit werben werden.

»Nur manchmal?«, bemerkt Chika zynisch, während er Gas gibt, um die an den drei Checkpoints verlorene Zeit wettzumachen.

Es hatte nicht viel Mühe gekostet, ihn zum Mitkommen zu bewegen. Folake und Onyinye gaben ihren Segen dazu. Es ist ihnen lieber, dass wir zusammen sind, als dass alle sich Sorgen machen müssen, wenn ich wie ein unbedarfter amerikanischer Tourist allein in der alten Stadt herumlaufe und versuche, die Schritte der verstorbenen Sade Dawodu am Tag ihres »Verschwindens« zu rekonstruieren.

»Das Timing passt nicht«, hatte ich laut nachgedacht, während ich Chika zu erklären versuchte, warum es ein Anruf bei Dr. Raimi nicht tun würde. »Professor Ohaeri sagte, Sade habe ihn mehrmals in Ibadan besucht. Aber nicht vor drei Wochen. Und doch hat Sade laut ihrer Mutter ausdrücklich erklärt, dass sie nach Ibadan wollte. Enomo hat behauptet, er habe sie dort an einem Hotel abgesetzt, aber er könne sich nicht an den Namen erinnern.«

Chika schnaubte verächtlich. »Dass der lügt, haben wir immer schon gewusst.«

»Ja, aber warum haben alle Beteiligten Verbindungen zu diesem Ort? Sogar Bello hat mit ihr in Ibadan studiert.«

»Du glaubst also, dass die Person auf der Liste, die Sade erpresst haben könnte, dort wohnt?«

»Nicht unbedingt. Ich will die Abfolge der Ereignisse rekonstruieren. Wenn sie am Morgen nach Ibadan aufgebrochen ist und wir davon ausgehen, dass Enomo sie dort abgesetzt hat, wen hat sie dann dort getroffen und wie ist sie rechtzeitig nach Lagos zurückgekommen, um sich in die Lekki-Lagune stürzen zu können?«

Chikas Reaktion war ein missmutiges Brummen. »Du mit deinen Rekonstruktionen – das ist ja eine regelrechte Obsession von dir.«

Ich lächelte. Der Vorwurf prallte an mir ab. Während unserer

Ermittlungen im Fall der Okriki Three hatte er angezweifelt, ob es wirklich notwendig sei, in die Fußstapfen der Opfer zu treten und ihren Leidensweg nachzugehen, auf dem sie von einem wütenden Mob in den Tod getrieben wurden. Und das auch noch mehrmals und jedes Mal mit meiner Stoppuhr. Ich bereue nichts.

»Niemand auf dieser Liste wohnt in Ibadan oder hat geschäftlich dort zu tun«, fuhr er fort, doch da wusste ich schon, dass die Sache abgemacht war. Er würde mitkommen. »Wenn du mich fragst: Nehmen wir Enomo ein bisschen in die Mangel, dann wird er schon singen über das, was an diesem Tag passiert ist, und zwar in Sopranlage.«

»Ich würde ja lieber Bello in die Mangel nehmen, wenn ich ehrlich bin.« Sosehr ich korrupte Cops auch verabscheue – und ich habe im Lauf meiner Karriere schon etliche kennengelernt –, die Frage, was das Motiv für Bellos doppeltes Spiel ist, beschäftigt mich, seit ich herausgefunden habe, dass er Sade Dawodu kannte. Und doch besteht Abubakar darauf, dass ich den Detective nicht befragen kann, solange ich keine handfesteren Beweise habe. Frustrierend.

Wir haben jetzt gut die Hälfte der Strecke zwischen Lagos und Ibadan zurückgelegt, aber es kommt mir vor, als wären wir schon ewig unterwegs. Nur Farmen und Wälder säumen die Straße. Gelegentlich sehen wir Bauern, die am Straßenrand Yams, Bananen oder andere Feldfrüchte feilbieten, aber ansonsten verläuft die Fahrt ereignislos.

Obwohl Chika ein waschechter Lagosianer ist, scheint er sich in Ibadan bestens auszukennen. Mir fällt auf, wie wenig sich in den drei Jahrzehnten verändert hat, seit ich zuletzt hier war. Die rostigen Dächer, die Teerstraßen, die so nahtlos in braune Erde übergehen, dass man meinen könnte, sie wären so geplant worden.

»Mein Vater hat immer gescherzt, dass Ibadan die besten Automechaniker der Welt haben muss«, bemerke ich, als wir an einer Ampel neben einem Gefährt halten, das einmal ein Nissan gewesen sein muss, nach dem Logo am Kühler zu schließen, aber jetzt ein Mischmasch aus Teilen anderer japanischer Automarken ist. Ich könnte wetten, dass der Motor seine Herkunft längst vergessen hat.

»Die Leute in Ibadan lassen einfach nichts verkommen«, sagt Chika. Wir fahren unter einer Brücke durch, vorbei an einer belebten Bushaltestelle und weiter über eine relativ wenig befahrene Schnellstraße, die zur Universität von Ibadan führt.

Die Textnachricht kommt, während wir uns vom Navi zu der Adresse leiten lassen, die Professor Ohaeri uns genannt hat.

Das ist die Person, die Sie schützen. Dazu eine ziemlich große Videodatei.

»Öffne sie«, sagt Chika, während er den Wagen am Straßenrand ausrollen lässt, nicht mehr allzu weit von dem Viertel entfernt, in dem Dr. Raimi seine Praxis hat. Er greift nach seinem Handy und wählt. »Ich rufe schnell meinen IT-Fuzzi an, bevor es wieder abgeschaltet wird.«

Ich öffne die Datei, und im ersten Moment bin ich verwirrt. Das Video beginnt mit einer Reihe von Ausschnitten aus Dawodus Predigten.

»Tastet meine Gesalbten nicht an, doch heute sage ich euch, Er hat Seine Gesalbten über jede Anfechtung erhoben. Heute ist Sein Gesalbter erhoben worden, zu sitzen an Seiner Seite und zu herrschen hier auf Erden, wie Er herrscht im Himmel.«

»He, alter Junge, das Handy ist wieder eingeschaltet, *oo*. Beeil dich, bevor sie's wieder ausschalten«, sagt Chika. »Ja, ich weiß, ich weiß. Beeil dich einfach.« Er legt auf und sieht mich an.

»Es ist nur eine Montage von Predigtausschnitten«, sage ich stirnrunzelnd.

Chika beugt sich herüber und schaut mit mir auf das Handy. Wieder ein Ausschnitt aus einer Predigt. »*Ich bin Gott hier auf Erden. Derjenige, dem Er all seine Macht verliehen hat, um hier auf Erden zu herrschen.*«

Es sind nicht ganz drei Minuten mit Zitaten wie diesem. Verschiedene Predigten, zusammengestellt wie ein Werbevideo für Dawodu und seine Mission.

»Ah, das ist es!«, rufe ich.

»Was habe ich übersehen?«, fragt Chika trocken.

»Das ist der *wahre* Jeremiah Dawodu. Ein narzisstischer Prediger, der sich selbst auf eine Ebene mit Gott erhoben hat. Das will derjenige sagen, der das hier geschickt hat. Er ist kein Mann Gottes. Er stellt sich *selbst* als Gott dar.«

»Das ist ja wohl nichts Neues. Die meisten dieser New-Age-Pastoren tun doch so, als wären sie Halbgötter. Bei denen ist hier oben was faul.« Er tippt sich an die Schläfe.

»Begreifst du nicht? Die anderen *tun* nur so. Dawodu nicht, er meint es ernst.«

»Aber, *Oga* …«, kontert Chika, der mich immer nur »Boss« nennt, wenn er anderer Meinung ist, aber dennoch offen für Gegenargumente, »das sind aus dem Zusammenhang gerissene Zitate. Sollten wir uns nicht die ganzen Predigten anhören, um uns ein Bild zu machen?«

»Ich glaube, dieses Video wurde bewusst so zusammengestellt, um uns die Mühe zu ersparen. Das ist der Mann, den Sade Dawodu geheiratet hat, mit dem sie zusammengelebt und den sie hautnah erlebt hat. Der Bischof, den die Welt nicht kennt.«

»Aber du hast es doch schon gewusst. Die Geldwäsche, die Bigamie, die Lügen …«

»Ja, ja, aber derjenige, der das geschickt hat« – ich deute auf meinen Handybildschirm –, »weiß nicht, dass ich es weiß.«

Ich starte das Video erneut. Es ist gut zusammengestellt, mit nahtlosen Übergängen zwischen den Predigten. Es muss ein erheblicher Zeitaufwand gewesen sein, die Predigten zu sichten, die entsprechenden Zitate herauszuschneiden und sie zu einem neuen Video zusammenzustellen. Eine Arbeit für einen Profi. Ich denke an Enomos Studio. Mit dem Equipment und der Software, die man zum Aufnehmen und Mischen braucht. Zum *Schneiden*.

»Ruf noch mal deinen Tech-Fuzzi an«, sage ich zu Chika.

Er schüttelt den Kopf. »Ich will ihn nicht nerven. Wenn er etwas findet, ruft er an. Lass uns jetzt …«

Mein Handy piepst und leuchtet auf. Diesmal sind es nur Dateien ohne begleitende Textnachricht.

Ich öffne die PDFs. Die Heiratsurkunde und der vollständige gerichtliche Beschluss zur Auflösung der Ehe zwischen LaTanya und Dawodu. Das dritte ist eine Heiratsurkunde, ausgestellt vom Standesamt von Ikoyi für Jeremiah Dawodu und Folasade Bucknor. Das Datum der Urkunde ist der 29. Mai 2013.

»Hat sie es gewusst?«, fragt Chika.

»Sieht so aus. Allerdings wissen wir nicht, wann sie es erfahren hat.«

»Sie kommt mir nicht vor wie jemand, die sich auf Bigamie einlassen würde«, meint Chika.

»Kenny hat mir erzählt, dass Sades Mutter ihren Mann verlassen hätte, weil sie eine polygame Ehe nicht mit ihrem christlichen Glauben vereinbaren konnte. Ich glaube nicht, dass Sade bei Dawodu geblieben wäre, wenn sie von LaTanya gewusst hätte, oder dass Mrs Bucknor das überhaupt zugelassen hätte.«

»Und was wäre los gewesen, wenn die Kirche davon erfahren hätte? Ich glaube schon, dass deine First Lady genug wusste, um diesen Bischof zu Fall zu bringen. Und zwar mit Pauken und Trompeten.«

»Hat man mir deshalb das hier geschickt?« Ich schaue wieder auf den Bildschirm und wische über die PDFs, als ob sie verschlüsselte Botschaften enthalten könnten, die mir entgangen sind. »Was hat das zu bedeuten? Dass LaTanya und der Bischof sie getötet haben? Vielleicht war das ihr Motiv und nicht die Liste?«

Chikas Handy piepst. Er schaut darauf, runzelt die Stirn und hält es mir hin. Der Bildschirm zeigt einen Screenshot einer Karte, auf dem ein Stadtviertel mit rotem Filzstift eingekreist ist. Anthony Village. Das Viertel, in dem Enomo Collins sein Studio hat.

»Sieht aus, als sollten wir in Lagos sein und nicht in Ibadan«, meint Chika, während er wieder auf die Straße zurückfährt.

»*Nach 1,5 Kilometern links abbiegen*«, befiehlt die Geisterstimme aus dem Navi.

Ich gebe es ungern zu, aber er könnte recht haben. Es ist ohnehin zu spät. Da wir schon einmal hier sind, können wir auch versuchen herauszufinden, was Sade Dawodu in diese Universitätsstadt geführt hat, zehn Jahre nach ihrem Studienabschluss und dann gleich mehrmals in den Monaten vor ihrem Tod.

DER GUTE DOKTOR

Obwohl Dr. Lukman Raimis Arztpraxis in dem beliebten Vorort Agbowo liegt, soll sie offenbar nicht gesehen oder zu leicht erkannt werden. Das Schild, das sie als »Shalom-Klinik für Geburtshilfe« identifiziert, ist nur ein Stück Pappe im A4-Format am geschlossenen Tor eines unverputzten Gebäudes, das einen unfertigen, aber nicht verwahrlosten Eindruck macht.

»Das soll eine Klinik sein?«, frage ich verwirrt.

»Es ist eine, aber nicht von der legalen Sorte«, meint Chika trocken.

Er hämmert ans Tor. Ich blicke mich um. Mehrere Kneipen und Motels säumen die ungeteerte Fahrbahn. Ich vermute, dass die ganze Straße mit Einbruch der Dunkelheit zum Rotlichtviertel wird.

»*Who you be?*«, blafft eine Stimme aus einer quadratischen Luke in dem Metalltor. Wir sehen nur ein rundliches Kinn, ein ungepflegtes Gebiss und das untere Drittel einer Nase.

»Wir haben Termin bei Dr. Raimi, *oo*«, erklärt Chika.

»Dr. Raimi behandelt nicht Männer, *oo*. Bist du nicht Mann?«, fragt der Pförtner argwöhnisch.

»Sag, dass Professor Ohaeri vom UCH uns schickt.«

Die Klappe wird abrupt geschlossen.

Das Bierlokal in dem heruntergekommenen Gebäude auf der anderen Straßenseite ist schon gut besucht. Das primitive Schild auf dem Dach identifiziert das Etablissement als »Cool Spot Hotel & Bar«. Zwei Frauen unbestimmbaren Alters winken uns zu, nicht allzu enthusiastisch, aber hoffnungsvoll. Ich drehe mich rasch zum Tor um. Chika grinst über mein Unbehagen.

»Ich glaube, du hast recht«, flüstere ich ihm zu.

»Ich *weiß*, dass ich recht habe.«

Das Tor geht auf. Der Pförtner ist ein dunkelhäutiger kleiner Mann, dessen Gesicht mit Stammeszeichen verziert ist.

»Er sagt, nach hinten zu kommen«, erklärt er, wobei er offenbar erwartet, dass wir wissen, wo »hinten« ist, denn er geht gleich auf seinen Posten zurück und lässt sich auf eine Matte nieder. Dann greift er nach seinem aufgeschlagenen Koran und den Gebetsperlen, die er als Lesezeichen benutzt hat.

Die Eingangstür ist mit einer Metallplatte und einem Vorhängeschloss gegen Einbrecher gesichert. Wir stehen einen Moment lang ratlos davor, dann blickt Chika nach links und nach rechts, um herauszufinden, über welche Seite man zum Hintereingang gelangt. Er deutet nach rechts. Ich folge ihm und spähe dabei unauffällig durch die offenen Fenster. Ich kann die Gesichter von Frauen erkennen, die auf langen Bänken sitzen. Vier oder fünf sind zu sehen, aber es könnten auch mehr sein. Sie sehen müde und nervös aus, und alle starren mit leerem Blick vor sich hin, während sie warten.

Durch den Hintereingang gelangen wir in einen Raum, der wohl einmal eine Küche war. Eine Schwester verteilt Tabletten auf verschiedene Becher. Sie blickt nicht von ihrer Tätigkeit auf, während sie auf eine Tür deutet. Dahinter war vermutlich einmal das Schlafzimmer, jetzt ist es Dr. Lukman Raimis Büro.

Der Doktor sitzt an seinem Schreibtisch vor einer Wand mit Schaubildern der weiblichen Geschlechtsorgane. Als er aufsteht und sich vorbeugt, um mir die Hand zu geben, schlägt mir eine

Wolke von Tabakrauch entgegen. Sein Handschlag ist fest, doch sein Blick ist argwöhnisch.

»Professor Ohaeri sagte mir, dass Sie kommen würden.«

»Danke, dass Sie sich Zeit für uns nehmen«, erwidere ich höflich und stelle Chika als meinen Mitarbeiter vor.

»Prof ist ein großer Unterstützer unserer Arbeit hier.« Dr. Raimi kommt hinter dem Schreibtisch hervor, um Lehrbücher und Papiere von den Stühlen zu räumen, und bittet uns, Platz zu nehmen.

»Was ist das für eine Arbeit, Sir?«, fragt Chika ganz unschuldig. Mein Blick geht zu den gerahmten Zeugnissen an der Wand. Sie sind in kyrillischer Schrift.

»Das hat er Ihnen nicht gesagt?« Dr. Raimi wirkt überrascht, dann zuckt er mit den Schultern. »Natürlich nicht. Das ist typisch Prof.« Er schaut von Chika zu mir, und seine Aura bekommt etwas Abwehrendes. »Ich weiß nicht, warum Sie hier sind, meine Herren, aber die Dienstleistungen, die wir hier anbieten, sind gesetzlich nicht erlaubt. Dennoch sehe ich es als meine Berufung an, diesen Frauen zu helfen.«

»Ihnen zu helfen?«, fragt Chika. Sein Ton ist sanft, nicht aggressiv, als ob er wirklich an der Antwort interessiert wäre.

»Ja, zu helfen«, antwortet Dr. Raimi mit fester Stimme, aber nicht mehr ganz so angespannt. Er wendet sich mir zu. »Abtreibung ist in diesem Land illegal, aber haben Sie eine Vorstellung, wie viele Frauen Opfer von Vergewaltigungen werden oder sich genötigt sehen, ihr neugeborenes Kind zu töten, weil sie es nicht ernähren können?«

Die Lage mitten in einem Rotlichtbezirk ist sicherlich nicht schlecht fürs Geschäft, denke ich, und ich frage mich, wie verzweifelt Sade Dawodu gewesen sein muss, um an einen Ort wie diesen zu kommen. Ich weiß von solchen Kliniken in den USA, vielfach in Bundesstaaten, die es irgendwie geschafft hatten, das Grundsatzurteil Roe vs Wade zu umgehen und das Recht auf Abtreibung zu unterdrücken. Zu wissen, dass ein Laden wie die Shalom-Klinik der einzige Ausweg für Frauen in Nigeria ist, macht mich traurig und wütend zugleich. Der Doktor kann nichts dafür, aber ich bin der Überzeugung, dass die Frauen Besseres verdient haben.

»Unsere Dienstleistungen sind diskret«, fährt Dr. Raimi fort. Er hat gemerkt, dass wir ihn nicht verurteilen, und das scheint seine Zunge zu lösen. »Wir bieten auch postoperative Nachsorge an, im Gegensatz zu vielen anderen Kliniken dieser Art.«

»Hat diese Frau hier Sie deswegen aufgesucht?« Ich reiche ihm mein Handy mit dem Foto von Sade Dawodu über den Schreibtisch.

Dr. Raimi wirft nur einen flüchtigen Blick auf das Bild und sieht wieder mich an. »Ich weiß, wer sie ist, Dr. Taiwo, und deshalb habe ich ihr Bedürfnis nach Diskretion umso besser verstanden.«

»Aber warum ist sie zu Ihnen gekommen? Es muss doch noch andere Kliniken geben, die die gleichen Dienstleistungen anbieten«, frage ich, ohne hinzuzufügen, was wir sicherlich alle denken: mit besserer Ausstattung.

»Hören Sie ...« Dr. Raimis Miene verhärtet sich, und er zeigt mit dem Finger zuerst auf Chika und dann auf mich. »Ich werde Ihnen alles sagen, was ich weiß, unter der Bedingung, dass Sie nicht wiederkommen. Jedermann weiß, was mit ihr passiert ist, und ich will keinerlei Aufmerksamkeit. Können Sie das verstehen?«

Chika und ich nicken. Wenn das alles ist ...

Dr. Raimi holt tief Luft, als ob er überlegt, wo er anfangen soll. »Mit der Art von Praxis, die ich betreibe, bin ich nicht an den gleichen Eid gebunden wie Professor Ohaeri. Ich fühle mich verantwortlich für meine Klinik, für die Frauen, die hierherkommen, und dafür, dass ich und mein Team nicht im Gefängnis landen. Verstehen Sie?«

Wir nicken wieder. Dr. Raimi lehnt sich auf seinem Stuhl zurück, offenbar zufrieden mit den vereinbarten Regeln.

»Also, warum ich? Weil ihre Mutter sie vor einigen Jahren für eine Abtreibung zu mir gebracht hat. Die junge Frau war damals Studentin, und ihre Mutter war fest entschlossen, zu verhindern, dass ihre Tochter ein uneheliches Kind bekommt. Sie behauptete, sie könnten es sich nicht leisten. Ich habe ihr natürlich nicht geglaubt. In meiner Position habe ich viele Frauen in großen finanziellen Nöten erlebt. Mrs Bucknor – ich habe erst kürzlich ihren richtigen Namen erfahren – passte nicht in das Bild, das ich von armen Leuten habe. Aber ich konnte sehen, dass ihre Tochter verzweifelt war und bereits unter großen Schuldgefühlen litt. Damals war die religiöse Haltung der Mutter schon offensichtlich. Ich habe viele solche Mütter erlebt. Die Sünde des Ehebruchs kann vergeben werden, wenn es keine Beweise für die Verfehlung gibt. Wenn ich mich geweigert hätte, die Abtreibung vorzunehmen, wären sie woanders hingegangen, wo Sade sich womöglich in noch größere Gefahr begeben hätte. Die Mutter schien mir eine von dieser Sorte zu sein. Also habe ich es gemacht.«

»Sind Sie sicher, dass es sich um dieselbe Person handelt?«, frage ich.

»Ich habe viele Patientinnen, aber jemanden wie sie sieht man hier nicht alle Tage. Die Mutter wollte es offensichtlich an einem möglichst abgelegenen Ort machen lassen. Ich stellte nur wenige Fragen, aber die beiden sind mir in Erinnerung geblieben, weil ich wusste, dass sie nicht hierhergehörten. Sie hätten sich etwas Besseres leisten können.«

»Und wann war das?«, frage ich.

Der Doktor runzelt die Stirn. »Sie war damals noch im Grundstudium. Aber an das Jahr kann ich mich, ehrlich gesagt, nicht erinnern. Auf jeden Fall ist es über zehn Jahre her. Wie ich bereits sagte, ich führe nicht Buch und … nun ja, Mrs Dawodu wusste das, weshalb sie wieder zu mir gekommen ist.«

»Wenn sie Sie kannte, wieso brauchte sie dann eine Überweisung von Professor Ohaeri?«

»Weil sie, als sie vor zehn Monaten wieder zu mir kam, etwas wollte, was ich ihr guten Gewissens nicht gewähren konnte. Ich wusste, wer ihr Mann ist. Sie wollte eine Abtreibung und eine Tubenligatur.« Er hält inne und sieht uns an, als ob er eine Frage erwartet. Ich bedeute ihm mit einem Nicken, fortzufahren. »Mit der Abtreibung hatte ich kein Problem. Ich nahm einfach an, dass sie als Ehefrau eines Pastors eine Affäre hatte. Aber ich sträubte mich gegen das Ersuchen, bei einer gesunden Frau im gebärfähigen Alter eine dauerhafte Sterilisierung vorzunehmen.«

»Haben Sie sie gefragt, warum sie es wollte?«, frage ich. Ich bin froh, dass er so mitteilsam ist und ich deshalb nicht um den heißen Brei herumreden muss.

Dr. Raimi nickt. »Ja, das habe ich. Sie erklärte, dass sie gute Gründe habe. Ich sagte, um das zu tun, was sie verlangte, brauchte ich die Einwilligung ihres Ehemanns. Denn es war ja nicht ausgeschlossen, dass sie später ihre Meinung ändern würde, und wer könnte mir dann garantieren, dass meine ganze Praxis nicht zur Verantwortung gezogen würde, wenn der Ehemann gerichtlich gegen mich vorgeht?«

»Also ist sie mit einem psychiatrischen Gutachten wiedergekommen?« Ich fange allmählich an zu verstehen, wie Sade Dawodu dachte.

»Die Anregung kam sogar von mir. Ich sagte ihr, wenn sie mir konkrete Belege dafür bringen könne, dass sie eine Therapie gemacht und sich gründlich auf ihre psychische Verfassung hatte untersuchen lassen, würde ich es ohne die Einwilligung ihres Mannes machen. Es war natürlich immer noch ein Risiko für mich. Aber alles, was ich hier tue, ist ein Risiko.«

»Dann hat sie sich also an Professor Ohaeri gewandt«, stellt Chika fest.

Dr. Raimi sieht ihn an und verzieht leicht den Mund. »Genau. Und er kann nicht gegen seine Schweigepflicht verstoßen, weshalb er Sie zu mir geschickt hat.«

Chika und ich wechseln einen raschen Blick. Die verstorbene Sade Dawodu mag ein Rätsel sein, aber jetzt wissen wir, dass sie stets bekommen hat, was sie wollte. Unter Einsatz aller erforderlichen Mittel.

»Im Übrigen führe ich keine Patientenakten«, wiederholt Dr. Raimi. »Sie wusste das, und Prof weiß es auch. Alles, was ich Ihnen sage, ist inoffiziell und vertraulich.«

»Ich verstehe«, erwidere ich. »Aber sagen Sie mir doch, als sie für diese zweite Operation zu Ihnen kam, wie war da Ihrer Einschätzung nach ihre psychische Verfassung?«

Der Doktor runzelt die Stirn, als ob er sich an ein verwirrendes Detail zu erinnern versucht. »Wissen Sie, ich habe im Lauf der Jahre mit vielen Frauen zu tun gehabt. Sicherlich mit Tausenden. Viele stehen unter Stress, sind verzweifelt und unglücklich, wenn sie hierherkommen. Aber nicht Mrs Dawodu bei ihrem zweiten Besuch in der Klinik.«

»Wie das?«, fragt Chika.

»Beim ersten Mal war sie jung, und ich konnte sehen, dass ihre Mutter sie drängte. Diesmal war sie älter, und sie wusste genau, was sie wollte. Selbst als ich ihr sagte, dass ich ein psychiatrisches Gutachten brauche, antwortete sie einfach nur, sie würde es besorgen, und sie verdoppelte mein Honorar, als ich schließlich einwilligte. Sie bestand nur auf meiner Diskretion. Sie legte so großen Wert darauf, dass ihr Besuch hier keinerlei Spuren hinterließ, dass sie mich in bar bezahlte. Sie saß da, wo Sie jetzt sitzen, und ihr Fahrer drückte mir eine Tasche voller Bargeld in die Hand.«

Chika und ich sagen nichts, aber ich bin sicher, dass wir das Gleiche denken. Jetzt wissen wir, warum Dr. Raimis Name nicht in Sade Dawodus Kontoauszügen auftauchte. Wenigstens ein Rätsel ist gelöst.

»Ihr Fahrer? Ist sie nicht allein gekommen?«, fragt Chika.

Dr. Raimi schüttelt den Kopf. »Sie behauptete, er sei ihr Fahrer, aber er sah nicht wie ein Fahrer aus. Ich nahm einfach an, dass der Mann der Vater des Kindes sei.«

Chika wischt ein paarmal über sein Handy und schiebt es Dr. Raimi hin. »War es der hier?«

Dr. Raimi runzelt wieder die Stirn. »Ich bin mir nicht sicher, aber er sieht ihm sehr ähnlich. Ist das nicht dieser Sänger?« Seine Augen weiten sich. »Er ist es. Damals habe ich die Verbindung nicht hergestellt, aber jetzt sehe ich sie.« Er sieht uns an und fährt mit fester Stimme fort: »Das ist der Mann, mit dem sie hier war.«

Ich muss das Foto nicht sehen, um zu wissen, wen Chika Dr. Raimi zeigt.

Enomo Collins.

DIE REINIGUNG

Wir waren schon zwei Jahre verheiratet, als ich ihm von der Abtreibung erzählte. Rückblickend weiß ich nicht, was in mich gefahren ist, dass ich eine Vergangenheit beichten zu müssen glaubte, die nichts mit unserer Gegenwart zu tun hatte. Vielleicht dachte ich, es würde uns einander näherbringen, eine Intimität schaffen, die in unserer Ehe fehlte. Oder vielleicht hatte ich das Gefühl, dass die Wand zwischen uns nicht nur damit zu tun hatte, dass mein Mann mich nur in der Öffentlichkeit berühren mochte, mit einem liebevollen Lächeln für die Gemeinde und die Kameras, aber nie, wenn wir allein waren. Spürte er irgendwie, dass ich ein Geheimnis hatte, das ihn daran hinderte, mich so zu lieben, wie ich es brauchte?

Ich dachte, wenn ich mich ihm öffnete, würde er, als mein Ehemann und spiritueller Vater, mich in die Arme schließen und mir sagen, dass das Alte vergangen sei und alles, einschließlich unserer Ehe, neu geschaffen sei.

Wie naiv ich war! Anfangs verlangte er nur, dass wir beteten und seinen Gott anflehten, meine Sünde des Mordes zu vergeben. So nannte er es – Mord. Auch als ich ihm sagte, dass es während meines Studiums passiert war, als ich Sex mit Liebe verwechselte. Als meine Selbstachtung auf dem Tiefpunkt war und ich mich verzweifelt nach jemandem sehnte, der mir zeigen würde, dass ich keine komplette Versagerin war.

Er wollte alles über den Vater des Kindes wissen. Wie alt? Wie groß? Dunkel- oder hellhäutig? Welcher Stamm? Wo ist er jetzt? Wie war der Sex? Alles musste gebeichtet werden für die Reinigung meiner Vergangenheit, damit ich mich einer heiligen Gegenwart zuwenden konnte. Ich antwortete wahrheitsgemäß, denn ich wollte keine Geheimnisse mehr zwischen uns. Und ich betete, dass die Fragen bald aufhören würden.

Das taten sie nicht. Er zog ins Gästezimmer, um für mein Seelenheil zu beten. Meine Sünde war so schwer, dass sie eine Zeit der Trennung verlangte.

Wann werde ich wissen, ob mir vergeben ist?, fragte ich einmal, dabei war die Frage, die mir auf dem Herzen lag, ob ich seiner Liebe noch würdig sei.

Ich werde es dich wissen lassen, sagte mein Mann und fuhr mit dem Verhör fort. Wie oft hatte ich Sex? Wann habe ich gewusst, dass ich schwanger war? Wem habe ich es erzählt? Wer hat mich zur Abtreibung gefahren? Wie ging es mir danach?

Um den Kreislauf aus Beichte und Buße zu durchbrechen, verlegte ich mich aufs Lügen. Anstatt zu sagen, dass ich den Vater des Kindes geliebt hatte, sagte ich, ich hätte jetzt erkannt, dass es nur Lust war. Die Erleichterung, die ich empfand, als wir beschlossen, dass wir nicht bereit waren, Eltern zu sein, wurde jetzt zum Eingeständnis meiner Sünde der Selbstsucht. Mit der Zeit hatten die Lügen zur Folge, dass ich eine schmerzliche Vergangenheit nicht immer wieder durchleben musste. Doch stattdessen brachten sie das Urteil über mich: Ich bin unrein und beschädigt. Eine Schande für den heiligen Boden unseres Heims und der Kirche.

Ich betete, fastete und bettelte um Vergebung für meine Missetaten. Darum, wieder der Liebe meines Mannes würdig zu sein. Es vergingen Monate, bis mein Ehemann erklärte, dass mir ver-

geben sei, und wieder in unser gemeinsames Schlafzimmer zog. Aber nur unter Bedingungen.

Ich musste in Weihwasser baden, bevor ich ins Bett kam. Er würde mich nur berühren, wenn ich meinen Eisprung hatte. Ich durfte ihn nicht berühren, wenn ich meine Periode hatte.

Es war alles zu meinem Besten. Um mein Fleisch zu unterwerfen. Um rein zu sein. Unbefleckt. Denn ich bin schließlich die Braut der Kirche. Die First Lady.

Ich glaubte ihm.

BEWAFFNET UND GEFÄHRLICH

Der Checkpoint ist unbemannt. Rostige Metallfässer, verbeulte Benzinkanister, Baumstümpfe, alte Reifen und staubbedeckte Zeltplanen, die als Sonnenschutz dienen, versperren die Straße, doch weit und breit ist kein Mensch zu sehen.

»Seltsam«, sagt Chika und starrt finster in den Rückspiegel, wo Ibadan langsam aus dem Blickfeld verschwindet.

»Vielleicht haben sie den Checkpoint an eine andere Stelle verlegt?«, mutmaße ich, ebenfalls überrascht, aber froh um die gesparte Zeit. »Oder sie machen gerade Mittagspause?«

»Vielleicht«, entgegnet er stirnrunzelnd. »Das hier ist normalerweise ein SARS-Checkpoint, also ...«

Die Special Anti-Robbery Squad ist berüchtigt dafür, unbescholtene Bürger zu schikanieren. Abubakar hat mir gegenüber einmal zugegeben – bitter und resigniert –, dass es bei den Aktivitäten der SARS weniger um die Eindämmung von Gewaltkriminalität geht als vielmehr um eine sichere Einkommensquelle für eine chronisch unterfinanzierte Polizeitruppe. Chika ist zu Recht besorgt. Wenn so ein Zentrum der Schutzgelderpressung unbeaufsichtigt ist, kann etwas nicht stimmen.

Ich bemerke als Erster das Fahrzeug hinter uns. Es kommt mir irgendwie bekannt vor, und das abgedeckte Nummernschild beunruhigt mich. Wir sind auf der Schnellstraße, wo immer wieder Autos vorbeirasen und höchstens abbremsen, wenn sie sich einem Schlagloch oder einem liegen gebliebenen Lkw nähern.

»Fahr langsamer«, sage ich.

»Warum?«, fragt Chika, doch er geht bereits vom Gas.

»Nicht ganz anhalten«, sage ich, während ich den VW-Transporter im Seitenspiegel beobachte.

Alle anderen Autos überholen uns, nur der VW nicht. Da fällt es mir ein. Der metallicgraue Transporter war im Dunkeln nicht so gut zu sehen, als Ewangs Leiche aus dem Wagen geworfen wurde, aber ich bin mir dennoch ziemlich sicher, dass es dasselbe Auto ist.

»Oh«, ruft Chika, wie immer schnell von Begriff. Mit einem Seitenblick hat er erkannt, was ich entdeckt habe. Ohne den Rückspiegel aus den Augen zu lassen, gibt er wieder Gas. Der VW zieht prompt nach und schließt so rasch zu uns auf, dass die Bedrohung unverkennbar ist.

»Ich habe kein gutes Gefühl«, sagt Chika mit versteinerter Miene, während er das Tempo noch weiter erhöht.

»Ich auch nicht.« Das ist nicht der passende Zeitpunkt, ihm zu erzählen, wann und wo ich den Transporter das erste Mal gesehen habe. »Wie schnell können wir den nächsten Checkpoint erreichen?«

»Ich bin mir nicht sicher, ob wir da viel Hilfe erwarten können. Ich denke, es hatte einen Grund, dass der vorige nicht besetzt war. Siehst du das abgedeckte Nummernschild? Die meinen es verdammt ernst.«

»Sie haben die Polizei von der Straße entfernt, um uns zu jagen?«

»Wollen wir hoffen, dass sie uns nur – Kopf weg!«

Ich drehe mich ruckartig nach links, da krachen auch schon Schüsse. Der Rückspiegel auf meiner Seite zerspringt. Chika fängt an, Schlangenlinien zu fahren. Aber dadurch werden wir auch langsamer und machen es dem VW leichter, näher zu kommen. So nahe, dass ich, als ich nach rechts schaue, in den Lauf einer Schusswaffe blicke.

Ich ducke mich. »Runter!«

Sekundenbruchteile später schlagen mehrere Kugeln in die Seite des Wagens ein. Ein lauter Knall, gefolgt von einem Zischen. Einer unserer Reifen ist getroffen.

Chika greift unter seinen Sitz. »Nimm das Lenkrad!«

Ich halte den Kopf unterhalb des Fensters, während ich mit einer Hand das Steuer packe. Chika zieht eine Pistole unter dem Fahrersitz hervor und zielt über meinen Kopf hinweg.

Es kommt mir vor, als wäre etwas in meinem Schädel explodiert. Chika gibt noch drei weitere Schüsse ab. Seine Ellbogen jagen Elektroschocks durch meinen Rücken. Ich höre Reifen quietschen.

Chika verrenkt sich auf seinem Sitz. Der VW muss zurückgefallen oder von der Straße abgekommen sein. Chika verfehlt nie sein Ziel.

»Kannst du mit dem Ding umgehen?«, fragt er, während er noch einen Schuss über meinen gebückten Körper hinweg abgibt.

Ich setze mich auf, als er das Steuer wieder übernimmt. Eine Glock 20. Bin kein Fan davon. Ich blicke hinter mich. Der VW ist weit zurückgefallen. Ich nicke. Chika drückt mir die Waffe in die Hand, ohne den Blick von der Straße zu wenden.

»Wir haben Run-Flat-Reifen drauf, aber das hält nicht ewig. Es macht nichts, wenn du nicht triffst. Halt sie nur auf Abstand.«

Ich überprüfe die Waffe. Wie viele Schüsse hat Chika abgegeben – fünf? Dann sind vielleicht noch zehn drin. Ich schließe die Kammer. Schussbereit.

Der VW kommt wieder ins Blickfeld. Alle anderen Autos sind zurückgefallen. Niemand will einen Querschläger abbekommen. Sogar der Verkehr auf der anderen Straßenseite ist zum Erliegen gekommen. Die Straße ist geräumt – ideale Bedingungen für einen Mordanschlag. Das tuckernde Geräusch des platten Reifens wird lauter, und die Räder des Pajero eiern.

Ich lehne mich aus dem Fenster, um zu zielen, doch der VW gibt Gas und schließt zu uns auf, um sich aus der Schussbahn zu bringen. Ich lehne mich weiter hinaus und ziele auf sein linkes Vorderrad. Der Rückstoß wirft mich fast um, und die Erschütterung in meiner Schulter und meinem Arm führt dazu, dass ich verziehe. Der VW ist direkt hinter uns und gewinnt an Boden.

»Schieß auf die Scheiben!«, kommandiert Chika. »Versuch sie zurückzudrängen.«

Ich drehe mich um, wappne mich für den Rückstoß und drücke ab. Die Heckscheibe des Pajero zersplittert.

»Ziel auf die Reifen!«, ruft Chika.

Der Schuss geht daneben und trifft stattdessen einen Scheinwerfer. Der Wagen schert nach links aus. Ich gebe noch drei Schüsse ab. Ich muss wenigstens einen Reifen treffen, um ihn auszubremsen. Noch drei, maximal vier Schuss, dann ist das Magazin leer. Ich ziele erneut, aber der VW benutzt Chikas alten Trick und schlingert von einer Straßenseite zur anderen. Ich kneife ein Auge zusammen und folge den Bewegungen des Transporters mit der Pistole, den Finger am Abzug.

Ein plötzlicher Schlenker. Ich stoße mit dem Kopf ans Autodach, und der nächste Schuss geht in die Luft. Dann begreife ich, was Chika gerade getan hat. Er hat den Wagen in das Gebüsch gelenkt, das die Schnellstraße säumt.

Wir rumpeln einen schmalen, unbefestigten Weg entlang. Dichtes Strauchwerk umfängt uns, es ist, als wären wir in einem undurchdringlichen Dschungel gelandet. Ich blicke mich um. Der VW ist nirgends zu sehen, verdeckt vom Laubwerk. Ich drehe mich wieder nach vorn und halte mich am Armaturenbrett fest. Wir pflügen durch hohes Gras und walzen es platt. Zweige peitschen die Karosserie und schnellen durch die zerbrochenen Fenster herein. Ich bin schweißnass.

Wieder schaue ich mich um. Wir haben eine Schneise durch das Dickicht geschlagen. Es wird nicht lange dauern, bis der VW folgt.

Chika hält an. Ich sehe mich um. Nichts als Buschwerk. Dann schaue ich Chika an. Was nun?

Sein Blick ist wild. Er weist mit dem Daumen in die Richtung, aus der wir kommen. »Du gehst da lang.« Dann nach rechts. »Und ich da.«

Ich versuche zu verstehen, was der Plan ist, da beugt er sich zu mir herüber, um das Handschuhfach zu öffnen. Er nimmt eine 45er heraus und überprüft das Magazin – voll. Er drückt mir die Waffe in die Hand.

»Ich lade die hier nach«, sagt er und nimmt mir die Glock ab. »Los, los, los!«

Ich springe raus, stürze mich ins Gebüsch und laufe parallel zu der Schneise, die wir geschlagen haben, auf das Geräusch des näher kommenden VW zu. Als ich mich umblicke, sehe ich, wie Chika ein Messer in den Hinterreifen des Pajero rammt.

Ich laufe schneller. Schon höre ich den Transporter auf mich zukommen. Ich gehe tief in die Hocke, sodass die hohen Büsche mich verdecken. Ich muss auf Chikas Instinkt vertrauen. Unsere Verfolger sollen glauben, dass wir davongelaufen sind, um Hilfe zu holen. Der VW fährt an mir vorbei. Ich verlangsame meinen

Schritt. Als das Motorgeräusch sich weit genug entfernt hat, bleibe ich stehen, drehe mich zu unserem Wagen um und bücke mich tief.

Der VW hält neben dem Pajero. Zwei Männer steigen aus. Ihr Gang, die Art, wie sie ihre Waffen halten, wie sie ruckartig die Köpfe drehen, all das verrät eine militärische Ausbildung. Sie halten Ausschau nach Anzeichen von Leben. Bereit, auf alles zu feuern, was sich bewegt.

»Ihr müsst sie finden!«, ruft der Fahrer von seinem Sitz aus. »Los, schnell!«

Die zwei Bewaffneten gehen um den ramponierten Pajero herum. Einer überprüft die Reifen. Sie verständigen sich mit Handzeichen. Der eine deutet nach links, der andere nach rechts. Dann gehen sie los, entfernen sich vom Auto.

Ich warte. Mein Herzschlag dröhnt in meinen Ohren. Bitte komm raus. Bitte …

Der Fahrer steigt aus, die Waffe im Anschlag. Eine Sonnenbrille verdeckt einen großen Teil seines Gesichts, doch etwas an ihm kommt mir bekannt vor. Die Art, wie er geht, wie er gegen die unbeschädigten Reifen des Pajero tritt und sich dann bückt, um das Rad in Augenschein zu nehmen. Jetzt kann ich sein Gesicht deutlich sehen.

Samson Adamu!

Dawodus Wachmann. Er wendet sich in meine Richtung. Hält inne. Hat er gehört, wie ich nach Luft schnappte? Ich kauere mich tiefer in den matschigen Untergrund. Samson hebt seine Waffe und marschiert in meine Richtung los. Ich sehe auf die 45er in meiner Hand. Soll ich schießen? Was, wenn ich nicht treffe? Ich ziele durch das Gras und die Bäume auf seine Knie.

Ein zweites Paar Füße taucht hinter Samson auf. Ich blicke

auf, und im gleichen Moment versetzt Chika dem Mann einen Schlag mit dem Griff seiner Glock. Ich springe auf, halte Ausschau nach den zwei anderen Angreifern. Die Pistole im Anschlag und mit pochendem Herzen gehe ich langsam auf den VW zu. Chika ist schneller. Er zerrt Samson ins Auto und steigt auf den Fahrersitz.

Ich laufe auf ihn zu, während er schon zur Straße zurücksetzt. Ich springe auf den Rücksitz, als eine Kugel an meinem linken Ohr vorbeizischt. Das Motorengeräusch ihres Wagens hat die zwei Männer offenbar veranlasst, zurückzukommen. Ich halte mich fest, weil ich damit rechne, dass Chika den VW wendet.

Doch das tut er nicht. Er setzt weiter zurück, während er auf die Männer schießt, die auf uns zurennen. Im Stehen schwanke ich zu stark, also knie ich mich hin und lege an. Der Schuss geht daneben, hält die Männer aber immerhin so lange auf, dass ich die Schiebetür zuziehen kann.

Als sie ins Schloss fällt, höre ich ein Stöhnen hinter mir.

»Erschieß ihn!«, ruft Chika.

Ich drehe mich um. Samson regt sich, sein Kopf ist blutig.

Chika fährt immer noch rückwärts durchs Gebüsch und feuert Schüsse ab. Kugeln zischen vorbei, manche treffen den VW. Ich kann mich nicht ruhig halten, der Wagen schwankt zu sehr. Mir ist schwindlig.

»Erschieß ihn!«, kommandiert Chika mit zusammengebissenen Zähnen. Seine Stimme kommt aus weiter Ferne wie ein Echo.

Alles verschwimmt vor meinen Augen. Ich kann keinen Halt finden. Etwas zerrt an mir. Ich blicke nach unten, und Samsons blutiges Gesicht starrt zu mir herauf, sein Blick ist wild. Er zieht an meinem Bein, ich drohe den Halt zu verlieren.

»Erschieß ihn!« Chikas Stimme ist jetzt zu laut. Alles ist zu laut. Mein Herzschlag. Das Krachen der Schüsse, die in meinem Schädel widerhallen. Das Aufheulen des Motors. Das wütende Grollen des Mannes, der meinen Knöchel gepackt hält.

Ich hole mit der 45er aus und lasse den Griff mit voller Wucht auf die Stelle zwischen Samson Adamus Augen krachen.

GEISELNAHME

Chika fährt mit dem Transporter auf die Schnellstraße zurück, ohne auf den entgegenkommenden Verkehr zu achten. Wir rasen davon, während hinter uns laut gehupt wird und Autos auf den Randstreifen ausweichen, um eine Kollision zu vermeiden. Chika wechselt mehrmals die Spur und behält den Rückspiegel im Auge. Das verärgerte Hupkonzert der anderen Verkehrsteilnehmer ist beruhigend. Wir werden nicht verfolgt.

Ich wende den Blick von der Straße zu dem ausgestreckt daliegenden Samson – falls das sein richtiger Name ist. Er blutet immer noch aus seiner Stirnwunde, und ich beuge mich über ihn, um ...

»Ich hoffe, du willst hier nicht Mutter Teresa spielen.« Chikas barscher Ton lässt mich innehalten. Ich fange seinen warnenden Blick im Innenspiegel auf.

Ich sehe mich im Wagen um und finde unter dem Sitz Starthilfekabel. Sie sind nicht lang genug, aber irgendwie wird es gehen. Ich trenne sie, um Samsons Hand- und Fußgelenke zusammenzubinden. Die Metallenden werden sich in sein Fleisch bohren und üble Blutergüsse hinterlassen, aber das wird sein geringstes Problem sein, wenn er wieder zu sich kommt. Ich ziehe seine Beine hoch, um das Kabel um seine Fußknöchel zu schlingen. Dabei fällt ein Smartphone aus seiner Tasche. Ich hebe es auf. Es ist ein Huawei, glänzend und neu. Nicht billig. Das Display ist leer – gesperrt. Ich stecke es ein.

Die Platzwunde auf Samsons Stirn sieht ziemlich tief aus. Ich knöpfe mein Hemd auf und ziehe das Unterhemd aus. Schon spüre ich Chikas Missbilligung, und ich vermeide es, in seine Richtung zu sehen. Mit dem Unterhemd wische ich Samson das Blut aus dem Gesicht. Erleichtert stelle ich fest, dass die Wunde nicht so schlimm ist, wie ich befürchtet habe, und wohl nicht genäht werden muss. Ich zerreiße das Unterhemd in zwei Streifen, mit denen ich den Kopf des Auftragskillers verbinde.

Ich bin fast fertig, als Chika anhält. Er hat eine Stelle gewählt, wo ein Trampelpfad die Straße kreuzt und in den nahen Wald führt. Hier sind wir vor den Blicken vorbeikommender Autofahrer geschützt.

Hastig knöpfe ich mein Hemd wieder zu, als Chika aussteigt und nach vorne geht. Ich ziehe die Seitentür auf und trete zu ihm, als er gerade den schwarzen Stofffetzen abreißt, der das Nummernschild bedeckt.

»Das würde nur unnötige Aufmerksamkeit erregen«, erklärt er, während er um den Wagen herumgeht. Er wirft einen Blick ins Innere, um sich zu vergewissern, dass Samson wirklich sicher gefesselt ist, und geht weiter zum Heck, um das hintere Nummernschild freizulegen.

Ich trete zurück, als Chika die Hecktür aufzieht. Der Laderaum ist voll mit Taschen, alten Klamotten, Styroporbechern und leeren Schnapsflaschen. Das Ersatzrad liegt auf der Seite, aus seiner Halterung gelöst. Er wirft es auf den Boden.

Ich nehme die Bodenmatte heraus, und in dem Hohlraum, der für das Ersatzrad vorgesehen ist, kommt ein sorgfältig zusammengestelltes Arsenal von Handfeuerwaffen und Munition zum Vorschein.

»Die haben es wirklich ernst gemeint«, stellt Chika besorgt fest, während er eine der Pistolen nimmt und das Patronenlager überprüft. Geladen. Er dreht sich mit dem Rücken zur Straße und steckt die Waffe in seinen Hosenbund.

Ich werde heute bestimmt keine Schusswaffe mehr anrühren.

Mein Blick fällt auf eine rechteckige Glasfläche unter den Waffen. Es ist ein Mobiltelefon – ein hochwertiges Samsung Galaxy. Ich schalte es ein, während Chika sich beeilt, die Waffen wieder unter der Matte verschwinden zu lassen. Dann geht er um den Transporter herum und wirft einige der alten Kleidungsstücke über Samson. Abgesehen von dem provisorischen Kopfverband sieht der Mann jetzt aus wie ein ganz normaler Mitfahrer, der ein Nickerchen hält.

Der Fahrer eines vorbeikommenden Autos bremst ab, offenbar, um Hilfe zu leisten. Ich winke ab und zeige ihm den hochgereckten Daumen. Das Handy ist eingeschaltet. Zwar lässt es sich ohne PIN nicht öffnen, aber der Bildschirmschoner ist ein farbenfrohes Foto von Victor Ewang, seiner Frau und der drei kleinen Kinder. Ich gehe zu Chika, um es ihm zu geben, da regt sich Samson plötzlich und schüttelt die Kleider ab, die seine Fesseln zudecken. Chika springt sofort in den Laderaum und versetzt Samson einen solchen Fausthieb, dass ich Knochen brechen höre. Der Auftragskiller verliert wieder das Bewusstsein.

Ich werfe die Schiebetür zu und steige auf den Beifahrersitz, während Chika sich ans Steuer setzt.

»Es ist derselbe Transporter«, sage ich. »Der, aus dem sie Ewangs Leiche geworfen haben.«

Chika nickt, während er den Motor anlässt. Seine Miene ist hart. »Hätte mich überrascht, wenn er's nicht gewesen wäre.«

An allen Checkpoints hält Chika schon einen 1000-Naira-Schein bereit, um dann mit unbewegter Miene die linke Hand aus dem Fenster zu strecken. Die Beamten ergreifen seine geballte Faust und lassen sie erst nach der Übergabe wieder los. Noch zwei weitere Checkpoints und ein kurzer Zwischenstopp an einem Geldautomaten, um uns für den Rest der Fahrt nach Lagos mit Bargeld zu versorgen, dann haben wir es geschafft.

Chikas Mitarbeiter haben schon Feierabend gemacht, und das Großraumbüro ist leer, als wir Samson aus dem Wagen zerren und auf den Boden werfen. Er beginnt an seinen Fesseln zu zerren. Sein Versuch, etwas zu sagen, wird von Chika vereitelt, der ihm eine schallende Ohrfeige verpasst und ihm eine Hand fest über den Mund legt.

»Papier.« Chika deutet auf einen Drucker in der Nähe.

Ich greife eine Handvoll Papier aus dem Fach des Druckers. Chika ballt die freie Hand zur Faust, und als Samson Anstalten macht, ihn zu beißen, nimmt er einfach die Hand weg und stopft ihm das zusammengeknüllte Papier in den offenen Mund. Dann entkleidet er ihn bis auf die Hose und zieht ihn auf einen Drehstuhl. Er blickt sich in dem Raum voller Computer, Server und sonstigem Zubehör seines IT-Geschäfts um. Schließlich geht er zu einem der Computer und reißt das Stromkabel ab, dann deutet er auf einen anderen Rechner. Ich laufe hin und hoffe nur, dass ich keinen übermäßigen Schaden anrichte, wenn ich wahllos irgendwelche Kabel abziehe.

Chika ersetzt die Starthilfekabel durch die zwei Stromkabel. Er arbeitet schnell und effizient, und ich komme mir ziemlich überflüssig vor. Samson stöhnt. Als er wieder Anstalten macht, etwas zu sagen, reißt Chika ihm das Papierknäuel aus dem Mund und ersetzt es durch das blutige Hemd, das er ihm gerade ausgezogen hat.

Er tut all das schweigend, mit einer kalten Präzision, die zugleich erschreckend und beeindruckend ist.

»Nein!«, sage ich mit allem mir zu Gebote stehenden Nachdruck, meine Stimme verstärkt durch die Akustik des Großraumbüros.
»Wäre es dir lieber, wir würden ihn der Polizei übergeben?« Chikas Ton ist ironisch, er macht sich lustig über mein Entsetzen angesichts seines Plans.
»Ich bin sicher, dass Abubakar uns helfen wird ...«
Chika deutet auf Samson, der gefesselt auf dem Stuhl sitzt. »Dieser Typ und seine Bande sind geschickt worden, um uns zu eliminieren, Philip, und zwar wegen Informationen, die wir über einige sehr mächtige Leute haben. Ich fürchte, da wird uns nicht mal dein Kommandant helfen können.«
»Wir können kein Verbrechen aufklären, indem wir selbst eins begehen«, protestiere ich, während Chika die Fesseln überprüft.
»Ich verlange gar nicht, dass du irgendwas tust.« Sein Blick ist auf unsere blutverschmierte Geisel geheftet.
»Ich würde mich trotzdem mitschuldig machen.«
Chika geht auf mich zu, seine Augen blitzen. »Phil, wir wären um ein Haar nicht lebend zu unseren Familien zurückgekommen.«
»Ich weiß ...«
»Ich fürchte, das ist da oben noch nicht so richtig angekommen.« Chika tippt mir an die Schläfe. »Dieser Typ wollte dich umbringen. Kaltblütig ermorden. Sie haben dafür Polizei-Checkpoints geräumt, Phil. Und wenn sie uns gefolgt sind, was glaubst du, von wo sie uns gefolgt sind?«
Ich blicke entsetzt zu Samson. Seine Augen schleudern Dolche gegen mich, während er sich gegen seine Fesseln sträubt.

Chika hat recht. Sie müssen uns von seinem Haus aus gefolgt sein. Wo unsere Frauen und Kinder sind.

»Warum haben sie uns nicht dort angegriffen, in deinem Haus – also hier in Lagos?, meine ich.« Ich bin heilfroh, dass sie es nicht getan haben, muss es aber dennoch wissen. »Warum sind sie uns bis Ibadan gefolgt?«

Chika zuckt mit den Schultern, als ob die Antwort auf der Hand läge. »Sie wollten wissen, welcher Spur wir folgten. Um sicherzugehen, dass sie nichts übersehen haben. Ich schätze, dass sie sich auch gefragt haben, was Ibadan mit der ganzen Geschichte zu tun hat. Als sie dann gesehen haben, dass wir nur eine Hinterhof-Abtreibungsklinik aufsuchen, dachten sie sich, dass es keinen Grund gäbe, länger zu warten. Außerdem würde es weniger Verdacht erregen, wenn sie außerhalb der Stadt zuschlagen würden und nicht vor meiner Haustür.«

Eine erschreckend logische Erklärung. In momentaner Erleichterung lasse ich mich auf den nächstbesten Stuhl sinken. In den Staaten wären meine nächsten Schritte klar. Ich würde Polizeischutz beantragen, während ausgebildete Beamte Samson verhören. Meine Familie würde an einen sicheren Ort gebracht werden, während ich mit den Ermittlern zusammenarbeiten würde, um herauszufinden, wer hinter dem Mordanschlag auf mich steckt. Aber hier – trotz allem, was ich über Sade Dawodus und Victor Ewangs Tod weiß – ist Chika der Einzige, an den ich mich wenden kann.

»Keine Sorge«, sagt er, da er mich so genau durchschaut, wie nur er es unter solchen Umständen kann. »Mein Haus ist durch bewaffnete Wachleute gut geschützt. Ich habe einen ehemaligen Kollegen um einen Gefallen gebeten. Alle sind wohlauf.« Er schwenkt sein Handy. »Wenn sich auch nur ein Vogel auf das Grundstück verirrt, weiß ich sofort Bescheid.«

Ich senke die Stimme. »Du kannst ihn nicht töten. Das lasse ich nicht zu.«

Chika gibt sich im Gegensatz zu mir keine Mühe, leise zu sein. Er will, dass Samson ihn hört. »Dann solltest du ihn besser dazu überreden, mir zu sagen, was ich wissen will.«

Mein Handy klingelt. Es ist Folake. Ich entferne mich ein paar Schritte von Chika, um den Anruf anzunehmen.

»Tut mir leid. Ich hätte anrufen sollen«, sage ich und hoffe, dass sie meiner Stimme nichts anmerkt.

»Ist schon in Ordnung. Ich habe mir nur Sorgen gemacht. Wann kommt ihr nach Hause? Onyinye wird auch schon unruhig.«

»Es ist sicherer, wenn wir vorläufig nicht nach Hause kommen.« Ich versuche beiläufig zu klingen.

»Was ist passiert?«, fragt sie scharf.

»Keine große Sache«, antworte ich, während ich mich weiter von dem Lärm entferne, den Samson veranstaltet. Er stöhnt und ächzt hinter seinem Knebel und zerrt an seinen Fesseln. »Ich meine, wir müssen nur noch ein paar Dinge klären, bevor wir nach Hause kommen.« Ich überlege fieberhaft. Eine pauschale Antwort wie diese wird Folakes Befürchtungen nicht zerstreuen. Es muss schon eine Version der Wahrheit sein. »Wir glauben, dass uns jemand folgt, deswegen hat Chika vorgeschlagen, dass wir uns in seinem Büro versteckt halten, bis wir Gewissheit haben, anstatt zu riskieren, dass uns jemand bis zum Haus folgt.«

»Du lieber Himmel! Geht es dir gut? Ist Chika bei dir?«

»Ja, und es geht mir gut. Wir warten nur ab, um sicher zu sein …«

»Und Chika auch?«

Ich schaue hinüber zu Chika und unserer Geisel – denn das

ist Samson, wenn wir ehrlich sind. Er versetzt ihm ein paar Ohrfeigen und legt ihm die Hände um den Hals.

»Ja, Chika geht's gut«, sage ich zu Folake und hoffe inständig, dass sie ihn nicht zu sprechen verlangt.

»Sag ihm, er soll zu Hause anrufen«, sagt sie. »Und du sieh lieber zu, dass du heil zurückkommst!«

Sie legt auf, bevor ich ihr Versprechungen machen kann, von denen ich längst nicht mehr sicher bin, dass ich sie halten kann. Ich gehe zurück zu Chika, der sich über Samson Adamu beugt.

»Darf ich mich vorstellen?«, sagt Chika zu ihm in einem Ton, als ob er den Spielstand eines langweiligen Fußballspiels vermeldet. »Mein Name ist Chika Makuochi. In einem früheren Leben war ich Soldat und habe meine Dienste dem Meistbietenden verkauft. Ich habe in Kriegen gekämpft und saß fast drei Jahre lang in einem jemenitischen Gefängnis. Das bedeutet, dass ich mindestens einhundert Methoden kenne, dich dazu zu bringen, dass du dir wünschst, eine meiner Kugeln hätte dir vorhin auf der Straße den Schädel zerschmettert.«

Samson sträubt sich heftig. Wenn er könnte, würde er Chika den Schädel einschlagen.

»Ich nehme dir jetzt den Knebel raus«, fährt Chika ruhig fort, »und dann fangen wir ganz langsam an.« Er spricht leise, immer noch über Samson gebeugt, dessen Nase blutig ist und dessen Stirn vor Schweiß glänzt. Seinem aufsässigen Gebaren zum Trotz kann ich sehen, dass er Angst hat. Kein Wunder – diese Wirkung hat Chika nun mal.

»Wir fangen mit deinem Namen an. Bist du bereit?« Chika zieht dem Mann das Hemd aus dem Mund. »Dein richtiger Name?«

Samson spuckt einen Schwall Blut aus, und seine Augen funkeln, als er an Chika vorbei zu mir schaut. »Ihr habt euch mit dem Falschen angelegt!«

Chika versetzt ihm einen Kinnhaken. »Falsche Antwort.«

Der Typ lacht, ein manisches, blutiges Grinsen, das an Jack Nicholsons Gesicht auf dem Filmplakat von *Shining* erinnert. »Ihr seid beide erledigt. Sie werden nach mir suchen.«

Das Pidgin und alles, was Samson uns bei Dawodus Haus erzählt hat, war nur Schau. Chika hatte recht. Sie haben sich eine Geschichte zurechtgelegt. Der echte Nachtwächter war vielleicht einer der Angestellten, denen Sade Dawodu an dem Tag freigegeben hatte.

Samson sträubt sich wieder gegen seine Fesseln. »Lasst mich sofort frei! Ihr wisst ja nicht, mit wem ihr euch anlegt! Sie werden mich finden und …«

Chika lässt sich nicht beeindrucken. »Oh, ich zähle darauf. Die Sache ist nur die: Du entscheidest, was sie finden werden. Eine Leiche oder einen, der wünscht, dass er tot wäre.«

»Sie werden euch erledigen«, sagt Samson, schon nicht mehr ganz so auftrumpfend.

»Du langweilst mich. Weißt du, was?« Chika richtet sich auf, seine Haltung ist zugleich lässig und bedrohlich. »Vergessen wir das mit der Vorstellung. Sag mir, wer mich finden und erledigen wird.«

»Das wirst du schon sehen«, erwidert der Mann, doch sein Grinsen ist nicht mehr so überzeugend wie zuvor.

Chika holt wieder mit der Faust aus, und jetzt reicht es mir. Der Typ ist ein Handlanger. Es ist nur eine Frage der Zeit, wann er anfangen wird zu singen. Aber die Zeit haben wir nicht.

»Chika!« Mein Ton stoppt seine Faust auf dem Weg zum Kinn. Ich halte ihm das Huawei hin. »Das habe ich ihm abgenommen. Wenn wir wissen, wen er angerufen hat …«

Chika nimmt das Handy und wendet sich dem gefesselten Mann zu. »*You wan open am for me?*«

Er wartet nicht auf eine Antwort, sondern bückt sich, um die gefesselte rechte Hand des Mannes zu ergreifen und den Daumen auf das Handy zu drücken. Dann richtet er sich auf und hält dem sich sträubenden Samson das entsperrte Display vors Gesicht.

Ich trete näher, als Chika mit ein paar Klicks das Menü »Eingegangene Anrufe« aufruft. Er drückt mir das Handy in die Hand und geht zurück zu dem Gefesselten.

»Wie ich sehe, hast du heute schon öfter mit deiner ›amerikanischen Madam‹ telefoniert.«

LaTanya Jacobson. Sie hat den Anschlag angeordnet. Natürlich mit Dawodus Segen. Der Feigling ist zu »heiligmäßig«, um sich selbst die Hände schmutzig zu machen.

Chika geht zu einem Schrank in der Ecke und nimmt einen Werkzeugkasten heraus. Er breitet den Inhalt auf dem Boden aus. Langsam und bedächtig. Samson versucht sich nichts anmerken zu lassen, doch jetzt bekommt er wirklich Angst. Ich erinnere mich an Ewangs Obduktionsbericht, und ich vermute, dass Samson besser als viele andere weiß, was ein Schraubenzieher oder ein Hammer mit einem menschlichen Körper anrichten kann. Der Schweiß trieft ihm vom Gesicht auf die Brust, doch in seinen fiebrigen Augen kehrt langsam Ruhe ein. Er wird einknicken, bevor Chika auch nur ein einziges Werkzeug bei ihm einsetzt.

Ich bestelle uns ein Uber.

SPÄTSCHICHT

»Um diese Uhrzeit?« Kennys besorgter Ton macht mich ungehalten.

»Es ist doch gerade erst sieben.« Nach dem Tag, der hinter mir liegt, muss ich mich für meinen schroffen Ton nicht entschuldigen.

»Ja, aber es ist schon spät, und ich weiß nicht, ob ...«

Ich ringe um Beherrschung, während das Uber über die Third Mainland Bridge fährt. Ich kann meiner Schwester nicht sagen, dass ich schon auf dem Weg zu Sades Mutter bin und dieser Anruf eine reine Gefälligkeit ist.

»Du bist die Letzte, die meinen Wunsch, die Mutter des Opfers zu sprechen, als Zumutung empfinden sollte«, fahre ich sie an. Ich bin nicht in der Stimmung, nett zu sein.

Kenny hat verstanden. »Ich sage ihr Bescheid, dass du kommst.«

Ich lege auf und rufe Abubakar an.

Wir halten uns nicht lange mit Höflichkeitsfloskeln auf. Er weiß, dass ich ihn nicht um diese Zeit anrufen würde, wenn es nicht dringend wäre.

»Ich denke, es wird Zeit, dass wir mit Bello reden, bevor die Sache außer Kontrolle gerät und der Polizei auf die Füße fällt.«

»Haben Sie neue Beweise?«, fragt Abubakar. Sein Ton lässt erkennen, dass er andernfalls nicht interessiert ist.

»Abgesehen von dem Beweis, dass er das Opfer schon länger kannte, als er behauptet hat? Nein.«

Abubakar atmet hörbar aus. Ich stelle mir vor, wie der Zigarettenrauch seinen Kopf umnebelt. »Okay. Aber lassen Sie mich zuerst mit ihm reden.«

»Denken Sie, dass er heute noch mit Ihnen sprechen wird?«

»Sie meinen heute Abend?«

Was haben plötzlich alle für ein Problem mit der angeblich späten Stunde? »Ja, heute Abend.«

»Ich gebe Ihnen Bescheid«, sagt Abubakar brüsk und legt auf.

Ich bin froh, dass der Fahrer keiner von der redseligen Sorte ist. Er fragt mich lediglich, ob die Anweisungen des Navis korrekt sind. Ich bestätige das, als wir in Mrs Bucknors Straße einbiegen. Auf und vor dem Grundstück parken einige Autos, was bedeutet, dass sie nicht allein ist.

Wie aufs Stichwort vibriert mein Handy, als ich eintrete. Kenny: *Sie erwartet dich.*

Mrs Bucknor steht auf, als ich das Wohnzimmer betrete. Sie lächelt den Frauen, die um sie herumsitzen, beschwichtigend zu und winkt mich heran.

»Unterhalten wir uns dort drüben.« Sie deutet auf eine Tür.

Ich folge ihr in eine große Küche, wo zwei junge Mädchen an der Spüle stehen und Geschirr abwaschen. Sie halten inne, als sie uns sehen.

»Alles in Ordnung. Wir würden uns gerne in Ruhe unterhalten«, sagt Mrs Bucknor, während die Mädchen sich die Hände abtrocknen und hinauslaufen.

Ich warte einen Moment, um sicherzugehen, dass wir allein sind. Mrs Bucknor sieht mich fragend an. Sie wirkt viel gefasster als bei meinem ersten Besuch.

»Warum haben Sie mir nicht von Professor Ohaeri erzählt?«
Die Überraschung im Gesicht der älteren Dame schlägt schnell in Verärgerung um.

»Wie haben Sie von ihm erfahren?«

»Ich habe Sie gefragt, ob Sie ihn kennen, und Sie haben es verneint. Warum?«

Ihre Miene ist trotzig, doch ihr Ton bleibt sachlich. »Weil er Psychiater ist und ich nicht wollte, dass das Andenken meiner Tochter beschmutzt wird.«

Eine einstudierte Antwort. »Es ist nichts falsch daran, wegen psychischer Probleme Hilfe in Anspruch zu nehmen«, sage ich.

»Vielleicht dort, wo Sie herkommen, Dr. Taiwo, aber nicht hier«, erwidert sie mit bitterem Lächeln. »Wie gut ist Ihr Yoruba?«

»Gut genug.«

»Dann kennen Sie das Sprichwort: ›*Were dun wo l'oja, kose bi lomo*‹?«

Ich nicke, während ich meine Empörung über die Bedeutung unterdrücke. »Ein Verrückter ist gut zur Unterhaltung, solange es nicht das eigene Kind ist.« Ein Spruch, der auf erschreckende Weise die Einstellung zu psychischen Erkrankungen bloßlegt.

»Niemals werde ich zulassen, dass die Krankengeschichte meiner Tochter zum Unterhaltungsobjekt wird. Oder zum Futter für Klatsch und Tratsch.«

»Auch nicht, wenn es erklären würde, warum sie sich das Leben genommen hat?«

»Pah!«, wehrt sie trotzig ab. »Ein Grund mehr! Was immer sie dazu gebracht hat, das zu tun, es hatte nichts mit einem Arzt zu tun, den sie konsultiert hat, als sie noch keine zwanzig war.«

»Sie hat ihn noch ein zweites Mal konsultiert. Bedeutet das nicht, dass ihr etwas fehlte?«

»Aber jetzt ist sie tot.« Mrs Bucknors Stimme versagt, und ich bekomme ein schlechtes Gewissen, weil ich sie so bedränge. Weil ich überhaupt hier bin. »Falls ihr etwas fehlte, was kann ich jetzt noch tun, um ihr zu helfen? Das Einzige, was ich tun kann, ist, das Beste von ihr zu bewahren. Ihr Andenken zu schützen.«

»Hat sie Ihnen nie irgendetwas erzählt? Nichts über ihre Ehe oder ob sie irgendetwas erfahren hatte, das sie dazu gebracht haben könnte, sich das Leben zu nehmen?«

Mrs Bucknors Augen füllen sich mit Tränen, und sie wendet das Gesicht ab. »Eine Mutter sollte wissen, wenn etwas nicht stimmt, aber ich wusste es nicht. Ich hätte es wissen müssen.« Ihre Schultern beginnen zu zucken, ihre Hände zittern. »Ich bin ihre Mutter, und sie hat sich entschieden ... sie hat ...«

Es wäre grausam, ihr noch weitere Fragen zu stellen, so dringend ich die Antworten brauche. Also tue ich das Einzige, was mir übrig bleibt. Ich sehe zu, wie Mrs Kikelomo Bucknor auf einen Stuhl niedersinkt und um die Tochter weint, die sie verloren hat. Als ich ihr tröstend eine Hand auf die Schulter lege, schüttelt sie sie ab. Ich trete zurück.

»Ich möchte allein sein.« Trotz der Tränen, die ihr übers Gesicht laufen, ist ihre Stimme kalt.

Ich bekomme wieder denselben wortkargen Fahrer, der mich vor nicht einmal einer halben Stunde vor Mrs Bucknors Haus abgesetzt hat. Die Paranoia macht mich übervorsichtig. Ich schicke Chika meinen aktuellen Standort.

Er ruft sofort an. »Was Neues von der Mutter?«

»Nichts, was wir gebrauchen können.«

»Und die Überweisungen auf ihr Konto?«

Wie soll ich ihm erklären, dass ich Mrs Bucknor nicht noch weiter bedrängen konnte? Die Frau stand kurz vor dem Zusammenbruch, und ich wollte nicht der Auslöser dafür sein. Außerdem sind Menschen in extremen Gefühlslagen oft unzuverlässig. Ich gehe lieber mit leeren Händen als mit Informationen, mit denen ich nicht arbeiten oder die ich nicht verifizieren kann.

»Dazu bin ich nicht mehr gekommen.« Ich verlasse mich darauf, dass Chika nicht weiter nachbohren wird. »Und du? Bist du mit unserem ... äh ... Gast weitergekommen?«

»Wir machen Fortschritte«, sagt er so laut, dass ich weiß, er will, dass Samson ihn hört.

»Chika, sei vorsichtig«, warne ich ihn.

»Nein, *er* sollte vorsichtig sein. Ich habe jetzt immerhin die Bestätigung, dass sein Name tatsächlich Samson Adamu lautet. Aber was auch interessant ist: Er war beim Militär.«

»War? Ist er nicht zu jung, um schon aus dem Dienst auszuscheiden?«

»Kommt drauf an, wofür er den Job aufgegeben hat.«

Stimmt. Als Auftragsmörder verdient man sicher mehr als beim Militär.

Das Uber biegt nach Anthony Village ab. Dass man um diese Tageszeit so viel mehr erledigt bekommt, finde ich irgendwie ironisch. Der spärliche Abendverkehr steht in krassem Kontrast zu dem Chaos, das Chika und ich auf der Fahrt von Ibadan hierher erlebt haben.

»Ich bin jetzt gleich bei Enomo.«

»Grüß ihn von mir. Ich muss noch ein bisschen Überzeugungsarbeit leisten.«

»Chi- ...«, setze ich an, doch er hat schon aufgelegt.

Enomo Collins sieht noch derangierter aus als bei unserem ersten Besuch. Er steht in der Tür und scheint nicht überrascht zu sein, mich zu sehen. Wortlos dreht er sich um und geht zurück in sein Studio, wo er die beiden jungen Musiker mit den Dreadlocks und den Piercings, die ich immer noch nicht auseinanderhalten kann, hinausschickt. Sie beäugen mich neugierig, während sie hastig Dateien auf dem Computer speichern und Knöpfe am Mischpult drücken, die verschiedene Digitalanzeigen dimmen, und dann sind sie weg.

Ich gehe in dem kleinen Raum umher, berühre ein paar der Geräte und ignoriere Enomo geflissentlich. Er soll ruhig ein bisschen schmoren.

Sein Blick folgt mir. »Ich hätte Sie nicht als Nachtschwärmer eingeschätzt, Dr. Taiwo.«

Ich sehe ihm direkt in die Augen. »Sie haben sie in Ibadan nicht allein zurückgelassen.«

»W-w-woher wissen Sie das?«, stammelt er.

»Weil es nicht das erste Mal war, dass Sie sie dorthin gebracht haben und bei ihr geblieben sind. Dr. Raimi kann das bestätigen.«

»Sie haben sich aber im Datum geirrt. Es ist Monate her, dass ich Sade zu dieser Klinik gefahren habe.«

Ich muss mich schwer beherrschen, um nicht vor seiner Alkoholfahne zurückzuweichen.

»Wen schützen Sie, Enomo? Sade ist tot.«

Er lacht verbittert auf. »Glauben Sie, ich wüsste das nicht?«

»Warum lügen Sie dann?«

»Weil es das ist, was sie gewollt hätte!«

Ich sehe es einem Menschen an, wenn er bereit ist, sein Herz auszuschütten.

»Das müssen Sie mir erklären«, fordere ich ihn in strengem Ton auf. Er soll ruhig rätseln, wie viel ich weiß.

Enomo setzt sich auf ein Sofa und lässt den Kopf in die Hände sinken.

Ich ziehe mein Handy aus der Tasche und wähle. Enomos satter Bariton füllt den Raum mit den Klängen von »Endless Love«. Er hebt ruckartig den Kopf und schaut verwirrt. Ich halte ihm das Display hin, sodass er die Nummer sieht, die ich anrufe. Ich schalte auf Lautsprecher, als der individuelle Klingelton abbricht und die Mailbox sich einschaltet.

»*Sie haben den Anschluss von Sade Dawodu erreicht. Bitte hinterlassen Sie eine ...*«

Ich breche den Anruf ab.

»Es ist nicht so, wie Sie glauben«, sagt Enomo leise. Er wirkt resigniert, aber irgendwie auch erleichtert.

»Was immer ich glaube, es sieht jedenfalls nicht gut aus für Sie.«

Statt zu antworten, beugt sich Enomo über die Armlehne des Sofas und hebt eine ramponierte lederne Laptoptasche vom Boden auf. Er greift in ein Seitenfach und zieht einen Umschlag hervor. Nachdem er ihn einen Moment lang angestarrt hat, seufzt er tief und reicht ihn mir.

»Vielleicht hätte ich Ihnen den geben sollen, als Sie zuletzt hier waren, ich weiß es nicht. Ich habe Ihnen nicht genug vertraut, und – na ja, er war nun mal an mich adressiert, und ich wollte ihn wohl noch ein bisschen länger behalten, bevor ...« Er lässt den Kopf wieder in die Hände sinken. »... bevor ich ihn irgendjemandem zeigte, wissen Sie?«

Enomos Name ist in einer markanten Handschrift quer über den Umschlag gekritzelt. Ich öffne die Lasche und ziehe ein Blatt Papier hervor, das offenbar schon sehr oft gelesen wurde – die Ränder sind zerknittert, und an mehreren Stellen ist die Tinte zerlaufen, wo Tropfen einer Flüssigkeit – Tränen? – darauf gefallen sind.

Liebster,

es ist seltsam, nicht wahr? Gerade als ich die Liebe aufgegeben hatte, bist Du in mein Leben getreten. Aber so sehr es mich schmerzt, ich habe Dir nichts zu geben. Du hast mehr verdient.

Wenn Du Deinen Kummer über all das verwunden hast, wirst Du erkennen, dass es nur zu Deinem Besten ist. Du bist jung und talentiert. Du brauchst jemanden, der noch an das Gute und an die Idee eines Gottes glaubt. Ich bin nicht dieser Mensch.

Für die Zeit, die Du hier mit mir geteilt hast, kann ich Dir nur von Herzen danken.

Sade

Ich schüttle den Kopf und blicke von dem Brief zu Enomo. »Ich verstehe nicht ...«

Enomos Lächeln ist bitter und wehmütig zugleich. »Wir sind nicht nach Ibadan gefahren. Nicht an jenem Tag. Ich habe sie zu Hause abgeholt, und wir sind hierhergefahren. Es war das erste Mal, dass wir ...« Er verstummt. Dann, nach einigen Sekunden, fährt er fort, doch jetzt ist seine Stimme leise und verhalten, als ob er mit sich selbst spricht. »Ich habe es nicht kommen sehen. Ich dachte, sie wäre glücklich mit mir und wir würden zusammen fortgehen.«

Ich stecke den Brief wieder in den Umschlag. »Und deshalb haben Sie ihr geholfen, die Blutspuren in ihrem Haus anzubringen?«

Enomo scheint nicht zu registrieren, dass ich jetzt neben ihm auf dem Sofa sitze. Er starrt vor sich hin, Tränen in den Augen. »Sie sagte mir, so könnten wir am besten verhindern, dass der Mann uns verfolgt.«

Habe ich mich vielleicht getäuscht, was Bello angeht? »Und wer hat die Polizei angerufen?«

Enomo sieht mich an, und sein Blick ist so voller Schmerz, dass ich all meine Willenskraft aufbringen muss, um mich nicht abzuwenden. »Ich weiß es nicht! Ich war hier und habe gerätselt, wohin sie verschwunden sein könnte und was der Brief bedeutete, als ich wie alle anderen die Meldung in den Nachrichten sah. Da war es schon zu spät. In dem Moment habe ich den Brief verstanden. Aber selbst dann hoffte ein Teil von mir noch, dass die Polizei den Verdacht gegen ihn erhärten würde. Denn selbst wenn er sie nicht in diese Lagune gestoßen hat – er hat sie auf dem Gewissen, so viel steht fest!«

»Warten Sie«, sage ich. »Fangen Sie von vorne an. Wann ist sie von hier weggegangen?«

»Wir sind von ihrem Haus direkt hierhergefahren. Wir waren nirgendwo sonst.«

Wenn Sade noch am Leben war, als Bello angeblich die anonymen Hinweise bekam, war sie vielleicht selbst die Verfasserin der Textnachrichten an den Detective?

»Wann ist sie von hier weggegangen?«

»Ich weiß es nicht! Es muss mitten in der Nacht gewesen sein. Ich habe geschlafen, und als ich aufwachte, fand ich diesen Brief.«

»Warum haben Sie das nicht der Polizei gesagt?«

»Ich hatte Angst, dass sie mich verdächtigen würden. Ich war der Letzte, mit dem sie gesehen wurde.«

»Und es hat Sie nicht stutzig gemacht, dass Sie nie zum Verhör bestellt wurden?«

Enomo lacht höhnisch. »Ich bitte Sie – die Polizei! Ich dachte einfach nur, dass sie inkompetent wären oder dass der Bischof sie dazu gebracht hätte, die Ermittlungen einzustellen, weil sie beweisen konnten, dass es Selbstmord war.«

Die Polizei kann ihre Macht genauso effektiv ausüben, wenn sie ihren Job macht, wie wenn sie ihn nicht macht. Eine Tatsache, die Bello und die verstorbene Sade offenbar weidlich auszunutzen verstanden.

»Und als ich zu Ihnen kam?«

»Da bekam ich es wirklich mit der Angst zu tun. Vor allem, als Sie sagten, jeder wüsste, dass ich der Letzte war, der sie lebend gesehen hat. Ich wusste nicht, ob ich Ihnen vertrauen kann. Aber die Art, wie Sie redeten, ließ mich hoffen, dass ich es könnte. Da habe ich angefangen, Ihnen Nachrichten von ihrem Handy zu schicken.«

Es passt zusammen. Die Nachrichten fingen an, nachdem ich Enomo zur Rede gestellt hatte. Ich hatte recht. Er wollte mich auf die Probe stellen.

»Die Patientenakte?«, frage ich. »Die Sade mit Ihrer Hilfe aus Professor Ohaeris Praxis gestohlen hat ...?« Es ist ein Schuss ins Blaue, aber den Versuch ist es wert.

Enomo wendet sich ab und runzelt die Stirn, als ob er nachdenkt. »Ich weiß nicht, wo sie sie gelassen hat. Vielleicht hat sie sie vernichtet? Sie sagte, ihr Ehemann wollte es so aussehen lassen, als wäre sie psychisch krank, und sie wollte es ihm nicht zu leicht machen. Aber ich habe die Akte nicht. Die einzigen Sachen, die sie bei mir gelassen hat, sind dieser Brief, ihre Reisetasche und ihr Handy.«

Ich könnte meinen amerikanischen Pass darauf wetten, dass Sade Dawodu diese Akte nicht vernichtet hat. Warum sollte sie sich die Mühe machen, sie zu stehlen, nur um sie dann zu schreddern? »Wieso wollte sie so unbedingt von ihrem Mann wegkommen? Wusste sie von etwas, das er getan hatte?«

Enomo hebt die Hand, während er über Sade Dawodus Handy wischt. »Sie müssen verstehen, dass ich ihr nicht geglaubt habe, bis sie mir das hier zeigte. Ich meine, ich wollte ihr glauben, aber ich konnte es einfach nicht.«

Er reicht mir das Handy. Ich drücke auf das Play-Icon des Videos.

Es dauert ungefähr bis Sekunde fünfundvierzig, ehe ich begreife, was sich da Grauenhaftes vor meinen Augen abspielt. Meine Hände beginnen unkontrollierbar zu zittern.

URSACHE ODER FOLGE?

Das Video ist von dürftiger Qualität. Laut Zeitstempel wurde es vor eineinhalb Jahren gedreht. Es gibt etliche Passagen, in denen der Bildausschnitt leer ist. Das liegt vermutlich daran, dass das Aufnahmegerät heimlich an einem festen Ort platziert wurde, ausgerichtet auf das Bett. Auch wenn niemand zu sehen ist, hört man im Hintergrund Stimmen, die anscheinend beten. Nackte Männer gehen im Zimmer auf und ab, kommen ins Bild und verschwinden wieder, die Augen geschlossen, die Mienen verzückt.

Dann erscheint Sade Dawodu, bekleidet mit einem durchscheinenden Nachthemd. Sie kniet neben dem Bett nieder, und nur ein sehr aufmerksamer Beobachter wird sehen, wie ihr Blick ganz kurz zur Kamera geht. Ich vermute, dass sie sich bewusst genau an dieser Stelle hingekniet hat, weil sie wusste, wo sich das Aufnahmegerät befand. Der Grund wird ein paar Sekunden später deutlich, als Dawodu ins Bild kommt und sich daranmacht, seiner Frau Olivenöl über den Kopf zu gießen. Die anderen Männer sind jetzt nicht mehr zu sehen, doch wir können sie nach wie vor hören – ihre Gebete werden immer inbrünstiger, lauter und unsinniger.

Nachdem Dawodu sie mit Öl übergossen hat, hebt Sade noch einmal den Kopf zur Kamera. Ihr Blick ist kalt und resigniert. In diesem kurzen Moment ist es, als könnte ich diese Frau, die ich in den vergangenen zwei Wochen vergeblich zu begreifen versucht habe, jetzt endlich sehen. Ein Rätsel wird zu einem offenen Buch, das mich auffordert, es zu lesen. Ihre Augen sind klar und herausfordernd, als sich ihr Blick auf mich richtet und das Nachthemd zu Boden fällt.

Jetzt, wo du mich siehst, was gedenkst du zu tun?

Dawodu hat wie die anderen Männer seine Kleidung abgelegt, und seine Nacktheit ist so obszön wie das Geschehen, das sich vor der Kamera abspielt. Er hebt die Stimme, doch seine Worte sind keine Gebete, es sind Kommandos auf Englisch, mit Einsprengseln in Yoruba und allerlei »Zungen«.

»Ich biete diese Frau als lebendes Opfer dar, ihren Körper als einen Tempel. So, wie ich eure Kirche gesegnet habe, so lege ich nunmehr meine heiligen Hände auf ihren Schoß, ihn zu bereiten als Gefäß für ein Kind der Kirche, geboren von meinem Namen, um euretwillen.«

Als die Männer wieder ins Bild kommen, zähle ich insgesamt vier. Zwei drehen der Kamera den Rücken zu. Der dritte steht neben Dawodu, mit lüsternem Gesichtsausdruck, und er wiederholt dessen Worte wie ein Mantra. Es wird alles noch grausamer, vulgärer und unerträglicher, als ich in dem Mann Pastor Nwoko erkenne. Und als einer der anderen beiden sich umdreht, ist es kein anderer als Pastor Coker, der mich mit seinen salbungsvollen Antworten auf meine Fragen fast zu Tode gelangweilt hat.

Als Nwoko sich auf das Bett sinken lässt, brüllt Chika: »Es reicht!«

Ich halte das Video an. Ich hatte ihn gewarnt, als ich von Enomos Studio zurückkam, doch er bestand darauf, mit eigenen Augen zu sehen, was mich so erschüttert und angewidert hat. Widerstrebend klickte ich die Datei auf Sade Dawodus Handy an. Jetzt, nach etwa der Hälfte des verstörenden Videos, kann ich sagen, dass ich Chika noch nie so betroffen gesehen habe. Oder so wütend.

»Das ist es also, was sie durchgemacht hat?«, sagt er fassungslos. Er sackt auf seinem Stuhl zusammen und schlägt sich die Hand vor die Stirn. »Kein Wunder, dass sie sterben wollte.«

Wir sind müde. Chika hat die drei Stunden meiner Abwesenheit damit verbracht, unsere Geisel zu bearbeiten. Ich mag mir gar nicht vorstellen, was er mit dem Mann gemacht hat, stelle aber immerhin erleichtert fest, dass das Werkzeug nicht mit Blut befleckt ist. Samsons Gesicht ist zerschrammt und blutig, und der befriedigte Ausdruck in Chikas Gesicht verrät mir, dass sein Einsatz, worin er auch bestanden haben mag, sich gelohnt hat. Immer noch an den Stuhl gefesselt, schnarcht Samson geräuschvoll. Nichts mehr übrig von dem großspurigen Gehabe – jetzt wirkt er wie ein Kind, das nach einer Fahrt mit der Geisterbahn vom vielen Schreien erschöpft ist.

»Ich bin mir nicht sicher, dass sie sterben wollte.«

Chika sieht mich überrascht an. »Warum hätte sie sich sonst das Leben nehmen sollen? Hör mal, als ich im Jemen war, haben wir sehr gründliche Schulungen zur Identifizierung von Selbstmordattentätern absolviert, besonders der weiblichen. Die Männer waren kein Problem, es waren die Frauen, bei denen man sehr genau hinschauen musste, weil man sich meistens nur an den Augen orientieren konnte. Hast du die Augen dieser Frau gesehen, bevor sie sich auf das Bett gelegt hat? Sie waren tot. Ausdruckslos. Keine Emotionen. Wie eine Selbstmordattentäterin.«

Ich nicke und denke dabei an die Literatur über Suizid, die ich gelesen habe. »Ja, das waren sie, aber da war noch mehr, wenn man genau hinschaut. In den Massenmedien werden

Selbstmordattentäter vollkommen missverstanden, aber in der Psychologie ist ihre Typologie ganz klar. Alle denken, dass sie auf einem Rachefeldzug sind oder dass es Verrückte sind, die einfach tun, was ihre Vorgesetzten ihnen sagen. Aber das stimmt nicht ganz. Selbstmordattentäter passen in das Modell des professionellen Altruismus.«

»Ein professioneller Selbstmörder ist irgendwie ein Widerspruch in sich, findest du nicht?« Chikas Sarkasmus hätte mich normalerweise aus dem Konzept bringen können, aber ich bin zu sehr damit beschäftigt, das Problem im Kopf zu wälzen, und so lasse ich die Bemerkung unkommentiert.

»Das ›professionell‹ bezieht sich nur auf ihre Herangehensweise. Sie glauben an eine Sache, für die sie ihr Leben zu opfern bereit sind. Sie sind ruhig, sie gehen präzise vor, und sie haben oft eine sehr klare Vorstellung von der Motivation für ihre Tat.«

»Hört sich an wie unser Opfer.«

»Fast, aber nicht ganz. Eine genauere Analyse von Sade Dawodu würde vielleicht zeigen, dass sie nicht in das Modell des altruistischen Suizids und auch in kein anderes Modell passt. Sie macht keinen egoistischen Eindruck, was bedeutet, dass bei ihr kein Märtyrerkomplex vorliegt. Viele Menschen in dieser Kategorie neigen zu Depressionen, sie sind oft verzweifelt und einsam. Wir wissen, dass Sade möglicherweise depressiv war, aber sie war nicht einsam. Sie hat schon vor zehn Monaten sehr nüchterne und berechnende Entscheidungen getroffen. Und was das Wichtigste ist: Sie hat sich nicht wie ein Opfer verhalten, sondern wie eine Frau, die ihr Schicksal in die Hand nimmt.«

Ich gehe in Chikas kleinem Büro auf und ab. Wenn ich mich zu intensiv mit dem Inhalt des Videos beschäftige, das Enomo mir gegeben hat, werde ich ohnmächtig vor Wut. Unsere gefesselte Geisel schläft, aber sein Schlaf ist unruhig, denn sein Kopf ruckt immer wieder hoch, als ob er verhindern müsste, dass er ihm vom Hals abfällt. Ich wende mich Chika zu. »Viele Untersuchungen zum Suizid konzentrieren sich auf die Gründe, die Menschen dazu treiben, aber es wird nicht genug zu den Folgen geforscht.«

»Aber die Selbstmordattentäter kennen doch die Folgen. Sie werden tot sein. Deshalb tun sie es ja.«

Ich schüttle den Kopf. »Nein, das ist zu stark vereinfacht. Die Typologie, die auf Sade am ehesten zutrifft, ist die der fatalistischen Rächerin ...«

»Wie kann sie sich rächen, wenn sie tot ist?«

»Es ist ein Weg, die Kontrolle über sein Leben zurückzugewinnen, vor allem, wenn man das Gefühl hat, dass jegliches Selbstwertgefühl in einem sozialen Kontrakt wie der Ehe aufgegangen ist. Trotzdem, Sade passt da nicht ganz hinein. Die kulturell relevanteste Kategorie, die mir dazu einfällt ... verflixt, ich wünschte, ich hätte meinen Laptop hier.«

Ich gehe zu dem Tisch, auf dem mein Handy liegt, klicke das Safari-Icon und tippe etwas in das Suchfeld.

»Da haben wir es«, sage ich mit ernster Stimme, als der gesuchte Artikel erscheint. »Samsonischer Suizid.«

»Nach dem Samson aus der Bibel?« Er deutet in die Richtung unseres Möchtegernkillers. »Sein Namensvetter?«

Da wird mir erst die Ironie bewusst. Wie passend es wäre, wenn meine Hypothese zutrifft.

»Ja. Wie du dich vielleicht erinnerst, hat er das Gebäude, in dem er eingesperrt war, zum Einsturz gebracht, wohl wissend, dass es ihn töten würde, aber auch alle anderen Menschen darin.«

»Ja. Aber Sade Dawodu hat nur sich selbst getötet, und wir wissen jetzt, warum.«

»Ich glaube, dass Sade sich getötet hat, um eine ganze Reihe von Folgeereignissen in Gang zu setzen. In Indien, China und verschiedenen Regionen Afrikas ist das weit verbreitet. Viele Frauen sterben durch Suizid in der Hoffnung, dass ihre Gemeinschaft sie rächen wird.«

»Sade Dawodu kommt mir aber nicht vor wie eine Frau, die weitere Aktionen der Gemeinschaft überlassen würde – oder überhaupt einem anderen Menschen.«

Ich gehe jetzt schneller auf und ab. Chikas Beobachtungen bestätigen meine Vermutung mehr, als dass sie sie infrage stellen. »Genau. Sie hat also nichts dem Zufall überlassen. Sie hat dafür gesorgt, dass sie Komplizen hatte, von denen aber keiner ein Bild der Gesamtsituation haben durfte. Sie hat alle manipuliert, damit sie ihr zu Willen waren, und sichergestellt, dass ihr Tod die entscheidende Motivation für ihre Helfer sein würde. Verstehst du? Sie ist eine Kombination all dieser Typologien – sie wusste, dass ihr Suizid ihr die Möglichkeit geben würde, in gewisser Weise die Kontrolle zurückzugewinnen, und statt das Haus zum Einsturz zu bringen, wie Samson es getan hat, suchte sie sich Menschen, die es für sie tun würden.«

»Bello und Enomo?«

»Ich glaube, es gibt noch mehr.« Ich beginne wieder, auf und ab zu gehen, um meine Erregung zu dämpfen. »Aber ich weiß nicht, wer diese anderen sein könnten.«

»Vielleicht jemand, der von der Liste weiß?«

»Ja.« Ich bleibe stehen und sehe Chika an. »Detective Bello scheint nichts davon zu wissen, und ich glaube wirklich, dass Enomo mir alles gesagt hat, was er weiß, zumal er fürchtet, dass man ihm die Schuld an Sades Tod geben könnte.«

»Und warum hat er dann diese Nachrichten von ihrem Handy gesendet?«

»Damit wollte er testen, ob er mir vertrauen kann. Worauf ich hinauswill, ist Folgendes: Wenn wir Sades Suizid mit ihren Erwartungen hinsichtlich dessen erklären können, was *nach* ihrem Tod passieren sollte, dann ist die Liste, die sie von Ewang bekommen hat, das fehlende Glied in der Kette.« Ich deute auf den gefesselten Samson drüben im Großraumbüro. »Bist du mit unserem erhabenen Gast weitergekommen?«

Chika zuckt mit den Schultern. »Nicht so richtig. Er ist bloß ein Handlanger. Er empfängt seine Befehle von Dawodu, aber er vermutet, dass es noch jemanden über ihm gibt.«

Ich bin enttäuscht. Ich hatte gehofft, dass mein kurzer Flirt mit der Gewalt mehr Früchte tragen würde.

»Er hat immerhin gestanden, Ewang gefoltert zu haben. So haben sie erfahren, dass er dir von der Liste erzählt hatte.«

»Wer hat ihn getötet?«

»Er ist unter der Folter gestorben. Bei den Elektroschocks hat sein Herz versagt. Ihn vor deinem Haus abzuladen, war die Idee dieser Amerikanerin, als Warnung für dich.«

»Das ist doch dumm«, schnaube ich.

»Nein, eher dreist. Und das hat mir zu denken gegeben. Diese Sache ist viel größer, als wir geglaubt haben. Ehemalige Soldaten, die als Auftragskiller dienen und die Straße von Polizisten räumen, bevor sie uns jagen. Diese Typen arbeiten für sehr mächtige Leute.«

»Jemand anderes als Dawodu?«

»Möglich, aber er dort« – Chika deutete auf Samson – »kennt nur Dawodu und LaTanya, die ihn direkt bezahlen und ihm auch das Geld geben, mit dem er dann andere entlohnt.«

Meine Augen sehen bestimmt aus, als würden sie gleich aus den Höhlen springen. »Sie machen so was regelmäßig?«

»Auf Kommando. Sie sind nur Muskeln in einem komplizierten Organismus. Typen, die bereit sind, bestimmten Leuten die eine oder andere Lektion zu erteilen. Aber sie sind nicht das Gehirn.«

Ich wende mich zu der gläsernen Trennwand um. Unsere Geisel schläft immer noch den tiefen Schlaf der Erschöpfung, blutiger Sabber rinnt aus seinem offenen Mund. Fast beneide ich ihn. Es war ein langer Tag und ein langer Abend, und obwohl ich viel mehr in Erfahrung gebracht habe als in all den Tagen, die ich schon in diesem Fall ermittle, weiß ich immer noch nicht, wie ich meine Familie schützen soll. Ich sehe Chika an.

»Was sollen wir mit ihm machen?« Ich weise mit dem Daumen zur Glaswand.

Chika macht es sich schon für die Nacht bequem. Er stellt die Kopfstütze seines ergonomischen Chefsessels ein und rutscht mit dem Hintern hin und her, um eine bequeme Position zu finden.

»Wir warten.«

»Worauf?«

Chika lehnt sich zurück und schließt die Augen. »Phil, die beiden anderen Typen sind inzwischen doch schon in Lagos. Sie haben gemeldet, was passiert ist. Das heißt, dass diejenigen, die sie geschickt haben, jetzt wissen, dass wir von ihnen wissen. Sie schmieden einen Schlachtplan.«

»Einen Schlachtplan, der unsere Familien in Gefahr bringen könnte. Vielleicht sollten wir ihn laufen lassen? Ich bin sicher, dass ich genug in der Hand habe, um Abubakar zu überzeugen ...«

»Beruhig dich, *Oga*. Glaub mir, in diesem Moment diskutieren sie darüber, wie sie dich an Bord holen und einen Deal mit dir aushandeln können, damit sie dich los sind.«

»Sie waren bereit, mich zu töten«, erinnere ich ihn, während die Panik wieder in mir aufsteigt. »Uns zu töten.«

Chika gibt sich betont gelassen und lehnt sich wieder in seinem Stuhl zurück. »Und es ist ihnen nicht gelungen.«

Mein Handy klingelt. Unbekannte Nummer.

Chika setzt sich abrupt auf. »Geh dran.«

»Dr. Taiwo«, sagt LaTanya Jacobson. »Wir möchten ein Treffen.«

ANDERS ALS DIE ANDEREN

Ich könnte dir erzählen, dass ich es getan habe, weil ich kein Kind in diese Hölle bringen wollte, zu der mein Leben geworden ist. Das wäre nicht die ganze Wahrheit. Ich könnte Rache als Ausrede benutzen, denn als ich ihm sagte, was ich getan hatte, gewährte mir seine Wut die größte Annäherung an so etwas wie Glück, die ich in all den Jahren unserer Ehe erlebt hatte.

Aber warum?, fauchte er.

Mir war eben danach, log ich und lächelte so strahlend, dass er sich auf mich stürzte, seine großen Hände um meinen Hals legte und mich mit seinem Körper schier erdrückte. Es gab einen Moment, während er mich würgte, die Nasenflügel gebläht, während er mich verfluchte und sein Speichel mir ins Gesicht sprühte –, da hätte ich ihn einfach gewähren lassen können. Ich schloss die Augen, und die Dunkelheit zog mich in eine warme Umarmung. Ich empfand Frieden. Es war ein flüchtiger Moment, aber es war genug. In diesem Augenblick wusste ich, dass die einzige Möglichkeit, diesen Frieden wiederzufinden, darin bestehen würde, in die Dunkelheit zu gehen. Aber nicht von seiner Hand.

Ich schlug die Augen auf, und sein Griff lockerte sich, sein Blick wurde unsicher. Ich erinnerte ihn ganz ruhig an die Dokumente, die ich als Sicherheit aufbewahrt hatte. Ich sagte ihm, ich hätte keinen Zweifel, dass er mich auf der Stelle töten und ungestraft davonkommen könnte, doch nichts würde ihn vor dem Zorn der-

jenigen retten, die hinter ihm her sein würden, sobald die Information veröffentlicht würde.

Eine ganze Weile war nur sein schweres Atmen zu hören. Dann brüllte er wieder, gab mir eine schallende Ohrfeige und ließ endlich von mir ab.

Früher, als ich noch dachte, dass ich das Problem sei, dass meine »Sünde« der Grund sei, weshalb ich nicht schwanger werden konnte, hätte ich alles dafür getan, ein Kind zu bekommen. Es war die Zeit, als ich mir sicher war, dass er mich lieben würde, wenn ich ihm nur ein Kind schenkte. Ich würde seiner würdig sein. Ich versuchte es immer wieder. Am absoluten Tiefpunkt, als die Last meiner Schuld mich zu einer willenlosen Marionette in seinen Händen machte, sagte er mir, er habe »in seinem Geist erkannt«, dass er die Folgen meiner Sünde geerbt habe. Denn wenn »zwei ein Fleisch werden«, sei es schließlich nur folgerichtig, dass er die Strafe für den Mord an meinem Kind mit mir teilen würde.

In meiner Verzweiflung fragte ich ihn, was ich tun könne.

Bring dich als lebendiges Opfer dar, befahl er.

Kennst du diese Fotos von schwangeren Frauen, die sich ihren dicken Bauch reiben und dabei voller Vorfreude selig lächeln? Das bin ich nicht. Ich lag auf diesem Bett, ein Opfer, dargebracht zu dem alleinigen Zweck, ein Kind zur Welt zu bringen, und dachte dabei an all die Frauen, die diesen vorgezeichneten Weg nie infrage gestellt haben. Denen gesagt wurde, dass kein Opfer zu groß sei, um ihre Bestimmung als Mütter zu erfüllen. Ich lag auf diesem Bett und versuchte mir das Kind vorzustellen, das aus diesen Vereinigungen hervorgehen würde, aber sosehr ich mich auch anstrengte, ich konnte mich beim besten Willen nicht als Mutter des Wesens sehen, das aus diesen von ihm angeordneten Verbindungen hervorgehen würde.

Vielleicht war das der Grund, warum es Mummy nicht schwergefallen war, mich zu dieser ersten Abtreibung während meines Studiums zu überreden. Ich weiß es nicht. Vielleicht habe ich immer schon gewusst, dass ich nicht dafür gemacht bin. Aber ich hatte zu viel Angst, anders zu sein oder wieder einmal alle zu enttäuschen. Vielleicht war dieser Unsinn mit dem lebendigen Opfer notwendig, um mir die Augen für diese Tatsache zu öffnen. Ich bin keine Mutter.

Ich hätte mich damit abfinden können, einen Abend im Monat den Akt über mich ergehen zu lassen, zu beten und zu hoffen, während ich dort auf dem Bett lag. Und eine Zeit lang tat ich es auch. Bis ich eines Tages einen Schlussstrich zog.

SAMSTAGSTERMINE

Die Schilder, die Jeremiah Dawodus Haus als Tatort gekennzeichnet hatten, sind verschwunden. »Bist du noch da?«, spreche ich in mein Handy.

»*Oga* Phil«, antwortet Chika, »glaub mir, selbst wenn ich mich verdrücken wollte, deine Frau würde mir den Kopf abreißen, wenn ich auch nur daran dächte, dich allein zu lassen.«

Er parkt in der Parallelstraße, mit dem gefesselten Samson im Laderaum des VW-Vans.

»Ich lasse ihn nicht aus den Augen«, hatte Chika beharrt, als ich vorschlug, Abubakar um Verstärkung zu bitten. Seine strenge Miene hatte jede weitere Diskussion unterbunden. Chika weiß, wie sehr ich den Kommandanten bewundere, aber sein Misstrauen gegenüber der Polizei sitzt zu tief.

»Ich betrete jetzt das Grundstück«, sage ich in die AirPods. »Es ist die reinste Festung hier. Draußen stehen mindestens sechs bewaffnete Wachen.«

Nach allem, was ich über Dawodus Geschäfte herausgefunden habe, und weil ich jetzt weiß, wie weit er zu gehen bereit ist, um sie weiter betreiben zu können, überrascht mich das nicht. Bevor ich das Tor passieren durfte, wurde ich von zwei streng blickenden Wachmännern so gründlich durchsucht, dass man meinen könnte, ich wollte eine US-Botschaft im Nahen Osten betreten.

Einer der Securityleute sprach in sein Mobiltelefon. »Er ist sauber, Ma.« Eine Pause. »Ja, er ist allein, Ma.« Stirnrunzeln, und dann: »Sollen wir sein Handy hierbehalten?«

Ich hob die Stimme. »Sie können Miss Jacobson sagen, dass ich ohne mein Telefon keinen Schritt weitergehe.«

Der Wachmann hörte mit unbewegter Miene zu. »Ja, Ma. Okay.« Er nickte seinem Kollegen zu. »Er kann reingehen.« Er beendete den Anruf und wandte sich zu dem geschlossenen Tor um, die Hand an der Kalaschnikow, die er über die Schulter geworfen hatte. Ich war überprüft und für sauber befunden worden, also verdiente ich keine weitere Beachtung.

»Ich fahre näher ran«, sagt Chika jetzt, als ich auf das Haus zugehe.

»Lieber nicht. Ich weiß nicht, wie viele Leute er noch in der ganzen Straße postiert hat. Der VW würde ihnen auffallen«, gebe ich zu bedenken. Ich stehe jetzt vor der massiven Eingangstür.

»Code Okriki«, erinnert mich Chika. Im Klartext: Das Handy in gefährlichen Situationen eingeschaltet lassen.

»Verstanden«, sage ich, dann nehme ich die Ohrstöpsel heraus und stecke sie ein. Da ich zuvor das automatische Trennen der Bluetooth-Verbindung deaktiviert habe, bleibt das Handy eingeschaltet. Aus Sicht der Überwachungskamera, die auf mich gerichtet ist, habe ich gerade ein Telefonat beendet. Ich widerstehe dem Impuls, an meiner Achsel zu riechen und mein zerknittertes Hemd glatt zu streichen. Es war eine lange Nacht.

Dawodu sitzt mit übereinandergeschlagenen Beinen in der Mitte des breitesten Sofas im Raum. Sein Blazer ist aufgeknöpft, sein Hemd oben offen, um Platz für die Seidenkrawatte zu lassen. Ein Bild souveräner Gelassenheit. LaTanya sitzt in einem damastbezogenen Ohrensessel. Ich bleibe an der Wohnzimmertür stehen.

»Bitte, nehmen Sie Platz, Dr. Taiwo.« Dawodu deutet auf einen Stuhl.

Ich rühre mich nicht von der Stelle. Wir wissen beide, dass dies kein Höflichkeitsbesuch ist.

»Ich hole Ihnen etwas zu trinken«, sagt LaTanya und steht auf. »Wasser? Saft? Ich trinke Weißwein.«

Tatsächlich – vor ihr steht eine geöffnete Flasche Chenin Blanc. Es ist gerade mal acht Uhr morgens, aber da ich selbst gerade einen starken Drink vertragen könnte, darf ich nicht zu streng urteilen.

»Nein, danke.«

LaTanya setzt sich wieder und sieht Dawodu an. »Übernimmst du das oder soll ich?«

Dawodu stellt die Beine nebeneinander und beugt sich mit einem gewinnenden Lächeln vor. »Es wäre viel leichter, wenn Sie sich setzen würden, sodass wir uns in Ruhe unterhalten können.«

»Es dürfte nicht lange dauern«, entgegne ich knapp. »Reden wir nicht um den heißen Brei herum. Sie wissen, dass ich Ihren Mann in meiner Gewalt habe, und er hat sich kooperativ gezeigt.«

LaTanya schnalzt missbilligend mit der Zunge. »Ich hätte Sie nicht als gewalttätig eingeschätzt, Dr. Taiwo.«

»Ich mich auch nicht, aber es hat auch noch nie jemand versucht, mich umzubringen«, sage ich und wende mich wieder Dawodu zu. »Wir hatten einen Deal. Sie sollten mich und meine Familie in Ruhe lassen.«

»Das war, bevor Sie angefangen haben, sich so intensiv mit der Liste zu befassen«, sagt er.

Ich ziehe eine Augenbraue hoch.

»Mehrere der Banken haben auffällige Logins in ihre Systeme registriert, und sie haben sie nach Lagos zurückverfolgen können«, fährt er fort. »Das waren nicht zufällig Sie und Ihr Rambo-Kumpel?«

Ich zucke mit den Schultern. »Ich möchte nun mal wissen, was mir anvertraut wurde, aber das heißt noch nicht, dass ich vorhatte, es zu benutzen.«

»Ein Risiko, das wir nicht einzugehen bereit sind«, sagt LaTanya und nippt geziert an ihrem Wein, ihre Krallen um den Stiel des Glases geschlungen.

»Jetzt, da Sie wissen, was ich weiß, nehme ich an, dass Sie einen Deal mit mir aushandeln wollen?«

Dawodu steht auf. Ich spüre, dass es ihm nicht behagt, zu mir aufblicken zu müssen. »Sie sind ein kluger Mann und offensichtlich bei klarem Verstand. Was wir wissen wollen, ist: Wie viel wäre nötig, um Sie vergessen zu lassen, dass das alles je passiert ist? Sie gehen Ihrer Wege, wissen Ihre Familie in Sicherheit, und wir gehen unserer Wege, in der Gewissheit, dass Sie ... niemals vergessen, welches Risiko Sie eingehen, wenn das, was wir besprochen haben« – er macht eine ausladende Geste –, »nicht innerhalb dieser vier Wände bleibt.«

Wir stehen uns jetzt Auge in Auge gegenüber. »Warum sollte ich Ihnen vertrauen, wenn Ihre eigene Frau es nicht konnte?«

»War ja klar, dass der gute Doktor damit kommt«, sagt LaTanya, doch ich fixiere weiter den wutschnaubenden Dawodu. »Mann, das Mädchen war gaga. Sie wollte keinen Deal. Sie wollte die Scheidung.«

»Würde ich auch wollen, wenn mein Mann und seine Kumpane mich gemeinsam vergewaltigen würden«, sage ich Dawodu ins Gesicht.

Seine Augen blitzen. »So war das nicht! Sie hat eingewilligt, damit wir ein Kind haben können.«

»Warum musste sie den Preis dafür bezahlen, dass Sie nur mit Platzpatronen schießen?«

Ich bemerke, wie er die Fäuste ballt. Ich trete noch näher und fixiere ihn herausfordernd.

»Jungs!« LaTanya tritt zwischen uns. »Wir wollen uns doch wie Erwachsene benehmen.« Sie sieht mich an. »Jerry hat Ihnen eine Frage gestellt. Was wäre nötig, damit Sie vergessen, dass das alles je passiert ist?«

»Garantien.«

»Unseren Geschäftspartnern wird es nicht gefallen, dass jemand über unsere Arrangements Bescheid weiß«, sagt sie. »Wir müssen ihnen versichern, dass nichts von alldem nach außen dringt.«

»Wie kann ich sicher sein, dass nicht der eine oder andere schon weiß, dass ich die Liste habe?«

»Sie wissen es nicht«, faucht Dawodu über LaTanyas Kopf hinweg. »Was glauben Sie, warum wir zu diesen extremen Mitteln gegriffen haben?«

Ich reagiere mit einem kalten Lächeln. »Das müssen Sie mir sagen. Ich habe keine Erfahrung mit Pastoren, die Geld waschen und Auftragskiller anheuern.«

Dawodu will sich auf mich stürzen. LaTanya hält ihn zurück, doch sie sieht dabei mich an. »Dr. Taiwo, wollen Sie einen Deal machen oder nicht?«

»Garantien. Sie lassen mich und meine Familie in Ruhe, und das schließt auch meine Freunde ein.«

»Und?«

»Zwei Millionen Dollar auf ein Nummernkonto auf Mauritius«, sage ich und hoffe, dabei keine Miene zu verziehen.

LaTanya und Dawodu sind sichtlich erleichtert – fast müssen sie sich das Grinsen verkneifen.

»Oh, jetzt sind wir auf einmal nicht mehr so kritisch, wie, Dr. Taiwo?«, sagt sie.

Ich zucke mit den Schultern. »Jeder hat seinen Preis. Außerdem werden Sie mir nur dann vertrauen, wenn ich zu einem Komplizen werde. Also haben wir eine Win-win-Situation.«

»Ich werde ein paar Tage brauchen, um alles in die Wege zu leiten«, sagt LaTanya so zufrieden, dass sie zu ihrem Platz zurückgeht, um sich Wein nachzuschenken.

»Ihren Killer behalte ich so lange.« Ich wende mich zum Gehen. »Ich muss Sie warnen: Die Liegegebühr ist hoch. Er ist kein kleiner Mann.«

»Es ist Wochenende, Dr. Taiwo«, sagt Dawodu, als ob er mit einem bockigen Kind redet. »Die Banken sind geschlossen. Lassen Sie den Mann frei.«

»Ihre Bank in Hongkong nicht«, sage ich. »Ich schicke Ihnen die Bankverbindung, sobald ich das Konto eingerichtet habe. Überweisung binnen achtundvierzig Stunden.«

Ich gehe hinaus, damit sie wissen, dass ich nicht mit mir verhandeln lasse. Aber in Wahrheit tue ich es nur, damit ich mich nicht übergeben muss.

»Du warst fantastisch!«, ruft Chika, als ich in den Transporter einsteige. Vor Begeisterung schlägt er mit der Faust aufs Lenkrad. »Verdammt, was hätte ich dafür gegeben, ihre Gesichter sehen zu können!«

Ich drehe mich nach hinten, um mich zu vergewissern, dass Samson immer noch gefesselt und geknebelt ist. Der Auftragskiller ist längst nicht mehr so kampflustig. Doch seine Augen verraten seine Neugier, als ob er sich fragt, ob man ihn ans Messer geliefert hat und seine Auftraggeber nichts mehr mit ihm zu schaffen haben wollen. Gut so.

Ich lasse mich erschöpft in den Beifahrersitz sinken. Mehr als achtundzwanzig Stunden Aktivität liegen hinter mir, unterbrochen nur von weniger als drei Stunden Schlaf auf dem Sofa in Chikas Büro.

»Was ist jetzt der Plan?«, fragt er.

Ich setze eine nachdenkliche Miene auf. »Wir könnten das Geld nehmen und verschwinden …«

Chika sieht mich entgeistert an. »Ich dachte, wir wollten uns nur Zeit verschaffen, um …«

Jetzt bin ich es, der laut lachen muss. Sein geschockter Gesichtsausdruck ist unbezahlbar. »Das tun wir auch. Aber es ist doch auch in Ordnung, zu überlegen, was wir mit zwei Millionen Dollar anfangen könnten.«

Er schnaubt und lässt den Motor an. Er mag es gar nicht, wenn man Witze auf seine Kosten macht. »Ich bring dich zurück.«

»Vergiss nicht die zwei Millionen«, entgegne ich und lehne mich an die Kopfstütze. Ein kurzes Nickerchen wäre …

Mein Handy vibriert. Als ich den Namen des Anrufers sehe, greife ich sofort danach.

»Bello ist jetzt bereit zu reden«, sagte Abubakar ohne Vorrede.

Ich will nicht darüber nachdenken, warum der Kommandant sich erst jetzt bei mir meldet. Aber vor die Wahl gestellt, Chikas Geisel zu sein oder vom Kommandanten der Polizeiakademie in die Mangel genommen zu werden, wäre ich versucht, mich für Letzteres zu entscheiden.

»Wo sind Sie?«, frage ich.

»In meinem Büro. Kommen Sie.« Abubakar legt auf.

Ich wende mich Chika zu. »Noch ein Abstecher, bevor wir zu deinem Büro zurückfahren.«

»Verschafft es uns Zeit?«, fragt er, während er den VW auf die Hauptstraße lenkt.

»Ich hoffe, es wird uns Zeit sparen«, antworte ich, mehr zweckoptimistisch als überzeugt.

Im Hof der Akademie wimmelt es von Polizeischülern. Am Wochenende finden keine Vorlesungen statt, aber Drill und Exerzieren sind verpflichtend. Chika deutet zum Laderaum des Transporters.

»Können wir ihn hierlassen?«

Ich winke einen Polizeischüler heran, den ich kenne. Er sprintet auf mich zu.

»Halten Sie hier Wache«, kommandiere ich und finde, dass ich schon fast wie Abubakar klinge. »Wenn sich auch nur eine Fliege nähert, will ich es wissen. Ich bin im Büro des Kommandanten.«

Der Bursche nickt und nimmt zackig Haltung an.

Ich wende mich Chika zu. »Problem gelöst. Gehen wir.«

Abubakars Büro ist stickig, Zigarettenrauch und Anspannung hängen in der Luft. Er sieht aus, als wäre er über Nacht gealtert, seine sonst so tadellose Uniform ist zerknittert, die Jacke aufgeknöpft. Der Aschenbecher quillt über.

Mein Blick geht zu Bello. Wie lange steht er schon in Habtachtstellung da? Er sieht aus, als könnte er jeden Moment zusammenbrechen. Sind das Blutergüsse in seinem Gesicht? Sind die geröteten Augen und die Schwellungen um die Wangen eine Folge von Schlafmangel, oder ist die Ursache noch unerfreulicher?

Ich wende mich Abubakar zu, doch seine Miene ist hart und

undurchschaubar. Er stößt Rauchwolken aus und deutet mit einer wegwerfenden Geste auf Bello.

»Er gehört Ihnen.«

Ich sehe Chika an, und sein Blick ist so mitleidlos wie der des Kommandanten. In diesem Raum gibt es keine Gnade für korrupte Polizisten. Nicht heute.

»Darf er sich wenigstens hinsetzen?«, frage ich.

»Nein«, blafft Abubakar.

»Es ist schon in Ordnung, Dr. Taiwo«, sagt Bello, ohne den Kopf zu wenden. Seine Stimme zittert. »Der Kommandant sagt, Sie haben Fragen an mich. Ich stehe Ihnen zu Diensten.« Nicht zum ersten Mal kommt mir der Gedanke, was für ein hervorragender Polizeibeamter aus ihm hätte werden können. Der kerzengerade Rücken, die gestrafften Schultern. Und die Fallakte, die – wenngleich auf einer sehr dünnen Faktenbasis zusammengestellt – beweist, dass der Detective an guten Tagen sehr wohl wusste, was der Job von ihm verlangte.

»Eine Frage nur«, sage ich brüsk. Ich will das hier nicht unnötig in die Länge ziehen. »Warum?«

Bellos Blick zuckt zu Abubakar, der mit mürrischer Miene nickt – seine Art, in Ungnade gefallenen Beamten Sprecherlaubnis zu erteilen.

»Wir waren befreundet, Sir«, sagt Bello, ohne mir in die Augen zu sehen. »Das Opfer und ich haben zusammen studiert.« Seine Schultern sacken ab, er blickt mir kurz in die Augen, als ob er um Verständnis fleht. »Wir waren befreundet, weil wir in derselben Studentenvereinigung waren. Aber nach dem Studium gingen wir getrennte Wege.«

»Hatten Sie eine Beziehung?«, frage ich und denke dabei an Sades ersten Besuch in Dr. Raimis Klinik. Könnte Bello der …

»Nein, Sir«, antwortet er mit verwundertem Unterton. »Sie war die Freundin meines Freundes, als wir an der Uni waren. Ich wusste, dass etwas zwischen ihnen nicht stimmte, weil sie sich plötzlich nicht mehr zusammen zeigten. Als ich sie damals danach fragte, sagte sie, es habe nicht sein sollen. Sie würden eine Sünde begehen. Und das war alles. Bis zu ihrer Heirat waren wir noch über die Social Media in Verbindung, und als sie dann alle ihre Accounts löschte, verlor ich sie aus den Augen. Bis sie mich vor acht Monaten plötzlich kontaktierte.«

»Sie ist auf Sie zugekommen?«, frage ich.

»Ja. Sie erzählte mir, was für ein schrecklicher Mann ihr Ehemann sei. Sie zeigte mir ein Video von den Dingen, zu denen er sie zwang. Ich war wütend. Es bestätigte mich nur in meiner Entscheidung, diese Pseudokirchen nicht mehr zu besuchen.«

»Wofür hat sie Sie dann bezahlt?«, fragt Chika, der hinter mir mit verschränkten Armen an der Wand lehnt.

Bello reagiert empört auf Chikas unverschämten Ton. Ich sehe, wie er die Fäuste ballt, und sein Blick geht wieder zu Abubakar. Der Kommandant ist nicht in gnädiger Laune, denn er nickt wieder, und diesmal deutet er mit seiner Zigarette auf Chika, um Bello zu signalisieren, an wen er seine Antwort richten soll.

Bello dreht sich halb zu Chika um, den Blick zur Decke gerichtet. »Sie wollte sich aus der Ehe befreien, aber ihr Mann willigte nicht in die Scheidung ein. Sie sagte mir, dass sie sich in jemanden verliebt habe und mit ihm zusammen durchbrennen wollte. Deshalb sollte ich ihr helfen, ihren Mann in eine unangenehme Lage zu bringen. Nur ein wenig Verdacht schüren, um ihn ein bisschen schmoren zu lassen und ihr genug Zeit zu verschaffen, um zu verschwinden. Dazu musste er für ein paar Tage außer Gefecht gesetzt werden, und wenn sie in Sicherheit wäre, könnte ich ihn wieder freilassen, denn dann hätte er keine Chance mehr, sie zu finden.«

»Dann hat sie Sie also dafür bezahlt, dass Sie ihm etwas anhängten.«

Er wendet sich mir zu, sein Blick ist flehend. »Das hat sie schon selbst gemacht, Dr. Taiwo. Ja, ich habe ihr ein paar Tipps gegeben, wie sie die Spuren legen soll, um mir die Arbeit zu erleichtern, aber es war allein ihr Werk. Ich sagte ihr, wie schwierig es sei, aber sie überzeugte mich, dass es kein Problem wäre, wenn ich nur die richtigen Leute dafür bezahlte, dass sie wegschauen.«

»Wen haben Sie alles bestochen?«, fragt Chika.

Diesmal ist Bellos Blick in Abubakars Richtung beharrlich. »Sir, Sie haben eingewilligt.«

Abubakar zündet sich in aller Ruhe eine neue Zigarette an und nimmt einen langen Zug. »Ich weiß nur, dass er mit dem Geld, das Sade Dawodu ihm gegeben hat, ein paar höherrangige Beamte bezahlt hat. Ich werde mich später noch mit ihnen unterhalten, aber ich habe ihm zugesichert, dass er Ihnen ihre Namen nicht nennen muss.«

Ich sehe Abubakar einen Moment lang fest in die Augen. Er schützt Beamte weiter oben auf der Leiter, und ich werde mich hüten, sein Urteil infrage zu stellen. Er wäre nicht da, wo er jetzt ist, wenn er Kollegen ans Messer liefern würde.

Ich sehe Chika an und schüttle den Kopf. Er zuckt nur mit den Schultern, sein Gesicht eine zynische Maske. »Sie haben also das Geld dafür genommen, dass Sie und Ihre Vorgesetzten wegschauen, wenn es Ärger gibt?«, fragt er.

Bello senkt den Blick. »Ich wollte nur nicht, dass meine Beweiskette angezweifelt wird. Ich habe ihnen versichert, dass ich den Bischof auf freien Fuß setzen würde und dass es keine politischen Konsequenzen geben würde.«

Etwas hat mir die ganze Zeit keine Ruhe gelassen. »Die Blutgruppenbestimmung. Wie haben Sie …?«

Bello wendet sich mir zu. »Sade gab mir eine Kopie der Blutwerte aus ihrer Patientenakte.«

»Warum haben Sie das nicht in die Fallakte aufgenommen?«

Er sieht wieder auf den Boden und lässt die Schultern sinken. »Sie sagte, ich sollte die Unterlagen nur verwenden, wenn es unbedingt notwendig wäre.«

»Wieso?«, fragt Chika, doch ich muss die Antwort nicht hören. Ich weiß inzwischen, wie Sade getickt hat.

Bello sieht Chika an, sein Blick hasserfüllt, die Schultern wieder gestrafft. »Weil die Unterlagen nicht aktuell waren, sondern aus ihrer Studienzeit stammten. Außerdem waren sie von einem Psychiater unterschrieben, und sie wollte nicht, dass jemand glaubte, sie habe das alles nur getan, weil sie nicht ganz richtig im Kopf war.«

»Hat sie Ihnen nicht die ganze Akte gegeben?«

Bello schüttelt den Kopf. »Nur die Seite mit den Blutwerten. Ich dachte nicht, dass ich sie als Beweismittel würde vorlegen müssen, nachdem ihr Mann aus der Haft entlassen worden war.«

»Und dann ist ihre Leiche aufgetaucht«, sage ich.

Bello hebt den Kopf und sieht mich mit müdem Lächeln an. »Nein, Dr. Taiwo, dann sind Sie aufgetaucht.«

Ich kann mir nur eine grobe Vorstellung davon machen, wie viel von seinem Plan ich vereitelt habe. Wie nervös er gewesen sein muss und wie erschrocken, als Sades Leiche gefunden wurde. Kein Wunder, dass er mir die Fallakte gegeben hat. Er war auf dem falschen Fuß erwischt worden, vielleicht brauchte er meine Hilfe so sehr wie ich seine, während er zugleich inständig hoffte, dass ich nie herausfinden würde, wie tief er selbst drinsteckte.

»War das alles, was sie Ihnen gesagt hat? Nichts darüber, was in der Kirche selbst vor sich ging? Nichts über die Kirchenfinanzen?«

Bello runzelt die Stirn. »Nein. Sie hat mir Beweise für den Missbrauch gezeigt, dem sie ausgesetzt war.« Er zieht eine Augenbraue hoch, als ob ihm gerade eine Idee gekommen wäre. »Hat sie das Geld, mit dem sie mich bezahlt hat, vom Konto der Kirche genommen?«

Er weiß nichts von der Liste. Ich wende mich wieder Chika zu, um mich zu vergewissern, dass dies der richtige Zeitpunkt ist, meinen Plan in die Tat umzusetzen. Er nickt. Nur zu.

Ich sehe Abubakar an. »Sir ...«

»Ist nie ein gutes Zeichen, wenn Sie mich so nennen«, entgegnet er mit resigniertem Lächeln.

»Ich möchte nur wissen, ob Sie mit Detective Bellos Vorgesetzten sprechen könnten, um sicherzustellen, dass sein Deal in der Sache Dawodu noch Bestand hat.«

»Es dürfte mir nicht schwerfallen, sie dazu zu überreden«, antwortet Abubakar mit einer Miene, als hätte er Essig geschluckt. »So sehr, wie sie sich bereits kompromittiert haben.«

Ich sehe Bello an. »Sie müssen für uns eine sehr öffentlichkeitswirksame Verhaftung vornehmen.«

MIT GAUNERN FÄNGT MAN GAUNER

Detective Bello sieht blendend aus in seiner schicken Uniform, als er die versammelten Journalisten über die Verhaftung informiert. Wenn es einen Preis für die beste schauspielerische Leistung im Polizeidienst gäbe, hätte er gute Chancen. Nachdem er eine kurze Erklärung abgegeben hat, führt er den ehemaligen Sergeant Samson Adamu der Presse vor und zeigt den Journalisten auch den VW-Van mit den Waffen darin.

»Dass das Mobiltelefon des Opfers im Fahrzeug des Verdächtigen gefunden wurde, ist ein klarer Beweis dafür, dass dieser in den Mord an Victor Ewang verwickelt ist. Wir glauben zudem, dass er nicht allein gehandelt hat, und die Polizei ermittelt weiterhin mit Hochdruck, um sicherzustellen, dass alle an der Tat Beteiligten zur Rechenschaft gezogen werden«, sagt Detective Bello in die Kamera.

Chika und ich wechseln einen Blick. Es ist beeindruckend, wie genau Bello sich an das Drehbuch hält. Wir sind in Chikas Büro, das wir zuvor von allen Spuren der vergangenen sechsunddreißig Stunden gereinigt haben. Jetzt sitzen wir im Aufenthaltsraum, wo auf dem riesigen Fernsehbildschirm Channels TV läuft.

Mikrofone recken sich dem verwirrt dreinschauenden Adamu entgegen.

»Wer hat den Mord angeordnet?«

»Stimmt es, dass Sie nicht allein gehandelt haben?«
»Woher hatten Sie die Waffen?«
»Wie viel hat man Ihnen bezahlt?«

Die Fragen kommen aus allen Richtungen, und von Samsons großspuriger Art ist so gut wie nichts mehr übrig. Stattdessen ist seine Angst deutlich zu spüren.

Mir ist diese Praxis, Verdächtige der Presse zu präsentieren, noch bevor sie offiziell einer Straftat beschuldigt sind, immer noch unbegreiflich. Es erscheint mir unfair, einen Verdächtigen vor dem Gericht der öffentlichen Meinung anzuklagen. Mein Unbehagen wird noch verstärkt durch die Bereitschaft des Beschuldigten, ohne die Unterstützung eines Rechtsbeistands über die Tat zu sprechen.

»Ich weiß, was du meinst, aber in diesem Fall arbeitet dieses irre System zu unseren Gunsten«, meinte Chika, als ich ihm sagte, was ich davon halte. »Der Idiot ist gesprächiger, als er es hier bei uns gewesen ist.«

Tatsächlich ist Samson sehr redselig, aber sein Ton ist eher flehend. Seine Miene ist das Gegenteil des höhnischen Grinsens, das er gezeigt hat, als Chika ihn vor einigen Stunden losband und ihm die Schlüssel des VW gab.

Gleich nachdem wir den Plan in Abubakars Büro fertig ausgearbeitet hatten, rief ich Dawodu an.

»Ich habe über Ihren Vorschlag nachgedacht. Wir lassen Ihren Mann jetzt gehen.«

»Sehr kluge Entscheidung, Dr. Taiwo«, sagte er. Ich stellte mir vor, wie er und LaTanya sich abklatschten, während sie literweise Dom Perignon in sich hineinschütteten. »Sie werden es nicht bereuen.«

»Ich nehme an, unser Deal steht nach wie vor.«

»Auf unser Wort ist Verlass, Dr. Taiwo. Sie lassen Samson

frei, und wir überweisen den Betrag, sobald Sie uns die Bankverbindung schicken.«

»Sie hören von mir«, sagte ich und legte auf.

Danach gingen wir zurück zum Auto, fuhren ein paar Meilen und parkten am Straßenrand. Chika löste wortlos Samsons Fesseln. Der Auftragskiller nahm natürlich an, dass Chika zur Vernunft gekommen sei, nachdem die »Oberbosse« ihm Druck gemacht hatten. Er nahm die Schlüssel mit einem arroganten Grinsen entgegen, dann stieg er, lädiert, wie er war, wieder in den Transporter und fuhr davon.

Seine Freiheit währte nicht einmal fünfzehn Minuten, ehe der VW von Detective Bello und seinem Team an einem strategisch platzierten Checkpoint abgefangen wurde. Es sah aus wie eine ganz normale Fahrzeugkontrolle. Nichts Ungewöhnliches in Lagos. Aber Samson wusste, dass er geliefert war. Die Munition und das Blut im Laderaum des Transporters reichten allemal aus, um ihn auf der Stelle zu verhaften.

»Die haben mich geschickt, *oo! Abeg*, rettet mich, *oo!*«, fleht Samson, der in Handschellen und mit nacktem Oberkörper am Boden hockt, die Journalisten an.

Chika und ich warten gespannt, während die Kamera wieder zu Detective Bello schwenkt, der sich nunmehr den Fragen der Journalisten stellt. Er deutet auf jemanden, und wir atmen erleichtert auf, als wie die Stimme des Polizeischülers in Zivil hören, den wir ausgewählt haben, um die einstudierte Frage zu stellen.

»Detective, gibt es eine Verbindung zwischen dem Tod von Mrs Dawodu und dieser Verhaftung?«, fragt der junge Mann in diesem überdeutlichen Journalistenton.

Detective Bello nimmt das Stichwort auf. »Sollten sich neue Hinweise ergeben, so wird die Polizei diesen selbstverständlich nachgehen. Fürs Erste orientieren wir uns jedoch an dem Obduktionsbericht, der zu dem Schluss kommt, dass es sich bei Mrs Sade Dawodus Tod um Suizid handelte. Unser Mitgefühl und unsere Gebete gelten Mrs Dawodus Familie, und die Polizei bedauert zutiefst den seelischen Schmerz, der Bischof Dawodu im Zuge unserer Ermittlungen zugefügt wurde. Wir gehen aktuell nicht davon aus, dass es einen Zusammenhang zwischen diesem Verdächtigen und Mrs Dawodus Suizid gibt.« Bello lächelt die Journalisten an. »Nächste Frage?«

Chika und ich geben uns die Gettofaust. Perfekt ausgeführt. Der Spruch stimmt – mit Gaunern fängt man Gauner. Dass man die grassierende Korruption innerhalb der Polizei als Waffe benutzen kann, ist eine wertvolle Lektion, die wir von der verstorbenen Sade Dawodu gelernt haben.

»Ich fahre jetzt nach Hause«, sagt Chika. »Kommst du klar?«

Ich nicke. »Kenny hat das Treffen mit Pastor George und Mrs Bucknor organisiert.«

»Ich kann mitkommen«, schlägt Chika vor.

»Nein. Folake und Onyinye sind bestimmt außer sich vor Sorge. Wir sollten sie nicht länger im Ungewissen lassen. Fahr nach Hause.«

»Und die Liste?«

»Abubakar rät uns, sie der EFCC zu übergeben und das Gesetz seinen Lauf nehmen zu lassen.«

Chika lacht trocken. »Du willst die Namen der an einem Finanzbetrug beteiligten Personen der Kommission für Wirtschaftskriminalität des korruptesten Staats der Welt übergeben? Na, dann viel Glück.«

Mein Handy vibriert, und als ich die unbekannte Nummer sehe, hebe ich die Hand, um ihn zum Schweigen zu bringen.

»Was zum Teufel hat das zu bedeuten?«, brüllt Dawodu.

»Was meinen Sie?«, frage ich mit gespielter Naivität.

»Mein Mann ist gerade von der Polizei verhaftet worden!« Die Panik in seiner Stimme ist Musik in meinen Ohren. »Sie führen ihn der Presse vor!«

Mein Grinsen ist so breit, dass es mir schwerfällt, mir die diebische Freude nicht anmerken zu lassen. »Das hat nichts mit mir oder meinem Kollegen zu tun. Wir haben ihn laufen lassen.«

»Jemand muss der Polizei einen Tipp gegeben haben.«

»Das wäre extrem dumm von mir gewesen, finden Sie nicht?«

»Aber wer war es dann?«, fragt Dawodu, der offenbar meiner Logik folgen kann.

»Ich denke, Sie sollten es machen, wie es jeder Anwalt tun würde, und Ihrem Mann raten, nichts zu sagen.«

Ich höre ihn stoßweise atmen und schließe daraus, dass ihm sehr wohl klar ist, in welch stürmische Gewässer sein Schiff geraten ist.

UNERWARTETE WENDUNG

Zwei Tage später sitze ich zu Hause an meinem Schreibtisch und seufze erleichtert auf. Meine Arbeit ist getan. Damit das allen klar ist, tippe ich einen oberflächlichen Bericht, in dem ich das Resultat der polizeilichen Ermittlungen zu Sade Dawodus Tod bestätige, und hänge auch gleich meine Rechnung an, auf die ich noch die Kosten für die Selbstbeteiligung an Chikas Kfz-Versicherung draufschlage. Das Ganze adressiere ich zu Händen von Pastor George. Ich werde wohl so bald nicht von ihm hören. Seit ich in Mrs Bucknors Haus meine Ergebnisse präsentiert habe, ist er ein gebrochener Mann. Während des Termins hatte Kenny sich an Mrs Bucknor geklammert, als ob sie beide zu ertrinken drohten.

»Zeigen Sie es mir bitte nicht«, hatte Mrs Bucknor gesagt, als ich ihnen von dem Video erzählte. »Bitte töten Sie sie nicht ein zweites Mal.«

»Haben Sie es gewusst?«, fragte ich sie.

Mrs Bucknor vergrub ihren Kopf an Kennys Brust und schluchzte. »Wie sollte ich? Wie sollte ich?«, sagte sie immer wieder. Kennys Blick flehte mich an, nicht weiter zu insistieren.

»Ist es möglich, dass Sie sich irren? Was die Geldwäsche betrifft?«, hatte Pastor George gefragt.

»Sie wissen, dass ich mich nicht irre.« Mein Ton war hart. Es machte mich wütend, wie hartnäckig der Mann sich weigerte, seinen gesalbten Kopf aus dem Sand zu ziehen.

»Und der Bischof hat Victor umgebracht?«, fragte Kenny ungläubig.

Ich war nicht bereit, mich zu wiederholen. Ich hatte ihnen alles gesagt, und ich ging erst, nachdem ich sie alle hatte schwören lassen, niemals ein Wort über die Namensliste und das Geldwäschegeschäft zu verlieren. Ich schärfte ihnen ein, dass sonst ihr eigenes Leben und das ihrer Familien in Gefahr wäre. Und alle schworen wiederholt, dass sie nie mit irgendjemandem darüber sprechen würden.

Ich stehe auf und strecke mich. Ich habe den Fall der vermissten und nunmehr verstorbenen First Lady der Grace Church abgeschlossen. Ich gehe nach unten, und das Bild, das sich mir am Esstisch bietet, lässt mich innehalten. Kaum waren wir wieder zu Hause, hatte Folake ihre Drohung wahr gemacht, und heute ist der erste Tag, an dem die Mobberinnen bei Lara zur Nachhilfe antreten müssen. Es läuft offensichtlich nicht gut.

Lara arbeitet abwechselnd mit ihrem iPad und mit dem Notizbuch, das vor ihr liegt. Die anderen Mädchen, alle mit mehr Schminke im Gesicht, als man in einem Covergirl-Laden finden kann, sitzen am anderen Ende des Esstischs. Sie kichern und tuscheln, während auf ihren iPads YouTube-Fanvideos von asiatischen Popstars laufen.

Ich verzweifle schier. Die Art, wie Lara sich über ihren Laptop und ihre Hefte beugt, verrät, wie unglücklich sie ist. Ich wünschte, ich hätte Folake dazu überreden könnte, ihren Plan aufzugeben, aber sie bestand darauf: Alle drei Mädchen müssten lernen, wie wichtig es ist, sich gegenseitig zu unterstützen. Ich gehe zu Lara und drücke ihr die Schulter. Sie sieht mit flehenden Augen zu mir auf.

Ich wende mich an die Mobberinnen. »Mädchen, bei uns im Haus sind um diese Zeit Hausaufgaben angesagt.«

Sie packen ihre iPads weg, holen ihre Schulbücher heraus und rücken mit ihren Stühlen näher an Lara heran. Dass sie so prompt reagieren, gibt mir zu denken. Sie sind noch Kinder – vielleicht brauchen sie eine strengere Hand als die meisten anderen, solange sie noch nicht ihren Weg gefunden haben, aber sie *sind* Kinder.

»Ich weiß nicht, ob wir euch das schon gesagt haben, aber wir sind alle wirklich froh, dass ihr euch Mühe gebt, euch zu vertragen«, sage ich, doch mir ist bewusst, wie verkrampft mein Lächeln wirken muss.

Die Mädchen sehen mich an. Sie sind verwirrt, misstrauisch.

»Glaubt mir, Mädchen, wenn ihr euch selbst eine Chance gebt, werdet ihr merken, dass das hier gut für euch ist. Lara ist ein Mathegenie …«

»Dad!«, protestiert Lara.

Ich sehe immer noch die drei Mobberinnen an, und diesmal ist mein Lächeln echt. »Und ich bin sicher, dass ihr auf irgendeinem anderen Gebiet spitze seid und Lara noch etwas beibringen könnt.«

Die Mädchen sehen einander an und dann Lara. Sie windet sich verlegen.

»Deine Augenbrauen …«, beginnt eines der Mädchen.

Lara hebt ruckartig den Kopf. »Was ist damit?«, erwidert sie scharf.

»Sie sind perfekt«, sagt die zweite. »Wir könnten dir beibringen, wie du sie zupfen musst, damit sie richtig cool aussehen. Angela«, sie deutet auf das dritte Mädchen, »hat eine Insta-Seite, wo sie Make-up-Tipps gibt. Du könntest für sie modeln.«

Lara macht große Augen. Die drei Mädchen tauschen Blicke,

die mich an diese schwulen Männer erinnern, die Hetero-Typen Stylingtipps geben. Ich bin mir zwar nicht sicher, ob das die Art von Lernen auf Gegenseitigkeit ist, die Folake und mir vorschwebte, aber es ist ein Anfang. Solange keine Bleichcremes im Spiel sind. Ich nehme mir vor, mir die Instagram-Seite dieser Angela einmal anzuschauen.

»Du machst das schon«, sage ich zu Lara und beuge mich vor, um sie auf die Stirn zu küssen. Ihre Schultern bleiben steif, aber sie zieht den Kopf nicht weg.

Als ich die Treppe wieder hinaufgehe, höre ich eines der Mädchen sagen: »Dein Dad ist nett.«

Lara murmelt irgendetwas, aber dann höre ich Papier rascheln. Die Nachhilfestunde hat begonnen.

Ich betrete das Schlafzimmer mit der Absicht, Folake nochmals meine Bedenken vorzutragen. Sie streckt mir mein Handy entgegen.

»Du hast eine Nachricht«, sagt sie. »Ich wollte dich nicht stören, weil ich wusste, dass du mit deinem Bericht beschäftigt warst.«

Stirnrunzelnd lese ich, was Chika geschrieben hat. *Doc, geh mal auf truth.ng.*

Ich kopiere die Webadresse des populären Online-Nachrichtenportals in meinen Browser, während mein Magen sich bereits zusammenkrampft.

»Was ist es?«, fragt Folake und nimmt ihre Lesebrille ab.

Ich gebe ihr das Handy, und ihre Augen weiten sich vor Entsetzen. »Mein Gott, wer hat das getan? Wie haben sie es erfahren?«

Die Nachricht von dem Leak beherrscht sämtliche Medien. Manche sprechen schon von den »Panama Papers Nigerias«.

Twitter droht unter der Flut von Beiträgen zusammenzubrechen. Ich bin in Abubakars Büro, wo wir uns spontan zusammengefunden haben.

»Samson ist immer noch in Untersuchungshaft. Ich habe ihn mindestens zehnmal verhört. Er hat nie ein Wort über eine Liste gesagt, und es ist auch das erste Mal, dass *ich* davon höre«, sagt Bello.

Chika schnaubt. »Warum sollten wir Ihnen glauben? Vielleicht war es ja Sade Dawodus letzte Anweisung an Sie?«

»Warum sollte ich lügen?« Bellos Stimme ist schrill vor Anspannung und Scham. »Ich habe alles getan, was Sie von mir verlangt haben. Ich weiß, dass ich ohnehin in Schwierigkeiten stecke, warum sollte ich es dann noch schlimmer machen, indem ich der Presse eine hochbrisante Namensliste zuspiele?«

Abubakar bläst Rauch in die Luft. »Er hat recht.«

»Ich glaube ihm«, sage ich, »aber das ändert nichts daran, dass wir alle in Gefahr sind, wenn Dawodu glaubt, dass wir hinter dem Leak stecken. Und die Gefahr muss nicht unbedingt von ihm ausgehen. Jeder, der auf dieser Liste steht, könnte sich an uns rächen wollen.«

»Lassen Sie mich nachdenken«, sagt Abubakar gereizt.

Chika schaut auf sein Handy und runzelt die Stirn. »Das sind meine Jungs drüben im Büro. Sie sagen, wir sollen GraceTV einschalten. Da läuft gerade eine Übertragung.«

In fieberhafter Erwartung drängen wir uns alle – Chika, Bello und ich – hinter Abubakar, um auf seinen Computerbildschirm zu starren. Der Kommandant flucht auf Hausa, drückt seine Zigarette aus und fragt, auf welche Website er gehen soll. Chika beugt sich über ihn und tippt.

Die Internetverbindung der Polizeiakademie ist nicht die allerbeste, und es dauert eine Weile, bis der Stream geladen ist.

Dawodu ist schon mitten in seiner Ansprache, als die Übertragung endlich abgeschlossen ist.

»Diese boshaften Lügen«, wettert er, »sollen die Kirche zu Fall bringen. Die Gerechten haben Feinde, und unser Herr hat uns verheißen, dass wir mit Mächtigen und Gewaltigen zu kämpfen haben, doch ebenso gewiss wird Er uns vor dem Strick des Jägers retten. Und so versichere ich euch, dass die Kirche am Ende triumphieren wird, wie sie es zu allen Zeiten getan hat. Welchen Beweis gibt es dafür, dass wir, die Frommen und Gesegneten, irgendetwas von den kriminellen Machenschaften dieser Handvoll Schurken wussten, die in ihrer Besessenheit beschlossen haben, das Haus Gottes zu ihrem Vorteil auszunutzen? Fragt euch selbst, warum solche abscheulichen Anschuldigungen gegen uns erhoben werden sollten. Wer sind diese Sünder, die einen ihrer eigenen Drahtzieher töten?«

»Ich fass es nicht – will er es etwa Ewang in die Schuhe schieben?«, ruft Chika ungläubig aus.

»Sieht ganz so aus.« Dawodus Dreistigkeit verwundert mich nicht. Der Mann wird sich nicht kampflos geschlagen geben.

»Dieser Dreckskerl!«, höre ich Bello hinter mir zischen. Nur meine schlechte Meinung von ihm hindert mich daran, ihm zuzustimmen. Dawodu ist schlimmer als ein Dreckskerl – ein widerlicher Krimineller mit der Moral eines streunenden Katers und der Gehirnstruktur eines gefährlichen Psychopathen.

Dawodu fährt im Ton gerechter Entrüstung fort: »Wir werden Nachforschungen anstellen und mit den Behörden zusammenarbeiten, um sicherzustellen, dass die Übeltäter in unseren Reihen, die vom Teufel erwählt wurden, um die Kirche zu verraten, zur Rechenschaft gezogen werden.«

»Er wird damit durchkommen«, sagt Abubakar resigniert. Er nimmt seine Zigarettenschachtel, steht auf und geht zur Tür.

»Lassen Sie sich das gesagt sein: Es sind zu viele mächtige Leute auf dieser Liste.« Er schüttelt den Kopf und verlässt das Büro.

»Ich bin in Trauer«, sagt Dawodu mit bebender Stimme, als ob es ihn enorme Anstrengung kostet, fortzufahren. »Ich habe meine Ehefrau verloren, und nun ist der Teufel immer noch nicht zufrieden, sondern will euren Glauben an mich, an eure Kirche erschüttern. Euren Glauben an Gott. Aber der Teufel ist ein Lügner!«

Sein Studiopublikum wiederholt mehrfach: »Der Teufel ist ein Lügner!«, während Dawodu für eine Weile in unverständliches Gebrabbel verfällt, um dann fortzufahren: »Morgen werde ich hier in dieser heiligen Stätte das Gedächtnis meiner Gefährtin ehren. Ich werde diesen Frevel gegen den Tempel Gottes den Behörden überlassen und für sie beten, während sie das Übel in unserer Mitte ausmerzen. Aber morgen werde ich das Leben meiner Gattin feiern, und ich fordere euch alle auf, für mich zu beten, für unsere Kirche und für meine innig geliebte Folasade, wenn wir ihre schöne Seele in den Schoß des Herrn geleiten.«

»Er buhlt um das Mitgefühl der Öffentlichkeit, um von der Situation abzulenken«, sagt Bello mit so etwas wie Bewunderung für Dawodus Unverfrorenheit.

Die Einblendung am unteren Bildrand vermeldet, dass über 1,3 Millionen Menschen zuschauen. Und dieses Schmierentheater für bare Münze nehmen. Abubakar hat recht.

»Aber sehen wir es doch positiv«, meint Chika mit sarkastischem Grinsen. »Wenn die undichte Stelle zu keinem von uns zurückverfolgt werden kann, sind wir sicher.«

Das Schweigen im Raum mach deutlich, dass ein Pyrrhussieg in Wirklichkeit eine Niederlage ist.

LOBET DEN HERRN

»Du tust das Richtige«, flüstert Folake, als uns das Programm für die »Feier« von Folasade Dawodus Leben in die Hand gedrückt wird.

Ich bin mir nicht sicher, ob ich ihre Einschätzung teile, aber ich bin dankbar, dass sie mitgekommen ist, um mir moralische Unterstützung zu gewähren, wie sie es ausdrückte. Seltsamerweise habe ich das Gefühl, dass ich es Sade schuldig bin, heute hier zu sein. Ich kenne die Wahrheit. *Ihre* Wahrheit. Doch ohne meine Frau an meiner Seite wäre es mir so gut wie unmöglich, diese Zeremonie durchzustehen.

Seite an Seite betreten wir die Grace Cathedral, mit schwerem Herzen, nicht nur wegen des tragischen Todes einer jungen Frau, sondern auch wegen der Heuchelei, die wir hier erleben werden.

Die Kirche ist bis auf den letzten Platz besetzt. Der Gottesdienst wird in Kürze beginnen, und ich sehe mich in dem großen Saal um, während die feierlich in Weiß gekleideten Kirchendiener uns zu unseren Plätzen führen. Wohin wir uns auch wenden, überall blicken uns überlebensgroße Porträts von Sade Dawodu entgegen. Auf der großen Leinwand hinter dem Altar läuft ein Video mit Bildern aus ihrem Leben in Endlosschleife.

»Ich frage mich, ob Kenny es sich nicht doch noch anders überlegt hat«, sagt Folake, während sie sich suchend umschaut.

Meine Schwester hatte darauf beharrt, dass sie nicht zu dem Gedenkgottesdienst kommen würde. Auch als ich ihr am Telefon sagte, dass ich die schriftliche Einladung von Mrs Bucknor erhalten hatte, schnaubte Kenny nur verächtlich.

»Ich werde bei diesem falschen und korrupten Spiel nicht mehr mitspielen«, erklärte sie. Ich erwiderte nichts, aber innerlich jubelte ich.

Vorne beim Altar entdecke ich Mrs Bucknor, flankiert von Pastor George und einigen Ältesten. Alle sehen mitgenommen und angespannt aus, während sie auf den Beginn des Gottesdienstes warten. Mehrere Menschen steigen auf die Bühne, um sie zu begrüßen. Sie schüttelt tapfer Hände, lässt tröstende Umarmungen über sich ergehen und betupft zwischendurch ihre Nase mit einem Taschentuch.

Nwoko schreitet zum Altar. Dawodu folgt ihm, ganz in Schwarz gekleidet, ein Bild hoheitsvoller Ernsthaftigkeit. Selbst sein unvermeidliches Einstecktuch ist schwarz. Stille senkt sich herab, als Dawodu den Blick über seine Gemeinde schweifen lässt. Viele der Versammelten sind schon aufgestanden, doch er gibt ihnen mit einer flüchtigen Gebärde zu verstehen, dass dies nicht die Gelegenheit ist, ihm die Beweihräucherung zu erweisen, die er gewohnt ist. Nachdem alle wieder Platz genommen haben, faltet er die Hände, bedankt sich mit einer angedeuteten Verbeugung und geht zu seiner Schwiegermutter. Er beugt sich vor, um sie zu begrüßen, und wie aufs Stichwort erhebt sich in der Gemeinde lautes Wehklagen.

Mrs Bucknor sieht Dawodu nicht an, sondern blickt starr geradeaus mit versteinerter Miene. Die eiserne Beherrschung der Frau, die genau weiß, was dieser Mann ihrer Tochter angetan hat, ist eine schier übermenschliche Leistung.

Sade Dawodus Gesicht, in dutzendfacher Ausfertigung im

Kirchenschiff verteilt, scheint über die Veranstaltung zu spotten.

»Erheben wir uns zu einem kurzen Gebet«, sagt Nwoko.

Der Abscheu lähmt meine Glieder.

»Schatz«, flüstert Folake mir ins Ohr. »Du bist doch ihretwegen hier.«

Sie hat recht – wenn ich schon bereit war, zu diesem Fest der Scheinheiligkeit zu kommen, sollte ich wenigstens Sade Dawodu in angemessener Form die letzte Ehre erweisen. Ich stehe auf und konzentriere mich auf ihr Bild, während ich mir alle Mühe gebe, Nwokos Stimme auszublenden. Was hätte sie nicht alles erreichen und bewegen können, wenn es anders gelaufen wäre? Wenn sie die Liebe und den Frieden gefunden hätte, die sie in der Kirche gesucht hat. Wenn sie einen Mann gefunden hätte, der sie wirklich liebt, und nicht einen, der nur fähig ist, sich selbst zu lieben. Wenn sie eine Mutter gehabt hätte, die sie in ihrem Selbstwertgefühl bestärkte, wenn es darauf ankam. Als Folake mir ein Taschentuch reicht, merke ich erst, dass ich Tränen in den Augen habe. Ich nehme es rasch, trockne mir die Augen und ergreife ihre Hand. Wie glücklich kann ich mich schätzen, diese Frau in meinem Leben zu haben, denke ich, während Nwoko allmählich zum Ende seines Gebets kommt.

»Und nun«, verkündet er, »wollen wir diese Lebensfeier beginnen, indem wir den Chor bitten, das Lieblingslied unserer First Lady anzustimmen, ›All Things Bright and Beautiful‹.«

Die Sängerinnen und Sänger, ganz in Weiß gekleidet, schreiten in feierlicher Prozession zum Podium. Dort stellen sie sich auf, und dann tritt Enomo Collins, elegant gekleidet in einem weißen Anzug, glatt rasiert und adrett, vor sie und wendet sich der Gemeinde zu.

»Wir sind hier versammelt, um eine mutige und starke Frau zu ehren. Eine Frau, die die meisten von euch nur von Bildern wie diesen kennen.« Er deutet auf die Leinwand hinter seinem Rücken. »Aber sie war auch eine Frau, die entschlossen war, ihr Leben nach ihren Vorstellungen zu leben. Ja, alles war hell und schön in ihren Augen, wie es in dem Lied heißt, und als es dann nicht mehr so war, befreite sie sich auf die einzige Art und Weise, die ihr offenstand.«

Seine Stimme droht zu versagen, doch er scheint Kraft zu schöpfen aus einem letzten Blick in Sades Gesicht, ehe er sich dem Chor zuwendet. Er hebt die Hand, und kurz darauf ist der Raum erfüllt vom mächtigen Klang der dreihundert oder mehr Stimmen, die sich zum Harmoniegesang erheben.

All things bright and beautiful,
All creatures great and small,
All things wise and wonderful,
The Lord God made them all.

Alle um mich herum haben Tränen in den Augen. Folakes Finger schließen sich fest um meine. Dawodu ist der Einzige, der ungerührt bleibt, die Augen geschlossen wie im stillen Zwiegespräch mit irgendeiner Gottheit – sicherlich nicht dem Gott, den der Chor preist. Ich schiele verstohlen zu Mrs Bucknor, doch ihr Blick ist leer, und sie starrt mit unbewegter Miene vor sich hin. Ich bemerke, dass Pastor George ihre linke Hand umfasst hält. Das Lied endet, und Nwoko steht auf, um wieder ans Pult zu treten, hält aber inne, als Enomo sich wieder der Gemeinde zuwendet.

Es zischt in den Lautsprechern, als Enomo schwer atmend das drahtlose Mikrofon an die Lippen hebt. »Ich möchte euch allen noch einmal danken, dass ihr heute hierhergekommen seid, um unsere First Lady zu ehren, die ein Leben in Mut und Stärke geführt hat. Wir alle haben die gleiche Frau gekannt, und doch hat jeder von uns sie anders gekannt, jeder auf seine eigene Weise. Heute möchte ich euch eine Sade Dawodu präsentieren, die ihr vielleicht nicht gesehen oder gekannt habt, weil sie die Öffentlichkeit scheute und ihre Probleme und Sorgen lieber allein trug, als andere damit zu belasten. Aber nun ist die Zeit gekommen, alle Seiten dieser wunderschönen Frau kennenzulernen und zu ehren, eines Menschen, der so viel mehr war, als die meisten von euch geglaubt haben. Ich gebe euch Sade Dawodu, ihr Leben und den Beginn ihres Todes.«

Vielleicht ist es sein Tonfall, vielleicht der Trotz in seiner Körperhaltung, jedenfalls erfasst eine plötzliche Anspannung die Menge.

Ein Gefühl der Vorahnung lässt mein Herz schneller schlagen. Ich höre Folake leise nach Luft schnappen und weiß, dass sie das Gleiche denkt, die gleiche Befürchtung hegt wie ich. Doch trotz meiner Beklommenheit weiß ich, dass Enomo die richtige Entscheidung getroffen hat. Es ist eine mutige Entscheidung und angesichts der Umstände die einzig *mögliche*. Und es ist das, was Sade gewollt hätte.

Dawodus Augen sind jetzt offen. Nwoko hat sich zu der großen Leinwand hinter ihm umgedreht. Sobald ich die verrauschte Aufnahme von betenden Männern höre, das Schlurfen ihrer Füße, als sie auf und ab zu gehen beginnen, vergrabe ich mein Gesicht in den Händen. Folake packt meinen Oberschenkel, zwingt mich, aufzublicken, als das Video klarer wird. Da noch niemand erraten kann, was da passiert, herrscht erwartungsvolle Stille im Saal. Dann kommt der erste nackte Mann ins Bild, und man erkennt Nwokos Gesicht. Kurz darauf betritt

Sade Dawodu das Zimmer, nackt unter ihrem Negligé, und Rufe des Schreckens und der Empörung werden laut.

»Machen Sie das aus!« Dawodus Stimme dröhnt durch den Saal, doch niemand hört auf ihn. Er wird übertönt von der Aufnahme, in der man ihn beten hört, während er seine Frau mit Öl übergießt. Als Sade sich dann vollständig entkleidet, halten die Zuschauer kollektiv die Luft an.

»Aufhören, bitte!«, ruft Nwoko. Angst überlagert die Empörung, die er eigentlich ausdrücken will.

Und dann ist es auf einmal, als wäre ein Bann gebrochen, und der Geist von Babel ist entfesselt. Pastor George stellt sich vor Mrs Bucknor und schirmt sie vor dem Video ab, das auf der großen Leinwand läuft. Sie verharrt regungslos und fixiert einen Punkt über den Köpfen der Menge.

Dawodu schreit: »Schalten Sie das aus, sofort!«, als ob das Höllenfeuer ihn erfasst hätte, doch zum ersten Mal in seiner Amtszeit hört niemand ihm zu. Niemand will ihn hören.

Nwoko stürzt sich auf Enomo wie eine wild gewordene Hyäne, doch der Chorleiter ist vorbereitet. Während sie auf der Bühne ringen und ein paar Chormitglieder sie zu trennen versuchen, bleiben andere wie angewurzelt stehen, die Gesichter zu der Leinwand erhoben, auf der sich die grauenvolle Szene abspielt.

Erwachsene scheuchen ihre Kinder aus dem Saal und halten den Älteren im Gehen die Augen zu.

Dawodus Gebrüll ist verstummt. Er wendet sich den kämpfenden Männern auf der Bühne zu.

Ein wilder, gequälter Schrei zerreißt die Luft. Eine Bibel fliegt durch die Luft und landet in Dawodus Gesicht. Der Schrei und die Bibel kommen von einer Frau, die jetzt am Boden kniet und heult wie ein Tier, das von einem Giftpfeil getroffen wurde. Ein

Tamburin landet auf der Bühne, es verfehlt Dawodu nur um Zentimeter – anders als das nächste Wurfgeschoss, diesmal eine Hardcover-Bibel. Sie trifft ihn voll im Gesicht, Blut rinnt von seiner Stirn, und er wankt, fällt beinahe auf Mrs Bucknor und Pastor George. Es hat ihm den Atem verschlagen, und er taumelt wie ein Betrunkener zum Rand der Bühne. Ein Fehler. Bibeln, Shékere-Rasseln in allen Größen, Tamburine, Flaschen mit Olivenöl und anderes werden auf die Bühne geworfen, alle in Richtung von Dawodu. Er hält sich schützend die Hände vors Gesicht und schwankt hin und her, während er das drahtlose Mikrofon abzieht und den Receiver entfernt, der hinten an seinem Hosenbund befestigt ist. Ein Mann springt auf die Bühne und versetzt dem Pult einen solchen Tritt, dass es krachend zu Boden fällt. Dann steuert er schnurstracks auf Dawodu zu. Pastor George zieht Mrs Bucknor hoch.

Ich will auf den Altar zulaufen, doch Folake fasst meinen Ellbogen und schüttelt den Kopf. »Lass den Dingen ihren Lauf«, sagt sie leise mit trauriger Stimme. »Du weißt, es ist das, was sie gewollt hätte.«

Ich nicke und setze mich wieder, während um mich herum das Chaos tobt. Mir kommt der Gedanke, dass dies paradoxerweise das erste Mal sein könnte, dass die Bühne der Grace Cathedral echte Emotionen erlebt.

Weitere Männer und Frauen springen auf die Bühne und stürmen auf Dawodu zu, ihre Bibeln wie Waffen schwenkend. Da nimmt Jeremiah Dawodu die Beine in die Hand. Er rennt quer durch das Pandämonium auf der Bühne, vorbei an der Videoleinwand, und dann ist er verschwunden. Der Hinterausgang ist nicht sehr breit, doch das hält die wütenden Gemeindemitglieder nicht von dem Versuch ab, ihrem Bischof nachzusetzen.

Auf der anderen Seite der Bühne ist es endlich gelungen, Nwoko und Enomo zu trennen. Mit einem groben Ruck reißt sich Enomo von den Männern los, die ihn halten. Er blickt zu dem Video auf, das immer noch läuft, und dann wendet er sich mit einem blutverschmierten Lächeln zu uns um, seine weiße Kleidung beschmutzt und zerknittert.

»Kirche, ich darf dir deine Braut vorstellen«, sagt er. Seine Stimme dröhnt aus den Lautsprechern und übertönt das animalische Stöhnen der Männer, die Sade Dawodu vergewaltigen. »Bedenke, was deine Liebe sie gekostet hat.«

Das Video endet gleichzeitig mit seiner präzise getimten Ansprache – wie oft hat der arme Mann es wohl angeschaut –, und Stille senkt sich über die Menge. Nwoko unternimmt noch einen Versuch, sich auf Enomo zu stürzen, doch er wird von starken Armen festgehalten. Enomo ignoriert ihn und geht zu Mrs Bucknor, die immer noch bei Pastor George steht. Er bietet ihr seinen Arm, und sie nimmt ihn. Nach einem letzten Blick zurück, wie um sich zu vergewissern, dass das Video wirklich zu Ende ist, strafft sie die Schultern und verlässt die Bühne mit Enomo. Während sie durch die Reihen der traumatisierten Kirchenbesucher schreiten, hält sie den Blick nach vorne gerichtet. Dann sieht sie mich durchdringend an.

Sie nickt mir zu, ihr Blick ist kalt und selbstbewusst. Ich fühle mich an das letzte Mal erinnert, als ich diesen Blick sah.

»Jetzt, da du mich siehst, was gedenkst du zu tun?«

Auf einmal ergibt alles einen Sinn. Es war Mrs Bucknor, die die Namensliste der Presse zugespielt hat.

»Was glaubst du, wie lange sie schon gewusst hat, was da lief?«, fragt Folake auf dem Nachhauseweg.

Ich gebe Gas. Ich will so schnell wie möglich zu Hause sein, in Sicherheit mit meinen Kindern. »Ich glaube, sie hat es die ganze Zeit gewusst – spätestens, seit sie vom Verschwinden ihrer Tochter erfuhr. Ich bin mir ziemlich sicher, dass sie es war, der Sade die Liste weitergegeben hat«, antworte ich. »Ich glaube aber auch, dass sie Hilfe hatte. Auf jeden Fall von Enomo. Ich kann mir aber nicht vorstellen, dass Bello mit ihr zusammengearbeitet hat. Sade hat verschiedenen Leuten verschiedene Instruktionen gegeben. Manche haben zusammengearbeitet, andere allein. Der Detective war ehrlich überrascht, als er von der Liste erfuhr. Außerdem hätte er sie, wenn er davon gewusst hätte, als Druckmittel gegen seine Vorgesetzten benutzen können, um seine Haut zu retten, als die Dinge nicht wie geplant liefen.«

»Was für eine Frau!«, sagt Folake. »Das muss enorm viel Kraft kosten. Die Trauer um das eigene Kind beiseitezuschieben und so sorgfältig ihre Rache zu planen.«

»Ich glaube nicht, dass sie es als Rache gesehen hat. Ich nehme an, sie hat nur getan, was sie versäumt zu haben glaubte, als ihre Tochter noch am Leben war.«

»Und was war das?«

»Für sie Partei zu ergreifen.«

OFFENBARUNG

Halte mich bitte nicht für eine Nihilistin. Um zu überleben, was ich durchgemacht habe, musste ich an irgendetwas glauben. Ich gab den Glauben an einen Gott auf, der mich im Stich gelassen hatte, und beschloss, an mich selbst zu glauben. Um meinen Plan in die Tat umzusetzen, Dir dies alles zu schreiben und den Schritt, aus diesem Leben zu scheiden, wirklich zu vollziehen, musste ich glauben, dass ich dazu fähig bin. Deshalb, bevor Du anfängst, Dir die Schuld für meine Entscheidungen zu geben, lass die Verantwortung da, wo sie liegt: bei mir. Nicht beim Teufel und nicht bei Deinem Gott. Ich habe das getan.

Ich habe Dir gesagt, dass Du Deiner Trauer einen Sinn geben und sie nicht vergeuden sollst. Ich hoffe, Du hast Dich daran gehalten. Manches wird nicht ganz nach Plan verlaufen, aber ich muss mich darauf verlassen, dass Du improvisieren kannst. Du wirst es müssen.

Wenn Du auf all das zurückblickst, was Du getan hast, um meinem Tod einen Sinn zu verleihen, wirst Du es hoffentlich übers Herz bringen, mir zu verzeihen, so, wie ich Dir all die Jahre verziehen habe, in denen Du mich bedrängt hast, in denen Du mich verbogen und zu einer Version dessen geformt hast, von dem Du glaubtest, es sei der Wunsch Deines Gottes. Denn letzten Endes bin ich vieles gewesen auf meinem Weg zu der Frau, die Dir diese Zeilen schreibt. Manches habe ich behalten, anderes verloren, aber in all der Zeit war ich stets die Tochter meiner Mutter.

Deine Dich liebende Tochter
Folasade

#BLACKGIRLMAGIC

Das Klopfen an meiner Bürotür unterbricht mich beim Zusammenpacken. Ich muss bald aufbrechen, wenn ich nicht zu spät kommen will.

»Herein!«

Die Tür geht auf, und Pastor George tritt ein. Überrascht halte ich inne, in der Hand eine Mappe, die ich gerade in meine Laptoptasche stopfen will. Das letzte Mal, dass ich ihn gesehen habe, ist fast einen Monat her. Damals hatte er den Kopf in den Händen vergraben, von Scham überwältigt nach Enomo Collins' dramatischer Enthüllung der schmutzigen Schattenseite der Grace Church. Er hat seitdem einen PR-Albtraum durchstehen müssen, nachdem er die Leitung einer schwer angeschlagenen Kirche übernommen hatte. Der Tribut, den es gefordert hat, den Ruf der Kirche zu reparieren, die Gemeinde zusammenzuhalten und mit den Strafverfolgungsbehörden zu kooperieren, steht ihm ins Gesicht geschrieben.

»Dr. Taiwo«, begrüßt er mich.

»Pastor George«, erwidere ich und sehe verstohlen auf meine Uhr.

»Ich hoffe, Sie haben nichts dagegen, dass ich unangemeldet hier auftauche.«

»Nein, nein. Bitte, kommen Sie herein. Mein Sohn hat heute

eine Ausstellung, und ich wollte rechtzeitig aufbrechen, um dem Stau zu entgehen.«

Er nimmt auf einem der zwei Stühle gegenüber von mir Platz. Ich bin den Polizeischülern dankbar, die hier letzte Woche so gründlich aufgeräumt haben. Nach Abfassung der Berichte und einer Abschlussbesprechung im Büro der SCIU im Polizeipräsidium waren wir alle hierhergekommen, um meine Zettelwand zu den Akten zu legen und den Fall offiziell abzuschließen.

»Wie Sie sich denken können«, beginnt Pastor George, »habe ich ziemlich hektische Wochen hinter mir.«

»Das verstehe ich.« Es ist bestimmt nicht leicht für ihn. »Wie kommen Sie alle zurecht?«

Sein Lächeln reicht nicht bis zu den Augen. »Dieser Mann hat uns einen ziemlichen Scherbenhaufen hinterlassen.«

»Weiß irgendjemand, wo er jetzt ist?«

Auch noch so viel Schönrederei und Verdrehung von Tatsachen hätte Dawodu nicht vor den handfesten Beweisen retten können, die seine Gemeinde mit eigenen Augen gesehen hatte. Seit Sades Gedenkgottesdienst ist der Mann spurlos verschwunden. In den Medien grassierten allerlei Spekulationen über seinen möglichen Aufenthaltsort. Eine Großfahndung wurde eingeleitet, nachdem die Kommission für Wirtschaftskriminalität seine Anwälte und verschiedene andere Personen festgenommen und verhört hatte. Der Mann war wie ein Phantom. Hintergrundchecks von Interpol und der Polizei vor Ort ergaben, dass es keinerlei Belege für die Existenz eines Jeremiah Dawodu gab, bevor er sich in den USA seine Sozialversicherungsnummer ausstellen ließ. Keine Familie in Nigeria erklärte, in irgendeiner Verbindung mit ihm zu stehen. Er war ebenso mysteriös auf der Bildfläche aufgetaucht, wie er wieder verschwand.

Aufgrund der Aussagen von Samson bezüglich des Todes von Ewang will die Staatsanwaltschaft Dawodu auch wegen des Verdachts der Verabredung zum Mord anklagen. Der Exodus etlicher prominenter Geschäftsleute, die sich ins Ausland abgesetzt haben, um der Verhaftung zu entgehen, hat die Nachrichten beherrscht, doch Dawodu ist nach wie vor auf freiem Fuß. Es wird spekuliert, dass er sich irgendwo in Asien oder auf einer abgelegenen Insel aufhalten könnte, wo er von dem Geld der Kirche lebt, das er veruntreut hat. Nicht einmal die Verhaftung von LaTanya Jacobson bei ihrer Ankunft am Flughafen JFK konnte ein Licht auf den Verbleib von Dawodu werfen, obwohl die Bilder, wie sie in Handschellen abgeführt wurde, tagelang das Highlight der US-Fernsehnachrichten waren und eine ganze Reihe von Memes in den Social Media inspirierten.

»Wäre es taktlos von mir, wenn ich sagte, dass es mir egal ist?«, fragt Pastor George, nachdem er über meine Frage nachgedacht hat. »Wo immer er ist, ich hoffe nur, dass er sich von wirklich gläubigen Menschen fernhält.«

»Er wird es nicht wagen, wieder eine Kirche zu gründen«, sage ich, doch selbst in meinen eigenen Ohren klingt es nicht überzeugend. Die Welt ist voll von in Ungnade gefallenen Pastoren, die ihr Bild reingewaschen haben und sogar gestärkt aus der Affäre hervorgingen.

Pastor George zuckt gleichgültig mit den Schultern. »Manche in der Kirche glauben, dass er sich aus Scham das Leben genommen hat, aber für mich passt das nicht zu Menschen wie Bish-… – wie Dawodu.« Er schüttelt den Kopf.

Um meinen Bericht abschließen zu können, habe ich eingehend zum Thema narzisstische Persönlichkeitsstörung bei Geistlichen recherchiert. Die Inzidenz von NPS ist bei religiösen Anführern weltweit höher als im Bevölkerungsdurchschnitt, und ein gemeinsames Merkmal verbindet die meisten: eine Ichbezogenheit, die sie immun gegen Scham- und Schuldgefühle macht. Pastor George hat recht. Jeremiah Dawodu wird sich nicht das Leben nehmen.

»Ich verbringe dieser Tage viel Zeit mit Mrs Bucknor. Sie will verständlicherweise nichts mehr mit der Kirche zu tun haben, aber ich besuche sie weiterhin und bete mit ihr.«

In Anbetracht des Medienrummels und des juristischen Durcheinanders bin ich beeindruckt, dass Pastor George sich der echten menschlichen Tragödie bewusst ist, die im Zentrum dieser ganzen Angelegenheit steht. Dass er bereit ist, sich Zeit für Sades Mutter zu nehmen, freut mich von Herzen, und das sage ich ihm auch.

»Was bleibt mir auch anderes übrig? Es ist traurig, dass sie erst eine Tochter verlieren musste, ehe wir erkannten, dass wir unser Vertrauen in einen Scharlatan gesetzt hatten. Einen Gauner und einen …« Er schafft es nicht, das Wort auszusprechen. »Betrug kann strafrechtlich geahndet werden, aber was er und die anderen Ältesten ihr angetan haben, ist abgrundtief böse. Und es ist tragisch, wie wir alle auf der ganzen Linie versagt haben.«

Die vielleicht beste Nachricht war die von der Verhaftung Nwokos und der beiden anderen »Ältesten«, die in dem Video zu sehen waren. Obwohl es kein lebendes Opfer mehr gab und trotz seiner eigenen bedrängten Lage erreichte Detective Bello – mit Abubakars Unterstützung –, dass Anklage wegen Vergewaltigung erhoben wurde. Sades Suizid wurde als Beweis herangezogen, dass sie nie in den Geschlechtsverkehr eingewilligt hatte, und das Video als Beleg, dass eine Penetration stattgefunden hatte, und auf dieser Grundlage beantragte der Generalstaatsanwalt die sofortige Verhaftung der drei.

Enomo Collins rief zudem eine Kampagne ins Leben, die sehr nachhaltig und öffentlichkeitswirksam zu werden verspricht, zum Kampf gegen solche »Männer Gottes«, die ihre Position ausnutzen, um Gemeindemitglieder sexuell zu missbrauchen. Bis jetzt hat er schon mehrere Millionen Naira gesammelt, um eine Privatklage gegen die vier an der Tat beteiligten Männer (Dawodu in Abwesenheit) zu ermöglichen, mit der Begründung, dass die Vergewaltigung Sade in den Suizid getrieben habe. Kenny und ich haben auch gespendet. Nwoko und die beiden Ex-Ältesten sitzen in Untersuchungshaft, und Detective Bello hat mir versichert, dass sie keine besonderen Privilegien genießen, sondern nicht anders behandelt werden als das »gemeine Volk«.

Pastor George greift in die Tasche seines Blazers und zieht einen Umschlag hervor. »Ich bin gekommen, um Ihnen Ihren Scheck zu übergeben. Ich dachte mir, eine schlichte Überweisung wäre unhöflich und undankbar.«

»Danke«, sage ich überrascht und gerührt. Um ehrlich zu sein, es erschien mir inzwischen ohnehin fragwürdig, mich dafür bezahlen zu lassen, dass ich die schmutzigen Details der Gründe für Sades Tod aufgedeckt hatte, und so kam ich gar nicht auf die Idee, noch einmal nachzufragen.

Er legt den Umschlag auf meinen Schreibtisch und schiebt ihn zu mir hin. »Wie Sie sehen werden, haben wir auch die Kosten für den Ersatz des Wagens Ihres Freundes in voller Höhe abgedeckt.«

»Das wäre doch nicht nötig gewesen. Das Auto war versichert, und ich habe die Selbstbeteiligung schon ...«

»Glauben Sie mir, Dr. Taiwo, es ist das Mindeste, was wir tun können. Im Übrigen können wir es uns leisten. Nehmen Sie es, aber vergessen Sie nicht, Ihren Zehnten zu entrichten.«

Ich brauche einen Moment, um zu begreifen, dass er einen Scherz macht. Er lächelt, und ich werde daran erinnert, wie viel Sympathie und sogar Respekt ich inzwischen für diesen Prediger empfinde.

»Das werde ich bestimmt tun, sobald ich die richtige Kirche gefunden habe«, entgegne ich.

»Dürfte ich die Grace Church empfehlen? Sie steht unter neuer Leitung.« Er sagt das mit unbewegter Miene, doch in seinen Augen blitzt Humor.

»Touché«, sage ich lachend, und wir setzen das Geplänkel noch eine Weile fort, bis ich ihn an meinen Termin erinnere.

Der Pastor steht auf und sieht mich durchdringend an. »Ich weiß, dass es Zeit ist zu gehen, aber ich habe noch eine Bitte.«

Ich hebe fragend die Augenbrauen. Ich bin mir nicht sicher, ob ich Lust habe, noch in weitere Kirchendramen hineingezogen zu werden.

Pastor George kniet nieder und senkt den Kopf. »Beten Sie für mich.«

Panik erfasst mich. Es ist so lange her … »Ich bin nicht sicher, ob ich das kann.«

Er blickt zu mir auf. »Mit Gott können Sie es.«

Ich hole tief Luft und will gerade die Augen schließen, als Pastor George meine Hand ergreift. Ich überlege fieberhaft, was ich sagen soll, wie ich es sagen soll. Mein Herz schlägt schneller, weil mir einfach nichts einfallen will.

»Ich kann das Vaterunser«, sage ich entschuldigend.

Pastor George schenkt mir ein strahlendes Lächeln. »Perfekt«, sagt er, dann senkt er wieder den Kopf.

Die Aula ist bis auf den letzten Platz besetzt und vom aufgeregten Stimmengewirr der Schülerinnen und Schüler erfüllt, die ihren stolzen Eltern ihre Arbeiten zeigen. Ich steuere die Ecke an, in der sich die meisten Besucher drängen.

»Meine Präsentation nennt sich #Blackgirlmagic und soll den negativen Stereotypen in Bezug auf Schwarze Haut entgegenwirken«, sagt Kay strahlend, während ich mich unauffällig zu Folake und Tai durchmogle.

»Du kommst gerade noch rechtzeitig«, flüstert Folake, eher erleichtert als vorwurfsvoll.

»Tut mir leid«, sagte ich und schaue mich um. Kays Präsentation umfasst sechs vergrößerte Fotos, die hinter ihm an der Wand aufgehängt sind. Die schlichten weißen Holzrahmen lassen die lebhaften Farben der Papierblumen noch stärker zur Geltung kommen, die als Hintergrund für seine Muse dienen: Lara, mit ihren leuchtenden Augen und ihrer glänzenden dunklen Haut.

Meine Tochter hat nie schöner ausgesehen. Verschwunden ist die bockige Teenagerin, mit der ich monatelang unter einem Dach gelebt habe, ersetzt durch eine schöne junge Frau, die voller Selbstbewusstsein in die Kamera blickt. Auf einem Foto, das ich bis zu meinem letzten Atemzug in mir tragen werde, lacht sie aus voller Kehle, und die Begeisterung, die ihre Züge belebt, zieht den Betrachter magisch an.

»Ich habe das Hashtag hinzugefügt, um der Filterkultur in den Social Media entgegenzuwirken, die ein falsches Bild von körperlicher Schönheit erzeugen. Ich habe meine Schwester als Modell genommen, weil sie die Schönheit der Schwarzen Haut verkörpert«, erklärt Kay den Umstehenden. »Und jetzt möchte ich sie euch vorstellen.«

Mir kommen die Tränen, als Lara vortritt, ermutigt von denselben Mädchen, die sich über sie lustig gemacht hatten. Es sind tatsächlich ihre früheren Peinigerinnen, die johlen und applaudieren, als Lara sich zu ihrem Bruder stellt. Sie sind immer noch ihre unwilligen Nachhilfeschülerinnen, aber ein Fotoshooting ist ganz offensichtlich der gemeinsame Nenner, den sie brauchen, um eine Art Burgfrieden zu schließen.

Tai klopft mir auf den Rücken. »Wie gefällt dir unsere Überraschung?«, flüstert er.

Ich nicke. Es berührt mich tief, dass inmitten all der dramatischen Ereignisse meine Frau und meine Söhne die Zeit gefunden haben, die wirkungsvollste Intervention aller Zeiten zu organisieren und durchzuführen. Lara wird in Zukunft noch genug Zeit haben, sich selbst durch die Augen ihrer Eltern, ihrer Altersgenossen, ihrer Freunde und Freundinnen und Arbeitskollegen zu sehen, durch die Augen des Partners, mit dem sie einmal ihr Leben teilen will. Doch die Kamera ihres Bruders hat sie eingefangen, wie sie heute ist. Wunderschön und vor allem: geliebt. Solange ich atme, werde ich es mir zur Lebensaufgabe machen, sie daran zu erinnern. Jeden einzelnen Tag, wenn es sein muss.

Lara sonnt sich in der Bewunderung von Eltern, Mitschülerinnen und Mitschülern und winkt wie eine Schönheitskönigin. Als Kay sich verbeugt, fängt sie meinen Blick auf. Ich werfe ihr einen Handkuss zu, während Folake ihren Kopf an meine Schulter legt. Lara zwinkert mir zu und knickst. Der Applaus um uns herum ist laut, aber ich höre ihn gar nicht richtig.

Es ist das Lächeln meiner Tochter, das mich in seinem Bann hält.

DANKSAGUNG

Alles, was ich über den »schwierigen zweiten Roman« gehört und gelesen habe, ist wahr. Das Schreiben dieses Buchs war eine Reise der Selbstfindung. Bei jedem Schritt hatte ich das Glück, Menschen zu begegnen, die meine Hand hielten, mich anleiteten und mir Trost spendeten, wenn alles verloren schien. Über die Euphorie nach der Fertigstellung des Romans hinaus glaube ich ein besserer Mensch zu sein dank des Unterstützerkreises, den das Universum mir geschickt hat. Ich bin dankbar.

Ich danke Tracy Brain, deren Mitgefühl, Freundlichkeit und behutsame Anleitung mir Halt gegeben haben.

Ich danke Gerard Woodward und C. J. Skuse, die mich und dieses Buch unter ihre Fittiche genommen haben, mit einem Enthusiasmus, der den Weg zur Fertigstellung so viel leichter machte, als ich ihn mir vorgestellt hatte.

Ich danke dem großartigen Team von Raven, angeführt von meiner britischen Verlegerin Alison Hennessey, deren Glaube an Philip Taiwo mich demütig macht und zugleich inspiriert.

Ich danke dem Team von Mulholland, allen voran meinem amerikanischen Verleger Josh Kendall, für die wunderbare Unterstützung. Euer fundiertes und detailliertes Feedback ist immer wieder herausfordernd und zugleich bereichernd.

Ich danke meinem Agenten Harry Illingworth, der sich mit unglaublicher Hingabe für mich in den Kampf gestürzt hat.

Ich danke Kate Woodworth, meine Coachin par excellence, zugleich Grammatikpolizei, Plot-Checkerin, Anwältin und Freundin.

Ich danke Edwin Hill, Chiedozie Dike und Temitayo Olofinlua, die meine Gedanken und Sätze in den verschiedenen Stadien der zahlreichen Fassungen dieses Buchs verbessert haben.

Ich danke meinem geduldigen Erstleserkreis: Idiare Atimomo, Ebben Kalondo, Ese Esosa, Pearl Osibu, Sahara Sintayo-Obende, Toni Chappelle, Sabrin Hasburn, Frank Edozien, Pheadra Farah, Susan Daniels, Bosede Ogunlana, Leye Adenle, Zukiswa Wanner, Felicitas Kakoro-Gowases, Yinka Adeleke und Nyasha Nyandoro – dafür, dass ihr euch, so vielbeschäftigt, wie ihr seid, für Philip Taiwo Zeit genommen habt.

Ich danke meinen lieben Freunden, die mir eine Umarmung, eine Mahlzeit, ein Dach über dem Kopf, einen Schreibtisch und einen Resonanzboden gegeben haben: Matthias Langheld, Irmela Schnebel, dem Tyce-Clan und den Teams hinter so vielen Unterkünften, Hotelzimmern und Airbnb-Wohnungen, dass ich sie gar nicht alle aufzählen kann.

Ich danke Dad, Mum und Bose, einem Dreierteam von Gebetskriegern, die sich unermüdlich für meine Leidenschaft eingesetzt haben.

Ich danke meinen Söhnen Simi und Tomi, die mich immer wieder so viel über das Geschenk der Vaterschaft lehren.

Ich danke Nneka, meinem Ein und Alles, die mit dieser Geschichte gelebt hat, lange bevor und nachdem ich »Ende« getippt habe.

Und ich danke Gott, dem Ursprung.